CW00370357

# UNE VIE EN PLUS

Janine Boissard est née et a fait ses études à Paris. Elle a vingt-deux ans lorsque paraît son premier roman, *Driss*, mais connaît véritablement le succès avec sa célèbre saga publiée chez Fayard, *L'Esprit de famille* (six volumes en tout, de 1977 à 1984). Elle a écrit depuis bien d'autres romans et sagas romanesques, dont beaucoup ont été adaptés à la télévision. Janine Boissard a été décorée des Palmes académiques pour son action auprès de la jeunesse. Elle est mère de quatre enfants et grand-mère de dix petits-enfants.

# JANINE BOISSARD

# Une vie en plus

ROMAN

FAYARD

ISBN : 978-2-253-16936-9 – 1<sup>re</sup> publication LGF

## REMERCIEMENTS

Merci, du fond du cœur, à mes très précieux amis, Katherine Mhun et Yvan Kagan, toujours si présents, si attentifs et si affectueux.

Et un grand merci à vous, chers Guy et Pascale Delhommeau, professeurs de guitare classique, Guy au conservatoire de Vannes, Pascale à ceux de Pontivy et de Saint-Nazaire, qui m'avez apporté la preuve que mes lecteurs sont aussi des amis, parfois des aides. Sans votre générosité et votre enthousiasme, l'héroïne de cette histoire n'aurait jamais pu réaliser son rêve : mettre les mots en musique. Musique d'opéra, rien que ça !

## PARTIE 1

*Very happy housewife*

## 1

Aujourd'hui, vingt octobre, Sainte-Adeline, ma fête, je frappe un grand coup : j'annonce à mon mari que j'ai décidé de changer de vie.

Attention, « changer », pas « refaire », ce mensonge que l'on s'adresse à soi-même, comme si on pouvait jeter l'ancienne par-dessus bord et recommencer à zéro. Changer, comme on change de maison à la recherche d'un climat différent, d'autres paysages à explorer, horizons à visiter, frissons et émotions à découvrir, sans pour autant renoncer définitivement à la première.

« On n'a qu'une vie », cette expression désuète, encore employée par certains, souvent, disons-le, pour s'autoriser à gâcher celle de son conjoint, n'est plus de mise à une époque où les progrès de la science nous laissent espérer aller jusqu'à cent ans. Chacun a donc la possibilité de s'en offrir plusieurs, de les additionner, de les conjuguer, d'en varier le rythme et les couleurs, alors pourquoi s'en priver ?

Bien sûr, ça va faire des vagues alentour. J'entends déjà les protestations : « Voyons, Adeline, change-t-on de vie, à trente-neuf ans, quand on a tout pour être heureuse ? » La phrase-bateau qui ne veut rien dire. Si la recette du bonheur existait, ça se saurait :

son bonheur comme son malheur, chacun le tisse à sa façon depuis son premier « oui », son premier « non », sourire ou rage avec. Et, à part l'amour indispensable au bien-être, être bien dans sa peau comme dans son âme, l'amour sous toutes ses formes, convoité par tous, à commencer par ceux qui crient qu'ils en ont soupé, qu'on ne les y prendra plus, chaque tissage est différent.

De quoi mon bonheur présent est-il fait ? Car je reconnais que, sans « avoir tout », je peux me dire une femme heureuse.

Il y a d'abord Hugo, mon beau et tendre mari, juge de son état, parfois exaspérant de sollicitude et de compréhension, mais que j'aime pour cette même raison.

Il y a nos trois enfants : Adèle, seize ans, blonde aux yeux parme, insolemment jolie, prête à danser sur tous les ponts du monde avec les nombreux chenapans qui lui tournent autour, quitte à tomber dans l'eau agitée du fleuve « existence » ; cette année, bac de français. Puis Elsa et Eugène, onze ans, jumeaux « dizygotes », faux à souhait, n'ayant en commun qu'une myopie qui les condamne à porter de ravissantes lunettes de toutes les couleurs. Elsa, née la seconde, donc l'aînée, petit modèle châtain, yeux assortis, bouille ronde, qui, à force de loucher sur Adèle, s'est persuadée qu'elle ne plairait jamais à personne et le clame haut et fort en se gavant de sucreries et en affichant le résultat sous des tee-shirts XXL, noirs comme son humeur ; elle redouble le CM2. Enfin, Eugène, issu du « bon ovule » selon sa jumelle, grand, fin, cheveux clairs et yeux mauves, et qui, honte suprême, vient d'entrer en sixième, la laissant en rade. Eugène, roi de la fouine, surnommé « le Saint », en référence à Simon Templar, le fameux détective anglais interprété par Roger Moore avant que l'acteur – auquel il se compare volontiers – revête la combinaison de James Bond.

Dans mon « tout pour être heureuse », il y a enfin, beaucoup clameraient « surtout », mon boulot de directrice commerciale chez PlanCiel, entreprise florissante de panneaux solaires, dix-huit personnes sous mes ordres, reconnaissance, considération, voyages première classe, salaire en proportion, bureau à Puteaux, vue sur Seine.

Ajoutez au tableau une villa avec jardin à Saint-Cloud, une famille et une belle-famille plutôt sympas et de nombreux amis dont je pourrai, bientôt, avec ma décision, tester la sincérité.

J'arrête de travailler.

Alors que tant de femmes, par goût ou par nécessité, ne rêvent qu'à en sortir, je rentre à la maison.

Je cesse de courir, l'œil sur ma montre et mon ordinateur, enchaînée à un carnet de commandes, j'assortis mes journées à la couleur du ciel, je ne laisse plus au jardinier le plaisir de ratisser les feuilles mortes en faisant craquer l'automne comme gaufrettes grillées à point.

Fatiguée, Adeline ? Victime du fameux stress de la quarantaine : peur de perdre son emploi, sentiment de n'être pas reconnue à sa juste valeur ? Certainement pas ! Déchirée entre bureau et maison, travail et enfants, voyages et mari ? Proie du remords et de la mauvaise conscience ? Pas davantage.

Après dix-sept années de bons et loyaux services à mon entreprise, première arrivée le matin, dernière partie le soir, le besoin de m'accorder le plus somptueux des cadeaux : DU TEMPS. Celui de voir mes enfants grandir avant qu'il ne soit trop tard, leur offrir, en plus de la qualité d'écoute, la quantité. Envie de me faire belle pour conduire Eugène à l'école avant que la honte ne l'emporte sur la fierté vis-à-vis des copains. Souci de comprendre la façon dont Elsa utilise son pèse-personne pour prouver à elle et aux autres qu'il n'y a rien à aimer chez elle. Curiosité de découvrir comment Adèle s'y prend pour crocheter la porte de mon dressing-room et me taxer mes pulls cachemire « quatre fils » avant de les remettre sous la pile, réduits à de vieux chiffons. Préparer avec elle son bac de français – ma matière préférée – et trembler le jour de l'épreuve comme si c'était moi qui allais être notée. Tout en sachant parfaitement que j'abuse : c'est sa vie, pas la mienne.

Me livrer à de coupables excès d'amour.

Avec, en guise de phare, le souvenir du regard si apaisant de ma mère quand nous rentrions de l'école, mon frère et moi, et ses gestes si ronds, comme si elle enlaçait la vie.

Envie d'images d'Épinal : le jour se lève, j'accompagne mon homme sur le seuil de la maison, lui en costume trois-pièces, moi en déshabillé vaporeux (j'y tiens). Dressée sur la pointe de mes mules à pompons (mauvais goût, tant pis !), j'embrasse une joue parfumée à la menthe de la bombe à raser.

— À ce soir. Passe une bonne journée, mon chéri.

— Merci, mon cœur. Qu'est-ce que tu nous fais de bon pour dîner ?

— Surprise…

Ressusciter les bœufs bourguignons, blanquettes de veau et ragoûts de toutes sortes sous la baguette de « Marmiton.com ».

Roman rose ? Roman de gare ? J'ai bien vendu durant toutes ces années des gestes verts, du soleil et du vent et je n'aurais pas le droit de m'en accorder un peu ?

Je ne suis pas stupide. Sans mon salaire – le double de celui de mon juge –, notre train de vie se trouvera considérablement réduit. Tout en nous laissant du côté des privilégiés : sans peur du lendemain. Nous aurons de quoi assurer l'essentiel des dépenses, ma présence à la maison engendrera de notables économies, et le petit trésor de guerre amassé au cours de ma carrière nous permettra de faire face aux imprévus, voire à d'éventuelles intempéries.

Reste à savoir comment Hugo prendra la grande nouvelle. Je veux croire qu'il l'acceptera. Ce n'est pas par hasard s'il s'appelle Clément et qu'il est juge aux affaires familiales.

C'est pour ce soir.

Ce matin, au réveil, sans soupçonner le séisme qui l'attendait, il m'a embrassée tendrement.

— Dis donc, ça ne serait pas la Sainte-Adeline, aujourd'hui ?

— Ah bon ? Tu es sûr ?

— À en croire le calendrier, certain. Et qu'est-ce qui ferait plaisir à mon épouse préférée ?

Je n'ai pas hésité une seconde.

— Un dîner en tête à tête au Sunset.

Le restaurant du grand hôtel, près des Champs-Élysées, où, il y a dix-huit ans, il m'a demandée en mariage. Et, après acceptation enthousiaste de ma part, entraînée dans les étages.

L'idée a semblé le séduire. Il a seulement été un peu étonné lorsque je lui ai annoncé mon intention de l'inviter (pour les étages, on verra). C'est que, très vite, la femme au foyer n'aura plus les moyens de le convier ailleurs qu'à la pizzeria ou au McDo du coin, par ailleurs délicieux.

Une importante réunion de travail requérant ma présence au bureau en fin d'après-midi, j'ai réservé à vingt et une heures. Bientôt, comme toutes celles qui ne calculent plus leur temps en termes de rentabilité et prennent celui de regarder la couleur du ciel, je dirai : « neuf heures du soir ». N'est-ce pas plus joli ?

Code secret de ma nouvelle vie :


HHW
*HAPPY HOUSE WIFE*

## 2

— Pas si désagréable que ça, finalement, souffle Hugo à mon oreille tandis qu'à la suite du maître d'hôtel nous traversons la vaste salle à manger fréquentée par des gens prêts à payer une petite fortune pour côtoyer les grandes et voir passer les stars descendues dans le palace très étoilé auquel appartient le Sunset.

Voici notre table. Le fauteuil de madame est avancé. À ses pieds joliment galbés, un tabouret de velours accueille mon sac à main. Est-ce cela, le luxe ? Trop ! J'attends que le maître d'hôtel se soit éloigné pour demander :

— Pas si désagréable quoi ?

— D'avoir une femme que suivent tous les regards : « Qu'elle est belle ! Qui est-elle ? » Ne me dis pas que tu ne les as pas vus, les jaloux, les jalouses ?

Je ris.

— Le beau mec a, lui aussi, été dévoré des yeux : trop séduisant pour être honnête.

— Couple illégitime se cachant parmi les étoiles, acquiesce-t-il.

C'est vrai qu'il est beau, mon juge ! Un petit côté George Clooney avec ses cheveux grisonnants, ses yeux assortis, son air très comme il faut, son sourire malicieux qui laisse espérer qu'il pourrait être comme il ne faut pas.

En ce qui me concerne, les regards m'ont en effet renvoyé une image plutôt agréable que je m'emploie à cultiver. Ma mère, fervente catholique, ne m'a-t-elle pas élevée en m'incitant à pratiquer quotidiennement deux péchés véniels : la coquetterie et la gourmandise ? Le premier péché conduisant souvent le partenaire à pratiquer le second.

D'elle, je tiens les épais cheveux sombres et les yeux verts qui me valent d'être comparée par les flatteurs à Elizabeth Taylor. D'un père de haute taille, le mètre soixante-quinze qui me permet de sacrifier à la gourmandise tout en gardant la ligne.

— Madame Clément, monsieur le juge, prendrez-vous un apéritif ? demande le maître d'hôtel suffisamment fort pour que le couple retrouve sa légitimité.

Dommage !

— Ce soir, c'est ma femme qui régale, répond Hugo. Voyez ça avec elle.

Le regard respectueux se tourne vers moi.

— Du champagne, le meilleur. Voyez ça avec mon mari.

Tandis qu'ils voient, je m'abandonne à l'atmosphère de ce lieu si éloigné de ceux où me mènent mes tournées professionnelles, certes confortables, mais tous semblables, quels que soient la ville ou le pays. Mêmes salons et salles à manger, chambres identiques au décor sans poésie. Il paraît que cela atténue le dépaysement et rassure le voyageur. Quel ennui !

Au Sunset, tout est unique, dans les tons grenat et or des contes de fées. La musique, un murmure, ajoute au rêve. Et à part le tabouret à sac, on y trouve le luxe suprême : l'espace. La possibilité de parler sans être entendu des voisins.

Le maître d'hôtel s'éloigne, discret papillon noir et blanc.

— Peut-on savoir ce que mijotent sainte Adeline et Dom Pérignon ? demande Hugo, l'œil pétillant.

L'endroit choisi, le champagne, bien sûr, mon juge a compris que l'invitation n'était pas innocente. Mais annonce-t-on à son mari qu'on va changer de vie entre les murs du quotidien ? Pourquoi pas à la cuisine en réchauffant un surgelé ?

Je résiste vaillamment au regard gris.

— Si ce n'est pas trop insupportable, on attend Dom Pérignon.

Il feint de soupirer.

— Puisqu'il paraît que l'attente fait partie du plaisir.

Soudain, un doute pince mon cœur. Il est bien temps ! Et si le plaisir n'était pas au rendez-vous ? Si je m'étais trompée en pensant que Hugo, dans son infinie tolérance, accepterait sans sourciller ma décision ? Si le terme « femme au foyer » lui rappelait seulement une mère assommante, sans fantaisie, dont le seul combat consistait à traquer la poussière et faire reluire l'argenterie, dont la conversation vous tirait des bâillements avant même qu'elle n'ouvre la bouche ?

Si l'épouse, même en déshabillé vaporeux, l'accompagnant sur le pas de la porte : « Qu'est-ce que tu nous fais de bon pour dîner ? » réveillait les souvenirs peu sexy de la soupe aux poireaux, du camembert plâtreux et du riz au lait dont elle continue à nous gaver lorsque nous séjournons chez elle. S'il préférait la femme en tailleur de marque, s'envolant chaque matin à bord de la Chrysler *Grand Voyager* payée par PlanCiel ?

Soudain, mon cœur accélère : la chamade dont parlait si bien Sagan, ainsi résumée dans le dictionnaire : « roulement de tambour annonçant la guerre ». Si j'allais à l'affrontement ?

— S'il vous plaît, madame…

Voici le champagne, sur un plateau aux tranchants scintillements d'épée.

— Je vous laisse le menu.

Hugo lève sa coupe, je fais de même. Nous buvons une gorgée, les yeux dans les yeux comme il se doit. Je prends une longue inspiration. Après tout, un cœur qui bat est un cœur qui existe. Tant oublient le leur.

— J'ai pris une décision.

Rien ! En face, pas un signe d'encouragement, aucun sourire, un visage sérieux, presque sévère. J'ai épousé un sadique.

— Je rentre à la maison. Je deviens femme au foyer.

## 3

C'est dit !

Et j'aurai au moins réussi l'exploit de bluffer le juge aux affaires familiales qui affirme avec une crispante sérénité avoir tout vu, tout entendu, plus rien ni personne ne l'étonnera. Eh si, sa femme ! Envolée la belle sérénité, incrédule, stupéfait, en un mot *down*, Hugo s'empare de ma main comme de celle d'une grande brûlée.

— Des ennuis au bureau, ma chérie ?

— Aucun ! Tout roule !

— Tu n'es pas malade, au moins ?

— Moi, malade ? J'ai mauvaise mine ? Ce n'est pas ce que tu semblais dire à l'instant : « les jaloux, les jalouses »…

— Mais alors ?

— Alors, le TEMPS.

Tandis que je lui explique le soudain et impérieux besoin, l'ardente nécessité qui me sont venus de faire une parenthèse dans ma vie de future centenaire pour découvrir celle de femme au foyer, l'irrésistible envie de me poser, de faire halte pour me rapprocher des enfants, de toi, mon amour – qui sait, de moi-même ? –, je peux déjà voir passer sur son visage de jolies couleurs oubliées : l'effarement, le doute, l'inquiétude, et même un soupçon d'angoisse. Terminé le ronron du quotidien, tueur de passion.

— Voilà. C'est tout.

Finalement, les grandes décisions tiennent en quelques mots. C'est la peur bleue de les prendre qui obscurcit le chemin.

Il s'éclaircit la gorge. J'en profite pour me ravigoter avec l'aide de Dom Pérignon.

— Et tu me mijotais ça depuis longtemps ?

On vit côte à côte, on s'aime, et on ne partage plus l'essentiel... Est-ce cela, la légère amertume dans sa voix ?

— Pas vraiment. Un petit coup de blues par-ci par-là, de fugitifs « pourquoi pas ? ». Rien de très net. En fait, c'est l'anniversaire d'Adèle qui a tout déclenché.

Seize ans, le trois juillet dernier.

Elle avait demandé un iPad. Trop cher pour une fille trop jeune. Nous lui avions offert un iPod : une lettre et ça change tout.

— Marre d'être traitée comme une gamine. Dans deux ans, je serai majeure : si je le veux, je l'aurai, avait-elle menacé, la voix pleine de sous-entendus.

— Pour un iPad, moi, j'éviterais la prostitution, avait observé benoîtement Eugène.

Habituée aux saillies du Saint, si l'on peut employer ce mot à double sens pour un garçon de onze ans, même en avance pour son âge, Adèle s'était contentée de hausser les épaules. Hugo, qui a toutes les indulgences pour son fils, avait ri. Elsa, un peu. Pas moi.

Soudain, l'évidence me foudroyait : dans deux ans, ma fille, mon « bébé », comme disent les mères des séries américaines dont bientôt je me gorgerais (HHW), serait majeure ! En glissant son bulletin dans l'urne, Adèle participerait à la vie de son pays et disposerait de la sienne sans que nous ayons le droit de la retenir, seulement celui de lui couper les vivres, l'exposant ainsi, Eugène n'avait pas tort, à tous les dangers. Je ne l'avais pas vue grandir.

— Si ça t'a fait un tel choc, pourquoi ne m'en as-tu pas parlé à ce moment-là ? s'émeut Hugo à juste titre.

— Je n'étais pas vraiment sûre.

— Et tu l'es aujourd'hui ?

— Ouais.

Il baisse le nez.

À une table voisine, un couple, la soixantaine, savoure son repas sans se parler ni se regarder. Deux options : ou ils n'ont plus rien à se dire et c'est désolant. Ou ils n'ont plus besoin de mots pour être bien ensemble et c'est magnifique. J'opte résolument pour la seconde : s'aimer n'interdit pas de cultiver en soi quelques jardins secrets.

— As-tu pensé à la façon dont les enfants prendront la chose ? reprend Hugo.

« La chose »... un peu léger, non ? pour un homme portant l'hermine, dont la famille est la spécialité.

— Une mère à la maison, cela pourrait ne pas leur déplaire.

— Ils ont appris à se débrouiller seuls. Ils sont habitués à une certaine liberté.

— Loin de moi l'idée de les en priver.

Il hoche la tête, dubitatif. Bien sûr, Adèle ne pourra plus me piquer mes cachemires « quatre fils », ni ravager la maison avec ses amis durant mes week-ends de voyage, après avoir envoyé poliment son père chez ses parents. J'aurai l'œil sur le pèse-personne d'Elsa et ses niches à sucreries. Et Eugène sera moins tranquille pour se livrer à son sport favori, le piratage d'ordinateurs.

— Avez-vous fait votre choix, madame ?

Le maître d'hôtel désigne la carte oubliée sur un coin de la table. Devant notre air égaré, il s'offre à nous guider. Suivant ses conseils, nous optons pour une poêlée de cèpes au persil et un espadon doré à l'huile d'olive avec écrasée de pommes de terre.

— Nous continuerons au Dom Pérignon, déclare soudain Hugo avec une énergie retrouvée.

Ma gorge se dénoue : enfin un signe positif (même si l'addition sera pour moi).

À propos, il n'a pas encore parlé « budget ». Tout autre que lui aurait commencé par là. Quelle classe ! Je profite du sursis pour vider ma coupe.

— Tu as mis Emerick au courant ?

Emerick Le Cordelier, mon patron. Sa femme et lui sont devenus des amis. Il est le parrain d'Adèle qui n'en est pas peu fière. Nous nous recevons régu-lièrement.

— Je tenais à t'en parler avant. Lui, demain.

— Tu imagines sa réaction.

— Épouvantable !

Guidée par « l'esprit d'entreprise », dont me gra-tifiaient mes professeurs, plutôt que de choisir, à la sortie de mon école de commerce, une grosse boîte bien implantée, j'étais entrée à PlanCiel, une petite qui se lançait dans la nature. Les débuts avaient été difficiles, le panneau solaire n'ayant pas encore la cote. Emerick m'avait appris l'acharnement. La situation s'améliorant, j'avais gravi à ses côtés tous les échelons jusqu'au sommet. Comment ne prendrait-il pas ma décision comme un affront personnel, une trahison ?

— Tu as parlé d'une parenthèse, reprend Hugo. En as-tu fixé la durée ?

— Elsa et Eugène n'ont que onze ans. Cela me laisse du temps avant qu'ils me congédient. Probablement quelques années. Ce qui est certain, c'est qu'un jour je reprendrai. Pour toucher ma retraite dorée, je suis loin du nombre de points nécessaires.

— Quelques années… Tu n'espères pas qu'Emerick va t'attendre ?

— Je ne me fais aucune illusion.

— Et tu es sûre que tu ne regretteras pas ?

— Je suis certaine que l'on peut regretter toute sa vie ce qu'on n'a pas osé tenter.

Hugo a un sourire tendre.

— Pardonne-moi cette question, ma chérie : tu n'as pas peur de t'ennuyer ?

— Ce serait une expérience inédite.

Le serveur pose sur nos assiettes, dans de ravissantes coupelles, ces mini-hors-d'œuvre qui précèdent le vrai et dont on ne sait jamais très bien de quoi il s'agit.

— Mousse de homard au paprika, annonce-t-il solennellement.

Il s'évapore. C'est aussi ça, le luxe, la disparition à pas de velours de tout ce qui pourrait troubler le bonheur. Et, pour Hugo, le bonheur de sa femme passe avant tout. Le grand seigneur n'a toujours pas parlé « gros sous ». Je l'aime.

— Je suppose que tu as fait tes comptes ?

Les pieds sur terre, malgré tout...

— On s'en tirera avec ton salaire. Et souviens-toi du dicton : « Le temps, c'est de l'argent. » Je serai bientôt millionnaire.

— Je te laisse juge.

« Juge »... l'humour en prime ! Totalement rassurée, je fais un sort au crustacé. Puis, à mon tour, je prends la main de mon mari.

— Et toi ? Tu ne m'as pas dit : une ménagère dans ton lit, ça va te faire quoi ?

Il lève les yeux vers les étages.

— Réponse avant la fin de la nuit.

Cette fois, tout est dit. Et Susan, Gabrielle, Bree et Lynette, mes happy housewives, n'ont qu'à bien se tenir : j'arrive !

## 4

Un petit mot sur mon homme avant de poursuivre : un mot tendre, un rien mélancolique, et on n'en parle plus. Je sais bien que c'est la mode d'exhumer les fonds de poubelle de son intimité pour en donner à respirer aux autres les mauvaises odeurs : « Voyez comme j'ai souffert, plaignez-moi ! » En ce qui me concerne, non merci : vie privée, vie sacrée.

Lorsque, avec un désolant manque de tact, Hugo m'appelle son « épouse préférée », c'est qu'en effet je n'ai pas été la première, la seule et unique, à faire flamber son cœur.

Elle avait vingt-cinq ans et se prénommait Marie-Ange. Elle travaillait comme hôtesse dans les nombreux salons et congrès qui pullulent dans la capitale, arrondissant agréablement ses fins de mois en compagnie de messieurs fortunés rencontrés dans l'exercice de son métier.

Hugo, lui, n'avait que vingt-quatre ans. Issu d'un milieu protégé, élevé par une mère aux idées arrêtées datant d'un autre siècle, il était sérieux, honnête, d'une confondante naïveté, beau par-dessus le marché.

Il venait de terminer ses études de droit et s'apprêtait à entrer à l'École nationale de la magistrature lorsque son chemin avait croisé celui de la rouée, au Salon de l'agriculture où l'avait entraîné un ami dans le but de manger et boire gratis en goûtant aux spécialités de notre pays, dont, hélas, faisait partie Marie-Ange.

Marcel Proust n'est ni le premier ni le dernier à avoir découvert que la foudre aime frapper deux êtres qui n'ont rien pour s'entendre, voire que tout oppose. La femme de petite vertu, habituée aux hommages de messieurs bedonnants et peu ragoûtants, avait flashé sur le bel et distingué étudiant, en oubliant qu'il avait les poches vides. La libido assoupie du futur juge s'était réveillée en sursaut devant l'hôtesse légère et court vêtue qui n'avait d'yeux que pour lui. Écervelé, hébété, le soir même il se retrouvait dans son lit.

Quelques semaines plus tard, elle lui annonçait, rougissante et regard baissé sur son triomphe, qu'elle portait son enfant. N'écoutant que son devoir – et ses sens –, il l'épousait, par chance seulement devant monsieur le maire, sans l'indispensable bénédiction du Ciel, car, malgré son prénom, Marie-Ange ne croyait ni à Dieu ni à diable. Un mariage « pour de faux » auquel la famille du pigeon s'était dispensée d'assister.

Un joli petit Alan était né, dont la grand-mère bretonne, montée à Paris pour s'en occuper, avait permis à sa fille, ligne retrouvée, de reprendre son travail et ses lucratifs à-côtés.

Aidé par de proches bonnes âmes, expertes en arnaques, Hugo avait très vite ouvert les yeux sur l'origine de l'argent *black* qui faisait bouillir la marmite de son ménage. Blessé tant dans son amour que dans son amour-propre, il avait aussitôt demandé le divorce.

On peut mener une vie dissolue et aimer son enfant – c'était le cas de la mère d'Alan. La garde lui en avait été laissée ainsi qu'à la grand-mère, irréprochable. Hugo s'était vu octroyer le classique week-end sur deux et une partie des vacances. Ne tenant pas à ce que la justice mette son nez dans sa déclaration de revenus, Marie-Ange n'avait pas réclamé de pension.

Ainsi, à vingt-six ans, en seconde année d'École de la magistrature, Hugo se retrouvait libre.

C'est alors que j'entre en scène.

Modèle de vertu, me contentant de pratiquer assidûment les deux péchés véniels recommandés par ma mère, vouée à mes seules études, je viens d'obtenir le diplôme de mon école de commerce. Pour célébrer l'événement, Dorothée, ma meilleure amie, a organisé une petite fête dans le bel appart' de ses parents, sur le jardin du Luxembourg. Relevant les yeux de quatre années de captivité en seule compagnie de livres, de dossiers et de colonnes de chiffres, je découvre en face de moi, sur fond de marronniers exubérants, un homme magnifique et déboussolé. Je lui ouvre mon cœur, il l'occupe très vite tout entier, nous en venons aux gestes brûlants, lorsque je lui avoue, un peu confuse, être encore vierge, cette incongruité l'émerveille, il me demande ma main au Sunset, vérifie mes dires à l'étage, quelques mois plus tard, nous nous marions, cette fois pour de vrai : église-mairie, familles réjouies.

Clin d'œil approbateur du destin : au retour de notre voyage de noces, j'entre à PlanCiel.

Je me souviens d'Alan comme d'un enfant solitaire et ombrageux. Sa mère s'étant également remariée, elle avec une grosse fortune mafieuse italienne spécialisée dans les déchets, qui la cloîtrait à Naples, nous ne l'avions pas souvent et, lorsqu'à quinze ans il fit comprendre à son père qu'il ne souhaitait plus faire le voyage, même offert, même accueilli à bras ouverts, Hugo s'inclina tristement. Jamais il ne manque d'envoyer un chèque à son fils pour Noël et pour son anniversaire, lui répétant que la maison lui est ouverte. En décembre prochain, Alan aura dix-huit ans.

En attendant, ce vingt et un octobre, lendemain de la fameuse Sainte-Adeline, garant ma Chrysler dans le parking de l'entreprise, à Puteaux, encore tout alanguie de l'hommage vibrant rendu cette nuit par Hugo à la future ménagère, je me dis que Marie-Ange a eu bien tort de laisser échapper un homme si intéressant et lui souhaite de se retrouver sur le pavé pour la punir d'avoir osé m'en voler la primeur.

Nos bureaux se trouvent au septième étage d'une tour qui en compte vingt-huit. Une partie, dont celui du patron, donne sur les tours de La Défense, plus hautes et brillantes, comme d'exigeantes grandes sœurs. J'ai décidé de me libérer au plus vite de l'épreuve. Je pousse la porte de Doris, l'assistante d'Emerick. La soixantaine, grise de ses talons plats à la racine de ses cheveux, elle est entrée en religion le jour où elle fut engagée et tomba, sans espoir, amoureuse de son patron. Les images d'Épinal peuvent être sombres et ne sont pas réservées à ma seule personne.

Nous nous saluons aimablement. Le patron est-il là ? Peut-il me recevoir d'urgence ?

Il est chez un client et ne sera de retour que vers quinze heures. Doris transmettra.

— Ce n'est pas grave, au moins ? s'inquiète-t-elle, toutes antennes vibrantes.

J'évite de répondre.

Si, c'est grave, Doris ! Gagnant mon vaste et luxueux bureau, qui, lui, donne sur du plus léger : l'île de Puteaux, le bois de Boulogne, la tour Eiffel, ce matin enturbannée de brume, je me souviens de ma fierté le jour où il m'avait été attribué.

« Je suis venu te dire que je m'en vais... » Dans quelques heures, j'annoncerai à Emerick que je le quitte. Le « vent mauvais » soufflera. Les larmes n'y pourront rien changer.

Je pose mon sac au pied de la longue table de verre et bois et regarde, près de l'écran de l'ordinateur, la photo de mes « trois » avec leur père, prise cet été chez mes beaux-parents à Cassis. Trois sourires et une grimace nommée Elsa. Mon retour au foyer, passé larmes et vent mauvais, me permettra de regarder la grimace de plus près, de fourrager sous les sourires des autres et d'y découvrir la faille éventuelle.

— Je ne voudrais pas que tu regrettes, a dit Hugo.

Je peux encore faire marche arrière, mais je sais que si je recule, chaque matin, pénétrant dans ce bureau, prenant place à cette table, regardant cette photo, je me demanderai, le cœur serré, si j'ai eu raison de céder... au raisonnable.

Maude, mon assistante, passe le nez.

— Bonjour, Adeline. Je vous fais un p'tit café ?

— Et pourquoi ça, un « p'tit » ?

La journée sera longue.

Elle s'affaire autour de la machine. Vingt-neuf ans, cheveux plats brun terne un peu trop longs, lunettes de myopie un peu trop larges, elle serait jolie si elle s'en donnait la peine, si elle en prenait le temps. Le peut-elle ? Mère célibataire d'une petite Agnès de trois ans, elle passe ses journées à courir, de son studio au logement de la nourrice, du logement de la nourrice au bureau, qu'elle appelle « la maison » et où elle se plaît.

Avec Maude, cinq années de cohabitation sans faille. « Je suis venu te dire que je m'en vais. » Quelle sera sa réaction à elle ?

Et si, puisque Emerick est absent, je lui donnais la primeur de l'annonce ? Ne lui dois-je pas ça ? Allons, soyons honnête : je n'y tiens plus, il FAUT que j'en parle à quelqu'un.

— Dis donc, Maude, tu ne serais pas libre à déjeuner par hasard ?

Elle rit de bonheur.

## 5

Elle pleure.

À grosses larmes silencieuses sous les lunettes embuées, le visage décomposé, les lèvres tremblantes, dans le box – par chance isolé – de la brasserie où il m'arrive de l'inviter, en général pour fêter une bonne nouvelle.

Elle pleure telle une gamine blessée qui ne comprend pas pourquoi on l'abandonne, d'un coup, elle a forcément fait quelque chose de mal, on ne l'aime plus.

— D'abord, c'est pas vrai ! C'est pas pour vos enfants que vous partez, ils sont grands, vous avez fait le plus dur.

Comment expliquer à celle qui ne cesse de courir après le temps que je veux m'arrêter pour avoir du plus doux avant qu'il soit trop tard ? Si Maude avait eu le choix, qui sait si elle n'aurait pas préféré rester chez elle pour voir pousser sa petite Agnès, lui donner elle-même la becquée plutôt que de payer une nourrice pour s'en charger.

— Vous êtes fatiguée, c'est ça ? Vous en avez jusque-là ? Je suis sûre que le patron trouvera une solution pour vous soulager. Et nous, on s'y mettra tous.

— Maude, je ne suis pas fatiguée. Mais depuis que je suis entrée à PlanCiel, j'y ai passé l'essentiel de mon temps. J'ai envie de faire une halte à la maison pour profiter de mes enfants avant qu'ils s'en aillent pour de bon. D'être un peu femme au foyer.

Hier, imaginant les cris que pousseraient certaines en apprenant que je lâchais mon super-job, j'affûtais mes réponses. J'avoue que ça m'amusait plutôt d'aller à contre-courant en vantant les joies simples de la ménagère. Avec Maude, ça ne m'amuse plus du tout. C'est du luxe, de renoncer volontairement au luxe. D'ailleurs, elle ne me loupe pas.

— Et votre salaire, ça vous fait rien de le perdre ?

— Celui de mon mari suffira. Nous vivrons un peu autrement.

Elle fait la grimace : mari, mot douloureux ?

— Attention, chaud devant !

Le garçon, un rouquin à l'air vif – vif, il vaut mieux l'être ici –, pose devant nous le plat du jour : saumon sauce citronnée, riz sauvage. Nous avons opté pour la « formule express déjeuner ». Au choix : entrée et plat, ou plat et dessert. Un verre de vin ou une eau minérale, café inclus. Travail oblige, ce sera l'eau minérale.

— Bon appétit, mesdames.

Dès qu'il a tourné le dos, Maude retire ses lunettes, les essuie ainsi que ses yeux avec sa serviette en papier. Son visage nu, désarmé, me serre le cœur.

— Et nous, comment on va faire, alors ?

Bien sûr, j'y ai pensé. Mon bras droit, Xavier Rousseau, prendra très probablement le relais. Il connaît dossiers et clients aussi bien que moi. Lui, va vers la cinquantaine et n'a pas d'états d'âme. Même si nous nous entendons bien, quelque chose me dit que mon départ ne lui donnera pas de cauchemars.

— Je suppose qu'Emerick demandera à Xavier de me remplacer.

— Xavier, c'est un homme, ça sera pas pareil.

Un homme comme le salaud qui l'a plantée là quand il l'a sue enceinte ? Comme le père de Maude, petit cultivateur trop porté sur la bouteille, dont l'épouse a divorcé pour protéger ses enfants ?

— Allez, il en reste encore des pas mal ! Un jour, tu verras que tu trouveras le bon.

Peu convaincue, elle fait la moue. J'empoigne ma fourchette.

— En attendant, on ne se laisse pas abattre. On y go ?

Comme elle m'obéit, je pense à la coupelle de homard-paprika du Sunset, hier. Trois bouchées qui, à elles seules, devaient valoir le prix de ce repas. En renonçant à mon salaire, je vais sacrifier, de gaieté de cœur, ce que Maude ne connaîtra probablement jamais : hôtels et restaurants étoilés, voyages tous frais payés, ma belle Chrysler. Elle m'a avoué, un peu honteuse, qu'elle n'avait pas le permis. Pour conduire quelle voiture ? Achetée avec quel argent ? Maude roule à vélo, sa petite fille derrière, dans un panier ; les passants trouvent ça très joli.

Je la regarde pignocher dans son assiette alors que d'habitude elle n'en perd pas une miette. Dois-je me sentir coupable d'être née dans un milieu privilégié, de parents unis, qui m'ont permis de faire de longues et coûteuses études ? Fautive d'avoir, dans ce même milieu, rencontré un homme qui (après une regrettable erreur) a souhaité m'épouser et dont le salaire me permettra de quitter un poste auquel Maude n'accédera jamais ?

Certainement pas ! À condition que ma décision ne lui nuise pas.

Je m'engage à faire en sorte que mon départ ne change rien pour elle. À PlanCiel, elle est appréciée de tous, à commencer par Le Cordelier. Celui qui prendra ma suite, Xavier ou un autre, sera heureux de l'avoir pour assistante. Sans compter que je ne suis pas encore partie, préavis oblige. Et, de toute façon, nous resterons en contact. Il ferait beau voir qu'on se perde de vue !

Qu'est-ce qui me gêne tandis qu'elle se laisse rassurer, ses yeux bruns redevenus confiants ? D'où me vient cette impression de gêne, presque de triche ?

C'est que je tutoie Maude alors qu'elle me vouvoie. Le jour où je lui ai proposé le « tu », elle a refusé : « J'oserai jamais. » C'est une gentille et dévouée collaboratrice, pas une amie. Nous le savons l'une comme l'autre. Nous reverrons-nous ?

Finalement, elle a vidé son assiette. Nous avons pris les deux desserts proposés sur le menu, tarte aux pommes et crème brûlée, et nous les avons partagés. Ça, au moins, on pouvait : à parts égales.

Au café, elle a demandé :

— Et vous lui dites quand, au patron, que vous vous en allez ?

J'ai feint de regarder ma montre, je sentais filer chaque seconde.

— À quinze heures : dans une heure et demie.

— J'aimerais pas être à votre place.

— Moi non plus !

Elle a eu son premier sourire.

— Quand même, on peut dire que vous êtes une vernie.

Oui ?

## 6

Il est de ces hommes de petite taille qui aiment les grandes femmes sans pour autant envisager un instant qu'elles puissent les dominer : des conquêtes, de belles proies, dont ils tirent orgueil.

Celle d'Emerick, Gersande, un mètre soixante-seize, portait en plus un nom à rallonge avant qu'il ne lui accorde le sien. Elle lui a ouvert les portes du monde auquel le fils de pêcheur frappait pour livrer poissons et crustacés et qui remerciait poliment en recevant la pièce. C'est désormais à la grille de son hôtel particulier, à Neuilly, que ce même monde se presse, et lui qui choisit d'ouvrir ou non.

Loin de cacher ses origines, il aime à dire que, comme son père, il travaille avec le vent. Mais si la penderie d'Emerick est pleine de costumes et de souliers en cuir faits sur mesure, c'est un pied de nez aux pulls troués et aux espadrilles de corde du marin.

Les Le Cordelier ont un fils et une fille, tous deux mariés et parents. Aucun n'a souhaité travailler dans l'entreprise familiale. Pire, ils vivent à l'étranger, l'une aux États-Unis, l'autre à Londres. Les chambres du bel hôtel particulier sont vides de cris d'enfants. C'est leur blessure. Personne n'a tout pour être heureux.

À PlanCiel, Emerick est craint et aimé. Aimé parce qu'il est juste et généreux, craint pour ses débordements de rage lorsque les choses ne vont pas comme il veut : grain sur la voiture qui passe aussi vite qu'il est venu.

Debout devant la baie, les tours de La Défense dans son dos, il m'a écoutée sans m'interrompre lui annoncer mon départ et lui en expliquer les raisons. Dans son silence, fait d'abord de stupéfaction, d'incrédulité, très vite j'ai senti monter l'indignation, la colère, la peine aussi. On peut s'être préparée au pire et, lorsqu'il est là, se sentir toute petite. Je me tasse sur mon siège pour n'être pas emportée par le vent.

J'ai terminé.

— Tu ne vas pas me faire ça à moi, Adeline ? Pas toi ! Pas aujourd'hui, tonne-t-il.

Tout est dit. Pas à lui qui m'a tout appris, pas moi qui ai mis toute ma force et mon enthousiasme à arriver là où je suis, pas aujourd'hui où, les galères passées, les profits sont au rendez-vous, et où tant de femmes et d'hommes rêveraient d'être à ma place.

— Et tu arrêtes avec tes conneries. Profiter de tes gamins ? Tu crois que ça leur plaira d'avoir maman sur le dos tout le temps ? Tu vas leur casser les couilles, ouais. Dis plutôt que tu nous as trop vus, tu en as marre de travailler avec nous.

— Ce n'est pas ça, Emerick, je vous l'ai expliqué. J'aime mon travail, j'aime PlanCiel, mais j'ai besoin d'une pause, arrêter de courir, vivre autrement.

Peut-il comprendre ? J'en doute. Hugo, lui, a compris. Ils sont issus de moules différents.

— Et ta pause, ta « vie autrement », elles vont durer combien de temps ? Un an ? Deux ? La fin de la ménopause ?

Volontairement blessant, méprisant, se défendant comme il peut.

— Je ne sais pas, Emerick. Un certain temps.

— Et après ton « certain temps », tu crois qu'on te reprendra comme ça : coucou la revoilà ?

— Je ne l'ai jamais imaginé.

— C'est donc un adieu ?

Je voudrais répondre que non. Dans ma vie « autrement », ne pourrons-nous pas continuer à nous voir ? Différemment ?

Les mains derrière le dos, outré, outragé, il arpente son bureau. Avec son épaisse crinière blond-blanc, ses moustaches de même couleur, sa large encolure frémissante, on dirait un lion blessé. J'ai mal de lui faire mal.

Il revient vers moi.

— Et perdre ton salaire, tu t'en fous ?

— Celui de Hugo suffira.

— Ça veut dire qu'il est d'accord ?

— Il est d'accord. Nous vivrons autrement, c'est tout.

— C'est tout ?

Il ricane :

— Une petite vie à compter.

— Pourquoi pas une grande avec d'autres joies ?

— D'autres joies ? Ménage, cuisine, lessive ? Mais tu vas t'emmerder à cent sous de l'heure, ma pauvre.

Il s'arrête devant la bibliothèque qui occupe tout un pan de mur, pleine de « classiques » à belles reliures : romans, histoire. Emerick n'aime pas lire, il a autre chose à faire, lui, les épopées, il les vit.

— Je ne te donne pas six mois pour regretter ton caprice, aboie-t-il.

Une flamme de colère me libère. Je me lève.

— Ce n'est pas un caprice. Vous le savez très bien. Ni un coup de tête, ni la ménopause. Et si là, tout de suite, je vous écoutais, si je renonçais, je vous en voudrais, je m'en voudrais, et de toute façon ça finirait par casser.

Il me tourne le dos, se plante face aux orgueilleuses tours de La Défense, où se reflète le ciel, où glissent les nuages, où se prennent des décisions qui font tourner le monde, dont tant de gens, tant d'existences dépendent.

Je vois une calme maison dans un jardin tapissé de feuilles mortes. J'entends le silence. Je me sens très petite. Et grande aussi.

— Assieds-toi, Adeline, ordonne Emerick d'une voix glacée en reprenant place à son bureau.

Je m'exécute. « S'exécuter »… curieux comme parfois les mots vous claquent à la figure.

— Tu veux partir quand ?

— Dès que ce sera possible pour vous.

Le préavis inévitable. Mon tempérament impatient est connu de tous ici. Le patron va-t-il m'imposer le maximum pour me punir ? Trois longs mois de pénitence ?

— Xavier Rousseau ? maugrée-t-il.

— J'ai pensé à lui.

Nouveau sursaut d'indignation :

— Tu lui en as parlé ?

— Bien sûr que non.

— Eh bien, tu me l'envoies. Sur-le-champ. Au moins, tu vas faire un heureux. Vous voyez tous les dossiers ensemble, vous rencontrez les clients importants pour leur annoncer ta décision. Tu précises que tu arrêtes de travailler, qu'ils n'imaginent pas que tu passes à la concurrence. Dès que c'est terminé, tu files. Tu me dispenses du pot d'adieu.

Il se lève. Je l'imite. Comment ai-je pu imaginer un instant qu'il pourrait vouloir me brimer avec un long et inutile préavis ? Emerick est tout sauf mesquin.

Nous marchons vers la porte. J'ai les jambes qui tremblent : alors, c'est fini ?

— Je t'aimais comme ma fille, gronde-t-il avec colère.

— Je vous aime beaucoup, Emerick. J'espère que mon départ ne nous empêchera pas de nous revoir.

Il ne répond pas.

« Je t'aimais comme ma fille »... « Je vous aime beaucoup »... Tutoiement, vouvoiement : Maude et moi ? Relation ou amitié ? Dans la famille, seule Adèle le tutoie, n'est-il pas son parrain ? Un sourire me réchauffe : amitié ! Merci, Adèle.

Il s'arrête à la porte.

— Garde la bagnole, je ne te vois pas trimballer tes gamins dans le tas de ferraille de ton mari. Et de toute façon, ça fait trois ans que tu l'as, elle est presque amortie.

La gorge serrée, je murmure « merci ». Je voudrais l'embrasser, je n'ose pas. J'ai peur qu'il me repousse : baiser de Judas.

Doris a les yeux rouges. Elle a entendu les rugissements du lion blessé. De son bureau, elle me foudroie.

— Eh bien oui, ma chère, Adeline nous quitte, confirme le patron.

Et là, durant quelques secondes, je ne suis plus sûre de rien.

## 7

L'expression « coup de foudre » est galvaudée, employée par certains pour tout et n'importe quoi. N'ai-je pas entendu un jour une femme s'exclamer : « J'ai eu un coup de foudre pour cette choucroute ! » Faut-il vivre à ras du sol !

Éprouver un coup de foudre pour une œuvre d'art, quoi de plus naturel puisque le don de l'artiste est de savoir saisir l'émotion et de vous la faire partager. En un éclair, ce tableau, cette musique, cette chanson, le personnage de ce livre, s'emparent de nous corps et âme. Notre cœur devient trop grand pour notre poitrine, les poils de nos bras se hérissent tandis que se répand en nous l'ineffable certitude que cette œuvre a été jouée, chantée, peinte, écrite pour nous. Elle nous exprime et nous révèle à nous-mêmes. Nous ne nous savions pas si bien compris, aimés peut-être, notre solitude est terminée.

Le propre du coup de foudre est d'aveugler ses victimes ; celui qui frappe deux êtres est le plus périlleux, car le premier à ouvrir les yeux – ce n'était que ça, que lui, qu'elle ! – peut aller jusqu'à provoquer mort d'homme. « Homme : terme générique embrassant la femme », selon la définition du très ancien dictionnaire au pissenlit trouvé dans le grenier de ma grand-mère un jour que j'y cherchais des jupons à dentelle. On savait être poète à cette époque.

Un même coup de foudre nous avait frappés, Hugo et moi, pour la maison où nous avons le bonheur de partager aujourd'hui notre vie. Nous habitions un deux-pièces sans âme à Paris, Adèle avait quatre ans, je venais d'apprendre que je portais des jumeaux, nous cherchions à nous agrandir, lorsqu'un dimanche de printemps, nous promenant avec des amis clodoaldiens – heureux habitants de Saint-Cloud – dans une rue calme bordée d'arbres en fleurs du quartier dit « Coteaux-Bords de l'eau », la voix faible d'une vieille demeure au toit d'ardoises roussies par les années, aux murs mangés de vigne vierge, aux volets clos, montant d'un jardin-brousse, nous avait appelés. Je nous revois nous arrêtant net.

— Voilà des années qu'elle est à l'abandon, nous avaient appris nos amis. Une sordide question d'héritage ! C'est enfin réglé. Elle sera bientôt mise en vente.

Hugo et moi échangeâmes un regard : c'était elle, c'était nous. En laissant un peu de rouille de sa grille au creux de ma paume, elle me donna son accord.

« Bientôt » risquait d'être « trop tard », aussi, dès le lendemain, nous présentions-nous à l'agence à laquelle la vente avait été confiée. La maison se trouvait loin du centre-ville, pas le moindre commerce à proximité, seuls les murs et le toit tenaient à peu près, à l'intérieur tout était à refaire, le prix n'en était pas excessif.

De notre côté, nous n'avions pas le moindre sou pour l'acquérir : Hugo commençait sa carrière de juge, PlanCiel peinait à démarrer. Le coup de foudre a un galop de cheval fou qui lui permet de franchir tous les obstacles. Le père banquier de Hugo, le mien, entrepreneur, apportèrent leur caution pour un important emprunt. Nous signâmes la promesse de vente avant de laisser à d'autres prétendants la possibilité de se déclarer.

À l'origine résidence secondaire de Parisiens huppés, elle s'appelait « la Villa ». Changer le nom d'une maison est condamner son âme au silence en faisant taire ses souvenirs. Le sien, au parfum de bord de mer, convenait à l'amoureuse de la côte normande que j'étais. Hugo, bien que plutôt « mas provençal », céda à mon désir de le conserver. Un saule éploré dans le jardin participe au mirage : quand le vent souffle, vous entendez la mer monter.

Un aveu ! Pas un instant je n'ai songé à l'équiper de panneaux solaires. C'eût été froisser sa dignité de vieille dame, attenter à sa pudeur en dénudant son toit. Pour me faire pardonner d'Emerick, celui de l'ancienne baraque de gardien où l'on range la tondeuse, les outils de jardinage et les divers deux-roues des enfants en est pourvu.

Notre demeure a deux étages, cave et grenier. Gravies les marches de pierre d'un perron joliment arrondi, telle une révérence, vous poussez la porte de bois sculpté à heurtoir de bronze et vous vous trouvez dans l'entrée.

Un perroquet, croulant sous les vêtements de toutes tailles, vous accueille. Suspendez où vous pourrez. Une longue glace au mur permet de passer la main dans ses cheveux afin de se rendre présentable. À droite de l'entrée, les pièces dites « de réception » : salon, salle à manger et un bureau-bibliothèque au murmure de sous-bois où les enfants sont encouragés à venir piocher des lectures auxquelles, hélas, ils préfèrent trop souvent le défilé d'images bruyantes, tueuses d'imagination, sur l'écran de la télévision au salon ou sur l'ordinateur maison.

À gauche, cuisine et dépendances : cellier, buanderie et une salle de repassage qui donne sur l'arrière du jardin où, dès qu'apparaît le soleil, on court suspendre le linge au fil, quel plaisir !

Au premier étage, la chambre du couple : lit *king size* – Sunset oblige –, salle de bains attenante, dressing-room. En face, celles des filles, séparées par une seconde salle de bains à crises de nerfs lorsque Adèle s'y enferme des heures pour contempler sa beauté, privant Elsa de la baignoire, son lieu de prédilection, où elle retombe en enfance, en insouciance, avec Sophie la girafe, dont l'âge et la mousse ont mangé les jolies taches brunes, aplati la bouée, ratatiné les oreilles et éteint les crispants couinements. Ce qui la rend d'autant plus chère à sa propriétaire : Sophie-Elsa, même galère ?

Enfin, au second étage, sous le grenier que fréquentent les loirs, deux petites chambres mansardées, royaume d'Eugène, et une douche dont l'admirateur de James Bond, alias le Saint, se satisfait.

Jeudi dernier – ma fête –, lors d'un dîner qui porterait à jamais pour moi le beau nom de « l'espadon doré », j'avais annoncé la grande nouvelle à Hugo-le-conciliant. Le lendemain, dans le bureau d'Emerick, c'était un requin furieux qu'il m'avait semblé affronter, et l'amitié que je lui portais avait donné un goût amer à ma victoire.

Restait à annoncer la nouvelle aux enfants.

## 8

Nous avons décidé de leur parler, d'une même voix, durant le week-end.

Samedi, pas d'école. Les filles mettent leur point d'honneur à laquelle émergera le plus tard des bras de Morphée. Eugène met le sien à être le premier debout, à l'affût du moindre mouvement, suspect ou non, comme le fameux Simon Templar, son modèle, ce qui n'est pas sans briser nos élans amoureux lorsque nous percevons, au-dessus de nos têtes, son pas de renard aux aguets.

Un *brunch* de douze à quatorze heures nous permet de les apercevoir avant qu'ils ne disparaissent pour une seconde partie de journée bien remplie. Je dispose sur la table de la cuisine tous les appâts possibles : café, thé, chocolat, lait chaud et froid, jus de fruits, céréales diverses, brioche, tartines grillées, beurre, miel et confitures. Pour le salé, fromage, œufs, ketchup et mayonnaise.

Le Saint est déjà à pied d'œuvre. Bientôt suivi par Elsa, attirée par les bonnes odeurs. Adèle apparaît quand ses amis commencent à patrouiller dans la rue, à se livrer à de bruyantes arabesques sur leurs vélomoteurs. Son portable, mis sur vibreur, bourdonne désespérément dans sa poche. Il est interdit aux parents comme aux enfants durant les repas. Elle picore ici et là, nous accorde quelques mots du bout des lèvres et s'envole. À son programme, shopping, musique dans les caves parentales, puis virée à Boulogne, ville bien pourvue en boîtes de nuit contrairement à la nôtre et où, c'est promis, on ne sert pas d'alcool aux mineurs.

Sauf exception, retour obligatoire à vingt-deux heures à la Villa. Il nous arrive de nous priver de sortie pour vérifier.

— Crois-tu que… m'a demandé Hugo l'autre jour après maints raclements de gorge.

— Qu'elle ait sauté le pas ? Ça m'étonnerait.

— Est-ce qu'elle prend…

— La pilule ? Pas à ma connaissance.

— Est-ce qu'elle sait…

— Qu'elle ne doit pas faire l'amour sans préservatif ? Il y a des distributeurs à son lycée.

Re-raclements de gorge. Pudeur inquiète d'un père qui, dans son métier, en voit de toutes les couleurs.

— Quand ça arrivera, tu me le diras ?

— Et le secret professionnel maternel ?


Son samedi, Elsa le consacre à sa double passion : cinéma et musique de films, de préférence hollywoodiens, en se rendant, elle aussi, à Boulogne où, dans les dix salles de ce qu'on appelle un « complexe », elle se gorge de rêve. Sa prédilection pour les comédies musicales me rappelle mes propres rêves à son âge. Elle a une jolie voix et, quand je l'entends fredonner un air de *Chantons sous la pluie* ou de

*Starmania*, une sourde nostalgie m'étreint, que je m'empresse de chasser : danger.

— Maman, pourquoi on n'a pas un piano ici ? m'a-t-elle demandé récemment.

Je m'en suis tirée avec un hypocrite : « On verra ». C'est tout vu, c'est « non » !

Hilaire, son grand et unique ami, même école, même classe, ne manque jamais de l'accompagner. Son père, un Sénégalais, travaille à la voirie et a de nombreuses bouches à nourrir, aussi est-ce notre fille qui régale. Pop-corn, bonbons, esquimaux : faute partagée, faute à moitié pardonnée ?

Enfin, Eugène, seul sportif de la bande, fréquente le gymnase, pratique les arts martiaux et hante le cyberspace, en principe interdit aux moins de quatorze ans mais où son art du camouflage, son aplomb et sa science en navigations diverses lui valent les yeux indulgemment fermés de certains.

Samedi donc, exclu pour une annonce d'importance qu'il faudra du temps pour expliquer, développer, faire comprendre et, nous l'espérons, approuver. Nous avons donc décidé d'opérer le jour du Seigneur, où déjeuner et dîner se prennent à heure fixe à la salle à manger, sous le regard d'aïeux dans leurs cadres dorés, qui donneront à l'annonce un peu de solennité.

J'ai soigné le menu afin de favoriser la bonne humeur. Poulet – blanc réservé à la jeunesse –, frites, salade, fondant aux deux chocolats-glace vanille.

Autour de la table, Adèle, immodérément maquillée, longs cheveux blonds sur les épaules, vêtue d'un short en jean sur des collants léopard, sandales à lanières aux talons démesurés. Elsa en chaussons-lapins, dans son tee-shirt habituel. Tenue de nuit ? Tenue de jour ? Seules longueur et couleur diffèrent. Eugène est en survêtement et baskets, prêt à en découdre sur terrain de sport ou tatami. Hugo discute avec Eugène, cachant mal son ravissement devant un fils si doué et original. Eugène-le-génie ? Je dois régulièrement rappeler le père à l'ordre pour que les filles ne voient pas une préférence dans son attitude. « Une préférence, moi ? proteste-t-il. Mais je les aime tous autant ! » Je le crois. Puis-je lui reprocher d'avoir plus d'affinités avec son garçon ? N'en ai-je pas, moi, avec la tendre et rêveuse Elsa ?

Je les regarde, mes trois que j'aime avec leurs différences, POUR leurs différences. C'est dans l'espoir de m'en rapprocher et de les mieux comprendre, les mieux entendre, que j'ai pris l'une des plus importantes décisions de ma vie. Ce faisant, ne vais-je pas perturber la leur ?

J'entends le rude avertissement d'Emerick : « En rentrant à la maison, tu vas leur casser les couilles. » Le même que Hugo m'a prodigué, en plus soft : « Ils sont habitués à une certaine liberté. » Et, décision assumée ou non, arrivée au pied du mur, je n'en mène pas large.

Vite, un coup d'œil au jardin doré par l'automne ! Le ciel, sans nuage, bleu pur, est de mon côté. Bleu dur ?

Le repas s'achève sur un franc succès du dessert acheté dans l'une des meilleures pâtisseries de la ville. Tous en ont repris. Avant de décamper, chacun est prié de passer par la cuisine et de mettre son couvert dans le lave-vaisselle. Adèle rassemble le sien, s'apprête à se lever.

Je la précède d'un bond.

— Si vous voulez bien, on débarrassera plus tard. Votre père et moi avons à vous parler.

Et d'une voix que j'avais prévue légère, enjouée, annonciatrice de bonne nouvelle et qui sonne comme une alarme rouillée, j'ordonne :

— Tous au salon !

# 9

Tableau de famille.

Au salon, chaque enfant a son coin attitré, Hugo et moi aussi d'ailleurs : besoin animal de marquer son territoire ? « C'est là, c'est moi, gare ! » Adèle, dans « son » canapé, droite comme un i, longues jambes tressées, portable en évidence dans la main : on en a pour longtemps ? J'ai autre chose à faire, moi. « Moi » : un mot un peu trop fréquent dans sa bouche.

Dans le canapé voisin, identique, les jumeaux que nous avons l'interdiction d'appeler ainsi : deux ovules, deux poches, deux placentas, deux personnes totalement différentes – oh, que oui ! Elsa, enfouie dans les coussins, regard angoissé sous la broussaille de sa tignasse châtain : « Ça sent le nouveau, ça sent mauvais. » Eugène, écoutilles grandes ouvertes sous la courte brosse de ses cheveux blonds : « Ça sent le nouveau, ça sent bon. »

De l'autre côté de la table basse, où s'empilent journaux, hebdomadaires et autres périodiques aux couvertures alléchantes que nous nous promettons de lire mais ne trouvons jamais le temps que de feuilleter – tiens, bientôt j'en aurai le loisir –, Hugo et moi, assis côte à côte dans les « bien-aimés », larges fauteuils Louis XV, roi ainsi nommé par le peuple avant d'être enterré comme un malpropre sous les huées de ceux-là mêmes qui l'avaient acclamé. Moi, qui éprouve soudain l'étrange impression de comparaître devant mes propres enfants.

Adèle s'étire, esquisse un bâillement.

— Alors, ça vient ?

J'enveloppe mon trio du regard et prononce avec un sourire confiant les mots longuement préparés.

— Que diriez-vous d'avoir une mère à la maison ?

Le silence tombe, si total que l'on entend le moteur du réfrigérateur reprendre son élan dans la cuisine dont on a omis de fermer la porte.

Comme prévu, Adèle est la première à recouvrer ses esprits.

— Et ça veut dire quoi, ça ?

— Que j'ai décidé d'arrêter de travailler. Pendant quelque temps.

Le silence se transforme en stupeur. Dans « stupeur », il y a peur. Elle est là.

— Attends ! Ne me dis pas que tu lâches ton boulot ?

Je cherche un encouragement du côté du « bien-aimé » voisin. Rien ! Regard vague, visage impénétrable. Je croyais que le couple parental s'était promis de parler d'une même voix.

Toute seule, je continue :

— Oui.

— Mais pour quoi faire ?

— Eh bien... plus ample connaissance avec ma maison, par exemple. Je ne sais pas si vous avez remarqué, mais je n'y suis pas souvent. Par la même occasion, je compte bien profiter un peu plus de mes enfants avant qu'ils ne la quittent pour vivre sous un autre toit.

Adèle ne fait plus semblant de bâiller. Elle a même remis son portable dans sa poche : situation gravissime. Elsa émerge de ses coussins.

— Ça veut dire que quand nous on sera à l'école, toi, tu seras là ?

— Bravo, la primaire, elle a tout compris ! applaudit Adèle, rappelant méchamment à sa cadette son redoublement. Ça veut même dire que maman va être comme la mère d'Anne-Charlotte, qui ne travaille pas pour profiter de ses enfants, résultat, elle est tout le temps sur leur dos à les faire chier.

— On dit pas « chier », surtout pour une fille, intervient Eugène, très à cheval sur le bon français. On dit « emmerder ».

On peut dire aussi « casser les couilles », comme dit Emerick. Un semblant de sourire me desserre la poitrine.

— Ni l'un ni l'autre ne sont dans mes intentions. Et je ne compte pas rester inactive. Il y a certainement des choses passionnantes à faire à Saint-Cloud.

— Pousser les petits vieux dans leur fauteuil roulant, alphabétiser les gamins défavorisés, organiser des vide-greniers au profit des bonnes œuvres. Tout ça gratos, bien sûr. Et le blé, maman ? Tu as pensé au blé ? Sans ton salaire, avec seulement celui, minable, de papa, tu crois vraiment qu'on s'en tirera ?

— Merci ! dit Hugo.

Son premier mot.

Pleine d'espoir, je me tourne vers lui. Terminé : visage redevenu hermétique.

— Votre père et moi en avons parlé. Bien sûr, quelques économies s'imposeront, mais oui, on s'en tirera !

Au mot « économies », trois paires d'yeux angoissés m'interrogent. J'y lis « argent de poche ». Chacun de mes enfants dispose d'une somme rondelette versée le premier du mois, avec laquelle il assume ses dépenses personnelles : vêtements superflus, distractions diverses, dépassement de forfait du portable. Somme plus ronde pour Adèle, à l'âge des sorties et qui paye l'essence de son scooter. Il n'est pas rare qu'elle réclame une avance dès le vingt du mois. L'essentiel du budget d'Elsa passe dans le complexe de salles de cinéma de Boulogne en compagnie d'Hilaire. Eugène engraisse son compte à l'Écureuil pour financer de mystérieux projets : deux cigales et un fourmilion.

— Pour l'argent de poche, rien ne changera. Tranquillisez-vous.

— Et pour les vacances, les jolies colonies ? grince Adèle.

— Pas de souci à vous faire de ce côté-là non plus.

Outre leur mas à Cassis, les parents de Hugo possèdent un chalet à Megève. Les miens, une maison en Normandie.

Eugène lève le doigt.

— Maman, tu as bien dit que tu arrêtais « quelque temps ». Ça veut dire longtemps ?

Et je découvre, à la pointe de son doigt, dirigé vers moi, un dictaphone miniature, de ceux que les journalistes utilisent pour vous mettre en face de vos contradictions, preuves à l'appui. Sera-t-il dit que, avec mon « quelque temps », j'aie péché par un lâche manque de précision ? Mais le désir de ne pas blesser ceux que l'on aime est-il forcément de la lâcheté ?

— Sans doute quelques années.

— QUELQUES ANNÉES ?

Ignorant le cri de sa sœur, Eugène poursuit calmement, micro tendu :

— Les économies, ça sera Luisa et Gregorio ?

Luisa, qui vient chaque matin s'occuper de la maison : ménage, linge, préparation d'un plat pour le dîner. Gregorio, son mari, qui assure l'entretien du jardin.

— En effet, mon chéri. Ce sera même l'une des plus grosses économies.

— Mais, alors, ils vont être au chômage ? s'alarme Elsa, très au fait des problèmes sociaux grâce à Hilaire.

Je lui souris.

— Rassure-toi, ma choupinette, nous ne sommes pas leurs seuls employeurs. Et je sais à qui les recommander. Ils auront tout le temps de trouver durant mon préavis.

— TON PRÉAVIS ?

Nouveau cri d'Adèle, cette fois empreint d'une vraie douleur.

— Mon parrain, Emerick ! Tu lui as dit que tu le lâchais ? Il est d'accord ?

Ce parrain qu'elle aime et admire, qu'elle s'enorgueillit d'être la seule à tutoyer, avec lequel elle se félicite que je travaille. Que je travaillais…

— Je le lui ai dit. Et c'est vrai que ça ne lui a pas fait plaisir. Mais il n'avait pas à être d'accord. C'était mon choix.

Notre aînée se tourne vers son père, des éclairs dans les yeux.

— Et toi aussi, d'accord ou pas, tu t'es écrasé, bien sûr !

— Merci, répond Hugo.

Second mot, identique au premier, auquel, dans un élan de courage, il ajoute :

— On peut respecter une décision sans pour autant s'écraser.

— Alors, puisque le juge aux affaires familiales respecte…

S'il y a une chose que Hugo déteste, c'est que l'on mêle sa vie personnelle et sa vie professionnelle. Trop facile ! Pour beaucoup, un juge aux affaires familiales serait obligatoirement le meilleur des fils, des époux, des pères. Comme si tout le monde ne savait pas que ce sont les cordonniers les plus mal chaussés !

— Pour une fois, essaie de comprendre, Adèle, proteste-t-il.

— Mais j'ai très bien compris : sept sur cinq.

Elle quitte princièrement le salon sur ses talons-échasses. On les entend claquer dans l'escalier. On entend claquer la porte de sa chambre. Elle doit déjà pianoter sur son portable.

Parions que c'est Marie-Pierre qu'elle appelle. Sa meilleure amie, dont la mère est journaliste dans un grand hebdomadaire féminin-féministe. Toutes les amies de notre fille ont une mère qui travaille. Adèle était fière de ma réussite à PlanCiel, fière que je gagne plein de sous, d'être la filleule de mon patron et ami. Va-t-elle à présent avoir honte de moi ?

Je n'y avais pas pensé. Comme je la connais mal. Dire que c'est pour mieux te connaître, te comprendre, t'aider peut-être, ma chérie, pas si grande que tu le crois, que j'ai pris ma décision. Que c'est ta colère, en ne recevant pas l'iPad convoité le jour de tes seize ans, qui en a été le détonateur. Tu avais menacé de claquer la porte. C'est fait !

— Maman ? appelle timidement Elsa.

— Mon cœur ?

— Adèle, elle fume quand t'es pas là. Et après, elle ouvre sa fenêtre pour que ça sente pas.

— Elsa, on ne cafte pas ! la reprend sévèrement Eugène.

Hugo sourit à son fils. Son premier sourire. Il faut le reconnaître : depuis qu'Adèle a quitté la pièce, l'air circule mieux. Elle, la plus blessée ?

— Nos très sensibles nez de fumeurs repentis nous en avaient déjà alertés.

La repentance n'avait pas été trop douloureuse. Nous n'étions pas de gros consommateurs de tabac. Nous avions arrêté, d'un commun accord, quand Adèle s'était annoncée.

Quand a-t-elle commencé ? Récemment, il me semble. Et, bien sûr, avec ses amis du lycée. À l'heure du déjeuner, où ils évitent la cantine, préférant la crêpe, le bagel, le panini ou le sandwich achetés dans le coin, ils annexent rues et avenues alentour et sont nombreux à avoir la cigarette au bec. « Fumer tue. » Défiant les adultes, adressant un pied de nez à une mort inimaginable à leur âge.

Parmi eux, quelques collégiens. Aucune crainte qu'Eugène s'y mette : « Un esprit sain dans un corps sain », sa devise. Et le prix du paquet dissuaderait l'économe écureuil. Une petite peur qu'un jour Elsa se laisse tenter dans l'espoir de voir partir le grigno-tage en fumée.

Dans la chambre d'Adèle, on entend à présent de la musique. Eugène tend l'oreille.

— Les Beatles, constate-t-il avec une moue.

Hugo se tourne vers lui.

— Et toi, mon fils, on ne t'a pas beaucoup entendu. Que penses-tu de la situation ?

— C'est pas vraiment une surprise, laisse tomber calmement le Saint dont le dictaphone a disparu.

À notre tour de rester sans voix. À moins d'en avoir dissimulé un dans notre chambre – ce qui ne saurait tarder –, même avec le flair qu'on lui connaît, on ne voit pas comment il aurait pu percer notre secret.

— D'abord, il y a eu le mail de confirmation de la réservation au Sunset, jeudi soir, sur l'ordinateur por-table de maman qu'elle avait laissé au salon. Maman, le Sunset, c'est bien là que papa t'a demandée en mariage ?

Aucun de nos enfants n'ignore le conte de fées grâce auquel il est arrivé sur terre (arrêt à l'étage pudiquement zappé).

— Ensuite, vous êtes rentrés à cinq heures vingt du matin, en vous cachant, poursuit le futur détective sous le regard rond d'Elsa qui, elle, l'ignorait : son frère ne cafte pas.

Cinq heures vingt... Après l'hommage vibrant rendu par le juge à la ménagère, nous avions quitté le palace avant que le soleil se lève. Regagné Saint-Cloud, garé la voiture dans la rue, mis une plombe à traverser le jardin, ouvert la porte de la maison, monté l'escalier sans en faire grincer les marches et, à l'abri de notre chambre, défait le lit, creusé les oreillers, gare au détective maison, déversé les grandes eaux de la toilette et – ouf – étions apparus au petit déjeuner en accomplissant de louables efforts de conversation. Tout ça sans nous douter que le petit renard du haut avait tout enregistré.

Il me sourit.

— Mais c'est hier, quand tu as caressé la « Salle de conf' » que j'ai deviné.

« Salle de conf' », nom donné par nos enfants à ma Chrysler *Grand Voyager* dont l'arrière a été conçu par son génial constructeur pour pouvoir éventuellement en tenir lieu : bar et vidéo en option. Il n'est pas rare qu'en week-end Eugène y convie des amis pour y tenir de secrètes réunions, vitres relevées, musique mise au maximum, parfaite étanchéité.

— Moi ? J'ai caressé ma voiture ?

— Les deux ailes, constate tranquillement le Saint. Après, tu as fait le tour très lentement en lui parlant comme pour la rassurer, lui dire qu'elle restait avec nous. C'est quand même super qu'Emerick te l'ait donnée, même s'il était forcément furieux que tu le laisses tomber. Est-ce que je peux monter le dire à Adèle ? Ça la rassurera. Je crois qu'elle pleure. Les Beatles, c'est sa musique-cafard. Elle a très peur que son parrain ne l'aime plus.

## 10

Je ne crois pas au hasard, ni aux coïncidences. Je crois que le destin ne cesse de nous adresser des clins d'œil, à nous de savoir les déchiffrer pour modifier le tracé d'une vie que je me refuse à penser écrite à l'avance.

Cette chanson qui vous trotte dans la tête, têtue, obstinée, tandis que vous cheminez tranquillement dans la rue, et qui vous tombe dessus à des lieues de là, au coin d'une avenue, à la terrasse d'un café, aux lèvres d'un mendiant, ce n'est pas par hasard : elle vous attendait ! Ce quartier loin du vôtre où vous n'avez pas mis les pieds depuis des lustres et où le même jour, pratiquement à la même heure, deux rendez-vous vous ont été donnés, ce n'est pas une coïncidence. Et que dire du tableau de famille, au mur de la chambre de la grand-mère, dont la corde se rompt la veille du jour où celle-ci rendra l'âme ?

L'invisible fait partie du visible. Un battement d'aile de papillon peut ébranler la planète. Une même prière fervente lancée au Ciel par des millions de voix, sous des milliers de clochers, et le trône du tyran vacille.

— Tu mélanges tout, ma chérie, protesterait ma mère, pour qui il n'est qu'une seule voie, bien droite, sous le regard de Dieu qui décide pour chacun du jour et de l'heure.

Ce qui ne l'empêche pas d'éviter de poser son sac sur le sol – les sous se carapatent –, son chapeau sur le lit – adieu l'amour –, son parapluie mouillé sur le carrelage de la cuisine – orages à venir. Et surtout elle n'offre jamais à un proche un objet coupant sans l'assortir d'une pièce : il trancherait l'amitié.

*

Le jour de mon départ de PlanCiel, le destin m'a envoyé deux clins d'œil à terrasser les plus sceptiques.

Tout d'abord, ce jour tombait le vingt-trois novembre, la Saint-Clément, fête de notre famille à laquelle j'avais décidé de consacrer désormais l'essentiel de mon temps. Ensuite, déchirant le beau papier du cadeau offert par la maison, qu'avais-je découvert ? Un iPad ! Comme si celui que j'avais refusé à Adèle pour ses seize ans, cause de sa fureur et de ma décision, me revenait tel un boomerang.

Pour me signifier quoi ? À méditer.

Le pot d'adieu a eu lieu à dix-huit heures dans la vaste salle de réunion, vue sur La Défense, où un buffet avait été dressé. Nous étions une bonne trentaine, autant de femmes que d'hommes. Seule Doris, l'assistante du patron, s'était fait porter pâle.

Durant mes cinq semaines de préavis – il avait fallu ça pour transmettre à Xavier Rousseau des dossiers en ordre parfait et annoncer à nos nombreux clients, dont certains vivaient à l'étranger, qu'il prenait ma succession –, la fureur d'Emerick avait eu le temps de retomber. Il n'avait plus tenté de me faire changer d'avis. Nous ne nous étions vus que pour l'indispensable. Au risque de me faire rabrouer par lui et assassiner par Adèle, je lui avais fait part des inquiétudes de sa filleule.

— Tu me prends pour qui ? Pour Caligula ? avait-il répondu avec colère.

Le soir même, le regard tueur d'Adèle – « De quoi je me mêle ? » – m'avait appris que son parrain l'avait rassurée : un bon Caligula.

Lors de la courte cérémonie, où régnait une atmosphère glauque – on ne fêtait pas, dans la joie et la reconnaissance, la fin d'une carrière, mais un lâchage, un abandon en plein vol –, Emerick a pris brièvement la parole :

— Adeline a décidé de quitter la maison pour se consacrer à la sienne et à ceux qu'elle abrite. Présente à la naissance de PlanCiel, elle a contribué à son essor. Avec son départ, un peu de l'âme de notre entreprise s'en ira.

Lorsqu'il a terminé par un « Bon vent ! » d'une voix de corne de brume, tous ont senti sa peine. C'est lui qu'on a applaudi.

J'ai eu du mal à prononcer les quelques mots que j'avais préparés : Emerick m'avait tout appris, j'avais vécu avec ceux qui se trouvaient ici une passionnante aventure. Je resterais avec eux par le cœur.

J'avais l'impression de demander pardon. Aucun sourire sur les visages. Ceux de quelques femmes, comme moi mères de famille, exprimaient du désarroi. Le choix que je faisais de m'occuper davantage des miens, les mettait en face du leur. Toutes ne vivaient pas bien la course éperdue entre un travail qu'elles aimaient et des enfants, souvent tout jeunes, qui les réclamaient : « Dis, maman, tu reviens quand ? »

Ma voix brouillée n'avait rien à envier à celle du patron.

Puis nous avons sablé le champagne et, dans les bulles, se mêlaient les gros grains de sable de la mélancolie et d'un remords sournois. Et tournaient dans ma tête, incongrues, deux lignes d'une chanson interprétée par un garçon, parti trop tôt, qui rêvait de voler :

> « Pourquoi je vis ?
> Pourquoi je meurs ? »

En somme, que faisons-nous de notre bref passage sur terre ? Qu'y accomplissons-nous ?

Près du buffet, le rire de Maude a éclaté, répondant à une plaisanterie de Xavier Rousseau. Mon long préavis lui avait laissé le temps de se rassurer : il était heureux de la garder comme assistante. Il m'a semblé qu'elle avait fait un effort de coquetterie. « Lui, c'est un homme », avait-elle bafouillé entre ses larmes lors du déjeuner au bistro voisin où je lui avais annoncé mon départ. Elle s'en arrangerait. S'il l'invitait dans ce même bistro, cette fois, elle mangerait de bon appétit. J'ai éprouvé un petit pincement au cœur. On a beau savoir que nul n'est irremplaçable, on voudrait bien le rester un peu pour certains.

Avant de quitter la maison, je suis passée par mon bureau, dont, dès demain, Xavier prendrait possession, et j'ai emporté le sac où j'avais rassemblé les quelques objets personnels apportés au fil des ans. Bibelots offerts par des clients, photos des miens, coloriages, et ces cadeaux attendrissants de laideur, offerts par mes enfants lors de différentes fêtes des Mères.

La nuit tombait sur le bois de Boulogne, coulait la Seine, pétillait la tour Eiffel. Adieu, PlanCiel, bon vent !

## 11

Il est près de vingt heures lorsque je pousse la porte du salon de la Villa où toute la famille m'attend.

À la Saint-Clément, il est de tradition que Hugo nous invite au restaurant. Apparemment, on s'impatientait. Télé allumée, cannettes de Coca ou de jus de fruits, paquets de chips et autres *zakouskis*, dispersés partout, en témoignent. Dans le verre de Hugo, un fond de bourbon, une tendre interrogation dans ses yeux gris : « Ça s'est bien passé ? Pas de souci ? »

— Qu'est-ce que tu faisais, maman ? ronchonne Elsa déjà en caban. Papa a réservé à huit heures chez Giuseppe, on va être en retard.

Giuseppe, le patron de la délicieuse auberge italienne, rideaux et nappes à carreaux, bougies sur les tables, cuivres aux murs, *bel canto*, où nous avons nos habitudes. À une vingtaine de minutes à pied de la maison.

— Qu'est-ce que je faisais, ma poussinette ? Mes adieux à PlanCiel.

Les sourcils du Saint se froncent.

— Tu as bu du champagne ?

— Rassure-toi, j'ai toujours tous mes points sur mon permis et la « Salle de conf' » est intacte…

… dans le coffre de laquelle je me félicite d'avoir laissé l'iPad. Si Adèle avait vu mon cadeau de départ, son air suprêmement indifférent en aurait pris un coup.

— Si ça ne t'ennuie pas, on y va tout de suite, sinon gare aux foudres de l'ami Giuseppe, propose Hugo en terminant son verre.

— Le temps de mettre des talons plats.

La soirée est douce, l'hiver retient son souffle, des odeurs de dîner s'échappent des maisons de notre calme rue où, derrière les rideaux, tremble la lumière bleutée des téléviseurs. Les enfants en voudraient un dans la salle à manger. Pas question ! Comme l'interdiction du portable durant les repas : petites victoires pas si évidentes que ça.

J'aime marcher, la nuit tombée, en famille. Entendre résonner, tout près, le pas des miens, fermer les yeux et tenter de deviner à qui il appartient : souvenirs d'enfance.

Nous habitions près du parc Monceau, dans le huitième arrondissement de Paris. Les rues ou allées voisines s'appelaient : « Comtesse de Ségur », « Alfred de Vigny », « Vélasquez », « Ruisdael », « Murillo »… Tes parrains et marraine, s'amusait à dire papa, car j'étais née là. Entre Arnaud et Denis, mes frères aînés, j'allais crânement devant, me retournant régulièrement pour m'assurer que nos parents suivaient. Ils suivaient ! Alors, je me sentais rassurée, et fière aussi, sans bien savoir pourquoi. De les voir enlacés ?

D'entendre leurs chuchotements complices ? D'être une famille ?

Hugo a passé son bras autour de mes épaules. Le coup de blues éprouvé à PlanCiel s'estompe. Désormais, lorsque mes enfants se retourneront, ils me verront plus souvent. Et ne t'en fais pas, Adèle, je saurai me faire légère. J'essaierai, mon Elsa, de te sortir de ton cocon, de te faire comprendre que si ton aînée en « jette » plus que toi, le charme, dont tu ne manques pas, a souvent pour lui la durée. Quant à toi, Eugène, parfois indéchiffrable, je me ferai détective pour tenter de lire au fond de ton cœur bien gardé.

— Fais attention à lui, me recommande parfois ma mère. Enfants très doués : enfants inquiets.

Ni elle ni ma belle-mère n'ont jamais travaillé, sans pour autant, semble-t-il, en avoir éprouvé de regret. Lorsque j'ai annoncé à maman que j'arrêtais, la surprise passée, elle m'a semblé plutôt contente. Elle s'effraie de ce qu'elle lit dans la presse, entend à la radio, voit sur son écran. Les nombreux dangers qui guettent la jeunesse : drogue, alcool, mauvaises rencontres, et parfois un terrible désespoir, qui mène des petits, de l'âge des jumeaux, à mettre fin à leur vie. Je serai là pour veiller au grain.

— Tu n'as pas peur de t'ennuyer, ma chérie, après ta vie trépidante à PlanCiel ? avait-elle demandé.

— J'aurai toujours la chanson, m'étais-je entendue répondre.

Prudente, elle s'était tue tandis que ma poitrine s'alourdissait en revoyant, dans le salon d'enfance, un piano « crapaud » que plus personne n'utilisait depuis mon départ : attention, regrets !

— Si, côté finances, tu as besoin d'un petit coup de main, je suis là, avait repris maman. J'ai quelques économies. Surtout, ne le dis pas à ton père !

C'est du beau, maman. On fait danser l'anse du panier ?

La même proposition m'était venue de papa, un peu plus tard :

— Surtout, ne le dis pas à ta mère, elle s'inquiéterait…

L'annonce était moins bien passée du côté de ma belle-mère. Alors qu'elle me reprochait de n'être pas assez à la maison, elle s'était alarmée de m'y voir trop. Et comment joindrions-nous les deux bouts avec le seul salaire de son fils ? Elle n'avait pas proposé de m'aider. Mon beau-père, si, en cachette de son épouse.

La force d'Yvonne, ma mère : sa compréhension.

La faiblesse de Marie-Laure, ma belle-mère : n'écouter qu'elle.

\*

En attendant, nous voici arrivés, accueillis sans foudre par *il padrone* et *sua sposa*.

Aussi épais que large, brun aux yeux sombres, front en avant, il ressemble à un gentil taureau qui aurait depuis longtemps abandonné à la *bellissima* Lucia ses oreilles et sa queue (pardon).

« Notre » patron nous a gardé « notre » table,

dans « notre » coin tranquille… Toujours ce besoin de territoire. Nous nous installons et ouvrons le menu. Nos choix ne varient guère : pizzas pour les hommes, lasagnes pour Elsa – sans oublier le gros pot de parmesan –, *scampi fritti* pour Adèle et moi, faisant pour une fois cause commune.

— S'il vous plaît, Giuseppe, pouvez-vous nous apporter tout de suite une bouteille d'asti ? demande Hugo.

Boisson à bulles, très légèrement alcoolisée, à laquelle, pour les grandes occasions, les jumeaux ont droit. Et brillent les yeux d'Elsa.

— C'est Noël ? interroge le patron en expédiant le bouchon vers les guirlandes qui ornent déjà les murs de son auberge.

— Pourquoi pas ? répond Hugo.

Giuseppe remplit nos coupes, puis s'éloigne avec la commande. Hugo lève la sienne.

— À saint Clément. Et à un nouveau chapitre de la vie de votre mère.

— Très bien récité, persifle Adèle. On est obligés de trinquer ?

— C'est conseillé, répond-il gentiment.

Elle consulte les jumeaux du regard.

— Avant, on a quelque chose à demander à maman.

Hugo et moi reposons nos coupes intactes. « On » ? Les trois ? Sur sa chaise, Elsa se tortille. Le Saint reste impassible.

— Tu dois nous promettre de ne jamais rentrer dans notre chambre quand on n'est pas là.

— Et le ménage, qui le fera ? s'exclame la femme au foyer frustrée.

— Ben nous, répond sans conviction Elsa, la fille la plus bordélique de Saint-Cloud.

— Mais vous acceptiez bien que Luisa le fasse ! s'insurge la mère blessée.

— Luisa, elle, elle respectait, laisse tomber Adèle.

— Parce que moi je respecterai pas ?

Ses emprunts dans mon dressing-room, ses cigarettes : tiroir du bas à droite de son bureau, sous un prétendu vide-poche qui empeste le tabac. Pour Elsa, sa cache à friandises, là où les cambrioleurs vont chercher en premier les bijoux précieux : sous ses petites culottes. Chez Eugène, l'attirail du futur détective, le guide du pirate d'ordinateurs : offerts aux empreintes de ceux qui auraient le mauvais goût de s'y intéresser.

— Toi, c'est pas pareil que Luisa, remarque-t-il avec indulgence, tu es maman.

L'œil fureteur d'une mère inquiète ?

Et après tout, si ça peut leur faire découvrir l'existence du balai et du chiffon à poussière, leur apprendre à récupérer les chaussettes pleines de moutons gris sous les lits, assortir les baskets, remettre les CD dans leurs pochettes et, pourquoi pas, les pulls à l'endroit avant de les jeter dans le panier à linge : « J'ai que celui-là à mettre, je peux l'avoir demain ? », les encourager à nettoyer les vitres de leurs fenêtres afin d'avoir une petite chance d'apercevoir les amis venus les chercher à grand renfort de moteurs pétaradants, ça sera toujours ça de gagné.

— C'est OK. À deux conditions : une inspection des lieux par mois.

— En notre présence, revendique Adèle.

— Ça va de soi. Seconde condition : interdiction d'entrer dans notre chambre en l'absence de votre père et de moi.

Ce dont tous les trois sont coutumiers.

— Où est le problème puisque, à partir de demain, tu seras TOUJOURS là, ricane sombrement Adèle.

Et, malgré tout, elle daigne trinquer.

## 12

Ciel gris, vent mauvais, saule en pleurs. Dire qu'hier, sur le chemin de l'italien, il faisait si bon, si « clément ». Voudrait-on, là-haut, mettre à l'épreuve celle qui a eu l'arrogance de viser une vie en plus et l'entame aujourd'hui ? Ou est-ce le « Bon vent ! » d'Emerick blessé qui se détourne de moi ?

Mince consolation, j'ai renoncé depuis belle lurette au déshabillé vaporeux et aux mules à pompons de l'épouse accompagnant l'époux sur le pas de la porte : « Bonne journée, mon chéri. » Ledit déshabillé tel que me le présentait mon image d'Épinal ne se trouvant plus que du côté de Pigalle où je n'ai pas eu le temps d'aller, et les mules à pompons n'étant disponibles que sur catalogues visant le quatrième âge – pompon synthétique –, envoi par correspondance.

J'ai passé une sale nuit : champagne à PlanCiel, asti et vin rouge chez le gentil taureau, ronflotements de Hugo. Et, me tournant dans la tête, l'interdiction de mes enfants de mettre la patte dans leur domaine où je m'étais vue, attendrie, ranger sans déranger, épousseter sans remuer, effleurer respectueusement les secrets de chacun. Comme si je ne les connaissais pas !

C'est finalement la décision de leur offrir, pour ce premier repas fait de mes blanches mains, un plat exceptionnel, prisé de tous, qui m'a aidée à trouver le sommeil : un soufflé au fromage. Œufs frais pondus, achetés au marché, gruyère râpé par mes soins, fouet et non robot pour ne pas martyriser l'albumen. L'un des mets les plus difficiles à réussir. Quelques degrés de plus ou de moins au thermostat du four, quelques minutes en trop ou en moins, et la merveille brûle ou refuse de monter.

Je me suis endormie en comptant les œufs et en faisant mousser les blancs.

*

Il était sept heures, notre heure habituelle, lorsque Hugo et moi avons quitté la chaleur du *king size* bed. Je l'ai laissé occuper la salle de bains – j'avais tout mon temps – et je suis allée réveiller mon petit monde. Quelle jolie expression ! Mon monde, ma famille, ma patrie, mon univers… Puis je me suis attaquée à la préparation du petit déjeuner.

Tous les professionnels de la santé ne cessent de le répéter : un petit déjeuner abondant et convivial est essentiel au bon départ de la journée d'un enfant. Jusqu'à ce matin, sans mère pour l'orchestrer, les miens s'en débarrassaient comme d'une corvée, parfois sans même prendre le temps de s'asseoir. Cela allait changer !

J'ai fait chauffer café, lait, eau, sorti les céréales, pressé des oranges et actionné le grille-pain en laissant la porte ouverte pour que les alléchants effluves des tartines grillées montent chatouiller les narines des traînards. Puis, tout étonnée d'être encore là, je me suis assise et j'ai attendu.

Le premier à descendre est toujours Eugène. Il est « ramassé » à huit heures moins le quart par l'un des parents du voisinage qui s'occupent par roulement de la conduite au collège, boulevard de la République. Il a regardé d'un air perplexe sa mère en robe de chambre, puis il a rempli son bol de ses céréales préférées. J'ai tenu à y verser moi-même le lait qu'il aime glacé.

Elsa a suivi. Son école élémentaire est à un petit quart d'heure de la maison. Elle s'y rend à pied avec son chevalier servant, Hilaire, qui l'attend à la grille. Ils déjeunent à la cantine et goûtent à la Villa. Tiens, j'y serai cet après-midi ! Aux emplettes du dîner (soufflé), j'ai noté mentalement de rajouter de la brioche.

Fleurant bon la menthe de sa bombe à raser, Hugo a débarqué en même temps qu'Adèle. Découvrant le festin préparé sur la table, il a lancé un « Whaou ! » excessif à mon goût – tâche normale de la femme à la maison – avant de prendre place entre les jumeaux.

— Alors, ça boume, les enfants ?

Excessif aussi, cet entrain.

Adèle est restée debout. Elle, son petit déjeuner, elle le prend sur le trottoir avec les copains, près de son lycée : viennoiseries et boissons chaudes, achetées dans le petit café voisin, toujours plein. Elle a fait l'effort de se verser un jus d'orange.

Eugène m'a embrassée avant de filer vers le point de ramassage :

— À tout', maman.

— À tout à l'heure, mon chéri.

Elsa a suivi et, sous la capuche de son duffle-coat, j'ai débusqué un petit sourire : oui, je serai là, ma choupinette, quand tu rentreras. Puis est venu le tour d'Adèle :

— À plus.

On a entendu démarrer son scooter, garé dans l'ex-maison du gardien, clé dissimulée sous le rebord d'un panneau solaire.

Huit heures ! Nous étions seuls, Hugo et moi, face au festin à peine entamé. J'ai retenu un soupir.

— Il faut leur laisser le temps de s'habituer, m'a gentiment fait observer mon mari. Demain, tu feras griller un peu moins de tartines.

Et, pour me consoler, il en a repris une troisième qu'il a largement beurrée et tapissée de miel. Il m'a semblé que, dans sa générosité, il hésitait à y ajouter une couche de confiture. Pas de doute, cet homme m'aime.

— Quoi qu'il en soit, te voir là, toute tranquille, en robe de chambre, ça me rappelle…

Avant qu'il ait osé dire « ma mère », j'ai terminé pour lui.

— D'agréables souvenirs d'enfance.

— C'est ça. Et à toi, ça te fait quoi ?

— Bizarre… ai-je avoué.

— Normal, mon cœur, on doit s'habituer à tout. Même, et peut-être surtout, à ce que l'on a longtemps désiré.

Le temps de passer du rêve fou à la triste réalité ?

Lui, part vers huit heures trente. Il se rend à pied à la gare du tramway, direction La Défense. Là, il emprunte le RER jusqu'à « Cité », son lieu de travail :

le tribunal de grande instance, près du Palais de Justice.

Sa semaine se divise en deux. Lundi et mardi, dans un modeste bureau, il se penche sur des dossiers douloureux : divorces, séparations de corps et de biens, violences conjugales, gardes d'enfants, pensions alimentaires, j'en passe. Les tristes conséquences de la rencontre d'un homme et d'une femme, victimes ou non du coup de foudre, devenus adversaires : rêves évanouis, illusions perdues, sombres règlements de comptes, dont des petits sont hélas les innocentes victimes.

L'étude attentive de ces dossiers, de divers documents, pièces et témoignages, va l'aider à mûrir sa réflexion et à tirer les conséquences qui s'imposent, en s'efforçant d'oublier qu'il est lui-même époux et père. Père de deux fils de lits différents, le premier (Alan) conçu à la légère entre les serres d'une femme (Marie-Ange) qui s'envoyait en l'air avec n'importe qui pour embellir ses fins de mois.

Durant les trois derniers jours de la semaine, il tient audience dans une salle plus imposante, à sa mesure, où, après avoir entendu les différentes parties ou ceux qui les représentent, il rend son jugement en son âme et conscience.

« Parties… » Quel bel exemple de la richesse de la langue française ! Que de sens différents pour un même mot, le plus souvent festif. Parties musicales pour désigner les voix instrumentales ou vocales, parties de tennis, de golf ou de ballons divers, parties de cartes, jeux de société, mais aussi le doux : « Tu fais partie de moi. » Sans oublier les « parties » se rapportant à l'anatomie masculine, bien souvent à la source de cuisantes désillusions et de regrettables dégâts collatéraux.

Avec tout ça, c'était l'heure d'y aller pour Hugo. Déshabillé vaporeux ou non, son « épouse préférée » a tenu à l'accompagner à la porte. Sitôt celle-ci ouverte, une bourrasque a balayé l'entrée. Il a remonté le col de sa gabardine, effleuré mon front de ses lèvres : « Rentre vite, tu vas prendre froid », et il a disparu sans me demander : « Qu'est-ce que tu nous fais de bon pour dîner ? » (soufflé). Ainsi s'envolent les rêves, emportés par le vent.

Heureusement, il m'en reste un. Et, celui-là, personne ne m'en privera. Au diable la chienlit à la cuisine, le ménage des quelques pièces à moi autorisées, la toilette. Je vais me l'accorder sur-le-champ : regarder enfin le fameux feuilleton apprécié de toutes les générations : *Desperate Housewives*, dont, troquant le « *Desperate* » contre « *So Happy* », j'ai fait le code secret de ma décision.

Armée d'une tasse de café, je passe au salon, également laissé dans un désordre noir par ceux qui, la veille, attendaient impatiemment mon retour. Tant pis pour les cannettes et les paquets de chips et d'oléagineux, j'ai tout mon temps ! Tiens, sur un « bien-aimé », un chausson-lapin d'Elsa. Et l'autre ? On verra ça plus tard. J'empoigne la commande, allume le poste.

Nous y voilà !

La belle pomme rouge de la tentation apparaît, tandis que s'élève la musique du générique, sautillante, humoristique, un brin sorcière. Je m'offre une gorgée de café. Voici Wisteria Lane, la coquette avenue où habitent les héroïnes de la fascinante histoire. Susan, la gentille de la bande, sentimentale et maladroite, armée d'un balai. Bree, l'autoritaire, plantée devant sa cuisinière : une « madame je-sais-tout », qui me rappellerait ma belle-mère si elle n'était pas cent fois plus jolie. Voilà l'infortunée Lynette, comme moi mère de jumeaux, elle des vrais, des « monozygotes », auxquels s'ajoutent un fils aîné et un bébé, Lynette, la *burn out*, déchirée entre un travail gratifiant qu'elle craint d'avoir eu tort de lâcher et des enfants ingrats dont elle a tout le mal du monde à venir à bout. Enfin apparaît la belle Gabrielle au parfum de scandale.

On sonne !

Pas à une porte de Wisteria Lane, à la mienne.

Je fais un bond. Ma tasse de café se répand sur la table.

Qui ?

Trop tôt pour le facteur, qui, de toute façon, laisse le courrier dans la boîte, près de la grille.

Pas Luisa, qui, comme prévu, a trouvé sans difficulté un autre emploi.

Une quête ? Une secte ? Une personne mal intentionnée ?

Nouveau coup de sonnette, cette fois agrémenté d'énergiques battements de heurtoir.

Que faire ?

J'appuie sur « pause ». À tout de suite, les amies.

J'y vais.

## 13

Sur le perron, toujours balayé par le vent, l'air inquiet, Alma !

Alma Flamand, son dernier-né, dont on n'aperçoit que le bonnet marin, dépassant d'un kangourou.

Elle habite la maison d'en face : « les Sorbiers ». Une ancienne demeure en pierre meulière, solide, carrée, d'aspect accueillant, comme elle.

— J'ai vu de la lumière. Vous n'êtes pas malade, au moins ?

Son regard glisse de mon visage non maquillé à ma robe de chambre et mes pieds nus. Adèle serait déjà morte de honte.

Je lui adresse un sourire joyeux.

— Mais non ! Pourquoi serais-je malade ? Et c'est le bébé qui va l'être si vous restez là. Entrez vite.

Quel est le prénom du bonnet marin ? Ô honte, j'ai oublié alors qu'il m'a été présenté il n'y a pas quinze jours lors d'une des nombreuses fêtes qu'Alma se plaît à organiser le dimanche et où nous nous faisons un devoir de passer, Hugo et moi – relations de bon voisinage obligent. Adèle évite : plan-plan. Elsa y court pour le délicieux buffet maison, Eugène se plaît avec le mari d'Alma, chercheur dans un laboratoire réputé.

Si quelqu'un incarne à la perfection une *happy housewife*, c'est elle ! Une loupiote, protégée par un grillage, brille en permanence au-dessus de la porte de sa maison encadrée par les deux longs arbres à fruits rouges dont elle porte le nom. Vous pouvez la voir chaque matin accompagner son époux jusqu'à leur antique deux-chevaux et, avant qu'il y grimpe, l'embrasser de tout son cœur sur ses moustaches grises de bon rat de labo. Puis vient le tour de ses enfants, fille et garçon, étudiants, auxquels elle adresse de tendres adieux jusqu'à ce qu'ils disparaissent au coin de la rue sur leurs deux-roues. Tout cela, sans déshabillé vaporeux, mais bon, chacune son style ! Le sien est naturel : ni maquillage, ni teinture, visage éclairé par l'intérêt qu'elle porte aux autres, large poitrine prête à accueillir tous les esseulés. Récompensée par le Ciel qui lui a envoyé, passé quarante ans, le petit dont le prénom continue à m'échapper.

En attendant, la voilà dans mon entrée.

— C'est vrai qu'il fait frisquet, brrr ! C'est drôle, c'est tombé d'un coup.

— Venez !

Au passage, je referme prestement avec le pied la porte de la cuisine-chienlit et la précède dans le salon-pagaille où le contenu de ma tasse de café, répandu sur la table, s'égoutte doucettement sur le tapis. Je suis mal ! Le bonnet marin me sauve en poussant un hurlement.

— Il a faim, c'est un goulu ! annonce la mère avec ravissement. Vous permettez ?

En un clin d'œil, elle le dégage du kangourou, tombe dans le canapé, à la place toute chaude que je

80

viens d'abandonner, sort de diverses couches de vête-ments un énorme sein et l'offre au nourrisson, qui se calme aussitôt.

— C'est la période difficile, remarque-t-elle avec un soupir heureux. La fontaine se tarit, je dois com-pléter au biberon.

Tout en parlant, son regard indulgent farfouille parmi chips, Coca, cacahuètes, repère le chausson-lapin orphelin sur le « bien-aimé », poursuit sa quête, tend la main vers un repli du canapé.

— Coucou, voilà l'autre ! triomphe-t-elle en me le remettant.

Ça, c'est une mère ! Honteuse, je réunis la paire.

Elle consulte sa montre, s'étonne.

— Luisa ne vient pas aujourd'hui ?

Discrète Luisa. À ma demande, elle n'a rien dit à nos voisins. Une idée : et si je les avertissais par l'intermédiaire d'Alma. Ça occupera sa journée et m'évitera les visites. Nul doute, ce soir, toute la rue jasera.

J'y vais.

— Luisa ne viendra plus, Alma. J'ai décidé d'arrê-ter provisoirement de travailler pour profiter un peu de ma maison et de mes enfants.

… ainsi que du feuilleton qu'elle doit, c'est sûr, connaître par cœur.

Et j'ajoute aimablement :

— Comme vous, en somme.

Et voilà que d'un seul coup son visage s'illumine, son regard brûle d'enthousiasme.

— Mais c'est merveilleux, Adeline. Quelle remar-quable initiative ! Quel bel exemple. Et, croyez-moi, vous n'aurez pas le temps de chômer, m'avertit-elle avec un rire entendu.

Chômer, non ! Offrir à celle qui n'avait pas une minute à elle de doux espaces de bon temps, oui !

Sans cesser de nourrir le bébé sans nom, front plissé par la réflexion, ma voisine se livre à présent à de mystérieux et sérieux calculs. Et soudain :

— Votre voiture... J'ai vu qu'elle était toujours là. Vous la gardez ? demande-t-elle d'un ton de femme d'affaires.

Aurait-elle l'intention de me l'emprunter ? Avec le seul salaire de son chercheur, ils n'en ont qu'une, bien sûr. Et, à côté de la « deuch » de son mari, le « tas de ferraille » du mien fait figure de carrosse.

— Mon patron a eu en effet la générosité de me la laisser.

— Une Chrysler *Grand Voyager* ! Pouvions-nous rêver mieux ?

« Pouvions-nous » ? C'est qui, « nous » ? Je garde un silence prudent que rompt, en frappant un coup sonore, le cartel de ma grand-mère – celle au dictionnaire au pissenlit : neuf heures trente. Alma pousse un petit cri, remballe prestement son sein.

— Mon Dieu, avec cette bonne nouvelle, j'en ai oublié l'heure.

Oublier l'heure, mon but...

Elle saute sur ses pieds, désigne les fenêtres que le vent secoue furieusement.

— On dirait que ça ne s'arrange pas.

Et on dirait aussi que ça ne lui déplaît pas. Son regard parcourt à nouveau le salon, s'arrête sur l'écran bleuté qui m'appelle de ses douces palpitations.

— Adeline... pourriez-vous me rendre un petit service ? À moins que vous n'ayez d'autres projets, bien sûr.

Oui ! Regarder *Desperate Housewives*, épisode 1.

Flairant le danger, je m'abstiens de répondre et serre frileusement les pans de ma robe de chambre autour de mes épaules. Ça ne la décourage pas.

— J'ai promis mon aide à une amie, du côté du parc de Saint-Cloud. Près des ruches, vous voyez ? J'avais l'intention de m'y rendre en bus, mais, le bus, il faut aller le chercher, et avec ce vent ! Brieuc risque d'attraper la crève. Pourriez-vous nous y déposer ? Ça ne vous prendra pas longtemps.

Victoire ! J'ai le prénom : Brieuc. Et l'explication du bonnet marin. Comment ai-je pu oublier un nom si peu courant ? Il faudra que je demande à Eugène ce que son saint a fait de beau. Et puis-je refuser ce « petit service » à la mère sans m'attirer le courroux du Ciel ?

Tant qu'à faire, montrons-nous généreuse.

— C'est d'accord, Alma. Je vous conduis jusqu'au parc. Le temps de m'habiller.

— Et moi, de fermer ma maison. Merci, vraiment ! D'autant que le sac est lourd.

Je m'étonne :

— C'est si lourd que ça, un bébichon de deux mois ?

Elle rit de bon cœur.

— Je ne parle pas de Brieuc, mais du sac de déchets alimentaires.

Là, j'avoue être un peu perdue.

— Les éboueurs sont en grève ? Je l'ignorais.

Lorsque c'est le cas, j'en suis la première avertie, par Elsa, que son ami Hilaire, dont le père travaille dans le secteur, tient au courant des mouvements sociaux.

Alma me regarde, étonnée, un brin réprobatrice.

— Voyons, Adeline, vous qui travaillez dans le vert, ne me dites pas que vous n'avez pas entendu parler de l'élevage de lombrics ?

## 14

Le lombric, du latin *lumbricus*, couramment appelé « ver de terre », corps souple à anneaux, et qui, pour celui que l'on trouve dans la vase des milieux marins, porte le joli nom d'Aphrodite, est en passe de devenir une vedette dans un monde qui étouffe sous ses propres déchets.

Élevé en serre, il se nourrit des déchets dits « verts », reliefs d'une alimentation débridée où, par principe de précaution, on jette autant que l'on consomme. À partir de ses déjections, on obtient un compost très riche qui, mêlé à du terreau ordinaire, fera le bonheur des fervents du potager et des amoureux de luxuriantes plates-bandes.

Mais là où le *lumbricus* se révèle être une mine d'or, c'est lorsque l'on se donne la peine de recueillir son urine. Celle-ci, additionnée à dix fois son volume en eau, serait capable, affirment certains, de rendre fertile un désert.

Cet édifiant récit m'a été fait par ma voisine tandis que nous roulions vers la serre expérimentale d'un certain M. Georges, actuellement en cure à Saint-Malo afin d'y respirer l'air vivifiant de la mer. Moi au volant, en jean et baskets – rend-on visite aux lombrics en tailleur Chanel et talons aiguilles ? –, Brieuc et sa mère dans la « Salle de conf' », le sac de déchets dans le coffre de la voiture, près de l'iPad que j'avais projeté de sortir en douce ce matin et de cacher au fond de mon dressing-room qu'Adèle s'était engagée la veille à ne plus visiter.

« Vous qui travailliez dans le vert », avait remarqué ma voisine, un soupçon de réprobation dans la voix, en découvrant mon ignorance concernant le champion annelé.

Soyons clair ! On peut vendre des panneaux solaires sans sacrifier le toit de sa maison pour l'en équiper. Interdire la cigarette dans cette même maison par respect pour les non-fumeurs et être à fond la caisse contre l'interdiction totale du tabac : combien de morts par dépression, du côté tant des consommateurs que des buralistes ?

On peut aimer les animaux et se régaler de foie gras. Préférer un bon steak-frites à une galette d'algues, un crabe-mayonnaise à un fade sushi, un kir royal à du jus d'herbe. Pendant que les ayatollahs du bien-manger y sont, pourquoi ne pas proscrire le gouleyant produit des vignes de notre beau pays et interdire les gâteaux aux pâtissiers.

Verte, oui, mais pas enragée !

En attendant, les transports en commun créant les embouteillages habituels boulevard de la République, le « pas longtemps » d'Alma s'est étiré, et il était plus de dix heures lorsque nous sommes arrivées à bon port : l'entrée du parc de Saint-Cloud, près des ruches où l'on vendait du miel bio pour le plus grand délice des Clodoaldiens et des touristes.

Durant le trajet, Alma avait eu tout loisir de me dresser un portrait de celle qui nous attendait, Adrienne, soixante-huit ans, célibataire, instit' à la retraite, désormais sans autres enfants que la gent à poil, plume et anneaux. Entre autres occupations – « elle nous tue », a remarqué Alma avec un soupir d'aise qui m'a mise un rien mal à l'aise –, elle aidait M. Georges (en cure à Saint-Malo) à mettre en œuvre son beau projet (urine de lombrics).

Elle guettait notre arrivée près de la serre. Une frêle grand-mère aux cheveux blancs coiffés à la garçonne, visage résolu, yeux bruns pointus, vêtue d'une longue blouse caca d'oie, prolongée par des bottes de terrassier de même couleur. Alma m'a présentée d'un malicieux : « Une nouvelle recrue », qui n'engageait qu'elle. L'instit' a retiré son gant de caoutchouc et m'a serré vigoureusement la main.

— Bienvenue au club ! On se tutoie ?

Une injonction plutôt qu'une invitation, à laquelle je me suis dispensée de répondre : « Certainement pas, je ne tutoie pas la première venue, j'attends de voir, de connaître, le "tu" est un cadeau inestimable de la langue française, il ne s'agit pas de le gaspiller. »

Eugène m'aurait approuvée. On peut aimer la famille sans pour autant verser dans la familiarité.

Pour faire diversion, j'ai appuyé sur le bouton d'ouverture du coffre, qui s'est ouvert avec un lent et majestueux vouvoiement, révélant le spectacle désolant d'une carcasse de poulet, échappée du sac, tutoyant mon cadeau PlanCiel.

Je me suis refusée à y voir un signe.

Alma nous a regardées, ravie, sortir non sans mal les déchets alimentaires de sa tribu, puis elle nous a suivies jusqu'à la serre.

— Si vous permettez, nous patienterons ici, a-t-elle déclaré en entourant le kangourou d'un bras protecteur. Oh, merci encore, Adeline.

Nous sommes entrées.

Montant de couches brunâtres, une odeur lourde, épaisse, saturait l'atmosphère. On percevait partout le patient grignotement de mille bouches à l'œuvre pour le bien de la nature. Nous avons longé une étroite allée où le pied se perdait dans d'indéfinissables matières. Au bout, plusieurs sacs semblables au nôtre étaient disposés autour d'une machine d'aspect barbare où leur contenu serait broyé avant d'être proposé à la gourmandise des lombrics, m'a expliqué ma guide en baissant la voix comme dans tout endroit sacré.

J'ai senti remonter les tartines grillées de mon premier petit déjeuner de femme nouvelle. Je courais presque en reprenant le chemin de la sortie. À l'extérieur, j'ai compris le besoin d'air marin du bon M. Georges.

— La prochaine fois, pense à mettre des bottes, m'a conseillé Adrienne en désignant mes Nike et le bas de mon jean couverts d'un magma de la couleur de sa blouse.

— Alors, c'était bien ? a demandé Alma avec enthousiasme.

Un écran bleuté m'est apparu.

— Très. Et maintenant, je vais vous laisser, mesdames, ai-je ajouté en me dirigeant vers la « Salle de conf' » et en refermant le coffre. (Penser à sortir l'iPad.)

— Tu ne vas pas partir sans prendre un café ? a protesté l'instit' en saisissant la manche de mon blouson, jusque-là intact, de la main gantée qui avait manipulé le sac d'ordures.

Il arrive que l'on maudisse ceux qui vous ont trop bien élevée. La vision bleutée s'est évanouie.

Dans un cabanon où l'on ne pouvait s'introduire que pliée en deux, un liquide bouillottait à l'intérieur d'un antique instrument de fer-blanc posé sur un réchaud. Nous avons pris place sur des pliants, devant une table de camping où des gobelets étaient alignés. Adrienne les a remplis : l'odeur a fait remonter à nouveau les tartines grillées.

— Figurez-vous que nos pensionnaires adorent le marc de café, nous a appris l'instit'. On en ajoute aux déchets ainsi que d'autres bonnes choses telles que des copeaux de bois ou du carton d'emballage. Pas de plastique bien sûr, les pauvres chous !

Elle a savouré une gorgée de breuvage. J'ai fait semblant d'y tremper mes lèvres et confié le reste au sol terreux, tandis qu'Alma expliquait avec feu à son amie comment j'avais quitté une entreprise prospère, un salaire mirobolant, pour me consacrer quelque temps à la maison et aux miens.

Adrienne a hoché la tête, approbatrice.

— C'est bien, mais c'est pas tout ça ! a-t-elle remarqué non sans mystère.

Elle a dardé sur moi son regard d'instit'. Je me suis sentie toute petite.

— Sais-tu déboucher un évier ? Un lavabo ? Une baignoire ?

J'ai avoué mon incompétence. Ma seule et unique tentative – cheveux des filles obstruant l'écoulement d'eau de la baignoire – s'était soldée par un coûteux échec. J'avais employé si généreusement le produit recommandé qu'il n'était rien resté des tuyaux. On avait dû appeler les pompiers pour circonscrire l'inondation.

Les deux copines ont échangé un sourire enchanté.

— Et ton compteur d'électricité, tu le gères ? a poursuivi Adrienne.

— Non plus.

J'avais interdiction d'y toucher, Hugo redoutant l'électrocution, suivie d'incendie.

— Réparer une prise ? Changer une ampoule ? Une olive ?

Une olive ? Que venait faire le joli fruit à goût de soleil dans l'affaire ?

Là, il m'a semblé que le bonnet marin, agité de soubresauts, partageait la bienveillante hilarité de sa mère et de sa complice, et j'ai appris que l'olive ne servait pas uniquement à accompagner l'apéritif, mais qu'elle me permettait également d'allumer et d'éteindre ma lampe de chevet.

Une fois calmée, Adrienne a proposé une seconde tournée de café. Alma a tendu sa tasse. J'ai décliné, bien que la mienne fût vide.

— Connais-tu les tarifs du plombier et de l'électricien ? a repris l'institutrice.

— Mon mari dit souvent qu'ils gagnent mieux leur vie que lui.

— Met-il pour autant la main à la pâte ?

À mon tour, j'ai ri :

— Je ne suis pas sûre que la pâte lèverait (soufflé).

— Eh bien, si tu as un peu de temps, sache que je donne des cours « Pannes diverses à la maison » à celles qui ont le bonheur d'y rester. C'est gratuit ! a annoncé triomphalement l'instit'.

Dans mon esprit embrumé, mes héroïnes, telles que je les avais aperçues ce matin, ont défilé. D'après le peu que je savais d'elles, côté « pannes élémentaires à la maison », j'étais plutôt du genre Susan – ma préférée –, déclencheuse de catastrophes. Bree-l'autoritaire assurait certainement. Lynette devait se débrouiller. Quant à la belle Gabrielle, pas de souci : n'avait-elle pas l'art d'obtenir l'aide de beaux jeunes hommes qu'elle payait en nature ?

La sonnerie d'un portable a interrompu ma rêverie. Instinctivement, j'ai porté la main à ma poche : vide. Incroyable, j'avais oublié le mien ! La première fois depuis combien d'années ? Une nuit blanche, l'irruption d'Alma à la Villa, les lombrics ne m'avaient pas laissé le temps de m'en aviser.

Ma voisine s'était discrètement éloignée pour répondre. Je n'ai pu m'empêcher de rire. Ravie de ma bonne humeur, Adrienne m'a interrogée du regard. Je lui en ai expliqué la raison. Loin d'applaudir, elle a hoché la tête, dubitative.

— Tu constateras très vite que le portable est indispensable à celles qui ont choisi de vivre à la maison.

Et, des profondeurs de sa blouse caca d'oie, elle a tiré un BlackBerry dernier cri. Un instant, j'ai eu envie de la tutoyer.

— Viviane a besoin de moi, a claironné Alma au comble de l'excitation en revenant vers nous, mobile brandi. Urgentissime !

— Viviane ?

— Une amie, je vous expliquerai. Si vous avez encore une minute, Adeline, pouvez-vous me déposer à Musique Hall ? C'est sur le chemin.

J'entends « *Music Hall* ». Et là, ce n'est pas un clin d'œil que m'envoie le destin, c'est un coup de poing en pleine poitrine. Mon cœur explose.

# 15

J'ai dix ans, l'amour des mots et de la chanson, de la poésie et de la musique. Je joue à les marier. Je chante à tue-tête mes récitations. C'est encore plus beau. Mariés ? Ils le sont déjà.

Près de Villers, en Normandie, où nous allons en vacances, il y a, non loin de la plage et de notre villa, une « boîte », comme disent mes frères, appelée « Music Hall ». On y entend de la musique, on y chante, danse, fait le pitre si on le souhaite. Elle ouvre à cinq heures et, jusqu'à sept, à condition d'être accompagnés par leurs parents, les enfants sont les bienvenus. On paye en consommant. Après sept heures, on passe aux choses sérieuses, paraît-il, on sert de l'alcool et l'endroit est interdit aux mineurs.

J'ai supplié maman de m'y accompagner. Ça lui a plu, mais bon, elle a autre chose à faire avec une maison pleine. Depuis cette année, à condition de respecter le feu rouge, j'ai le droit d'aller toute seule à la plage, où je suis inscrite au Club Mickey. Dès quatre heures et demie, je m'évade et vais attendre que s'ouvre la porte de la boîte magique. Là, ni vu ni connu, je me mêle à une famille, ou jure que j'attends la mienne, et me planque dans un coin. « Extase » n'est pas un mot trop fort pour dire ce que je ressens.

Tous mes rêves sont là : mots et musique dans tous leurs états. On y déclame, on y déraille, un coup tu ris, un coup tu pleures. C'est trop, trop bien, trop fort, trop top, trop moi. Je voudrais y passer ma vie. Je me promets d'en faire ma vie.

Dans le groupe, il y a un jeune pianiste dont je suis tombée amoureuse. De retour à Paris, je supplie maman de m'offrir des leçons. N'avons-nous pas dans le salon un « crapaud », le plus petit des pianos à queue, hérité de ma grand-mère (dictionnaire au pissenlit). Maman accepte. On accorde le crapaud et, une fois par semaine, une jolie demoiselle – j'aurais préféré un joli garçon – vient à la maison. Pas de leçons sans solfège, pas de piano sans gammes et regammes. Je me lasse vite. Et puis, ces touches noires et blanches mettent mes chansons en deuil.

Restera de mon expérience pianistique le surnom que m'ont donné mes frères, dont, paraît-il, je cassais les oreilles : « Crapaudine ».

J'ai douze ans. « Crapaudine n'arrête pas de gribouiller », rigolent à présent Arnaud et Denis en me voyant aligner fiévreusement mes poèmes-chansons sur le beau cahier que m'a donné maman à cet effet. Ils peuvent bien se moquer, c'est la jalousie, dit-elle. De l'école primaire au collège, du collège au lycée, de classe en classe, je suis restée la meilleure en français, récitation, dictée, rédaction. Plus tard : dissertation. « Adeline excelle en ces matières », répètent mes bulletins. Comment peut-on appeler ça des « matières » ? Matières nobles. Matières premières. Et alors qu'Arnaud et Denis ne savent pas ce qu'ils feront plus tard, moi j'ai trouvé : je serai parolière de chansons. Sous la protection, bien sûr, de mes célèbres parrain et marraine qui se penchent sur moi pour m'écouter lorsque je longe en fredonnant les rues portant leurs noms.

J'ai seize ans et je suis en première, section littéraire et scientifique. En dehors du français, je suis plutôt bonne en maths.

— Tout t'est ouvert, se réjouit mon père.

Côté future carrière de parolière, j'ai élargi mon univers. Sans oublier mon premier maître, Victor Hugo, je puise à présent mon inspiration chez les grands tragédiens : Corneille, Racine, Shakespeare. Il n'y a qu'à tendre l'oreille pour se servir en merveilles. Je grappille partout, mouline leurs vers à ma façon, j'en fais des chansons, des hymnes, des épopées pleines de vaillance et de passion avec les mots d'aujourd'hui, je fais vibrer les cordes des phrases avec ma plume. Il me semble que je les réveille.

Il s'est produit un grand événement au lycée. En fin d'année, la petite troupe théâtrale a interprété *Le Cid*, la pièce de Corneille. Parents et élèves ont été enthousiasmés. Depuis, je ne vis plus. Ou plutôt si : je vis dans la peau de Chimène, devenue mon héroïne. Chimène déchirée entre deux amours tandis qu'au loin gronde la guerre. L'amour, la guerre, la mort : rien de nouveau sous le soleil.

Et je nourris un projet fou, si fou que je n'en ai parlé à personne de crainte d'être découragée. C'est pour le coup qu'on me rirait au nez : faire du *Cid* un opéra-rock. Parce que, bien sûr, rock, pop, rap, je suis fan également. Ne parlons pas du jazz. J'ai donné un nom à mon rêve : « VA, COURS, VOLE. » L'appel lancé par Don Diègue à son fils Rodrigue pour venger son honneur bafoué par Don Gomès. Bien sûr, il faut ajouter : « Et nous venge. » À vengeance, je préfère « revanche ». N'avons-nous pas tous une revanche à prendre sur ceux qui ne nous jugent pas à notre propre valeur ?

En attendant, je récolte un bon paquet de points d'avance aux épreuves anticipées du baccalauréat.

Je viens d'avoir dix-sept ans, c'est la terminale. « Et après ? », l'angoissante question que se pose toute la classe, sans compter les parents. La plupart des élèves sont dans le vague, comme si rien ne les tirait vers le futur. Quelques-uns ont leur idée, une envie, un désir. Quand Armelle a lancé qu'elle se marierait, aurait beaucoup d'enfants, d'animaux domestiques, et resterait à la maison, les copines ont ri, les garçons ont applaudi. On sait bien que, maintenant, tous et toutes doivent pouvoir gagner leur vie, avoir un métier dans les mains.

Dans mes mains, j'ai ma plume, dans ma poitrine, ma passion. Avec tout le tact, la tendresse possible, mon père, entrepreneur – ce beau mot – qui travaille dans l'aéronautique et permet aux avions de voler, m'a expliqué qu'écrire des chansons, sauf de très rares exceptions, ne nourrissait pas son homme. D'ailleurs, il n'existe pas d'école pour apprendre ce métier-là. Ceux qui y ont réussi avaient une culture musicale, pratiquaient un instrument.

— Ce qui n'est pas ton cas, ma chérie. Je ne te dis pas de renoncer, mais, à dix-sept ans, tu as toute la vie devant toi. Je ne voudrais pas que tu regrettes de n'avoir pas prolongé tes études. Je te fais confiance pour trouver une direction qui t'ouvrira de beaux et enthousiasmants horizons.

Une mention « très bien » m'ouvre grand la porte d'une prestigieuse école de commerce.

— Tu pourras toujours écrire des chansons à tes moments perdus, me console ma gentille maman.

Moments perdus. Moments où l'on met le meilleur de soi-même ?

*

Les mots « Musique Hall » s'inscrivaient en lettres de couleur, lettres dansantes, sur le mur blanchi à la chaux d'une sorte de hangar situé au fond d'une impasse, dans le quartier Pasteur, en effet non loin du nôtre.

— Si vous avez encore une minute, avait dit Alma.

Il nous en a fallu presque trente pour arriver, le temps qu'elle me raconte qui était celle que nous venions « sauver ».

Viviane Hazan était l'épouse d'un grand bijoutier. Elle habitait Paris, rue de Rivoli, et avait deux jeunes enfants dont une gouvernante s'occupait afin de lui permettre de recevoir – princièrement – les clients de son mari et de l'accompagner dans ses nombreux voyages d'affaires.

J'ai pensé à Gersande, l'épouse d'Emerick : « Femmes faire-valoir » ?

Musique Hall était animé par un dénommé Mathis, grand ami de Viviane, DJ à Paris. Il y recevait des jeunes de Saint-Cloud que la musique branchait et montait avec eux de petits spectacles qu'ils donnaient sur place.

Une place que Viviane l'aidait à gérer, notamment

en venant y faire le ménage, ce qui lui était interdit chez elle par le nombreux personnel.

— À la vérité, elle se plaît mieux ici que dans son beau quartier avec les « vieux friqués », comme elle appelle les clients de son mari, a constaté Alma en riant. Et puis, écoutez ce silence !

Au fond de l'impasse tapissée de lierre et autres plantes grimpantes, on n'entendait que le murmure du temps coulant au rythme des poètes.

Ma voisine est descendue de la voiture avec mille précautions pour ne pas réveiller Brieuc endormi.

— Viviane me raccompagnera dès que Mathis sera arrivé. Ça vous chante de jeter un œil ?

Si ça me « chantait » ?

J'ai laissé les clés sur le tableau de bord, jeté la raison par-dessus bord et je l'ai suivie.

## 16

L'espace était tendu de rideaux grenat auxquels étaient suspendus des affiches, des photos d'artistes, quelques instruments de petite taille. Sur une estrade, un long piano noir, une batterie. Çà et là, des pupitres, des partitions. Partout, comme le frémissement d'une armée assoupie attendant le signal, un cœur impatient réclamant de battre : la musique.

J'étais de retour chez moi.

— Please, on retire ses baskets. Je viens de passer l'aspirateur !

Entre deux rideaux, Viviane est apparue.

Si Adèle aurait détesté Adrienne, elle aurait adoré la mince et élégante jeune femme en tailleur-pantalon, corsage de soie, collier de perles, talons hauts, qui chaloupait vers nous.

Docilement, Alma a retiré ses bottes, moi mes baskets pourries. Viviane a effleuré du bout d'un ongle manucuré le bonnet marin :

— Salut, le matelot !

Elle a embrassé Alma sur les deux joues, bouche gourmande, cheveux châtains mi-longs, yeux clairs, ravissante. Puis son regard est venu sur mon visage sans maquillage, mes cheveux-broussaille. Il est descendu sur mes vêtements souillés – Adèle m'aurait reniée – et elle a demandé :

— On se connaît ?

— Mais bien sûr, c'est Adeline. Adeline Clément. Vous vous êtes forcément rencontrées chez moi, a répondu Alma, tu sais, la « Villa », en face de la maison.

Et, à mon grand soulagement, elle a ajouté :

— Nous venons de chez M. Georges.

— Je vois, a dit Viviane avec un sourire qui m'absolvait.

Son front s'est plissé :

— Ne seriez-vous pas la femme du beau juge ?

— Chasse gardée. On ne touche pas ! ai-je lancé.

Et l'amitié s'est installée.

Nous sommes entrées plus avant dans la salle. Le frémissement s'est accentué. Mes oreilles ont bourdonné.

— Alors, qu'est-ce qui lui arrive, à notre Mathis ? s'est enquise Alma.

— Disparu, envolé, muet. Portable aux abonnés absents. Et c'est monsieur qui a les clés de la baraque, et c'est interdit de partir sans tout boucler, et si je ne suis pas à treize heures pétantes place Vendôme pour bambocher avec le Qatar et son harem, mon cher et unique époux me répudie. Merci d'être venues prendre le relais.

Elle nous a entraînées vers les tentures :

— J'ai appelé le chauffeur. Il devrait être là d'ici une vingtaine de minutes, juste le temps de s'en jeter un p'tit, OK ?

Nous sommes passées de l'autre côté du décor : les coulisses ?

— Le gourbi de l'artiste, a-t-elle résumé.

Un loft en longueur. À la queue leu leu, vestiaire, bureau, chambre, douche et la cuisine, claire, *clean*, pimpante, dont la fenêtre donnait sur un jardin en pente en haut duquel se prélassait une belle bâtisse en pierre meulière, terrasse, volets blancs.

— Prenez place, mes chères.

Nous nous sommes assises sur de vraies chaises, devant une vraie table de bois où un verre à demi plein était posé, près duquel elle en a ajouté deux. Puis elle a sorti du réfrigérateur une bouteille de vin blanc, nous a servies, s'est resservie.

— Un petit vin de Loire, fruité comme il faut, rien de tel pour se mettre en appétit avant le repas.

L'apéritif ? À cette heure ? J'ai regardé la pendule au mur : presque midi ! « On n'en a pas pour longtemps »… « Si vous avez encore une minute »… « Ça vous chante de jeter un œil ? »… Cela faisait trois heures que j'avais quitté la maison. J'ai vu un café, coulant sur le tapis comme des larmes noires, partout la chienlit.

Viviane ouvrait le rideau sur la musique. Le piano noir est apparu. Tant pis pour la chienlit ! Elle s'est assise et elle a levé son verre.

— Tchin !

« Au nouveau chapitre de la vie de votre mère », avait lancé Hugo la veille. Nouveau, le chapitre ? Il me semblait au contraire effectuer, sans pouvoir résister, un vertigineux retour en arrière.

Je me suis éclairci la voix – pas facile – et j'ai demandé :

— Viviane, expliquez-moi comment ça se passe ici ?

— Ouverture mercredi, samedi, dimanche à partir de dix-sept heures. Ça ne désemplit pas : en majorité des petits fauves masculins.

— Respectueux du règlement, a ajouté Alma.

— Le règlement ?

— Ni alcool, ni fumée, ni dope, a repris Viviane. Tenue correcte, lieu sacré, lieu culte.

Elle a souri :

— La preuve ? Vous avez vu : on retire ses chaussures en entrant. La musique comme religion, Mathis pour grand prêtre. Respect.

Mot prononcé par mes enfants hier.

— Et les « petits fauves » l'acceptent ?

— Les petits fauves en redemandent. C'est même eux qui virent à coups de pied au cul ceux qui s'amusent à le transgresser. Ça ne plaît pas à certains. On a droit à des représailles. Ça va du caillassage aux départs de feu. On a dû installer une alarme.

Et, comme elle prononce le mot « alarme », d'un coup les choses se précipitent.

Sans respect aucun, Brieuc se met à hurler.

— C'est l'heure de sa bouillie, se désole Alma. Il doit mourir de faim.

Elle plonge le nez dans le kangourou :

— Et je n'ai pas pris de quoi le changer, le pauvre loup. Ça craint !

À la porte de Musique Hall, un homme apparaît : costume sombre, cravate, casquette. Il crie :

— Quand vous voudrez, madame.

— Tout de suite, Germain, répond Viviane.

Elle se lève prestement, remet la bouteille dans le réfrigérateur en m'adressant un malicieux « règlement »… enfile un blouson doublé de fourrure, s'engage dans la salle.

Alma, le bébé hurleur et moi lui emboîtons le pas. Tout en marchant, Viviane consulte son mobile. Parvenue près de Germain qui lui tient la porte ouverte, elle s'arrête.

— Le maître a enfin daigné commettre un texto : il ne devrait pas tarder. Alma, si tu veux, je te dépose chez toi en passant. Tu pourras nourrir ton loupiot.

Elle se tourne vers moi :

— À condition que vous acceptiez de rester encore quelques minutes, Adeline.

— Qu'est-ce que je vous avais dit : ici, on n'a pas le temps de chômer, enchaîne Alma, radieuse, sans me laisser la possibilité de répondre.

Elle enfile déjà ses bottes. Propres. Du bout de son escarpin, Viviane expédie dans l'ombre mes Nike *dead*.

— Si je peux me permettre un petit conseil, Adeline, changez-vous. Vous trouverez un panier de frusques propres dans la salle de douche. Pourrez-vous dire à Mathis que je serai là vers seize heures ?

La porte se referme, le bruit d'un moteur noie les cris du loupiot de mer. Je suis seule.

« Si je peux me permettre un petit conseil »…

Tenue correcte, règlement, respect…

Je fonce côté coulisses : la salle de douche. Est-ce bien moi, dans la glace, cette femme échevelée, sale-dégoûtante et qui, horreur, n'a fait ce matin qu'un semblant de toilette ?

« Quelques minutes ». En trois, je suis sous l'eau, la tête bourdonnante, les idées sens dessus dessous.

J'ai huit ans, j'ai seize ans, j'ai trente-neuf ans. Qui est là ? L'enfant, l'ado, la femme ?

Je me shampouine de haut en bas, de bas en haut. Si cela pouvait m'aider à revenir sur terre.

Une main écarte le rideau.

— Tiens, Ondine ! dit Mathis.

Et je m'entends répondre :

— Non. Chimène.

## 17

Il y a plusieurs façons de survivre à la honte. Vous courez vous cacher dans un coin en attendant que tout le monde soit parti, la tête entre les genoux, le feu aux joues, la rage au cœur d'avoir été si bête, si nulle, rien : vous.

Vous pouvez aussi vous cacher sous un torrent de mots, d'explications oiseuses, de rires si vous en êtes capable, d'humour si vous en avez le don, le tout sonnant comme de vaines excuses qui ne trompent personne.

C'est ce que je faisais, de retour à la cuisine, en face de cet inconnu qui m'avait vue nue. Un corps nu de quarante berges, avec ses faiblesses, ses fêlures, ses battements d'aile, ses déjeuners de soleil, ses « à peu près », ses « bientôt plus », ses « encore un peu ». Cet homme qui avait pris son temps pour faire l'inventaire, pas plus gêné que ça, comme si c'était tous les jours qu'il trouvait une Ondine sous sa douche. Et, en lui lançant le nom de Chimène, me servant de mon héroïne comme d'un bouclier, c'était mon âme que j'avais mise à nu.

Cheveux tordus dans une serviette éponge, visage délabré, vêtue d'un pantalon dix fois trop grand pour moi, comme le pull à col roulé mité trouvé dans le

panier, épaisses chaussettes de ski, faute d'y avoir
dégotté chaussure à mon pied, je lui racontai, dans
un flot de paroles, ma passion d'enfance pour les
mots, la poésie, et mon rêve de les mettre en chanson.
Et dans la foulée – bien obligée – ma lubie, mon
utopie : faire du *Cid* un opéra-rock, moi Chimène,
rien que ça.

— Tout ça ! a-t-il constaté tranquillement.

Lui, impeccable : pantalon noir, tee-shirt assorti
orné d'une étoile d'argent. Beau ? Beau. Cheveux
châtains, yeux brun ardent, bouche bien dessinée,
barbe légère. Âge ? Trente-cinq, quarante. Quelques
fils blancs dans les cheveux, quelque chose dans le
regard – tristesse ? mélancolie ? – qui brouillait les
pistes.

Il m'a resservie de café, un vrai, un bon, un trop
chaud qui brûlait la gorge, tant pis, tant mieux : deux
secondes d'oubli.

— Et le rêve s'est réalisé ?

Mon rire, lui, m'a brûlé le cœur.

— Bien sûr que non !

— Pourquoi ça, « bien sûr » ?

Le flot a repris : douée en maths, mention « très
bien » au bac, père entrepreneur, école commerciale,
PlanCiel, Hugo, les enfants.

— Ça n'a pas dû être facile, a-t-il constaté les yeux
au fond des miens.

J'ai détourné le regard.

— Vous savez, mon travail était super-intéressant.
Je m'y suis beaucoup plu.

— « Était » ? Vous ne vous y plaisez plus ?

Là, j'ai conclu : ma décision de prendre un congé
sabbatique pour profiter un peu des miens et

m'octroyer du temps avec un grand T. À nouveau, j'ai ri : et puis cette première matinée pour le moins colorée : Alma, Adrienne, Viviane… J'ai évité de parler de mes amies de Wisteria Lane.

— Mais alors, vous allez pouvoir renouer ! s'est réjoui le musicien.

Une tempête s'est levée dans ma poitrine. Dans ma décision de m'offrir une nouvelle vie, y avait-il cet espoir-là ? Renouer avec un rêve brisé ? Chimène-Chimère ? Je me suis entendue protester d'une ridicule voix de gamine attardée.

— C'est pas juste !

Mathis a souri.

— Qu'est-ce qui est pas juste ?

— Y a que moi qui parle, vous rien.

D'un geste ample, naturel, il a enveloppé la salle de musique comme on désigne le monde qu'on s'est choisi.

— Moi, tout ! Tout ça.

C'est l'histoire d'un petit garçon, fils unique d'un père militaire et d'une mère aux ordres. Ils vivent à Paris dans un vaste appartement près des Invalides. Les paroles qu'il entend le plus souvent dans la bouche de son père : « Je te ferai plier. » Le colonel de Bourlan fait plier ses hommes, il fera plier l'enfant qui résiste, se cabre, refuse de marcher au pas, d'obéir sans discuter.

— D'où des moments un peu difficiles, remarque sobrement Mathis.

Ce matin-là – il a huit ans –, mercredi, jour de congé, c'est sa mère qui en a pris pour son grade, accusée, elle, de se montrer faible avec lui. Mathis n'en peut plus, il s'enfuit, dévale les escaliers du bel immeuble, se retrouve au rez-de-chaussée. En chaussons.

Là exerce le docteur Emmanuel Tardieu, chirurgien-dentiste. La famille de Mathis n'est pas cliente. Le militaire ne fraie pas avec les voisins : chacun chez soi. Certains propriétaires se plaignent de l'odeur qui imprègne le luxueux hall marbré, celle du clou de girofle, baume utilisé pour soulager les nerfs douloureux, présent dans de nombreux produits dentaires. Une odeur qui va devenir, pour le petit garçon, celle du paradis où officie un homme qui porte deux fois Dieu dans son nom : Emmanuel, Tardieu.

Il est un peu plus de neuf heures. La porte est entrouverte, l'assistante au téléphone, Mathis parvient à se glisser sans être vu dans la salle d'attente, où il prend place près d'un client.

— C'est là, comme disent les croyants, que j'ai eu la révélation.

Celle de la musique, venant du cabinet où le praticien opère, retransmise par un haut-parleur : une musique douce, apaisante, qui vous porte, vous emporte. Le ciel qui vibre sous un vent léger, une vague qui lisse sans fin le sable, dans le ciel, le passage d'une compagnie d'oiseaux.

Le corps de l'enfant se détend. Voici que, pour la première fois, il parvient à pleurer ailleurs que caché sous les draps de son lit.

— Me découvrant, Emmanuel Tardieu n'a rien manifesté, juste un petit mouvement du menton qui signifiait : « Reste. »

Lorsqu'il était venu le chercher, sa consultation terminée, il ne portait plus sa blouse. Il lui avait tendu la main : « Allez, viens ! » et il l'avait emmené dans son cabinet.

— On dirait que tu préfères monter tes cinq étages à pied plutôt que de prendre l'ascenseur, avait remarqué le docteur après l'avoir fait asseoir près de lui.

— J'ai su qu'il avait tout compris, a dit Mathis : « monter à pied »... quelques minutes gagnées sur la tourmente, le tourment.

Si l'odeur du baume, apaisant les nerfs à vif, imprégnait le hall, l'écho des colères du colonel Hugues de Bourlan irritait régulièrement les tympans des habitants de l'immeuble.

Peu de mots avaient été prononcés durant cette première rencontre. Trop nombreux, trop longtemps retenus, ils refusaient de passer les lèvres du petit garçon. Aux questions très légères du médecin, il s'était contenté de répondre par des clignements de paupières, comme font ceux qui, après un accident, reviennent doucement à la vie. Un clignement pour « oui », deux pour « non », les yeux fermés pour « je ne sais pas ».

— Tu seras toujours le bienvenu ici, avait dit Emmanuel Tardieu en le reconduisant dans le hall.

Mathis avait cligné une fois des paupières et, pour remonter chez lui, il avait pris l'ascenseur.

La salle d'attente était devenue son refuge. Consigne était donnée de le laisser entrer et, chaque mercredi, un rendez-vous lui était réservé : une heure durant laquelle, assis sur le fauteuil de soins, il avait peu à peu réussi à détendre son cœur, à livrer ses sentiments, appris tout simplement à parler, accompagné par la musique.

Bien que ne pratiquant aucun instrument, Emmanuel Tardieu était grand amateur. Il affirmait qu'elle lui était aussi indispensable qu'à ses patients pendant qu'il les soignait. Voyant l'intérêt qu'y portait Mathis, il avait entrepris de faire son éducation en variant les programmes : musique classique, musique moderne. Opéra et chansonnette. De Bach au free jazz, de Pavarotti à Bashung, de Fischer-Dieskau à Michel Sardou.

— Un jour, j'ai regardé les instruments brillants alignés sur la tablette, près du fauteuil : instruments de précision dont tous disaient que le médecin les utilisait avec art, et je lui ai dit : « Vous aussi, vous êtes instrumentiste. » Il n'a pas dit « non ». En avait-il rêvé ?

Mathis ne saurait jamais comment son protecteur s'était débrouillé. Il avait rencontré son père et obtenu de celui-ci l'autorisation de l'inscrire au conservatoire de musique du quartier.

— Et là, enfin, je ne me suis plus contenté d'écouter, j'ai FAIT.

Année après année, il s'était familiarisé avec la plupart des instruments, se donnant davantage au piano. Il avait suivi assidûment les classes de composition, d'harmonie et de contrepoint. Un jour, se promettait-il, il offrirait aux jeunes en déshérence, avec sa musique à lui, un peu de la lumière qui lui avait été donnée.

À dix-huit ans, approuvé par sa mère qu'il avait, par son courage, aidée à résister un peu moins mal aux oukases du militaire, il avait quitté le domicile familial, la tête haute, en s'offrant le luxe de ne pas claquer la porte.

Accueilli dans sa maison de Saint-Cloud par celui qu'il considérait à la fois comme un père et un ami, il avait très vite trouvé du travail dans une boîte de nuit de la banlieue parisienne, puis dans une très fameuse, au cœur de la capitale, ce qui lui avait permis de prendre son indépendance. Enfin, il y avait quelques années de cela, parachevant son œuvre, Emmanuel Tardieu avait mis à sa disposition le lieu où nous nous trouvions afin de lui permettre de réaliser son rêve : créer avec et pour les jeunes cette musique qui l'avait tiré de la nuit.

\*

Il me sourit.

— Voilà, Adeline, je vous ai tout dit.

Je vois le petit garçon muet, tremblant, dans la salle d'attente du médecin. Je vois le médecin lui tendre la main. C'est donc ça, la tristesse, cette mélancolie dans son regard : une histoire de père. Il aurait suffi qu'Emmanuel Tardieu, le découvrant là, le raccompagne à la porte : « Ta place n'est pas ici, retourne chez toi », pour que change son destin.

Je regarde le piano noir sur l'estrade. Un instrument semblable m'apparaît, et un homme au clavier qui me dit : « Votre place n'est pas ici, rentrez chez vous. » Une main glacée m'empoigne le cœur. Je n'ai donc rien oublié ?

Très vite, je demande :

— Qu'est devenu Emmanuel Tardieu ?

— Voilà un bon nombre d'années qu'il a pris sa retraite.

Il désigne la belle demeure sur la colline.

— La maison de famille. Une dizaine de pièces qui sonnent le vide depuis que son épouse est partie, emportée par un cancer. Leurs deux enfants font carrière à l'étranger. Une gouvernante, à demeure, veille sur lui. Il lui arrive de descendre jusqu'ici. Je monte le voir chaque jour.

Son visage s'assombrit.

— La gouvernante m'a appelé ce matin en catastrophe. Il n'était pas bien : le cœur ! Nous avons appelé les pompiers. Il est à l'hôpital.

— C'est grave ?

— C'est la vieillesse qui l'est : il a quatre-vingt-sept ans. Et ce n'est pas la première alerte.

Il se secoue, me sourit.

— Et vous ? La petite fille ?

— Choyée, parents unis. La première fois que je suis allée chez le dentiste, je l'ai mordu au sang.

Je montre ma bouche :

— J'en ai encore le goût délicieux.

Là, il rit :

— Vampire !

Il tend la main et retire par surprise la serviette éponge qui retient mes cheveux. Ils dégringolent en tortillons humides sur ma nuque. Dire qu'autrefois, ajoutés à la couleur de mes yeux, ils me valaient d'être comparée à Elizabeth Taylor !

Et voilà qu'il se lève, m'entraîne dans la salle, m'oblige à monter sur l'estrade, se met au piano.

— Maintenant, chante, Chimène ! Sans fioritures, comme ça te vient. Chante-toi, dis-moi.

La tempête se lève, les sanglots montent comme une lame de fond, m'étouffent.

— On est quittes, Adeline, je vous ai tout dit.

Pas moi, pas tout. Pas la honte que le temps est impuissant à effacer, celle qui, où que l'on se cache, vous colle à la peau, la honte inavouable d'être soi, du vent, des rêves imbéciles bâtis sur du sable. Rien.

Écoute, Mathis…

## 18

J'ai dix-sept ans, je suis en terminale : excellents résultats, encouragements des professeurs : « Adeline ira loin. »

Loin où ? Jusqu'où ?

Fort de mon apparente soumission à ses conseils, mon père pense que mon choix est fait : une école commerciale. À la vérité, je ne suis pas encore décidée, et plus l'échéance approche, plus vive est mon angoisse. Terminale : terminus de mon rêve ?

À la télévision – c'est la mode –, des artistes divers, devenus vedettes, viennent raconter comment, tout petits, ils avaient déjà une belle et folle idée en tête. Combien ils étaient nuls à l'école, réprimandés, punis, moqués par leurs camarades, parfois bouclés en pension par leurs parents. Mais rien n'y faisait, ils serraient les dents, ils encaissaient, convaincus qu'un jour ils atteindraient leur but. Et voilà, regardez-moi et admirez, j'y suis, comblé, reconnu, triomphant.

Pour ma folle idée à moi, partagée entre les mots sages d'un père que j'aime et ceux de Chimène qui scande à mon oreille : « Maintenant ou jamais », je suis plongée dans une douloureuse incertitude. La nuit, à demi éveillée, il m'arrive de rêver qu'un accident, une fièvre subite, une opération d'urgence –

tiens, une péritonite, pourquoi pas ? – m'empêche de me présenter aux épreuves, me laisse une année de plus pour convaincre mes parents. Me convaincre ?

Seule Dorothée, ma meilleure amie, est dans la confidence. Je lui ai montré les poèmes arrangés à ma façon, ils lui ont plu. Elle comprend mon dilemme… cornélien.

Sa sœur aînée, Isabelle, qui s'ennuie dans un morne et répétitif boulot d'aide-comptable, fait partie d'une chorale. Elle affirme que le chant lui permet de respirer. Comme je la comprends, moi qui étouffe à l'idée de devoir renoncer pour me consacrer aux chiffres.

Et Dorothée a une idée : m'obtenir, par l'intermédiaire de sa sœur, un rendez-vous avec son chef de chœur, un homme admiré, respecté de tous. Je lui soumettrai mes poèmes, lui exposerai mon grand projet. Il me donnera son avis, un conseil peut-être.

Mais, bien sûr, voilà ce qu'il me fallait ! Un simple « C'est bien », un « Vous êtes sur la bonne voie », et je m'envole.

Je rassemble fiévreusement, dans un dossier, le meilleur de mon œuvre. Sans oublier quelques écrits « de jeunesse », vers empruntés à mon poète préféré : Victor Hugo.

Le rendez-vous est obtenu. Je ne vis plus. Ou, plutôt, j'attends de vivre enfin.

*

Il est huit heures du soir, nuit tombée. Dorothée et moi, nous avons assisté, dans le fond de la salle du conservatoire municipal du seizième arrondissement de Paris, à la répétition de l'*Ave Maria* de Schubert pour chœur et orchestre. Du très classique, du magnifique.

La répétition terminée, les chanteurs quittent les lieux les uns après les autres. Je leur trouve un visage heureux. Isabelle vient me chercher. « Bonne chance », murmure Dorothée. Il paraît que ça ne se dit pas, ça me fait du bien quand même. Sa sœur me conduit sur l'estrade, me présente à celui qu'elle appelle « le maître », puis se retire discrètement. Elle m'attendra avec Dorothée au bistro voisin.

Antonio – on ne le nomme qu'ainsi – a une bonne cinquantaine d'années, cheveux et costume gris, visage sévère, austère. Dans le regard, l'impatience de l'artiste.

— Alors, mademoiselle. Il paraît que vous vous intéressez au chant ?

— À la musique, monsieur. Je la mets dans les mots, les vers. J'en fais des chansons.

Et d'une voix tremblante – j'ai tant envie de convaincre, j'ai si peur soudain –, j'ajoute :

— Depuis toujours.

L'un des sourcils du maître se lève.

— Rappelez-moi votre âge ?

— J'ai dix-sept ans.

Il sourit : « toujours », dans mon cas, ça ne fait pas bien longtemps !

— Isabelle m'a parlé de votre projet. Montrez-moi ça.

« Ça » ?

Il tend la main, je lui remets mon précieux dossier. Il le pose sur le piano, l'ouvre, le feuillette, visage impénétrable, le referme déjà. Dans le regard qu'il relève vers moi, de l'ironie ?

— Pratiquez-vous un instrument ?

— J'ai fait un peu de piano.

— Du solfège ?

— Un peu aussi.

Il montre le dossier.

— Avez-vous l'intention de composer la musique de ceci ?

« Ceci » ?

— Mais non, bien sûr ! Je ne pourrais pas. Isabelle ne vous l'a pas dit ? Je veux simplement être parolière.

Et cette fois, j'ajoute :

— Quand j'écris, j'entends la musique dans ma tête.

Il hoche la sienne.

— Un peu de piano... un peu de solfège... cela ne vous paraît-il pas « un peu » léger ? Et être parolière n'est pas aussi simple que vous semblez le penser. La musique dans votre tête ? Eh bien, nous allons voir ça, vérifier votre oreille et votre voix.

Il s'installe au piano, soulève le couvercle.

— Vous allez répéter après moi, s'il vous plaît.

Pourquoi suis-je restée ? La question me hante encore. Le ton dédaigneux du chef de chœur, son regard hautain, toute son attitude m'indiquait que la partie était perdue. Je ne pourrais que m'enfoncer davantage. Je me suis également souvent demandé ce qu'il serait advenu de moi si j'étais partie. On peut vivre toute sa vie en berçant sa peine, se berçant d'illusions, la lumière de l'espoir en veilleuse : demain, peut-être. Plus tard, qui sait ?

Je suis restée.

Du bout du doigt, il a frappé quelques notes que j'ai répétées du mieux que j'ai pu.

— Plus fort, mademoiselle, on ne vous entend pas.

« Crapaudine a une voix de têtard », se moquaient mes frères, jusqu'au jour où ils m'avaient surprise, sanglotant de rage dans ma chambre.

En un sursaut de fierté, j'ai reconnu :

— Plus fort, je ne peux pas, monsieur. C'est pour ça que je n'ai jamais eu l'intention de chanter moi-même mes compositions.

Il était loin, le mot « œuvre » que, ce matin encore, je prononçais avec fierté.

Il a rabattu le couvercle du piano, il s'est relevé et là, tout simplement, il m'a tuée.

— Vous n'avez en effet qu'un tout petit filet de voix, mademoiselle. Et si votre oreille est juste, sachez que vous chantez faux.

Faux ? Je chantais faux, moi ? Un tout petit filet de voix, faux en prime ? Un rire glacé s'est répandu dans ma poitrine, dévastant tout. Comment écrire des chansons lorsqu'on chante faux ? Mon but, mon rêve, ma gloire future : de la triche, une supercherie, un leurre, un mirage.

— De là, sans doute, votre incapacité à mettre des notes sur votre prose, a continué impitoyablement le chef de chœur, l'homme admiré, respecté de tous.

Ma prose ? Voyons, maître, mon ŒUVRE ! Oui, à mourir de rire.

— Quant à votre projet concernant *Le Cid*, Corneille, il me paraît pour le moins présomptueux. Si je puis me permettre un conseil, oubliez ce genre de fantaisie, excusable à votre âge. On ne s'attaque pas impunément aux grands. J'ai vu que Victor Hugo était présent dans vos papiers. Savez-vous ce que le poète disait ? « Défense de déposer de la musique le long de mes vers. »

La fille qui chantait faux a repris son dossier de gribouillages. La fille au filet de voix a quitté la salle comme une voleuse. Voleuse de mots, de vers, de talent, de génie. Elle est sortie par la petite porte, celle de derrière, afin de n'être vue de personne.

La suite, on connaît.

*

— Le con ! gronde Mathis.

Il s'empare de force de mes mains.

— L'important, Adeline, c'est l'oreille. Dans votre tête, vous chantez juste. Une voix fausse ne résiste pas à quelques exercices et, avec un peu de travail, un filet de voix se développe. J'en connais qui sont devenus voix d'opéra. Quant à Victor Hugo, il se retournerait dans sa tombe… de bonheur, en entendant la musique mise sur son œuvre. Il y a toujours eu, il y aura toujours de petits esprits pour crier au sacrilège lorsque des artistes auront l'audace de faire revivre les grandes œuvres du passé en les adaptant au présent.

Mes larmes coulent que j'ai retenues durant tant d'années. Mais lui, Mathis, a eu l'attention de l'homme qui portait Dieu dans son nom, alors que tout l'amour de ma famille n'a pas réussi à forcer la porte derrière laquelle j'avais muré ma honte. Je n'ai plus revu Dorothée. J'ai beaucoup et bien travaillé.

119

J'ai réussi à PlanCiel. Avec un mari et des enfants aimés, j'ai eu des moments heureux en pagaille. Je croyais avoir éteint la dangereuse mèche de l'espoir. Un brûlant et douloureux coup de grisou m'enflamme. « Artiste »… « Audace de l'artiste »… Mathis a-t-il bien prononcé ces mots ? M'étaient-ils adressés un peu ?

— Arrête de pleurer, ordonne-t-il. Si tu veux, je te montrerai.

Il fouille dans sa poche, en tire un mouchoir, me le tend.

— On commence quand ?

Et alors qu'il prononce ces mots, la porte d'entrée s'ouvre à toute volée : Viviane !

— Pardon, pardon, je suis en retard. Un foutu camion en travers du boulevard, je vous raconte pas les embouteillages.

Elle vole vers nous :

— Je vois que Mathis n'est pas resté seul.

L'enlace, l'embrasse, si belle, légère, joyeuse. Amoureuse ? Aucun doute, ils sont amants. Pourquoi mon cœur se serre-t-il ?

— Alors, mon cœur, qu'est-ce qui t'est arrivé ? Rien de grave, au moins ?

— Une très grosse peur pour Emmanuel : il est à l'hôpital.

— Viens me raconter ça, je meurs de soif.

Elle le précède vers la cuisine, me sourit au passage :

— Vous restez encore un peu, Adeline ?

Je bredouille :

120

— Non merci, il faut que j'y aille, je vous rappellerai.

Je file vers la porte. Il me semble que Mathis m'appelle, que Viviane rit. Je cours sur le chemin qui mène à la grille. Il pleut, manquait plus que ça ! Je monte dans ma voiture, tourne la clé de contact. L'horloge de bord indique cinq heures. Dans une demi-heure, les enfants commenceront à rentrer. « Si vous avez encore une minute »… À Musique Hall, elles pèsent sacrément lourd, les minutes ! Accomplissant ma marche arrière, je m'aperçois que je suis en chaussettes de ski… À Musique Hall, on perd facilement la tête ! Tant pis pour les chaussettes. Pas question d'y retourner. Jamais.

Le camion est toujours en travers du boulevard. On n'entend que le grand opéra des klaxons, le requiem des rêves perdus, le sourd accompagnement de sanglots retenus.

*

Il était dix-huit heures trente quand j'ai poussé la porte de la Villa.

— MAMAN !

Le cri horrifié d'Adèle m'a accueillie. Tout le monde – mon monde, mon univers, ma vie ? – était au salon, même Hugo, rentré plus tôt pour voir comment s'était passée la première journée de la femme au foyer.

Les regards incrédules sont allés de mon pull mité à mon pantalon de clown et à mes chaussettes de ski. Ne parlons pas de l'épave qui les portait. Ils avaient eu tout le temps de goûter au spectacle de la cuisine-chienlit et du salon-bordel. Dans son coin de canapé, Elsa cherchait à disparaître sous un coussin. Même le Saint, assis à côté d'elle, semblait en avoir perdu son latin.

— Mais qu'est-ce qui t'est arrivé, ma pauvre chérie ? s'est exclamé Hugo, consterné. D'où sors-tu ?

— Et qu'est-ce que tu as fait, à part regarder un feuilleton débile ? en a rajouté Adèle en brandissant le DVD que vous savez.

Vous décidez de réaliser un rêve.

On sonne.

Vous ouvrez.

Et c'est un rêve brisé d'enfant qui vous attend.

On ne refait pas sa vie en jetant l'ancienne par-dessus bord.

Personne n'a tout pour être heureux.

# PARTIE 2

*Merry Christmas*

## 19

« Nous avons tous des moments de parfait désespoir, mais lorsque nous décidons de regarder le problème en face, nous nous sentons plus forts. »

Tel est le message envoyé du ciel par Mary-Alice à
ses amies de Wisteria Lane. Mary-Alice, mère et
épouse exemplaire, modèle de femme au foyer épa-
nouie, qui, ce matin-là, par un soleil radieux, après
avoir nettoyé sa maison, fait les courses et préparé le
repas du soir, sort tranquillement un revolver du placard de sa chambre et se tire une balle dans la tête.
Pan !

Et Susan, la célibataire gaffeuse, Bree, la trop parfaite, Gabrielle, l'insatisfaite, s'interrogent : le bonheur de leur amie n'était donc que de la frime et son
problème si lourd que le regarder en face ne pouvait
que la conduire à mettre un terme à sa vie ?

Lequel, laquelle d'entre nous n'a de blessures au
cœur – douleurs d'enfance, amours perdues, rêves
explosés, que nous cachons sous des sourires, des
rires –, dont nous cherchons vaille que vaille, parfois
avec vaillance, à nous convaincre qu'elles sont cica-
trisées. Existe-t-il des vies sans failles, planes, lisses ?
Heureusement non, car alors c'est d'ennui que nous
péririons.

Cette journée m'avait jeté en pleine figure ce que je refusais de voir : la blessure n'était pas refermée. Oh, rien de grave, rien qui justifie de sortir le revolver du placard : un petit épanchement d'humeur qui parfois brouillait mes plaisirs, une brève brûlure lorsque Elsa réclamait des leçons de piano, le passage furtif sur mon cœur de l'aile grise du regret.

Eh bien, j'allais suivre le conseil post-mortem de Mary-Alice, regarder le problème en face une fois pour toutes. Eh bien non, tu ne seras jamais Chimène, tralala. Sûr et certain, tu n'écriras jamais d'opéra-rock, tralalère. Pas de quoi en faire une pendule, fini, terminé, point final.

*

En attendant de tourner la page, cette fois pour de bon, la clocharde en chaussettes de ski, ravigotée par un doigt de porto (péché mignon) versé par un mari indulgent, a narré à sa famille éberluée son équipée sauvage au royaume des lombrics, ne négligeant aucun détail sur la mine d'or insuffisamment exploitée de leur urine. Et lorsqu'en conclusion, dopée par un second doigt de porto – au diable la sagesse –, j'ai révélé le nom du cousin marin de notre *lumbricus* champêtre : « Aphrodite », j'ai eu droit à quelques rires.

— Pas de questions ? ai-je demandé à mon public, souhaitant en rester là sur l'emploi du temps de ma journée.

— T'as fait quoi de tes baskets ? s'est lancée Elsa, les joues aussi rouges que mes chaussettes.

— À la poubelle.

— Et ta tête pareil ? a enchaîné Adèle en tournant de façon inélégante son doigt sur sa tempe.

— À ton avis ?

— La prochaine fois que tu iras, tu pourras m'emmener, maman ? est intervenu Eugène, indiquant à son aînée qu'il me jugeait saine d'esprit.

— Mon fils aurait-il l'intention d'installer une serre expérimentale dans le jardin ? a demandé Hugo, détendant l'atmosphère sous les huées, avec l'art du magistrat expérimenté.

Chapitre clos. Je suis montée me changer.

Durant le dîner, finalement plutôt gai, élaboré avec les moyens du bord, j'ai annoncé la grande nouvelle : demain, même lieu, même heure, mêmes participants, je poserais sur la table un soufflé au fromage.

*

Dans les bras d'un mari pleinement rassuré sur la santé physique et mentale de sa femme, et qui, après m'avoir fait un joli amour tendre, dort du sommeil de l'innocence, les yeux grands ouverts, je m'abandonne à la mélancolie.

Comme il est facile de cacher les intimes séismes de sa vie à ceux que l'on appelle ses « proches », alors que, parfois, ils sont si loin ! Ni à mes parents, ni plus tard à Hugo, je n'avais osé avouer la honte éprouvée le jour de ma rencontre avec le « maître ». Et, en jetant dans la première poubelle venue, après avoir quitté la salle de concert, le manuscrit de mes espoirs assassinés, je m'étais bel et bien tiré une balle dans la tête.

— Ça ne va pas, ma chérie, tu es toute pâle ? m'avait demandé maman lorsque j'étais rentrée à la maison.

— Un peu de fièvre, c'est tout.

J'avais gardé la chambre trois jours, me laissant dorloter, berçant ma peine. Après quoi je m'étais lancée à cœur perdu dans les études souhaitées par mon père, chiffres et performances formant barrage entre mes émotions et moi, maîtrisant ma vie en la mettant en équation, finissant par me « faire une raison », oubliant que cette raison-là se construit sur du sable.

Hugo s'est tourné de l'autre côté. Si je vous disais qu'il ronflotte, il s'indignerait. Il assurerait : « C'est elle. » Il ronflotte. Je quitte le lit avec précaution, traverse la chambre, écarte le voilage.

La lune, pleine, éclaire le jardin d'une lumière blafarde, celle dont on dit qu'elle fait pousser l'herbe plus vite et rend fou.

Journée folle : j'ai livré à un inconnu ce que j'avais caché aux miens durant plus de vingt ans.

Espoirs fous : « Une voix fausse ne résiste pas à quelques exercices… Un filet de voix se développe. »

J'ai trente-neuf ans, un mari que j'aime, des enfants qui ont besoin de moi.

« Arrête de pleurer, si tu veux, je te montrerai. »

Je laisse retomber le voilage, reviens me glisser dans le lit conjugal : dors tranquille, mon Hugo, je ne veux pas. Je ne veux plus.

« On commence quand ? »

Jamais !

## 20

J'ai briqué de fond en comble les quelques pièces dont l'accès m'était autorisé en prenant à la radio des nouvelles d'un monde qui n'allait pas fort, me refusant de céder à la tentation de la musique.

Aucun appel téléphonique, ni sur le fixe, ni sur mon mobile. J'ai vérifié plusieurs fois que l'un et l'autre étaient bien en état de marche, eh oui !

Un peu avant dix heures, j'ai vu, par la fenêtre de la cuisine, Alma quitter les Sorbiers, panier au bras, bonnet marin dans sa poussette. Sitôt qu'elle a eu tourné le coin de la rue, j'ai foncé.

Du coffre de la « Salle de conf' », j'ai sorti l'iPad-cadeau d'adieu dont, sans raison précise, comme ça, pas envie, je n'avais pas parlé à Hugo. Avec ce qu'il s'était pris la veille, je n'allais pas en rajouter, aussi, plutôt que dans notre dressing-room où il risquait de tomber dessus en cherchant une seconde chaussette, ses lunettes, son agenda, ses clés, bref, tout ce qu'un homme égare dix fois par jour, je l'ai planqué dans le capharnaüm de l'ex-maison de gardien, sous trois vieilles planches tapissées de toiles d'araignée – araignée du matin, chagrin –, là où, dans les polars, l'assassin dissimule l'arme du crime, en espérant que le flair de notre James Bond maison serait impuissant à le détecter. Puis j'ai remis la clé sous le panneau solaire, à côté de celle de la boîte aux lettres, sans prendre le soin d'effacer mes empreintes, et je suis allée au marché (soufflé).

*

Il est cinq heures de l'après-midi, déjà la nuit, vivement que les jours rallongent, que se dissipe ce chagrin. Pas du tout verte, j'ai allumé toutes les lampes de la cuisine : plafonnier, rampe au-dessus de l'évier, rampette sur le plan de travail où j'ai disposé les ingrédients nécessaires au chef-d'œuvre du soir : œufs de poules élevées en plein air, gruyère râpé par mes soins, lait à température ambiante.

Sur la table, tout est prêt pour le goûter de mes écoliers. Et, trônant au centre, la première surprise : une belle brioche dorée au chapeau bai.

Justement, les voilà, annoncés par un bruissement de mignonnette s'éparpillant sous les roulettes de leurs cartables. La porte d'entrée claque, Elsa entre la première, sa doudoune encore sur le dos, bouille ronde éclairée par un sourire.

— Maman, t'es là ?

Un bisou le lui confirme.

Derrière elle, lui haricot monté en graine, Hilaire, un peu intimidé.

— Bonjour, madame.

Re-bisou.

— Pas de « madame », s'il te plaît.

— Oui, madame.

Rires, lancer de doudounes au pied du perroquet qui a l'habitude. Regards de convoitise vers la brioche.

— C'est pour nous ? salive Elsa.

— On va voir ça ! Asseyez-vous. Le chocolat, quelle température ?

— Tiède, répond ma fille.

— Chaud, s'il vous plaît, madame Adeline, suit Hilaire.

« Madame Adeline », hum ! Ça vous a un petit côté « madame Claude ». Bon, bien, j'assume.

Tandis que le lait chauffe, je peux voir Alma s'affairer dans sa propre cuisine, préparant sans doute la réconfortante soupe du soir, légumes de son potager.

Lait versé sur la poudre de chocolat, je m'arme du couteau-scie, vise la brioche, retiens mon geste, annonce :

— Brioche fraîche tous les jours... contre six lignes de dictée.

— Maman, un chantage ? s'indigne Elsa.

— Exactement.

— Et notre feuilleton ?

— Parce que vous regardez un feuilleton l'après-midi au lieu de faire vos devoirs ?

— Juste une demi-heure, un feuilleton pour les enfants, madame Adeline, plaide Hilaire.

— *L'Égorgeur*, enchaîne Elsa. Et chez Hilaire, ils sont trop de monde, avec le bruit, il entend pas.

Les cris de l'égorgé ?

J'entends la voix de Hugo : « Ils sont habitués à une certaine liberté. »

— Et il commence à quelle heure, votre feuilleton pour enfants ?

Deux voix pleines d'espoir :

— Six heures.

Il est cinq heures et quart, en pressant un peu le mouvement, ça devrait aller.

— Je vous fais grâce d'une ligne : brioche et *Égorgeur* contre cinq de dictée. Pour que vous soyez les rois en français.

— Super, maman, génial ! claironne Eugène en faisant son entrée.

Lui, pas de bruissement de mignonnette ni de porte claquée. Vous savez qu'il est là quand vous l'avez sous le nez, sursaut compris.

— Et comme le prof de français est en stage de poterie, ça remplacera, poursuit-il. C'est pour nous, la brioche ?

— Devine.

J'ajoute un bol :

— Lait comment ?

— Froid.

Lait chaud, tiède, froid, c'est ça, une famille ! Soudain, j'ai faim. Et j'y goûterais bien, à cette brioche, moi aussi. Je la décapite, distribue de larges tranches, m'octroie la tête. Nous dégustons. De l'autre côté de Belair, Alma patrouille toujours dans sa cuisine.

— C'est chouette que tu sois là, maman, constate Eugène en s'en mettant plein les babines.

— C'est cool de vous avoir.

Elsa montre la pendule : cinq heures trente.

— On commence ?

Seconde surprise ! Sur la table nettoyée, je pose deux beaux cahiers neufs à spirale, censés leur donner de l'ardeur à l'ouvrage.

— Et moi ? fait mine de râler Eugène.

— Toi, une feuille volante en attendant.

« Feuille volante », j'aime bien. Et n'appelle-t-on pas « feuille » la lame aiguisée du boucher ? Boucher… Égorgeur… Il y a des jours où les mots se paient joliment votre tête.

Je distribue les stylos. Et annonce la troisième surprise : plutôt que de puiser ma dictée dans Victor Hugo, Maupassant, Prévert ou autre classique, je l'ai choisie dans Stephen King. Histoire de montrer que l'on peut se divertir en s'instruisant. J'ouvre le livre à la page voulue.

— Prêts ?

— Go ! lance Eugène.

Je commence, en détachant soigneusement les mots, m'y attardant le temps qu'il faut, les dégustant : on ne se change pas.

— « Le footballeur, foot-balleur, exécuta un transfert, trans-fert, de saucisses pour libérer, li-bérer, sa main droite qu'il abattit… »

Et comme je prononce le mot « abattit », qui vois-je quitter les Sorbiers, Alma, un paquet sous le bras. Et voici qu'elle traverse la rue d'un pas résolu, pousse MA grille, emprunte MON allée, monte les marches de MON perron, disparaît de mon champ de vision.

On sonne !

Que vient-elle faire ici ? Que me veut-elle encore ? L'image de la redoutable voisine de mes amies de

Wisteria Lane, Martha Huber, fourrant dans leur vie son nez de commère malfaisante, m'apparaît. Les stylos sont restés en suspens sur « abattit », du verbe « abattre », deux t. Un instant, je la vois tomber.

Nouvelle sonnerie.

Eugène se lève :

— J'y vais, maman.

Je chuchote :

— Je ne suis pas là.

Il acquiesce. Lui non plus n'a pas envie d'être dérangé dans un si joli moment d'intimité linguistique. Il referme la porte de la cuisine. Nous retenons notre souffle.

Comment Alma va-t-elle prendre l'affront ? De sa cuisine, elle non plus n'a pas pu me louper. Va-t-elle tenter le forcing ? Allons-nous nous brouiller ? Et puis après ? L'essentiel est qu'elle comprenne qu'elle n'est pas chez elle chez moi. Et je peux compter sur mon fils pour le lui signifier avec le tact épatant qu'il tient de son père.

La revoilà qui descend les marches, mains vides. Parvenue en bas du perron, elle se retourne et m'adresse un signe amical. Incorrigible ! Retour d'Eugène qui me tend un paquet.

— Pour toi, maman. De la part de Mathis.

Bondit mon cœur, flambent mes joues, tourne ma tête. J'attrape l'objet et le pose sur le buffet.

— Tu l'ouvres pas ? s'étonne Elsa.

Je retombe sur ma chaise, désigne la pendule.

— Je croyais que vous vouliez voir votre feuilleton ?

Les stylos reviennent entre les doigts, les têtes sur les cahiers, Eugène, sourcils froncés ?

J'assure ma voix et reprends :

— « Sur sa main droite qu'il abattit sur le dos de Jack avec toute la force dont il était capable. Les dents du jeune garçon se refermèrent... »

— Maman, pas si vite, on n'y arrive plus, proteste Elsa.

— Pardon, ma chérie.

Je continue plus calmement :

— Se refermèrent, re-fer-mèrent, sur sa langue, sa langue. La douleur, dou-leur, fut fulgurante, ful-gu-rante.

Point final !

— Déjà ? regrette Eugène.

— Cinq lignes.

Je referme le livre.

— Je vous laisse relire tranquillement.

Me lève, avale un verre d'eau. Soudain, il fait si chaud ! Rien n'est inscrit sur le papier brun du paquet, fermé par des bandes de scotch.

— Ça y est, maman !

Six heures moins le quart.

Je ramasse les copies, corrige au crayon rouge : quatre fautes pour Elsa, trois pour Hilaire, une seule pour Eugène. Il y a un « footbaleur » avec un seul l (Elsa). Deux « transfer » sans t au bout. Pas de r pour terminer deux « libéré ». Enfin, trois « fulgurente » avec un e au lieu du a. L'unique faute d'Eugène. Ça fulgure grave dans sa tête ?

Elsa et Hilaire foncent au salon. Eugène reste assis.

— C'est qui, Mathis ?

Je rassemble les bols, les empile dans l'évier, fais couler l'eau.

— Un ami d'Alma. Nous nous sommes rencontrés hier.

— Lui aussi s'occupe des lombrics ?

Je rince bols et cuillères.

— Non. Il est musicien.

— Dans le paquet, on dirait des chaussures, observe le Saint.

— Probablement mes baskets ?

— Je croyais que tu les avais jetées.

— Apparemment, Alma les a récupérées : des Nike quand même.

J'enveloppe le reste de brioche dans un film transparent : brioche-chantage, chantage-chanson, chanson-voix. Remets le beurre au frais, compte et recompte les œufs pour le soufflé. C'est éteint dans la cuisine d'Alma. Quand j'ose me retourner, Eugène n'est plus là. Je ne l'ai pas entendu sortir.

*

J'ai ouvert le paquet dans ma chambre, assise sur mon lit, rideaux tirés. J'y ai trouvé, propres, soigneusement pliés, mes vêtements de la veille. Dans un plastique, mes Nike brossées. Il y avait aussi une enveloppe au nom de Chimène, aux bons soins de M. Pierre Corneille, renfermant une carte. Une carte de visite au nom de Mathis de Bourlan, avec l'adresse de Musique Hall, un numéro de portable et trois mots : « Quand tu voudras. »

« Si le drame cornélien atteint le sublime, c'est

qu'il met en scène des êtres libres qui décident de leur destin », a dit un critique.

J'ai revu le visage soucieux d'Eugène. J'ai entendu la voix d'Elsa :

— T'es là, maman ?

— Alors, ça va, ma femme ? a murmuré Hugo à mon oreille.

J'ai rangé vêtements et baskets au fond du dressing-room, rayon « vieux trucs de jardinage », puis je suis redescendue et je me suis attaquée au soufflé.

## 21

Chaque année, début décembre, les heureux habitants de la rue de Belair s'efforcent de lui donner un petit air de fête. Au fronton des maisons, chalets, demeures, manoirs, tous pourvus d'un jardin, une étoile, une guirlande, voire un bonhomme à barbe blanche vêtu de rouge, annoncent que le jour de la naissance du Sauveur est proche.

Cette année, Alma a décidé de frapper un grand coup : ce sera toute notre rue qui sera décorée sur le thème : « Paix sur Terre », afin d'apporter à un monde sens dessus dessous un signal d'espoir.

Au cours d'une réunion exceptionnelle, qui, bien sûr, s'est tenue aux Sorbiers et à laquelle Adrienne, toujours prête à aider, était présente, il a été décidé de relier nos habitations par des guirlandes de lumière, qui seraient également tendues au-dessus de la rue. Et pourquoi pas des haut-parleurs qui transmettraient des « joyeux Noël » chantés dans toutes les langues ? Proposition de l'ex-instit', adoptée avec enthousiasme.

Albert, le mari chercheur d'Alma, surnommé « Einstein », ainsi que son fils Léonard – « Einstein junior » – ont été chargés de la programmation « son et lumière » ; Adrienne, tout naturellement nommée chef de chantier ; le reste des participants, invités à sortir de leurs placards, cave ou grenier, les décorations des Noëls précédents et à les mettre en commun.

Le grand jour de la transfiguration de notre rue a été fixé au dimanche quatre décembre.

*

Avouerai-je que, ni dans mes placards, ni à la cave, ni au grenier – occupé par Eugène –, je n'ai le plus petit début de guirlande, m'étant contentée jusque-là de sortir de son plastique, huit jours avant la fête, un sapin-parapluie haut de gamme, prégarni, laissant aux complices des détrousseurs de forêts le triste plaisir d'en décorer un vif, arraché à sa terre, pleurant de toutes ses aiguilles sur des moquettes ou des planchers, avant d'être abandonné au coin d'un trottoir dans un linceul fourni par la mairie, du tissu dont on enveloppe les grands brûlés.

Si j'ai dit : « Jusque-là », c'est que, en ce Noël de retour à la maison, je m'étais engagée à en acquérir un vrai, avec racines, que nous replanterions en grande pompe dans le jardin, les fêtes passées.

En attendant, priorité à « Paix sur Terre », et, en ce samedi frisquet, veille d'exécution du grand plan, sitôt le brunch terminé, j'ai embauché mon juge pour aller faire le plein de décos à Saint-Cloud.

Alors que nous nous dirigeons vers la « Salle de conf' », Eugène nous rejoint en courant.

— Je peux venir avec vous ?

Étonnés et ravis qu'il nous préfère à son tatami, nous l'embarquons.

Les rues commerçantes de notre ville n'ont pas attendu la rue de Belair pour se parer de mille feux, eux dédiés au culte de la consommation. Nous y sacrifions dans la cohue d'une grande surface en emplissant tout un Caddie de guirlandes, étoiles et ampoules variées, encouragés par les voix synthétiques chantant réductions et bonnes affaires.

Nos emplettes terminées, coffre rempli, Caddie réemboîté dans la file, piécette récupérée, Hugo et moi nous apprêtons à remonter dans la voiture lorsque la voix d'Eugène nous arrête.

— Si on allait prendre un pot ?

Si le flair de notre Saint est incomparable, la voix de mes enfants n'a pas de secret pour moi. Cette fausse légèreté, démentie par un infime déraillement, ce tremblant point d'interrogation qui sonne comme une prière, aucun doute ! C'est pour le « pot » qu'Eugène a souhaité nous accompagner. Un verre pris tous les trois hors terrain familial ?

Opération préméditée, lieu repéré à l'avance, nous sommes entraînés au pas de course vers le café attenant au magasin, tout aussi bruyant mais épargné par la pub. Eugène se dirige droit vers un box.

— À propos… lance-t-il.

Lorsque Adèle a une demande importante à faire, elle y va avec défi et sans tergiverser. Elsa se tortille indéfiniment avant de se répandre en explications embrouillées – pardon de vous déranger. Les « à propos » d'Eugène sont le produit d'une réflexion longuement mûrie. On a intérêt à tendre l'oreille.

— Nous t'écoutons, vieux, répond le père avec le mélange de gravité et de légèreté voulu.

« Vieux » retire ses lunettes, plonge ses yeux dans ceux de Hugo, attaque.

— T'as pensé à l'anniversaire d'Alan ?

Sursaut de Hugo, silence prudent de ma part. Alan, fruit de la première union de mon mari avec la mal nommée Marie-Ange (mariage civil), enlevée par une grosse fortune mafieuse napolitaine (mariage religieux, comme il se doit). Le fils de Hugo que nous n'avons pas revu depuis trois ans. Sujet qu'il évite d'aborder. Je respecte.

Imperturbable, sans pitié ? Eugène poursuit :

— Son cadeau d'anniversaire, en général, tu groupes avec Noël, c'est ça ?

— C'est ça. À quelques jours près, un seul chèque me paraît en effet le plus simple.

— Cette année, Alan va avoir dix-huit ans. Et dix-huit ans, c'est un cap important, tu le dis souvent à Adèle : droit de vote et tout.

— Et tout, confirme Hugo d'une voix incertaine.

Où notre Saint veut-il l'emmener ? Il l'y emmène.

— Alors, j'espère que, pour le chèque, tu vas marquer le coup. Même si on le voit plus, c'est quand même ton fils, non ?

— Si ! acquiesce Hugo. Et pour le « chèque-majorité », à vos ordres, chef !

Cette fois, c'est sa voix qui a déraillé. L'arrivée du garçon avec les consommations tombe à pic pour alléger l'atmosphère. Hugo et moi plongeons dans nos thés verts. Eugène aspire distraitement son citron

chaud. Mission « anniversaire-Alan » accomplie, va-t-il
passer à du plus léger ?

Il relève le nez.

— À propos, maman…

— Oui, mon chéri ?

— Tu sais qu'Alan t'aimait bien.

— « M'aimait » ? Pourquoi emploies-tu le passé ?
Moi, je l'aime toujours beaucoup.

Un fragile sourire éclaire le visage parfois si sérieux
– trop ? – de notre Saint. Il remet ses lunettes.

— Alors, ça va ! conclut-il.

*

Nous avons repris le chemin de la Villa. Eugène a
engagé un CD de modern jazz, qui nous a permis de
nous taire. Dans les mots en suspens, Alan s'était invité.

« Tu sais qu'Alan t'aimait bien, maman. »

Je revoyais le joli petit garçon blond aux yeux
clairs – portrait de sa mère – qui nous arrivait de
Naples pour une quinzaine, généralement durant
mes vacances d'été, et qui, en effet, me suivait à la
trace. Puis l'ado sombre, au physique ingrat, insépa-
rable de sa guitare, dont le regard cherchait le mien,
plein d'une sorte de quête à laquelle je m'efforçais de
répondre par une approbation tendre : « Tu me plais
comme tu es. » Des deux, c'était sans doute l'ado qui
me touchait le plus.

Alan avait deux ans d'écart avec Adèle, sept avec
les jumeaux. Adèle ne l'aimait pas : la honte vis-à-vis
des copains « classe ». Lui, son frère ? Cherchez
l'erreur. Avant son arrivée, je lui faisais la leçon : à
défaut d'amour, un peu de générosité. Au mieux, elle

l'ignorait. Elsa se montrait à la fois inquiète et fascinée. Lors du dernier séjour d'Alan – il avait quinze ans, elle huit –, elle avait trouvé le courage – fallait-il que son désir soit grand – de lui demander des leçons de guitare. Sans hésiter, il la lui avait mise dans les mains. Lorsqu'il était reparti – pour ne plus revenir, mais nous ne le savions pas encore –, je l'avais surprise pleurant dans sa chambre.

Semblable à lui-même, curieux et généreux, Eugène partageait sans hésiter son grenier ou sa chambre d'hôtel avec son demi-frère. Et conversait pour deux…

« À vos ordres, chef ! »

La brisure, dans la voix de Hugo, accédant à la demande de son fils, m'apprenait que la décision d'Alan de ne plus accomplir le voyage après ses quinze ans l'avait davantage affecté que je ne l'imaginais.

Pour ma part, j'avais éprouvé une peine mêlée de déception : tant de pas vers lui pour rien ? PlanCiel mobilisant toute mon énergie, je ne m'y étais pas attardée.

Dix-sept heures, nous arrivions. J'ai laissé les hommes vider le coffre et en déposer le contenu dans le garage d'Alma où s'amoncelaient les cartons de décos que nous trierions demain.

Filles envolées, maison calme. Hugo est allé dans son bureau s'occuper de son courrier. Eugène est monté directement dans sa chambre.

Pourquoi l'idée m'est-elle venue qu'il allait appeler Alan ? Qu'ils étaient restés en contact, que quelque chose se tramait ?

Je ne m'y suis pas attardée.

J'aurais dû.

## 22

Lorsque nous ouvrons l'œil, ce dimanche « opération Paix sur Terre », le temps s'est radouci, souffle un parfum de trêve. Entre hier et aujourd'hui, un monde. Faites, mon Dieu, qu'il ne pleuve pas !

Hugo enfile avec tendresse son plus vieux pull, un pantalon de velours limite décharge, des Pataugas. Pied de nez aux dimanches d'enfance où sa mère exigeait cravate et socquettes blanches ? Pour ma part, ce sera pantalon de laine, chandail cachemire et mocassins.

— Quoi ? Pas de « tenue lombric », aujourd'hui ? feint-il de s'étonner.

Il arrive à cet homme d'être un peu lourd quand il veut se montrer léger.

Sur la table de la cuisine, un mot d'Eugène nous attend : « Je suis en face. » Il s'est proposé pour aider Einstein père et fils à la sono. Côté filles, silence : ça dort à poings fermés. Bizarre, cette expression, je verrais plutôt les poings « ouverts ». J'en fais la remarque à Hugo. Il rit :

— Toi et les mots…

Tandis que nous avalons un café, je pense à l'appel d'Alma, hier, pour me remercier des sacs décos et m'apprendre la bonne nouvelle : Viviane viendra nous prêter la main.

— On peut compter sur elle pour débarquer coffre plein.

Viviane, de toutes les fêtes !

Le rendez-vous général a été donné aux Sorbiers à partir de huit heures trente. La maison est déjà pleine lorsque nous arrivons, chaleureusement accueillis par Alma et Louison, sa fille. Comment ai-je pu un seul instant comparer ma généreuse voisine avec l'affreuse commère de Wisteria Lane ? Est-ce sa faute si on l'a chargée de me remettre le paquet contenant mes vêtements nettoyés ? Nettoyés par qui, au fait ? Qui les a lavés, pliés ? Qui a pris le soin de mettre mes Nike dans un plastique à part ? Le saurai-je jamais ? Seule certitude, ce ne peut être que Mathis qui a fait le paquet après y avoir glissé son message.

« Quand tu voudras… »

Eugène nous rejoint, tout excité.

— On enregistre les « joyeux Noël » sur l'ordinateur avec Léonard. On en a plein, trop, c'est super ! Vous voulez savoir en japonais ?

Il fronce les sourcils, force la voix :

— *Merii Kurisumasu.*

— N'en rajoute pas, vieux, ça sonne comme « hara-kiri, remarque son père, s'attirant un rire joyeux.

À propos… Ça a l'air d'aller, mon fils !

\*

Il est neuf heures. Les participants sont au complet. Quelques rares célibataires circulent, timides, entre grands-parents, parents, enfants. Même un tout-petit déguisé en Santa Claus dans une poussette-traîneau.

Adrienne, notre chef de chantier : blouson, bleu, bottes – ne lui manque que le casque –, distribue avec autorité tâches et déco, lorsqu'un long poisson gris métallisé s'arrête devant le portail. En sort Viviane en manteau de fourrure, toque assortie, incarnation de Julie Christie, l'héroïne du *Docteur Jivago*. Tous les regards se tournent vers elle, dix mains masculines se tendent pour aider le chauffeur à sortir du coffre un grand carton d'où s'échappent des étincelles. Puis, il soulève sa casquette et s'incline devant la vedette.

— Madame m'appelle quand elle veut que je revienne la chercher.

— Merci, Germain. Pas avant ce soir.

Le poisson gris s'éloigne, Viviane désigne le carton, puis le ciel.

— J'ai pensé à une résille de lumière.

Qu'applaudit-on ? La jolie idée ou la belle qui l'a eue ?

Son regard passe sur moi. Elle m'adresse un clin d'œil.

— Tu la connais ? Qui est-ce ? demande Hugo, bluffé, à mon oreille.

— Mais toi aussi, tu la connais. On s'est vus ici. Viviane Hazan, une amie d'Alma.

— Tu me la re-présentes ?

Alma m'a sauvée en frappant énergiquement dans ses mains. Il était temps de s'y mettre si on voulait avoir terminé avant la nuit. On commencerait par le bas. Pour le ciel, on verrait après le déjeuner.

Courant de haie en haie, de portail en portail, une chaîne de guirlandes ornées d'ampoules de toutes les couleurs, ponctuée de drapeaux de nombreux pays, a été tendue. Au creux d'une branche, sous le chapeau d'un lampadaire, de discrets haut-parleurs disséminés.

Notre instit' bondissait de l'un à l'autre, prodiguant conseils et encouragements. À midi, le « bas » était terminé, nous nous sommes retrouvés aux Sorbiers.

Le buffet, auquel chacun a participé en apportant plat ou boisson, a été dressé dans le *living*. Comme promis, Elsa est là, aidant Louison au service, sans oublier de se servir elle-même au passage. Comme prévu, pas d'Adèle à l'horizon. Par la baie, je peux voir les volets ouverts de sa chambre. Elle est réveillée. Partie ? Pourquoi suis-je déçue ? Quand renoncerai-je à l'espoir de voir mon aînée s'ouvrir davantage aux autres ? Se montrer moins critique envers les adultes en général et ses parents en particulier ? Allons ! À son âge, pas sûr que le rassemblement « plan-plan » m'aurait emballée.

Et j'ai Eugène pour me consoler. Entouré d'un petit groupe amusé, épaté ? il discute passionnément avec Léonard et son père : entre scientifiques… Pour ma part, je grignote près de mon pauvre Hugo, piégé par un voisin en instance de divorce, qui s'offre une consultation gratuite en matière de garde d'enfants, lorsque, à l'autre bout du buffet, Viviane, un verre à la main, me fait signe de la rejoindre.

Je me fraie un chemin jusqu'à elle. Elle désigne ma tenue avec un sourire malicieux.

— Je vous préfère comme ça.

— Moi aussi !

Et j'ajoute :

— À propos, merci pour le paquet.

— Le paquet ? Quel paquet ?

— Rien. Je me suis trompée.

Elle rit :

— Ça m'arrive tout le temps.

Lève son verre :

— Vous ne m'accompagnez pas ?

— Bien sûr que si !

Soudain, j'éprouve une petite soif, comme de soulagement. Viviane lavant mes vêtements ? Vous voulez rire. Même pas au courant de l'envoi du paquet contenant la lettre. À des lieues de Chimène, Pierre Corneille, pas son truc. On ne peut pas tout avoir !

Elle me sert un verre de vin blanc, se ressert. Je revois une bouteille cachée dans le réfrigérateur de Musique Hall. Ses yeux ne sont-ils pas un peu trop brillants ? Sa voix un brin pâteuse ? Nul n'a tout pour être heureux ?

Elle heurte son verre au mien.

— Eh bien… à Noël, puisqu'il le faut.

Puisqu'il le faut ?

Hugo est toujours aux prises avec le fâcheux. Je m'entends demander :

— À propos… quelles nouvelles d'Emmanuel Tardieu ?

À propos ?

— Il vient de rentrer chez lui, aux « Quatre Saisons ».

— Et il va comment ?

— Pas fort.

« Ce qui est grave, c'est la vieillesse. Il a quatre-vingt-sept ans, et ce n'est pas la première alerte », a dit Mathis.

— Et Mathis ?

Ne m'étais-je pas juré de ne pas, de ne plus, prononcer ce nom ? Du moins à voix haute ?

— Pas non plus la grande forme, comme vous pouvez l'imaginer, répond Viviane avec un soupir. En plus du mécène, Emmanuel est un peu son père adoptif. Il passe le plus de temps possible près de lui.

— Est-ce que vous croyez…

— Nous le craignons tous.

Là-bas, Hugo s'est débarrassé du gêneur. Il navigue vers nous. Très vite, je demande, je supplie :

— Viviane, s'il arrivait quelque chose, je peux compter sur vous pour m'avertir ?

— Bien entendu, Adeline.

— Il paraît que nous nous connaissons ? demande Hugo en s'inclinant devant la belle.

Elle lui abandonne sa main, sur laquelle il se penche.

— Absolument ! Vous êtes le juge chasse gardée d'Adeline.

Et devant l'air abasourdi de mon mari, elle ajoute avec un rire :

— Puisque aujourd'hui nous œuvrons pour la paix, n'oublions pas qu'elle commence par le respect du terrain d'autrui.

Et en prononçant ces mots, c'est à moi qu'elle s'adresse.

\*

Tout était en place quand la nuit est tombée. Nous nous sommes rassemblés au centre de la rue. Enrubannée de guirlandes, coiffée de sa résille étoilée, elle était comme un touchant, un absurde, extravagant paquet cadeau tombé du ciel, porteur d'espoir.

Au signal donné par les enfants, la lumière a jailli. Elle s'est répandue entre les maisons tandis que s'élevaient, accompagnés de musiques diverses, des « joyeux Noël » déclinés dans toutes les langues : *Merry Christmas, Feliz Navidad, Gioioso Natale, Frohe Weihnachten, Merii Kurisumasu, Bon Nadal*, entre autres… dont un *God Jul* suédois qui a suscité les rires idiots qui soulagent d'un trop-plein d'émotion.

C'était très beau, intense, et, durant un instant, chacun a senti passer le souffle de ce qui aurait pu être si l'utopie l'avait emporté sur la réalité, rassemblant les hommes sous un même drapeau tendu aux quatre coins de la planète. Quelques applaudissements ont retenti.

« À Noël, puisqu'il le faut », avait dit Viviane.

Et moi, je voyais un enfant frappant à la porte d'un homme portant deux fois Dieu dans son nom, un musicien qui rêvait de créer avec sa passion et sa souffrance, ce lien entre les êtres auquel, aujourd'hui, nous avions apporté notre infime contribution, pouvait-on dire notre « voix ».

Je voyais Mathis près du père qui allait lui être enlevé, et malgré toutes les lumières, les guirlandes, cet unique et précieux moment de fraternité, je n'étais plus certaine d'aimer Noël.

## 23

Mardi six décembre, jour de l'Immaculée Conception, la neige confirme, qui recouvre le paysage de virginité : paix sur terre ! En haut d'un arbre, un corbeau ricane : dans notre ville en pente, la neige est plutôt synonyme d'affrontements féroces entre automobilistes bloqués et débloquants. On en a vu sortir le revolver pour quatre roues et un volant.

Dans la cuisine, goûter terminé, nous cheminons, mes écoliers et moi, en compagnie de Stephen King, « le pas léger, le visage radieux, ra-dieux, un sourire béat aux lèvres… », quand la porte s'ouvre sur Eugène, vibrant d'excitation.

— Maman, je t'ai proposée !

Les stylos tombent sur les cahiers, Hilaire retient son souffle : pour lui, Eugène vaut tous les feuilletons.

— Et tu m'as proposée pour quoi, mon cœur ?

— Pour le ramassage. À la place de la maman de Sixtine.

Quatre parents dévoués se partagent le transport des enfants du quartier au collège, boulevard de la République : une semaine chacun, quatre enfants dans la voiture.

— Tu prends la semaine prochaine, d'accord, maman ?

— Si tu m'expliquais d'abord ce qui se passe. La mère de Sixtine est malade ?

— Au contraire, elle pète la forme ! Elle a enfin trouvé du travail. Depuis le temps qu'elle cherchait. Alors, comme toi, tu as lâché le tien…

Il retire sa doudoune, la dispose soigneusement sur le dos de sa chaise, y prend place et, dans un grand élan d'enthousiasme vers la brioche, referme involontairement le livre-dictée. Adieu, Jack au visage radieux, pioché au hasard de sept cents pages bien remplies.

Alors, comme ça, j'ai « lâché » mon travail ? Ça vous a un méchant petit air d'abandon. J'aurais préféré « mis de côté ».

— En plus, ça sera la plus belle voiture, se félicite le Saint. Et pas de souci pour l'itinéraire, je te le rentrerai dans le GPS. On ramasse d'abord Maxence au bout de la rue, tu vois ? Il était là pour la déco avant-hier. Après, c'est le tour de Sixtine, rue des Gâte-Ceps, et Pia pour terminer, avenue du Bois. Toujours en retard, Pia ! Obligé de klaxonner, ça plaît pas des masses aux voisins. Avec moi, le compte y est. Mais au besoin, vu la « Salle de conf' », on pourra en rajouter un si on veut. Et si ça coince sur le trajet, le Tom Tom nous le dira.

C'est dans ma tête que ça coince. Le temps de ramasser Maxence et Sixtine, plus Pia toujours en retard, il me faudra démarrer d'ici à sept heures trente dernier carat. Si j'en profite pour faire un petit marché, peu de chance d'être rentrée avant dix heures. Rebelote l'après-midi. Embouteillages aidant et avec ma manie de la ponctualité – mon travail

« lâché » –, le ramassage dévorera une bonne partie de ma journée.

Et mon rendez-vous avec mes amies de Wisteria Lane ? Mes délicieuses pauses-lecture ? Et la brioche-dictée ? C'est moi qui vais être à la ramasse.

Comme d'habitude, Eugène lit dans mes pensées.

— Une semaine par mois ! Et une semaine, ça fait que quatre jours d'école ! Et en plus, c'est bientôt les vacances ! Maman, tu vas pas dire non quand même ?

— Non ! Enfin, oui.

— Trop de bol, râle Elsa.

— L'année prochaine, ça sera à nous, la console Hilaire, n'est-ce pas, madame Adeline ?

— Est-ce que tu pourras rappeler très vite la maman de Sixtine ? repart le Saint en s'emparant de mon BlackBerry et en y faisant circuler furieusement son doigt. Je te rentre son numéro. Elle va être hyper-soulagée que tu sois d'accord.

— On y va, maman, c'est presque l'heure, décide Elsa en refermant son cahier et en filant vers le salon, suivie d'Hilaire.

Eugène entame son goûter avec la tranquille assurance du vainqueur.

— Ai-je le droit de savoir comment s'appelle la maman de Sixtine ?

— Madame Braisé.

— Et que faisait-elle avant de me refiler le bébé ?

Le langage peu châtié, dû à l'agacement d'avoir cédé trop vite, fait tiquer le Saint.

— Elle s'occupait de ses enfants.

— Nombreux ?

— Trois, mais ils sont grands maintenant, ils se débrouillent.

— Et qu'est-ce qu'elle a trouvé comme travail, madame Braisé ?

— Un truc pas génial dans la vente, à Paris. Mais c'est pas grave vu que tout ce qu'elle voulait, c'était changer d'air.

Vu.

*

Jeudi huit décembre, neige fondue, place à la boue. Il est sept heures du soir, les enfants vivent leur vie, le couvert est mis, le rôti mijote dans la cocotte, pommes de terre autour. Sur mon lit, adossée aux deux oreillers, je déguste un « roman d'évasion » à la tendre lumière de ma lampe de chevet lorsque la lumière du plafonnier – quatre ampoules – éclate.

— Tu es là, ma chérie ?

Hugo, tout essoufflé, écharpe encore autour du cou, pressé de retrouver sa femme ?

— Comme tu vois.

Je referme mon livre. Hugo retire son écharpe, vient s'asseoir au bord du lit, effleure mon front d'un baiser distrait.

— Petit changement de programme pour Noël. J'espère que ça ne t'ennuiera pas trop. Maman m'a appelé ce matin en catastrophe : son amie américaine, Meredith, tu vois ? Eh bien, figure-toi qu'elle débarque à Paris avec toute sa smala le dix-huit : pile le jour prévu pour le grand déjeuner ici. J'ai pensé qu'on pourrait l'avancer au onze. Ça serait bien que tu appelles tout de suite ta mère pour l'avertir. En espérant qu'elle et ton père seront libres.

Les grands-parents ayant à se partager entre de nombreux enfants pour les fêtes, la tradition veut qu'un « grand » déjeuner les réunisse chez nous le dimanche précédant Noël. Avec remise de cadeaux à la fin du repas… et interdiction d'ouvrir les paquets avant le vingt-cinq. L'attente ne fait-elle pas partie du plaisir ?

Je me redresse.

— Attends, Hugo ! Le onze, c'est dans trois jours. Et on n'a même pas encore le sapin.

Le « vrai », promis aux enfants.

Mon mari se relève, retire son écharpe, l'expédie sur une chaise.

— Pas de souci pour le sapin, déclare-t-il « mâlement ». On s'en occupera samedi, Eugène et moi. Si tu veux bien nous prêter ta voiture, on le mettra sur le toit.

— Et le déjeuner ?

… que je me suis promis, à moi, de faire de mes blanches mains, contrairement aux années précédentes où je le commandais à mon coûteux et délicieux traiteur : « De mes fourneaux à votre table ».

— Pour le déjeuner, je te fais confiance. Oublie vin et dessert. Je m'en charge.

Il me regarde, soudain inquiet :

— Alors, c'est oui ?

« Maman, tu ne vas quand même pas dire non, quand même. »

Parfois, père et fils se ressemblent étrangement.

— Non ! Enfin, oui.

— Merci, ma chérie.

Tout joyeux, Hugo dénoue sa cravate en se dévissant le cou, comme s'il retirait un licol. Allons ! L'amour, c'est accepter, voire chérir les horripilantes manies de son compagnon. La cravate prend la direction de l'écharpe, tombe lamentablement sur le plancher, raté !

— Puis-je te rappeler que maman ne supporte plus la viande rouge ? Et que, depuis son intoxication en Tunisie, elle n'est plus trop coquillages ? Tu as une idée ?

— Un tartare de bœuf bien saignant au jus d'huître.

\*

Mes parents étaient libres.

— Évidemment, trois jours, ça va faire juste pour les cadeaux, a remarqué maman. Tâte le terrain pour savoir ce qui leur ferait plaisir.

C'était tout tâté. Adèle demanderait un chèque. Eugène m'avait fait part de son souhait : les toutes nouvelles lentilles de contact super-fines. En connaissant le prix, à ajouter aux visites chez l'ophtalmo, il avait suggéré que ses grands-parents s'associent au cadeau. Une onde de tendresse m'a parcourue : mon délicat, économe, coquet petit garçon ! James Bond ne portait pas de lunettes.

Quant à Elsa, depuis quelque temps, le même refrain.

— Maman, si je demandais à grand-père et grand-mère de me donner le crapaud ? De toute façon, personne ne s'en sert, à Paris. Toi, tu m'offrirais les leçons de piano. Juste pour essayer, s'il te plaît.

Refrain auquel j'apportais invariablement la même réponse :

— On verra.

Soupir désolé de l'intéressée. C'était tout vu : non !

On croit la blessure cicatrisée…

## 24

Le roi des forêts – pour moi, c'est le chêne –
caresse le plafond du salon. Eugène, notre sportif,
est monté sur l'escabeau pour fixer l'étoile d'argent
à sa cime. Chaque branche ploie sous les doux messages adressés à l'enfance : boules, oursons, lanternes
magiques, croissants de lune, paquetons minia-
tures emplis de rêves géants, l'ensemble festonné
d'ampoules de toutes les couleurs qui clignotent à la
demande.

Dimanche onze décembre. Les grands-parents, qui
feront voiture commune, sont attendus à midi trente.
Pour le fameux déjeuner de pré-Noël, pas question
de foie gras, de boudin blanc, de dinde ou de bûche :
prématuré, offense à la fête. Aussi, sur le conseil d'un
journal féminin branché, lu chez le coiffeur, je me
suis adressée à « cordonbleu.com – recettes du bon
vieux temps » et, après moult hésitations, j'ai jeté
mon dévolu sur une blanquette de veau aux champignons : quinze minutes de préparation, deux heures
de cuisson, sauce à exécuter au dernier moment.

Sous la direction d'un chef rubicond en toque
blanche, j'ai rédigé une fiche que j'ai scotchée dans
la cuisine, au-dessus de mon plan de travail. Dès huit
heures, j'étais au marché – grandes surfaces à pro-

duits sous plastique interdites –, j'ai pris ma viande (mi-tendron, mi-épaule) chez le boucher, mes œufs, beurre et fromages à la crémerie, mes légumes à l'étal. Panier rempli, à neuf heures trente, je suspendais mon manteau au perroquet. Penser à le vider avant l'arrivée de mes invités.

Enveloppée d'un large tablier, sous l'œil vaseux de Hugo se réveillant devant un café, mon œil à moi, bien ouvert sur la recette du chef, je prends le départ.

Un : mettez votre viande à dégorger dans l'eau froide.

Deux : épluchages des légumes.

Je commence par les carottes (une par personne, soit neuf), lave, gratte, coupe en rondelles (moyennes), lorsque Eugène apparaît derrière mon épaule. Il sent bon le savon de la douche et le gel pour les cheveux. Il désigne la viande blafarde dans l'eau.

— C'est quoi, ça, maman ?

— Du veau, du tendre, élevé sous la mère.

Moue dubitative. Contrairement à Marie-Laure, sa grand-mère paternelle, Eugène est plutôt « bœuf adulte » saignant, haché ou non, de préférence entre deux tranches de pain, agrémenté de gruyère, de ketchup ou de mayonnaise.

— J'ai le droit ?

Il se le donne en me piquant deux rondelles de carotte – bon pour la vue – avant d'aller s'asseoir à côté de son père.

Bon, bien, avec tout ça, j'en suis où, moi ? Ouais : épluchage des légumes. Je m'attaque aux champignons et oignons destinés à la sauce (à exécuter au dernier moment), nettoie, coupe en lamelles, pleure un bon coup sur les oignons, récupère la vue en épluchant la salade sous l'eau froide.

Coup d'œil à la pendule : dix heures déjà ? L'heure de sortir mon veau de l'eau et de le trancher en morceaux réguliers (compter deux par personne : dix-huit, tout de même !).

Alors que je m'y emploie, c'est cette fois Elsa qui se colle à mon épaule.

— Beurk, c'est dégoûtant. C'est quoi, maman ?

— Du veau élevé sous la mère, répond Eugène.

— Pour une délicieuse blanquette, enchaîne Hugo.

— Et avec, on aura des frites ?

— Du riz.

— Sauce tomate ?

— Blanc.

Accablée, Elsa rejoint les hommes à table. Retour à ma fiche. J'achève de trancher ma viande, la jette dans la cocotte, ajoute mes carottes, mon bouquet garni (potager d'Alma), arrose de vin blanc (une pensée pour Viviane), recouvre d'eau, sale, poivre, règle le gaz. Ouf, c'est bon !

— La chef ferait-elle l'honneur à ses humbles sujets de partager un café avec eux ? demande Hugo.

— N'y pense même pas !

Opération écumage !

Armée d'une écumoire, je guette la surface de l'eau où bientôt, montant des profondeurs de ma préparation, se répand une mousse jaunâtre mêlée d'herbes. Luttant contre la vapeur, j'attrape et jette l'écume dans l'évier. Peu à peu, l'ennemi se fait plus rare, le paysage s'éclaircit. Ce sont à présent de belles bulles claires qui explosent. Gagné ! Je mets le couvercle : deux heures de cuisson, la vie devant moi !

J'attrape un torchon propre, éponge mon visage, me retourne :

— Alors, ce café ?

Mon sourire s'éteint. Hugo et son fils sont debout. Hugo montre la pendule.

— Il est temps d'y aller.

Quoi ? Déjà dix heures trente ? Qu'est-ce qui ne tourne pas rond, là ? Les aiguilles du chef, les « quinze minutes de préparation ». N'en voilà-t-il pas trente-cinq que je suis à l'ouvrage ? Mais aussi, si on ne m'interrompait pas tout le temps ?

— On te rapporte ton pain et le dessert.

Disparition des soi-disant humbles sujets. On les dirait soulagés de me fausser compagnie. Je tombe sur une chaise en face d'Elsa. Qu'est-ce qui me gêne, là ?

« On te rapporte TON pain. » « MON » pain, « MON » veau, « MES » légumes... Ils veulent tous me rendre chèvre ou quoi ?

Quelque part, étouffée, une sonnerie qui me rappelle quelque chose.

— Ton portable, maman, sous ton torchon, m'indique Elsa.

« MON » torchon, dont j'ai recouvert « MES » champignons, « MES » oignons, pour « MA » future sauce. Je décroche. Si c'est Alma, je la tue.

— Madame Clément ?

Voix inconnue.

— Elle-même.

— Ici madame Braisé, la maman de Sixtine. Je voulais encore vous remercier pour demain.

161

Demain ? Quoi, demain ? Ah ouais, le ramassage.

— Je vous en prie. Je suis heureuse que vous ayez trouvé du travail.

Rire rue des Gâte-Ceps. Quel nom !

— Pas tant que moi, croyez-le. Ça n'a pas été facile par les temps qui courent, mais enfin ça y est. C'est parti.

Les « temps qui courent » galopent dans la cuisine, et je n'ai ni celui ni l'envie d'écouter madame Braisé – quelle orthographe ! – me raconter par le menu ce qui est parti, mal parti, raté ou réussi dans sa vie. Assez à faire avec la mienne !

— Pardonnez-moi, mais je vais devoir vous laisser : déjeuner de famille.

Nouveau rire.

— J'ai connu ça, ma pauvre. Bon courage !

Elle raccroche comme sur le passage d'un corbillard.

« Ma pauvre » ? « Bon courage » ? Finalement, j'aurais préféré Alma.

## 25

— Si tu veux, maman, je peux me charger de l'apéritif, a proposé Elsa.

— Volontiers, ma choupinette, merci. Pense à mettre les coupes.

— On va boire du champagne ?

— Tu sais bien que ton grand-père en apporte toujours.

— Et on y aura droit, Eugène et moi, même si on n'est que le onze ?

— Un gorgeon.

Elle a filé.

« Ma pauvre… » « Bon courage… »

Le couvert !

J'ai envoyé valser mon tablier et quitté la cuisine. Sous la montagne de vêtements suspendus à ses branches, le perroquet avait l'air d'un saule pleureur. Penser à le vider. Je suis passée à la salle à manger.

La veille, j'avais sorti de leur papier de soie nappe et serviettes de gala (lavage en machine déconseillé, repassage à fer doux). J'ai mis mon molleton… NON ! J'ai mis LE molleton sur la table et appelé Elsa pour m'aider à étendre la nappe.

— Ça va, maman ?

— Bien sûr que ça va ! Pourquoi ça n'irait pas ?

— T'as pas l'air de bonne humeur.

— Moi ? Un beau jour comme ça ?

Elle a filé sans insister. J'ai aligné sur LA nappe les neuf assiettes du beau service en porcelaine de Limoges (veau), j'en ai préparé dix-huit autres sur la console (fromage et dessert). J'ai disposé devant les assiettes dix-huit verres en cristal de Saint-Louis (eau et vin), j'ai flanqué le tout de dix-huit couteaux en argent massif (viande et fromage), dix-huit fourchettes (viande et dessert), dix-huit cuillères (dessert et café), le tout forcément, « ayatollamment », interdit de lave-vaisselle. Une pensée nostalgique pour MA Luisa qui, au lendemain des agapes, menu livré par MON traiteur, se chargeait des nettoyage, repassage et rangement dans placards, armoire et ménagère (*sic*).

Bon ! Il manquait quoi ?

Le joyeux chemin de fleurs coupées que je prenais plaisir, les années de traiteur et de Luisa, à faire courir le long de la table.

On verrait ça une autre fois.

Ça sentait la cuisine. Une bonne maîtresse de maison veille à ce que les odeurs n'en sortent pas. Dernier souci d'Elsa : opération apéritif.

J'ai ouvert les fenêtres de la salle à manger. Ma tête tournait, l'air frais m'a ravigotée. Ravigote : sauce vinaigrette additionnée de fines herbes, câpres et échalotes – arrête, Adeline !

Quelques badauds flânaient dans notre rue, tristounette avec ses guirlandes aux ampoules éteintes : économies d'énergie, éclairage actionné seulement de cinq à neuf. Et bien sûr, pour les « joyeux Noël » dans toutes les langues, il faudrait attendre le jour J.

J'ai entendu la voix de Viviane.

164

« Ça ne va pas fort. Nous craignons tous… »

Jour J, comme jours comptés ? Dernier jour ?

Je me suis souvenue de son avertissement.

« La paix, c'est respecter le terrain d'autrui. »

J, comme jalousie ?

Comment allait Emmanuel Tardieu ? Et Mathis ?

J'ai refermé les fenêtres.

J, comme juge.

Onze heures. La blanquette ronflotte dans la cocotte. Tout est prêt pour la future sauce (à exécuter au dernier moment). Paquet de riz dans le micro-ondes, salade nettoyée, assaisonnement fait.

Je passe dans l'arrière-cuisine et jette dans le lave-linge tablier et torchons, mets en route, m'apprête à monter me faire belle quand…

— Coucou, ma chérie !

Hugo, baguettes sous le bras, carton à gâteau sous le menton.

— Devine ce que je t'ai pris.

Pas sorcier ! Le carton vient de « Chez Laurent », le meilleur pâtissier de la ville, dont la « tarte melba » est le glorieux étendard. On vient la chercher de Paris. Sur une pâte feuilletée, tapissée de crème à la vanille, les pêches pochées, nappées de gelée de groseille, saupoudrées d'amandes émondées grillées au four, couronnées de crème fouettée.

Tarte confirmée.

— À mettre au frais et ne sortir de l'emballage qu'au dernier moment, me recommande mon mari en me transmettant le carton.

Le réfrigérateur de la cuisine est plein. Retour dans l'arrière-cuisine où se trouve celui de secours,

fort utile l'été pour accueillir les nombreuses cannettes de boissons des enfants.

— Pour toi, maman !

Cette fois, c'est Eugène, une brassée de romarin
contre son cœur, joues rougies de froid et de bonheur.

— Tu peux les mettre tout de suite dans l'eau ?

Priorité à l'amour ! Je pose le carton et reçois le
bouquet. Un vase, vite ! Ils sont rangés dans le placard, au salon, porte condamnée par le roi de la forêt.
Eugène se glisse entre les branches. Tombent
quelques aiguilles de pin, une boule irisée, tant pis,
c'est la vie. Refait surface avec le récipient adéquat,
le transmet à son père qui court le remplir d'eau.

Ma tête tourne à nouveau : le parfum subtil des
fleurs bleues du romarin au cœur de la tempête ? Pourquoi « la tempête » ? Quelle tempête ?

— Je te pose ça où ? demande Hugo en réappa-
raissant, le vase plein dans les bras. Ça pèse une
tonne.

Je regarde autour de moi. Je le savais ! Confier
l'apéritif à Elsa était une folie. Où avais-je l'esprit ?
Plus un espace vacant sur les meubles du salon, où
s'étalent coupes, coupelles, jattes, corbeilles, débor-
dant de gâteaux salés, amandes, pistaches, cacahuètes, olives et *tutti quanti*.

J'aboie.

— Et alors, à ton avis, on fait quoi ?

— Si t'avais dit oui pour le crapaud, on l'aurait
posé dessus, se défend Elsa.

— Aux dernières nouvelles, un piano n'est pas un
porte-fleurs.

— Les fleurs, la poésie, la musique, ça va ensemble.

166

Mon cœur cogne.

— Et où tu as trouvé ça, toi ?

Les yeux de ma fille s'emplissent de larmes.

— C'est moi qui l'ai trouvé.

— Décidez-vous, ou je lâche tout, menace Hugo.

— Devant la cheminée, ordonne Adèle apparaissant sur scène, superbe dans sa longue jupe, top en soie, hauts talons, cheveux blonds épars sur les épaules.

Tandis que son père se libère de son fardeau, elle pique une amande dans une coupelle : « Tiens, c'est la Saint-Zakouski aujourd'hui ? Je ne savais pas », détendant miraculeusement l'atmosphère. Quand elle veut...

Je m'accroupis pour arranger les branches de romarin sous l'œil vigilant du donateur. Adèle avait raison pour l'emplacement : un joli petit feu bleuté de fleurs. Feu de détresse ? Ça me reprend...

— De la part de moi tout seul, me glisse fièrement Eugène à l'oreille.

Je me redresse. Elsa s'est éloignée. « Les fleurs, la poésie, la musique... », des mots que j'aurais pu prononcer, MES mots, MES notes ? Je vais vers ma fille, l'attrape par la peau du cou, l'embrasse de force, murmure « pardon ». Elle grognotte.

— Maman, tu as vu l'heure ? attaque Adèle, retrouvant son amabilité habituelle. À moins que tu aies l'intention de recevoir tes invités comme ça, il serait peut-être temps de te changer.

Midi moins le quart ? Impossible. Pas vrai ! De toute façon, depuis mon réveil, rien n'est vrai, tout sonne faux : erreur de partition ?

Je monte quatre à quatre dans ma chambre. Cette souillon hagarde dans le miroir, est-ce moi ? Pas le temps de prendre un bain. Une douche, vite ! Qu'est-ce que j'ai oublié ? Un truc important, très ! Impossible de me souvenir.

Ça me reviendra quand je n'y penserai plus.

Tailleur noir, corsage blanc, collants, talons. L'écumage a assassiné mon brushing de la veille. Je rattrape le coup comme je peux avec le maquillage.

Collier de perles, parfum.

On sonne.

— La maîtresse de maison est demandée d'urgence à l'accueil, claironne Hugo en bas de l'escalier.

## 26

Le désastre a été absolu.

Dans l'entrée, mon beau-père étreignait un long pot d'où s'élançait une vertigineuse orchidée, famille des orchidacées, du grec *orkhis*, « testicule », dont la fleur à trois pétales blancs, nervures violacées, tentait de percer le papier cristal ceinturé de rubans.

— Bonne fête, ma chère Adeline, s'est-il écrié en me plantant l'arrogante dans les bras.

— Merci à toi de nous recevoir une fois de plus, a déclaré tendrement papa en déposant à mes pieds un sac isotherme d'où dépassait le col d'un magnum de Dom Pérignon.

Derrière leurs hommes, les grands-mères « enfourrurées » sont apparues. J'ai transmis l'orchidée à Hugo pour une tournée de baisers.

— Où peut-on mettre les manteaux ? a attaqué Marie-Laure en désignant le perroquet-saule pleureur.

Je savais bien que j'avais oublié quelque chose ! Mais quoi d'autre, mon Dieu, quoi d'autre de bien plus important ?

— Aide-moi, mon Elsa, on va les monter dans la chambre de ta maman, m'a secourue la mienne.

J'ai barré le passage à Marie-Laure qui s'apprêtait à leur emboîter le pas. Tout le monde n'a pas une femme de ménage pour ranger derrière soi.

Nous sommes passés au salon.

— Quel splendide sapin ! s'est exclamé papa. À l'image de ta rue.

— Ça change du parapluie, a grincé Marie-Laure.

— Je te pose ça où ? a répété Hugo derrière l'*orkhis* qui branlait dangereusement du chef.

— Près du romarin. Et si tu veux bien, tu lui ôtes son papier.

Maigre vengeance envers un cadeau empoisonné fait par une femme empoisonnante : dégager une plante d'un papier cristal sans dégâts collatéraux est mission impossible. Pendant que le fils s'y employait, sous la direction de la mère, papa a débouché le champagne. Adèle a refait une apparition remarquée, maman et Elsa nous ont rejoints : papoti-papota.

Tout le monde a pris place : les grands-pères dans les « bien-aimés », les grands-mères sur l'un des canapés, Hugo entre ses filles sur l'autre, Eugène et moi nous contentant des accoudoirs. Le champagne a été servi, les coupes levées à la fête, saint Zakouski célébré.

— Vous ne trouvez pas que ça sent bizarre ? a remarqué Marie-Laure, sourcils froncés tournés vers la cuisine.

— Mais non, délicieux, est vite intervenue maman. Veux-tu que j'aille voir, ma chérie ?

Le cartel a sonné un coup lugubre : treize heures. Sauce à exécuter au dernier moment. Le mot « exécuter » a fait écho au cartel dans ma tête. J'ai quitté légèrement mon bras de canapé.

— Je vais devoir vous laisser un moment.

— L'appel de « Cordonbleu » ? a demandé lourdement Hugo.

— De l'aide ? a insisté maman.

— Oui ! Dans un petit quart d'heure, tu me mets tout le monde à table.

Je suis sortie d'un pas tranquille. Sitôt la porte refermée, j'ai foncé dans la cuisine. Odeur de cramé confirmée. Calmons-nous ! Suivons les instructions du chef.

J'ai fait démarrer le micro-ondes (riz), mis les oignons à fondre dans la poêle, le beurre à chauffer dans une casserole, attendu qu'il blanchisse sans cesser de surveiller les oignons, versé la farine pour le roux, tourné jusqu'à consistance souhaitée, sorti le veau de la cocotte (quel veau ?), récupéré le jus de cuisson (quel jus ?), mêlé à la béchamelle (ça s'appelle vraiment comme ça ?), incorporé oignons et champignons (mais où sont-ils passés ?), aligné les morceaux de viande dans le plat préalablement chauffé (zut, oublié), et quoi d'autre d'archi-important, quoi d'autre ? Nappé avec la sauce (quelle sauce ?), versé le reste dans la saucière (quel reste ?), arraché le riz aux parois du micro-ondes pour ma garniture.

Ma pauvre. Courage.

À table !

Sur la viande, réduite à sa plus simple expression, quelques rondelles de carottes calcinées, des fantômes de champignons et d'oignons tentaient une héroïque percée tandis que trois grains de riz roussi essayaient vaillamment de former une couronne.

— Ma pauvre chérie, a compati Hugo.

Et, à la ronde :

— Songez qu'elle y a passé toute la matinée.

— Peut-on savoir de quoi il s'agit exactement ? s'est enquise Marie-Laure.

— D'une blanquette de veau élevé sous la mère avec des carottes et des champignons, a répondu bravement Eugène.

— C'est l'intention qui compte, m'a consolée mon beau-père.

— Et avec l'apéritif, on n'avait plus vraiment faim, s'est accusée Elsa.

— De toute façon, le veau, c'est fadasse et filandreux, a déclaré Adèle, volant à ma défense à la stupéfaction générale.

Elle a piqué délicatement, du bout de sa fourchette, un rogaton de viande et, suivie par tous les regards, l'a porté à sa bouche impeccablement fardée.

— Au moins, celui-là a du goût !

C'est dans l'adversité que les belles âmes se révèlent.


Chacun a fait un petit effort, aidé par un vin délicieux et par la baguette fraîche. On a très vite changé d'assiettes, et la faim est revenue comme par miracle avec salade et fromage.

— Gardez un peu d'appétit pour le dessert, a recommandé Hugo en m'adressant un clin d'œil complice.

Tarte melba.

Seigneur !

On dit que, avant de mourir, le passé défile sous vos yeux. Avant de mourir de honte aussi.

Hugo apparaît à la porte de la cuisine, le carton de « Chez Laurent » sous le menton : « À mettre au frais et ne sortir qu'au dernier moment. »

Eugène suit avec le romarin : « Pour toi, maman. Tu peux le mettre tout de suite dans l'eau ? »

Mettre au frais… mettre dans l'eau… priorité à l'amour, je pose le carton et reçois le bouquet.

Sur le lave-linge – programme blanc terminé –, s'échappait du carton éventré par les soubresauts du tambour une rivière de crème à la vanille, rosée par la gelée de groseille, le long de laquelle voguaient, tels de frêles esquifs, les amandes grillées, entre deux îlots de crème fouettée.

Rien n'a pu être sauvé. Nous nous sommes consolés avec yaourts et fruits de saison.

— C'est à l'époque des pêches que la tarte melba atteint son sommet, a remarqué maman. En boîte, c'est nettement moins bon.

— C'est de ma faute, s'est repenti Eugène. On n'offre pas au dernier moment des fleurs à la maîtresse de maison.

Et pan pour Marie-Laure !

— Votre délicieux traiteur « De mes fourneaux à votre table » ne se chargeait-il pas également du dessert ? s'est vengée celle-ci.

Une fois n'est pas coutume, Hugo faisait la gueule.

À mon avis, aux quinze minutes de préparation, cordonbleu.com aurait dû ajouter « facile ».

*

Nous avons pris le café au salon, débarrassé de toute trace d'apéritif par des jumeaux confus et empressés. Le sapin, branché, clignotait joliment tandis que, devant la cheminée, insensible à « Paix sur Terre », l'orchidée, du grec « testicule », écrasait de son mépris le romarin, du latin *rosmarinus*, « rosée de mer ».

Mon gentil beau-père s'est enquis de ma nouvelle vie.

— Si toutefois vous pouvez en juger, ma chère Adeline, après seulement une quinzaine de jours.

Une quinzaine de jours seulement ? Je n'en revenais pas.

J'ai répondu que je m'étais fait des amies et n'avais pas vu le temps passer. Elsa a parlé de la briochedictée, sans évoquer l'« égorgeur » ; Eugène, du ramassage scolaire ; Hugo, redevenu clément, d'un soufflé parfaitement monté. La mine d'or « urine de lombrics » a été passée sous silence.


Qui n'a éprouvé cela ? Vous êtes parmi les autres, les vôtres, et soudain vous les voyez de loin, comme d'ailleurs. Vous continuez à leur parler, vous répondez à leurs questions, vous leur souriez, mais vous n'êtes plus vraiment là. Je crois que ça s'appelle « planer », et c'est merveilleux.

J'étais debout près d'un piano noir, un homme me prenait les mains : « Arrête de pleurer. Si tu veux, je te montrerai. »

Il me tendait son mouchoir.

« On commence quand ? »

J'ai glissé la main dans la poche de mon tailleur et serré entre mes doigts le mouchoir contenant le message adressé à Chimène, aux bons soins de M. Pierre Corneille. Trois mots : « Quand tu voudras. »

Il faudrait que je relise *Le Cid*.

— Maman, attention ! a crié Eugène.

Trop tard ! Le café coulait de ma tasse renversée.

— Revoilà notre « Adeline-la-tête-ailleurs », a remarqué papa.

Que de fois, enfant puis adolescente, j'avais eu droit à la tendre plaisanterie ! Et tout le monde à la maison savait bien où était « ailleurs » : dans la chanson.

Un peu plus tard, nous sommes passés aux choses sérieuses : les cadeaux de Noël des enfants. Mes beaux-parents avaient prévu des chèques dans de jolies enveloppes : « Aujourd'hui, ils ont tout, autant les laisser choisir quelque chose à leur goût. »

Ma mère se revendique vieux jeu, en préférant offrir des paquets, exaucer des vœux. En ce qui concernait Adèle, mon père et elle avaient dû se résigner à signer un chèque. Ils ont offert à Eugène un « bon » pour les lentilles de contact qui le rendraient encore plus séduisant, ainsi qu'autant de visites qu'il serait nécessaire chez l'ophtalmo. Et pas question que Hugo et moi participions : nous devrions trouver une autre idée.

Restait Elsa.

— Pour toi, ma chérie, une surprise comme d'habitude ? a demandé maman.

« Les fleurs, la poésie, la musique… » J'ai devancé sa réponse.

— Si vous en êtes d'accord, je crois que la plus belle des surprises serait de lui offrir le crapaud. Je me chargerai des leçons.

## 27

Cette nuit, j'ai rêvé que je travaillais toujours à PlanCiel. C'était l'heure de partir. Mais où étaient passées mes chaussures ? Je n'allais quand même pas m'y rendre pieds nus ? Une terrible angoisse m'étouffait. Je me suis entendue gémir.

La voix de Hugo m'a délivrée.

— Réveille-toi, mon amour. C'est juste un cauchemar.

Il a allumé. J'étais en nage.

— C'était donc si horrible que ça ?

J'ai raconté les pieds nus. Il a ri :

— Estime-toi heureuse. D'ordinaire, nu, on l'est complètement. Un rêve classique. Il faudra que je retrouve ce qu'il signifie.

Il a éteint la lumière et m'a prise dans ses bras. Très vite, il s'est rendormi.

« Estime-toi heureuse… »

À vingt-deux ans, lorsque je rencontre Hugo, j'estime l'être. Je fête mon diplôme d'une prestigieuse école de commerce : quatre années de travail acharné durant lesquelles je me suis distinguée, comme on dit lorsqu'on sort du lot, de la moyenne, du tas. Je jongle avec les chiffres, me promène dans les nouvelles technologies, me débrouille en anglais. « Adeline ira loin », je suis sur la bonne voie, mon père ne s'est pas trompé. Quelques grosses boîtes m'ont déjà contactée. Ne me manquait que de rencontrer l'amour, et le voilà en la personne d'un futur juge, beau, droit, sincère.

Plutôt qu'une « grosse boîte », j'en choisis une qui démarre. J'aime les défis, l'aventure. Vendre du soleil en plus, qui dit mieux ? Ça colle tout de suite avec Emerick. Un bonheur ne venant jamais seul, voici Adèle, très désirée. Les années passent, le succès de PlanCiel se confirme. Nous souhaitons un autre enfant, ce sont deux qui nous sont donnés. La maison de nos rêves nous attendait à Saint-Cloud.

Vie pleine, vie « large », comme on dit pour les gros sous. Satisfactions de tous côtés. Comment ne m'estimerais-je pas heureuse ?

Il y a bien, de loin en loin, ce bref pincement au cœur, comme un nuage gris dans ma poitrine : « Pourquoi je vis ? Pourquoi je meurs ? » Rien de grave, c'est déjà passé. Il y a cette irritation quand j'entends Elsa fredonner des airs de films. Et ne se met-elle pas en tête de faire venir le piano à la maison ? Et puis quoi encore ? J'ai signé la feuille l'autorisant à s'initier à la musique à l'école, que la musique y reste.

J'ai trente-neuf ans, et je décide de m'offrir une nouvelle vie, une vie en plus, quelques années de pause, du temps pour les miens, les mieux regarder, écouter, aimer. Du temps pour faire connaissance avec une maison où je réside si peu, et aussi, pourquoi pas, du temps pour moi, avec un grand T : flâner, lire, rêver, découvrir les plaisirs simples de la femme au foyer. Je m'amuse à donner à ma décision un mot de passe rigolo : H. H. W.

— Tu ne crains pas de t'ennuyer après ta vie trépidante ? s'inquiète ma mère.

— J'aurai toujours la chanson !

Cette réponse, ce cri, me surprennent moi-même. Venus de quel ciel bleu brièvement entrevu entre des barreaux, de quel coin secret en moi, quel cachot ? Ils devraient m'alerter : trop tard, ma décision est prise, ma démission donnée, je ne suis pas femme à reculer.

Pas femme à reculer ?

Et dès le premier jour, les premières heures de ma nouvelle vie, trois mots, venus d'un musicien près d'un piano, et les murs, les fortifications, les remparts, dressés depuis vingt ans entre un rêve assassiné et moi, s'effondrent comme château de cartes, comme raison bâtie sur du sable.

— Tiens, Ondine !

— Non. Chimène.

J'ai dix-sept ans.

*

Je me suis dégagée des bras de Hugo et j'ai quitté la chambre à tâtons, pieds nus, la belle affaire ! J'ai descendu l'escalier marche à marche, attention aux craquements, gare à Eugène. Rôdaient encore les odeurs du déjeuner catastrophe : mauvaise partition ? Je n'ai allumé qu'une fois dans le bureau, porte close.

Là, c'était l'odeur du papier, des livres, qui l'empor-

178

tait, le parfum des mots, mots-prose, mots-poésie, lourd ou subtil, musique grave ou légère, pédale forte ou pédale douce. Chanson *a cappella*, sans autre accompagnement que dans la tête.

Je suis allée m'asseoir sur le fauteuil de cuir à roulettes de l'homme que j'avais choisi, si bon, talentueux, tendre, et même drôle parfois. J'ai fait pivoter le siège, à droite, à gauche, en avant, en arrière.

Et si…

Si, dans ma décision de tout arrêter pour m'offrir une nouvelle vie, il y avait, sans que j'aie voulu me l'avouer, le désir de revenir voir du côté d'une jeune fille passionnée dont je n'étais pas parvenue à faire taire la voix malgré tous les panneaux solaires du monde, toutes les satisfactions, les gratifications et autres pourboires, pour boire un petit coup, pas pour s'enivrer, vivre à la petite semaine, pas décoller. Le besoin impérieux de revenir à moi, comme on dit après un évanouissement, une perte de conscience : moi, Adeline.

L'interrogeant, cette conscience, je me suis revue la veille, les doigts serrés sur un mouchoir renfermant trois mots : « Quand tu veux… » Quand tu veux tu peux ? Et soudain planant, emplie d'un bonheur trop grand, étourdissant, assourdissant : ENFIN !

J'ai quitté le fauteuil tournant, et je suis allée chercher le dictionnaire dans la bibliothèque. Parmi les livres de droit aux lourdes reliures, orné de l'aigrette de son pissenlit, il était comme le rire du vent. Je l'ai posé sur le bureau, j'ai cherché « planer ».

Parmi plusieurs définitions se rapportant aux ailes des avions, la dernière s'adressait à moi.

« État euphorique, dû à l'absorption d'une drogue. »

Inutile de demander laquelle. Confirmé par mon père : « Revoilà Adeline-la-tête-ailleurs. »

Pas la peine de chercher où ?

Le mot qui suit « planer » est « planétaire ». Planétaire, en chacun de nous, le besoin, la nécessité, de dépasser notre enveloppe charnelle, de nous élever, de nous envoyer en l'air, sur les chemins de traverse de la poésie, la peinture, la musique, la voie irrésistible de la beauté, tout ce qui porte, transporte. Vers l'éternel ?

Quoi qu'il nous en coûte ? Quels que soient les dommages pour les nôtres ?

J'ai refermé le dictionnaire.

Halte !

## 28

Pour le ramassage, tout s'est passé comme programmé par Eugène. Trajet balisé sur le Tom Tom : Maxence au bout de la rue, Sixtine rue des Gâte-Ceps, et Pia (en retard) avenue du Bois.

Comme espéré par mon fils, la « Salle de conf' » a produit son petit effet lorsqu'elle s'est arrêtée devant la porte du collège où un fouillis d'ados de tous gabarits et de toutes couleurs attendait la sonnerie pour entrer.

Le prince a laissé descendre ses trois passagers, puis il a sauté du carrosse, il s'est tourné vers la reine mère en bombant le torse, et il a lancé d'un ton suprêmement détaché : « À plus, maman », avant de rejoindre sa cour.

La reine mère a passé, les mains dans l'eau savonneuse (nappe, serviettes, porcelaine, cristal et argenterie), ses quelques heures disponibles avant le ramassage retour.

La mère de la reine mère a appelé.

— Ça va mieux, ma chérie ?

— Très bien, ai-je menti.

Mardi, le second jour de ramassage, a été consacré au repassage (fer doux), au fourbissage – quel vilain mot – de l'argenterie (attention les yeux) et au rangement dans les cartons et écrins divers.

Mercredi, j'ai annoncé aux miens que je rendais mon tablier.

Lorsque nous allions au restaurant, pour la fête ou le simple plaisir, de quoi se régalaient-ils tous autant qu'ils étaient, sur des nappes en papier ou en bon gros tissu, dans de braves assiettes se fichant des ébréchures, au moyen de couverts en inox, sablant vin ou Coca dans du verre incassable ? De pâtes : nouilles, tagliatelles, fanfaroles (sept minutes dans l'eau bouillante). Pizzas : reines, trois ou quatre saisons, forestières (douze minutes à four chaud). Burgers à étages variés, nuggets fourrés à l'envi. Le tout accompagné de gruyère, de parmesan, de feta, nappé de délectables sauces en boîte, pot, tube, sachet (dix secondes d'ouverture), décoré de bouquets de frites dorées à souhait (vingt minutes à la lèchefrite).

Pour les desserts, proposés en emballages individuels solidement clos, sans risque de débordement sur tambour en folie : mousses, compotes, yaourts, glaces ou crèmes glacées, j'en passe et des plus succulents.

Et la nouveauté : salé et sucré se conjuguent désormais en versions diététiques, bios, vertes, débarrassées de tout ce qui nuit à la santé tout en conservant vitamines et sucres lents indispensables à l'énergie.

Dorénavant, à la maison, ce serait chaque jour « comme au restaurant », où nous nous rendrions lorsque l'envie de savourer les « recettes du bon vieux temps » nous prendrait.

Décision assortie d'un chantage, et on ne discute pas ! Ni pâtes, ni pizzas, ni burgers, ni nuggets, sans salade. Ni mousse, glace, crème glacée ou bombe de chantilly, sans fruits frais.

Le package a été accepté avec enthousiasme. Un bémol du côté de Hugo. Image d'Épinal : « Qu'est-ce que tu nous fais de bon pour dîner ? » Trop tard !

À ranger dans le musée du souvenir et de la nostalgie. Vivons avec notre temps !

*

Mercredi quatorze décembre, pas d'école, congé de ramassage. Maman a réussi le tour de force d'obtenir un rendez-vous chez l'ophtalmo de famille, à Paris, pour un examen complet de la vue de son petit-fils avant la commande des lentilles cadeau de Noël.

Je n'ai pas été autorisée à le suivre dans le cabinet du praticien – « Je suis grand, maman ! » J'attends en compagnie d'autres patients, pour la plupart âgés. Une musique douce, apaisante, comme celle que l'on entend dans les avions avant l'atterrissage, se déverse d'un haut-parleur. Malgré les meilleures résolutions du monde, comment m'empêcher de penser à un petit garçon en détresse, venu se réfugier dans une salle semblable, et voilà qu'un homme vêtu de blanc, un homme de cœur, entre. Et il lui tend la main, une main qu'il ne lâchera plus jusqu'à…

Mon cœur à moi se serre. Comment va le protecteur, le mécène, le père adoptif ? Retentit à mon oreille la voix inquiète de Viviane : « Ça ne va pas fort, Mathis passe le plus possible de temps avec lui. »

Aux « Quatre Saisons », avant que le rideau ne retombe sur la dernière ?

Tout va bien pour les yeux du détective. Ordonnance en poche, nous reprenons le chemin de Saint-Cloud.

— Je pourrai choisir la couleur de mes lentilles ! m'annonce-t-il, ravi.

— Yeux noirs interdits !

Il rit.

Et soudain, voix détachée, regard sur le paysage :

— À propos, maman... Tu sais si papa a envoyé le chèque à Alan ?

Voix *idem*, regard dans le rétroviseur intérieur réglé sur la « Salle de conf' » :

— Certainement ! De toute façon, il a promis, tu n'as pas à t'inquiéter.

Voix crispée, visage soucieux.

— C'est qu'on est déjà le quatorze, son anniversaire est dans six jours, Naples c'est pas tout près, et à la télé ils ont dit qu'il allait y avoir une grève à la poste.

Voix rassurante, visage paisible :

— Si tu veux, je vérifierai.

Déjà le pont de Saint-Cloud, les hauts immeubles de verre gris où défilent les nuages, les maisons de pierre blanche, gardiennes du temps, le clocher de Saint-Clodoald, petit-fils de Clovis, grand faiseur de miracles, bientôt notre Villa. Maintenant ou jamais, la question qui me tarabuste depuis qu'Eugène a manifesté un intérêt inattendu, brutal, suspect ? pour un demi-frère dont il ne nous avait pratiquement pas parlé depuis trois ans.

— Dis-moi, mon chéri, tu es resté en contact avec Alan ? Vous vous appelez de temps en temps ?

Réponse-grognement.

— Ça arrive.

— Et il va bien ?

Plus personne dans le rétroviseur. Plus une parole jusqu'à la maison.

Pour moi, c'est clair : si Alan allait bien, Eugène me l'aurait dit.

Le relevé de notre compte commun «Monsieur-Madame», madame a un autre compte dans un établissement différent où fructifie son trésor de guerre… est tombé dans la boîte aux lettres le dix-sept décembre. Une somme importante avait été virée le cinq, trois jours après la requête d'Eugène à son père.

« À vos ordres, chef ! » Hugo n'avait pas traîné. Et il avait tenu sa promesse de « prime-majorité ».

J'ai laissé le relevé sur le bureau, dans la pile de courrier, à la disposition de James Bond.

\*

Mercredi vingt et un, demain l'hiver, après-demain les vacances de Noël, samedi réveillon.

Il est neuf heures trente, Eugène vient de filer à la salle de sport, ça dort chez les filles, j'ai le cœur à l'ombre, je m'accorde une petite balade ensoleillée du côté de Wisteria Lane. Tout arrive !

Son cœur à elle battant la chamade, Susan épie le séduisant et mystérieux Mike par le voilage entrouvert de sa cuisine. Bree, épouse modèle, accompagne son mari jusqu'à sa voiture : « Reviens vite, mon chéri. » Quelques maisons plus loin, Lynette s'efforce de dompter ses monstres de garçons. « Suis-je belle ? » demande Gabrielle à son miroir avant d'ouvrir son lit au jeune et vigoureux jardinier.

Désespérées, les héroïnes de ce feuilleton traduit en d'innombrables langues, dont on dit qu'il a fait le tour de la planète ? Ou, à l'image de chacun, chacune d'entre nous qui, quels que soient sa nationalité, son sexe ou sa couleur, hésitons douloureusement entre plusieurs choix de vie, manquons de courage pour regarder nos désirs en face et les assumer ?

Susan se décidera-t-elle à déclarer son amour à Mike ? Bree à s'avouer qu'elle n'en éprouve plus pour son mari ? Lynette trouvera-t-elle la force de reprendre un travail qu'elle regrette chaque jour davantage d'avoir quitté ? Quand Gabrielle cessera-t-elle de s'étourdir entre les bras de son jardinier pour oublier qu'elle ne désire plus celui qui partage sa vie ?

Je me tourne vers le sapin au pied duquel s'amoncellent les paquets, et où Hugo et moi avons été priés de mettre nos souliers, non mais ! Cadeaux bien ou mal ficelés, achetés en magasin ou fabriqués dans le secret des chambres, beaux, pas beaux, nuls, touchantes et désarmantes preuves d'amour.

Et si le plus grand, le plus noble des courages, était de renoncer à ses désirs afin d'épargner ceux que nous aimons ?

La sonnerie de mon BlackBerry m'arrache à mes hautes réflexions : Viviane !

— Adeline ? J'avais promis de vous avertir. Emmanuel nous a quittés cette nuit. Mathis était près de lui. Il vient de redescendre à Musique Hall.

Mon cri balaie toutes les interrogations.

— Surtout, attendez-moi. Je viens !

## 29

Combien sont-ils de « petits fauves », d'« enra-gés », de « brigands-brigandes », en uniforme : jean, sweat, baskets, tournés vers l'estrade, silencieux, ten-dus ?

Tendus vers l'homme vêtu de noir, debout près du piano au couvercle rabattu, immobile, pétrifié par la douleur. Le frère pour certains, le maître pour d'autres, maître de ce lieu dédié à la musique dont ils ont accepté que le « respect » soit le sésame qui leur en ouvre la porte.

Ce matin, la musique est en deuil. Le vieux mon-sieur aux cheveux blancs qui descendait de sa belle demeure, là-haut, pour les entendre, le bienfaiteur, le mécène, le père – même s'ils savent qu'il ne l'était pas vraiment – de Mathis est mort. Le premier qui l'a appris a alerté les autres et, comme dans la chanson, ils sont venus, ils sont tous là.

Un père, forcément, ils en ont ou ils en ont eu un, qui leur a dessiné le monde en noir ou en couleurs, qui le leur a ouvert ou pourri, un père à la hauteur ou à chier, à caresses ou à torgnoles, présent ou démissionnaire, un père qui, quoi qu'ils fassent, quoi qu'ils deviennent, leur collera toujours à la peau : merci, papa, salaud de papa.

Ils regardent le fils près du piano, et sa douleur les touche et les réconforte à la fois. Elle est la preuve qu'il existe des sentiments dont on ne se remet pas, des pays d'où l'on ne revient jamais tout à fait. De ce pays-là, de l'amour en somme, même si c'est con à dire, ils espèrent que Mathis ne guérira pas. Sinon à quoi bon vivre ? À quoi bon vivre si tout est effaçable, remplaçable, interchangeable ? Si ces moments où l'on se sent bien, plein d'une lumineuse tranquillité, si bien, si plein qu'on a envie de crier « merci », merci à qui ? Merci à quoi ? ne sont que de la poudre aux yeux, de la poussière d'étoiles avant la chute dans le trou noir ?

Ils regardent l'homme intense, habité par le feu, et dans leur silence, leurs regards, il y a la fierté d'appartenir au même univers, porteurs de flamme, et aussi la peur que la porte de Musique Hall, leur maison, leur territoire, se referme derrière le vieux monsieur aux cheveux blancs. On continue, maître ? Tu ne vas pas nous abandonner ?

Derrière Mathis, Viviane attend, elle aussi. Pull gris, pas de bijoux, à peine de maquillage, plus belle d'être plus vraie. Comme je m'engage dans la salle, elle me découvre, s'approche de Mathis, lui glisse quelques mots à l'oreille. Alors, il descend de l'estrade, il vient à ma rencontre, et il me semble que, durant toutes ces années, je n'ai vécu que pour ce moment-là, où il prend ma main et me conduit, me ramène au piano. À moi.

Dans la salle, tous attendent. Tous entendent lorsqu'il me dit :

— Voilà, j'ai parlé de toi à Emmanuel, de toi et de ta belle idée. Il n'aimait pas que la musique, il aimait aussi le spectacle, le cinéma, l'opéra, le cirque, pourquoi pas ? Le théâtre. Chimène était l'une de ses héroïnes, je lui ai promis de la faire venir ici. Ton projet a été l'une de ses dernières joies. Si tu veux bien, nous le lui dédierons.

Puis il se tourne vers ses élèves, ses disciples, sa meute.

— Vous autres, préparez-vous à travailler dur ! Comme vous n'avez jamais encore travaillé. Un grand projet, ça s'habite jour et nuit. Nous allons monter un opéra.

*

D'un coup, les corps se sont dénoués, les visages animés, des cris ont fusé. Le regard de Viviane m'interrogeait, stupéfait, inquiet ? Un opéra ? Chimène ? Qu'y avait-il entre Mathis et moi qu'elle ignorait ? Soudain, je me suis sentie forte, libérée. Que m'importait ce qu'elle vivait avec Mathis. Entre lui et moi, l'indestructible allait s'édifier : un projet commun, une promesse faite au père. Avec, pour témoins, ces jeunes guerriers rassemblés sous l'étendard de la musique.

Le portable de Mathis a sonné. Il s'est éloigné pour répondre. Viviane m'a entraînée en bas de l'estrade.

— Certainement les enfants d'Emmanuel. Ils vont venir le plus vite possible. Pas la porte à côté : Marie-Aude en Californie, Olivier au Canada.

Elle a soupiré.

— Voilà qui risque de rendre les choses difficiles. Gare au grain !

190

— Comment cela ?

— Tous les deux ont fait leur vie là-bas. Ça m'étonnerait qu'ils veuillent garder les « Quatre Saisons ». Et Musique Hall en fait partie.

Ma poitrine s'est plombée :

— Vous ne croyez quand même pas…

— Attention ! m'a-t-elle coupée.

Mathis revenait.

— Ils rappliquent : la famille au complet. Californiens tard ce soir, Canadiens demain à l'aube.

— Une idée du nombre ? a demandé Viviane d'une voix détachée.

— Neuf ! Si je n'oublie personne. Dont un bébé qu'Emmanuel n'aura pas connu. Je vais devoir organiser tout ça avec Nanny.

Il s'est tourné vers moi.

— La gouvernante. Depuis toujours dans la famille, comme on dit. Elle a élevé les enfants. Après la mort de leur mère, elle s'est occupée du père.

Sa voix à lui s'est cassée.

— Je monte t'aider, a décidé Viviane.

— Est-ce que je peux venir moi aussi ? me suis-je entendue bredouiller. J'aimerais le voir.

Mettre un visage sur l'homme en blanc de la salle d'attente à l'endroit duquel, désormais, une promesse me liait.

Mathis a souri.

— Bien sûr ! Lui, aurait aimé te connaître.

D'un bond, il est remonté sur l'estrade. Dans la salle, les petits fauves, devenus agnelets, renouaient timidement avec la musique. Un air de flûte, quelques notes de guitare, un coup d'archet sur les cordes d'une contrebasse en entraînant d'autres.

Mathis a frappé dans ses mains, et le silence est revenu.

— Écoutez-moi tous. Je retourne là-haut. Restez si vous voulez, autant que vous voudrez, mais vous connaissez la consigne : personne ne s'approche de Musique Hall. S'il y a un problème, vous m'appelez.

Une marée de voix, un flot sombre lui a répondu : Musique Hall, lieu sacré, gare à ceux qui voudraient s'y aventurer !

Nous sommes passés dans les coulisses, et nous avons pris la sortie qui menait aux « Quatre Saisons ». Quelle belle musique, quel joli nom ! Musique Hall, lieu menacé ?

— Ça m'étonnerait qu'ils veuillent le garder, avait dit Viviane en parlant des héritiers.

J'ai détesté ce mot. Héritiers, ne le sommes-nous pas tous de la musique ?

Un coup de vent m'a fait frissonner.

— Ce que c'est que de venir sans rien sur le dos, a plaisanté Viviane.

Ni manteau, ni sac, ni même les clés de la maison : venue, accourue comme j'étais, nue.

— On dirait que c'est une habitude, a murmuré Mathis à mon oreille et, lorsqu'il a retiré son blouson pour en couvrir mes épaules, c'est autrement que j'ai frissonné.

Nanny nous a accueillis sur le perron : lourd chignon gris, ample poitrine, visage généreux, elle portait bien son nom. Derrière les lunettes à grosse monture, les yeux étaient rouges. Viviane l'a embrassée.

— Voilà Adeline, m'a présentée Mathis.

Je lui ai tendu la main. Elle l'a enfermée dans les siennes, des mains de Nanny, larges, aux ongles courts, arrondis, sans vernis.

— On m'a beaucoup parlé de vous.

Nous l'avons suivie dans la maison, qui avait l'odeur des vieilles demeures qui se refusent à oublier un passé plein de rires et de pleurs, de dégringolades d'escalier, grosses bêtises et petits secrets. Repeignez les murs, changez les papiers, bougez les meubles, modernisez, rajeunissez, rien n'y fait.

Nous sommes montés au premier. Nanny s'est arrêtée devant une porte ouverte sur une chambre à demi obscure où tremblait la lumière de bougies.

— Il est parti heureux, a-t-elle dit à Mathis. Je lui ai mis son beau costume, tu vas voir, il a l'air de dormir.

## 30

Vous avez forcément connu ça ! Malgré tout l'amour, toute la tendresse que vous portez aux vôtres, cette impérieuse nécessité, cette obligation de vous retrouver seule, de retrouver le silence, de vous retrouver. Trop de bruit, de cris, d'appels, trop de visages, d'émotion, trop de questions. Dites, ce cœur qui bat à se rompre, cette brûlure, cela peut-il aussi s'appeler du bonheur ? Est-il possible que sous cette déchirure perce une lumière ?

Une île, vous rêvez d'une île, une plage, trois palmiers, le flux et le reflux des vagues qui disent les mouvements de l'amour et aussi que les tempêtes s'apaisent, que le soleil finit toujours par revenir. Ou bien, tiens, une forêt, un arbre, un tronc contre lequel appuyer votre fatigue et, les yeux fermés, écouter sa rude écorce vous raconter des histoires de siècles passés, extra-ordinaires et banales, qui ressemblent à la vôtre.

Grelottante, sans sac, sans papiers, sans clés, sans île ni forêt, j'ai décidé de rentrer chez moi par la porte de derrière, ni vue ni connue, cambrioleuse de temps, une heure, rien qu'une petite heure claque-murée dans ma chambre pour tenter d'y voir un peu plus clair, de reprendre mes esprits, de me reprendre.

Oublier un instant Chimène ?

Et, alors que je posais le pied sur la première marche de l'escalier, un double cri.

— Maman ?

— C'est toi ?

*

Une étrangère a poussé la porte du salon laissée entrouverte : guet-apens ?

Dans l'un des canapés, face à la télé allumée, polar en pleine action : sirènes, pompiers, homme à terre, Elsa, en tee-shirt de nuit, puisant directement dans un paquet de céréales chocolatées. Dans l'autre, Eugène, en survêt et baskets, un œil sur l'écran, l'autre sur son Rubik's Cube.

— Où t'étais ? a attaqué l'une, la bouche pleine.

— Pourquoi t'as pas pris la « Salle de conf' » ? s'est étonné l'autre en lâchant sa boîte à couleurs.

L'étrangère a pris place tranquillement dans un fauteuil.

— Si vous arrêtiez ce boucan, j'aurais peut-être une petite chance de pouvoir vous répondre.

Elsa a visé le poste : les sirènes se sont tues, l'homme à terre et les pompiers ont disparu de la surface de la terre. On dit que trop d'images violentes font perdre aux enfants le sens de la réalité, que, pour eux, vie et mort se confondent : un grand jeu dont ils pensent tenir les commandes.

— J'étais chez un ami qui vient de perdre son père, son père adoptif. Il n'habite pas loin, j'y suis allée à pied.

— Adoptif ? a relevé Eugène.

— On le connaît ? s'est intéressée Elsa.

— Non ! C'est un ami d'Alma : Mathis de Bourlan.

Prononcer le nom de famille a éloigné le danger. Quel danger ? Et n'aurait-il pas été plus juste de dire Mathis « Tardieu » ?

— Le Mathis du paquet ? a demandé le roi de la mémoire.

— Et est-ce qu'il est triste même si c'est pas son vrai papa qu'il a perdu ? a enchaîné Elsa sans me laisser le temps de répondre à son frère, ce qui m'arrangeait.

— Bien sûr, qu'il est triste ! Adoptif ou non, pour lui, c'était le vrai.

— Et le « vrai-vrai », celui d'avant, il est mort lui aussi puisqu'il a été adopté ? s'est renseigné Eugène en torturant son Rubik's Cube.

Seigneur ! Dans quel guêpier m'étais-je fourrée en parlant du sujet compliqué, délicat, de l'adoption, à un futur détective qui aimait que chaque couleur soit à sa place et pas d'embrouille : bleu avec bleu, rouge avec rouge, vert avec vert, jaune avec jaune, voulant ignorer qu'il y a du vert dans le bleu, du jaune dans le rouge, du rouge dans le vert, et qu'il n'est pas si simple de cloisonner la vie, faite de hauts, de bas, de voltes et de virevoltes, dans la grande roue des sentiments, dans de petits cubes à couleur uniforme ?

— Pourquoi veux-tu que son père soit mort, Eugène ? On peut partir, quitter la maison pour mésentente.

— Sa « vraie » maison ? s'est enquise Elsa en engouffrant une poignée de céréales.

— La mésentente comment ? Son vrai père lui tapait dessus ? y est carrément allé Eugène.

196

— Et sa maman, la vraie, elle n'est pas morte quand même ! s'est soudain alarmée Elsa, oubliant ses céréales pour me couver des yeux.

Une île, une forêt, une heure, rien qu'une petite heure de paix ! Je me suis levée.

— Écoutez, les enfants, si vous me lâchiez un peu, tous les deux ? Je suis fatiguée. Et puis, c'est pas vos affaires. Avec votre permission, je monte me reposer.

Alors que j'atteignais la porte, Eugène m'a rattrapée.

— Qu'est-ce qu'il fait, Mathis ? Juste ça, maman, tu nous l'as pas dit.

— Il fait de la musique.

— DE LA MUSIQUE ? a crié Elsa en jaillissant du canapé. Ouille, ouille, ouille, j'allais oublier ! Maman, faut que tu rappelles grand-mère. Mon crapaud arrive demain, tu seras là ?

\*

J'ai attendu que la maison soit vide, qu'ils aient tous décampé, directions diverses, ce qui a quand même pris deux bonnes heures, pour rappeler maman.

Le piano serait livré le lendemain dans la matinée.

— Un cadeau, c'est un cadeau, je te l'ai fait accorder. Finalement, vous le mettez où ?

— Dans la salle à manger.

Le choix ne s'était pas fait sans discussions ni criailleries. Elsa le voulait dans sa chambre :

— C'est MON piano.

— Et, aux dernières nouvelles, c'est MA chambre qui est à côté, alors même pas en rêve, avait rugi Adèle.

« Crapaudine nous casse les oreilles ? »

Dans le salon, impossible. Pièce de convivialité et temple de la télévision. Restait la salle à manger où, en dehors du déjeuner du dimanche, nous ne prenions que le repas du soir. Sous la direction d'Elsa, qui tenait à jouer avec vue sur jardin – « les fleurs, les mots, la musique » ? –, Hugo et moi avions déplacé la console : ho ! hisse !

Maman a approuvé.

— Excellente idée, la salle à manger ! La pièce est vaste, et elle y sera tranquille pour jouer.

Elle s'est éclairci la gorge :

— Même si tu n'en avais pas trop envie, tu as bien fait d'accepter, ma chérie. Ce n'est pas un caprice, tu sais. Lorsqu'elle vient ici, je ne te cacherai pas que ton Elsa passe un maximum de temps au clavier. Surtout depuis qu'à son école tu l'as inscrite à l'initiation à la musique. Si tu l'entendais me raconter ses ateliers.

Ses ateliers ? Avec moi, Elsa restait discrète sur le sujet ; il est vrai que je ne l'encourageais guère à en parler.

— Bref, tu pourrais avoir une surprise, m'a avertie maman d'une voix gênée.

Je n'ai pas relevé. Les surprises, ces derniers temps, j'en avais eu mon compte.

Nous avons évoqué les fêtes qu'elle et papa passeraient mi-Normandie, mi-Bretagne, chez mes frères Arnaud et Denis, chacun deux enfants, dont une fille qui s'apprêtait à les rendre arrière-grands-parents.

— Nous nous réjouissons d'en profiter un peu. Et tu connais ton père, lui, la mer, la marche, le vent, les odeurs, et c'est un homme heureux.

— Encore plus quand il pleut !

Nous avons ri. Papa disait que la pluie était la musique obligée de la Normandie. Et le soleil finit toujours par revenir, n'est-ce pas ?

— Et pour toi, ma chérie, ça s'annonce comment ?

— Au mieux ! Interdite de fourneaux, les pieds sous la table. On se demande pourquoi.

## 31

Ce gris jeudi, premier jour d'hiver, sitôt Hugo parti en direction du Palais de Justice et les enfants pour l'école – demain, début des vacances –, je suis allée ouvrir grand les battants du portail. Alma a traversé la rue.

— Déménagement ?

— Emménagement ! Un piano pour Elsa.

— C'est bien, un piano dans une maison, ça la fait vivre autrement, a-t-elle approuvé. Nous, c'est un clavier électrique, c'est pas pareil.

Elle m'a accompagnée jusqu'à ma porte. Je ne lui ai pas proposé d'entrer.

— À propos de musique, figure-toi qu'on a un petit souci avec Eugène, m'a-t-elle appris. On avait prévu musique et « joyeux Noël » à dix heures du soir, samedi ; il insiste pour avancer à huit, qu'est-ce que tu en penses ? Un peu tôt, non ?

J'ai ri.

— J'en pense que je souhaite bon courage à tes ingénieurs du son. Quand Eugène a une idée en tête ! Et je suis d'accord, huit heures, c'est idiot. Tout le monde aura les idées… ailleurs. Je lui en parlerai.

Alma m'a quittée, rassurée.

Idées ailleurs, tête ailleurs, j'oublierais d'en parler à Eugène. Je ne verrais rien venir.

*

La camionnette – « Confiez vos objets précieux à Hermès » – s'est arrêtée un peu avant dix heures en bas des marches du perron. Deux hommes en ont sauté, l'un aux larges épaules, l'autre plutôt fluet. C'était la première fois que je voyais des déménageurs en blanc.

— Madame Clément ?

Je leur ai serré la main, sans doute à cause des « objets précieux » et de leur tenue d'infirmiers. Ils ne devaient pas avoir l'habitude, ils ont eu l'air gênés.

Ils ont sorti avec précaution le crapaud, emmailloté dans d'épaisses couvertures, comme un bébé, et m'ont suivie jusqu'à la salle à manger. La maison retenait son souffle, se souvenait ? « Tu as de ces idées… », aurait dit Hugo.

Après l'avoir placé à l'endroit souhaité par Elsa, ils l'ont démailloté. Un cadeau est un cadeau, maman l'avait astiqué : il brillait de mille feux. Vieux crapaud qui se la joue bœuf ? Elle y avait joint le tabouret dont le velours, autrefois grenat, virait au rose sale. De fins rubans de scotch maintenaient le couvercle fermé. L'homme fluet a retiré un gant pour les décoller.

— Vous voulez l'essayer ?

— Pas maintenant, merci.

J'ai signé un papier, donné le pourboire que j'avais préparé.

— Bonnes fêtes, madame.

— À vous aussi.

Ils sont partis.

*

Je regarde le piano auquel je n'ai pas touché depuis plus de vingt ans, dont j'ai claqué le couvercle après la gifle, l'humiliation, infligées par un chef de chœur impitoyable et méprisant, au jugement duquel je m'étais promis de me remettre.

Alors, te voilà, mon crapaud ? Nous revoilà ?

Toi, le plus petit, le plus modeste des pianos, et celle qui rêvait d'être une grande parolière, de marier avec ton aide musique et poésie ? La fille au petit filet de voix fausse que le solfège assommait, et qui, très vite, t'avait abandonné, la dilettante sans suite dans les idées qui se faisait son cinéma, et avec orchestre s'il vous plaît, en ignorant tout des instruments qui le composent, qu'il soit classique, pop, rock, n'importe quoi.

Oui, n'importe quoi !

« Votre incapacité à mettre des notes sur votre prose. »

Ma prose, mes vers, mon grand projet, fichus à la poubelle au sortir de la salle du conservatoire. Vingt ans de dénégation, reniement, sourde oreille.

« Nous allons monter un opéra », a dit Mathis.

« Nous » ? Lui et moi ?

Mais qu'est-ce que tu imagines, Adeline ?

Je regarde mon crapaud, mon rêve en morceaux, mon utopie. La peur m'engloutit.

Et puis, Elsa galope vers la maison, suivie d'Hilaire. Elle crie :

— Il est là ?

Elle pile devant la porte de la salle à manger : il est là.

C'est à petits pas qu'elle s'en approche, timidement qu'elle prend place sur le tabouret. Inutile de le mettre à la hauteur, il l'est.

À mes côtés, Hilaire trépigne, prêt à s'élancer ?

Elsa soulève le couvercle, balaie la bande de tissu soyeux qui protège les touches, l'enroule autour de son cou ; ça m'arrivait. Ses doigts viennent sur le clavier, esquissent un petit air maladroit : *Chantons sous la pluie* ? Suivi d'un autre, un autre encore : *Hair* ? *Starmania* ? Hilaire s'avance, Hilaire se déhanche, Elsa fredonne, accompagnant les notes d'une voix d'abord sourde, hésitante, puis s'enhardissant, visage radieux, éclairé, lumineux.

« Tu pourrais avoir une surprise », m'a avertie maman. Ma fille a de la voix. Oh, pas une voix d'opéra, mais une voix juste, je le sens au plus profond de moi, mon émotion me le crie, les larmes qui affluent à mes yeux.

Ma fille chante, elle est belle, et je ne le savais pas.

Dans la soirée, j'ai reçu un mail de Viviane : l'enterrement d'Emmanuel Tardieu serait célébré le lendemain, vendredi, à onze heures, à l'église Stella Matutina.

## 32

On l'appelle l'église des jeunes, et elle est ouverte à tous, ceux qui croient et viennent y affirmer leur foi, la vivre, souvent en famille, et les autres, plus nombreux, qui ne savent pas trop à quoi, à qui croire, à quel saint se vouer, mais apprécient le calme du lieu, l'ambiance, cette sensation de planer, d'arrêter un peu la course, de reprendre haleine, et quand tu en sors, c'est bête à dire, le monde te paraît plus léger.

À Stella Matutina, l'autel est placé au centre afin que nul ne se sente exclu ou isolé. On y joue de tous les instruments, et tous les chants, toutes les chansons sont autorisés à condition qu'ils n'offensent pas Celui, couronné d'épines, plaie au côté, pieds et mains percés de clous, suspendu à la croix : douloureux maître de cérémonie devant lequel tous s'inclinent. Et, pour la musique, quand tout le monde s'y colle, toutes les voix, elle n'est plus cette bulle dans laquelle tu t'enfermes, mais vaisseau spatial, sans rire ! Et si, en plus, tu es sur la tribune qui surplombe l'autel, tu as carrément l'impression d'assister au lancement.

Dans l'église des jeunes, on organise des spectacles donnés à l'occasion des fêtes inscrites sur le calendrier, des délires qui s'appellent : « Immaculée Conception », « Épiphanie », « Pâques » ou « Ascension ». La Vierge qui fait un gamin par l'opération du Saint-Esprit, les Rois mages qui rappliquent dans une étable, guidés par une étoile, le mort qui ressuscite avec les cloches de Pâques… Certains ont l'air d'y croire vraiment, d'autres trouvent le scénario un peu con, mais bon, tu entres, tu participes, c'est dans le contrat.

Si vous leur parlez de « communion », ils riront. Pourtant, en prononçant ces mêmes paroles, écrites sur une même partition, la poitrine gonflée par une même respiration, portés par un élan semblable, le regard levé vers le ciel, c'est bien ce qu'ils font : communier.

*

Vue de l'extérieur, avec ses douze piliers – douze apôtres ? – qui convergent en faisceau vers son sommet, l'église a, pour certains, la forme de l'étoile dont elle porte le nom. Pour d'autres, et ils n'ont pas tort, on dirait plutôt une gigantesque cocotte, non pas en papier, mais en cuivre qui, avec le temps, a perdu sa flamboyance pour se farder, ma chère, d'un joli vert amande.

Cocotte ou étoile, c'est une église sans clocher, le voisinage s'y étant opposé lors de son édification par crainte du bruit : une flèche, une croix, un coq. C'est donc sans bourdon, au son de l'orgue jouant un choral de Bach, que le cercueil d'Emmanuel Tardieu, posé sur les épaules de Mathis et de cinq filles et garçons de Musique Hall, y a fait son entrée. Les six, vêtus de jeans, baskets, sweats sombres, capuches rabattues.

Sous le regard de l'assistance debout, ils se sont dirigés lentement vers l'autel où l'abbé et ses desservants attendaient. Chapelle et non paroisse, il était rare que l'on célèbre un enterrement à l'église des jeunes ; aujourd'hui, exception avait été faite pour celui qui, de notoriété publique, les aimait et dont la générosité à leur égard était connue de tous.

L'abbé a ouvert les bras.

— Bienvenue dans la maison du Seigneur.

Le cercueil a été posé sur les tréteaux. Contre le bois clair, deux belles couronnes, ceinturées de violet, l'une offerte par la famille, l'autre par l'hôtel de ville, ont été appuyées. Mais c'est sur la profusion de fleurs coupées, uniques ou en modestes bouquets, sans rubans ni lettres dorées, éparpillées sur le sol, que les regards s'attardent, l'hommage des « petits fauves », massés sur la tribune, à l'homme aux cheveux blancs qui descendait de sa belle demeure pour les écouter, le père du « maître ».

L'orgue s'est tu. Dans l'odeur d'encens, la messe a commencé : Kyrie, « Seigneur, aie pitié ».

*

Face à l'autel, à quelques pas des officiants, se tient la famille du défunt : Marie-Aude, Olivier, leurs conjoints et leurs cinq enfants dont un tout-petit que Nanny, en bout de rang, serre sur sa poitrine. Parents et enfants vêtus simplement, en évitant les couleurs vives.

Derrière eux, les officiels, le maire et ses adjoints, conseillers divers, personnalités de la ville dont on voit parfois le visage dans les journaux locaux, la plupart habillés de sombre. Et, sous les manteaux, on devine les décorations.

Viviane, Adrienne et moi avons pris place sur le côté. Noyée dans sa fourrure, les yeux cachés sous des hublots noirs, Viviane tangue. Le regard vigilant de l'instit' va de la fragile femme du bijoutier aux nombreux assistants, faisant l'appel des fidèles à l'amitié. Près de moi, Alma est en larmes. Je m'efforce de retenir les miennes.

— Rendons grâce à Dieu au plus haut des cieux.

De toute sa structure de bois, cuivre et métaux divers, l'église craque, cliquette, frémit. Suspendu à sa corde, le lustre se balance au-dessus des têtes. Nul ne s'en soucie. Pas plus que de la lumière qui pleut des vitraux et change au gré de l'humeur du ciel, nuages alternant avec le soleil, éclairant ou assombrissant tour à tour les visages, accentuant l'impression qu'ont tous ceux qui viennent là d'être sur un bateau – une arche ? – voguant dans la tempête. Rien à craindre, vous êtes sous la protection de Dieu.

Dieu ? Combien de ceux qui se pressent sur la tribune y croient-ils ? Que leurs parents l'appellent Jésus, Yahvé, Allah ou Bouddha ? Dans son homélie, l'abbé a parlé du Christ venu apporter aux hommes la consolation, davantage de justice, la promesse d'un monde meilleur. Eux, le monde meilleur, plus juste, ils le veulent tout de suite, aujourd'hui, et, dans leurs regards fixés sur Mathis, debout près du cercueil, il y a l'attente, l'exigence qu'il leur en ouvre les portes.

Épître, Évangile, Credo, la messe se poursuit, chants et prières se succèdent, repris par l'assistance. Généralement, lors de funérailles, l'un ou l'autre membre de la famille, parfois un ami, vient prononcer au micro quelques mots sur celui ou celle qui est parti. Ils en font l'éloge en citant des faits marquants de sa vie, des dates à retenir, des exemples à suivre. Mais il arrive aussi que soient évoqués ces minuscules instants du quotidien, ces gestes familiers qui, mieux que les grands, s'inscrivent dans la mémoire, font jaillir le souvenir, suscitant des rires émus, même chez ceux qui n'ont pas connu les défunts. Ah, cette canne sur laquelle il s'appuyait en râlant, quand il ne vous la brandissait pas à la figure : « Vieux, moi ? » Sûr qu'on ne s'en débarrassera pas. La tasse ébréchée qu'elle se refusait à jeter, ce serait la renier que de s'en défaire. La pendule que lui seul avait le droit de remonter... les doigts noueux de la grand-mère s'acharnant sur de hideuses tapisseries...

Pour Olivier et Marie-Aude, qui ont quitté depuis longtemps le pays de leur père, les grands moments faseyent dans la brume, le lien s'est distendu que nourrissait le quotidien. On ne peut douter de leur chagrin, mais ils auraient peine à trouver les mots pour l'exprimer. Quant aux petits, ils ont déjà du mal à garder leurs yeux ouverts. Ni à San Francisco ni à Montréal, le soleil n'est encore levé, et celui pour lequel ils ont effectué le long voyage, grand-père ? Daddy ? À peine s'ils l'ont connu. Ils ne pourraient que bredouiller en franglais des mots appris par cœur.

Aussi, après le Credo, est-ce Mathis qui s'est avancé vers le pupitre et a pris le micro. Et c'est alors qu'il transmettait au fils et à la fille le message d'amour, confié par leur père, qu'Eugène a surgi au bout de la rangée que j'occupais avec mes amies.

Il était rouge et essoufflé. Il avait dû courir du collège à l'église dans l'espoir d'attraper un petit bout de messe. Je ne me souvenais pas de lui en avoir communiqué ni le lieu ni l'heure.

— Toi ? s'est étonnée Adrienne.

Elle s'est poussée pour lui faire de la place près de moi.

D'une voix sourde, sombre, ardente, Mathis parlait à présent d'un enfant égaré qui ne savait vers qui se tourner, quel chemin prendre. Et puis, un homme était venu, qui lui avait tendu la main. Il lui avait appris à exprimer ses sentiments, à sortir de sa poitrine le gros poids qui l'étouffait. Il l'avait aidé à se mettre debout, à aller de l'avant, agissant avec lui comme l'aurait fait un père. Un homme qui portait deux fois Dieu dans son nom : Emmanuel Tardieu.

Il s'est tu quelques secondes. Lorsqu'il avait prononcé le mot « père », j'avais senti contre ma hanche le long frémissement d'Eugène. Lorsque Mathis a repris, c'est toute la tribune qui a frémi.

C'est en lui ouvrant les portes de la musique qu'Emmanuel Tardieu lui avait ouvert celles de la vie, a-t-il affirmé. La musique fait partie du cœur et du corps de l'homme. Elle habite depuis toujours toutes les religions, témoignant de notre passage sur terre, de notre aspiration à ce qu'il ne soit pas vain. Elle est la plus belle des prières, prononcée debout ou à genoux, lancée au Créateur. Le plus sûr moyen d'atteindre la part d'éternité que nous tous portons en nous.

— Chaque mot, chaque note, chaque chant, qui retentira à Musique Hall te sera dédié, Emmanuel. Tu y étais chez toi, tu y resteras toujours, a-t-il promis.

Il y a eu des applaudissements. Viviane avait pris sa tête dans ses mains. Me souvenant de ses paroles : « Les choses risquent de n'être pas faciles », sa crainte de voir maison et dépendance vendues par ceux dont la vie n'était plus là, une angoisse m'a traversée. Quel regard Olivier et Marie-Aude portaient-ils sur celui qui venait de s'adresser à leur père comme s'il était aussi le sien, revendiquant d'une certaine façon sa part d'héritage, fût-il spirituel ?

J'ai scruté leurs visages. Ils m'ont paru sans hostilité. Et, lorsque après le *Pater noster* l'abbé a engagé l'assistance à échanger un geste de paix et que, tour à tour, ils ont donné l'accolade à Mathis, il m'a semblé comprendre qu'ils ne lui feraient pas la guerre.

*Agnus Dei*, absolution, communion.

Était-ce une surprise offerte à leur maître par ses jeunes fidèles à lui, tandis que la longue file des croyants se dirigeait vers l'autel pour recevoir le corps du Christ ? Là-haut, accompagnés par l'orgue, est monté le negro-spiritual *Deep River*, les voix se relayant pour chanter la rivière profonde à traverser, le camp à atteindre, la terre des ancêtres à rejoindre. « *Deep river, my home is over Jordan, oh Lord, don't you want to go that gospel feast*, ramène-nous à la terre promise où tout est paix, *Lord, oh my Lord.* »

Plus tard, c'est au son du *Printemps* d'Antonio Vivaldi, la première des *Quatre Saisons*, que le cercueil est sorti de l'église. Joie, naissance, renaissance. Et, dans les yeux du fils portant le père sur ses épaules, coulaient deux clairs ruisseaux de larmes qui, malgré tout, annonçaient la vie.

Étoiles du matin ?

# 33

Et ce matin de vingt-quatre décembre – Sainte-Adèle –, lendemain de mémorable enterrement, jour de réveillon, j'ai, comme prévu, été interdite de cuisine et de salle à manger, vivement encouragée par les traiteurs maison à me tenir loin de leurs pattes et, après la case obligatoire « coiffeur », à déjeuner d'un sandwich ou d'une salade à l'extérieur. Et surtout, prends tout ton temps !

Ça m'arrangeait.

Climat de Noël, neige en suspens, j'ai pensé – une fois n'est pas coutume – à mettre un manteau, auquel j'ai ajouté bottes fourrées et gants. Tout son temps, Sylvie, ma gentille et experte coiffeuse, l'a pris pour réunir mes boucles folles en un chignon savant.

— Un nuage de paillettes ? m'a-t-elle proposé, son œuvre achevée.

— Surtout, oui !

Des paillettes, plein de paillettes, pour faire illusion, cacher ma peur, jouer les bravaches, partir au front la fleur au fusil ?

*

J'ai attendu d'être à l'abri de la « Salle de conf' » pour appeler Mathis au numéro inscrit sur une carte « aux bons soins de M. Pierre Corneille ». Malgré le chauffage poussé à fond, j'étais glacée : serait-il là ? Et moi, quel culot de déranger celui qui, la veille, avait porté son père en terre avec tant de douleur et de panache ! Mais, justement, ne s'agissait-il pas également de vie et de mort ?

— Bonjour, Adeline !

Il était là. Et moi, dans son répertoire.

— Il faut que je vous voie, c'est possible maintenant ? Je ne vous ennuierai pas longtemps, ai-je débité d'une seule traite.

— Ai-je bien entendu le mot « ennuyer » ? À mon avis, quelque chose a dû t'échapper, là.

Le « quand tu veux », sous le numéro de portable ?

À Musique Hall, c'était un peu la pagaille, m'a-t-il appris. Si ça m'allait, nous nous retrouverions dans un café près des Trois-Pierrots, je connaissais ? Tout le monde connaissait à Saint-Cloud les deux vastes salles de spectacle, films culte, théâtre, ballets, entrée gratuite le jour de son anniversaire sur présentation de sa carte d'identité. Lieu très fréquenté par les jeunes, en particulier par Elsa et Hilaire. Oh, mon Elsa !

L'établissement était presque vide lorsque j'y suis entrée – dernières emplettes de Noël ? Assis au fond de la salle, Mathis s'est levé pour m'accueillir. Il portait un blouson de grosse laine grise sur une chemise blanche. Autrefois, on aurait parlé de tenue « demi-deuil ». Aujourd'hui, qui porte encore le deuil ? On peut souffrir autant dans des vêtements de couleur qu'en noir. On peut pleurer encore plus fort au son du *Printemps* de Vivaldi qu'à celui du *Requiem* de Mozart.

Il m'a aidée à retirer mon manteau, sans m'embrasser, ni même me serrer la main et, en un sens, c'était comme si nous ne nous étions pas quittés.

— Face à face ou côte à côte ? a-t-il demandé en désignant la table où il avait posé une paire de lunettes noires.

— Face à face.

Le courage de me saborder, mes yeux dans ses yeux ?

J'ai pris place sur la banquette, lui sur une chaise. Le garçon était déjà là, tout jeune, décontracté, nœud pap' marrant. Probablement un étudiant qui arrondissait ses fins de mois. Ils étaient nombreux aux Trois-Pierrots et alentour.

— Qu'est-ce qui vous ferait plaisir ? a-t-il demandé d'un ton théâtral.

J'ai choisi un grand crème, Mathis un petit noir. Il a souri.

— Viennoiseries ?

— Avec valses, sinon rien, a répondu Mathis, et l'artiste s'est éloigné en dansant.

J'ai cherché mon souffle.

Toute la nuit, j'avais répété les mots que je prononcerais, d'une voix ferme, bien sûr, sans apitoiement sur mon inintéressante personne, sans vaines excuses ni trémolos. Répété ma propre sentence de mort. Et voici que, au pied du mur, ces mots se refusaient à passer. Pas évident de mourir deux fois.

— C'est si difficile que ça ? a demandé Mathis.

— Encore plus.

— Alors, prends ton temps.

Si tout le monde s'y mettait !

J'ai oublié mon texte, appelé Elsa à la rescousse, et j'ai raconté l'arrivée du crapaud à la maison, ma surprise, mon émerveillement, la blessure ravivée, en entendant Elsa chanter en s'accompagnant, ma fille si belle au clavier.

J'ai raconté « Crapaudine » qui cassait les oreilles de tout le monde, prétendait mettre la poésie en musique, détestait le solfège, abandonnait le piano aussi vite qu'elle avait commencé. La jeune fille et son grand projet, parlons-en : s'attaquer au *Cid*, rien que ça ! En faire un opéra, excusez du peu ! La suite, il était au courant : le *clash*, l'effondrement du rêve. Ce qu'il ignorait, ce dont j'avais oublié de me vanter, c'est le grand projet jeté à la poubelle, le rêve coulé dans le carcan de fer d'un ordinateur, vingt ans de reniement, de trahison envers moi-même, chiffres, comptes, bilans, petites satisfactions et honneurs divers, vingt ans d'abandon, alors quand vous dites « nous », NOUS allons monter un opéra, NOUS allons le dédier à Emmanuel, y consacrer toutes nos forces, travailler comme jamais, vous vous trompez d'inter-locutrice, vous faites erreur sur la personne. Lumière éteinte, inspiration perdue, élan brisé, je ne pourrai rien vous apporter, c'est terminé, voilà !

Sur ce, j'ai attrapé les lunettes noires sur la table, et je les ai chaussées, non pour courir – où, mon Dieu ? –, mais pour cacher mes larmes.

— Il faudra que tu me présentes ta fille, a dit Mathis. Elsa, c'est ça ? Avec un nom pareil : Elsa-Elfe, j'espère qu'elle danse aussi.

Il a tendu la main et m'a retiré les lunettes. Grand crème et petit noir étaient arrivés, plus un panier de viennoiseries. Je n'avais pas vu le garçon les poser : Adeline-la-tête-ailleurs.

— Qui a eu la super-idée du *Cid* opéra-rock ? a demandé Mathis en dépiautant un morceau de sucre et en le laissant tomber dans ma tasse sans me demander mon avis.

— Moi. Mais la plus super des idées, si on n'est pas fichu de la mettre en œuvre, c'est du vent.

— Qui a écrit : « Les mots sont du vent, le vent pousse le monde » ?

Dans ma détresse, comme un sourire est passé.

— Georges Bernanos.

Lui, la révolte contre la médiocrité, l'indifférence, les vies calme plat.

— Et qui voulait intituler son opéra : « Va, cours, vole et nous venge » ?

L'ordre lancé à Rodrigue par son père, offensé par celui de Chimène : prendre l'épée pour venger son honneur.

— Je n'ai pas été fichue de mettre une seule note dessus.

Chimène-Chimère…

— Les notes, c'est mon boulot.

Il a pris mes mains dans les siennes, et il m'a dit que j'allais rentrer chez moi, m'asseoir devant ma page et conjuguer « Aller, courir, voler », à tous les temps, sur tous les tons, avec l'instrument dont je jouais à la perfection, dont il avait entendu vibrer les cordes dès la première minute de notre rencontre : l'émotion. Mes doigts sur le clavier des sentiments qui se disputent le cœur des hommes, mon archet au fil de l'eau, tantôt étale, tantôt furieuse, de nos mers intérieures. Sans oublier le « Et nous venge », bien qu'à vengeance il préfère « revanche ». N'avons-nous pas tous une revanche à prendre sur cette foutue vie, cet « horrible fatras », comme l'a écrit Samuel Beckett, ce fabuleux et trop court fatras ?

— La musique, je m'en charge.

Il a dit que la musique sur des paroles, c'était comme le pinceau du peintre qui tantôt éclaire, tantôt assombrit les paysages de l'âme, le froid, la peur, le doute, l'espoir. Et, revoyant la lumière tombant des vitraux de Stella Matutina sur le visage des fidèles, voilà que remontaient, comme d'une mer enfouie, des mots que je croyais engloutis. Il n'y a pas de résurrection que dans l'Évangile.

> « Va vers toi-même. »
> « Cours vers l'avenir. »
> « Vole vers l'impossible. »

J'ai ajouté « Et te venge des massacreurs de rêves », et l'affaire a été bouclée.

*

J'ai dévoré, dans l'ordre suivant : un pain au chocolat, un croissant et un pain aux raisins.

« Réserve-toi pour ce soir », m'avait recommandé Hugo avant que je quitte la maison. Se réserve-t-on quand le bonheur est là ? J'ai accepté un jus d'orange et, contre son pain au chocolat, j'ai promis à Mathis

– si je mens, je vais en enfer – de passer du « vous » au « tu ».

Nous avons parlé « familles », en commençant par les siennes, la « vraie » et la « pas vraie », comme auraient dit un certain inquisiteur et sa complice, son double, son « âme sœur », sa jumelle.

Dans la vraie, son père avait pris sa retraite, mi-France, mi-Tunisie, où il possédait une maisonnette près de la mer. Les relations avec Mathis s'étaient apaisées, ils se voyaient régulièrement. À la botte de son militaire, sa mère semblait heureuse, à chacun sa façon d'aimer.

La « pas vraie », la choisie, avait décidé, m'a-t-il appris, de prolonger son séjour en France pour régler les fastidieuses affaires d'héritage. Le « fastidieux » m'a plu.

Il était convié ce soir à un réveillon dans l'intimité, improvisé aux Quatre Saisons : pouvait-on priver les petits de souliers devant la cheminée ? Après les avoir remplis, il avait l'intention de redescendre à Musique Hall où sa troisième famille, celle à crocs, griffes et revendications d'amour, s'était annoncée.

— Et toi, combien ? Une, deux, trois familles ? Plus ?

— Pardonne-moi, une seule. Sans histoire.

— Ça n'existe pas, les familles sans histoire. Et ton elfe, alors ?

J'ai reconnu : trois enfants, trois histoires, mais rien de grave. J'ai esquissé un portrait de chacun. Le garçon-acteur valsait autour d'autres tables. Mine de rien, le café s'était rempli, des couples, des copains, des esseulés, de la gaieté, du silence, des baisers, des gorges nouées, tant d'histoires à raconter et, en moi, cette drôle d'envie de chanter, malgré tout, avec un petit sanglot dans la gorge quand même, n'exagérons pas.

Il était plus de trois heures lorsque Mathis m'a raccompagnée à ma voiture. Il ne m'a ni serré la main ni embrassée. Il a seulement, avant que j'y monte, défait mon chignon en deux temps trois mouvements, *allegro presto*.

— Même à paillettes, tu sais, les dames, c'est pas trop mon truc.

## 34

J'ai volé jusqu'à la maison. Sur le perron, prêts pour la décharge, deux gros sacs-poubelle emplis de cartons éventrés – traiteurs divers. Alors que je me faufilais dans l'entrée, Elsa est sortie de la salle à manger.

— Oh, maman ! Cool, les paillettes.

Adèle, en peignoir, a surgi du salon.

— Il n'y a pas que les sapins de Noël qui perdent leurs aiguilles, a-t-elle constaté en récupérant quelques épingles à chignon sur le col de mon manteau.

— Madame a reçu un bouquet, a annoncé Hugo en apparaissant à la porte de la cuisine, entortillé dans un long tablier bleu. On l'a mis dans ta chambre.

— Un bouquet de qui ?

— Nous ne nous sommes pas permis d'ouvrir l'enveloppe. Si tu allais voir ça ? Dès qu'on a terminé, on te fait signe, OK ?

Traduction : « Dégage. »

Je ne me le suis pas fait répéter deux fois. Je suis montée dans ma chambre, dont j'ai refermé la porte très doucement, comme sur un secret, un serment. Une chanson à naître ?

Le bouquet de belles roses blanches avait été mis dans un vase, l'enveloppe posée à côté : Emerick. Sur la carte, un simple « Joyeux Noël ». J'ai compris la bonne humeur d'Adèle.

Je suis ressortie, et j'ai déposé les fleurs chez elle, ainsi que la carte.

Manteau, bottes et gants fourrés dans le dressing, j'ai pris, près du téléphone fixe, le bloc « pense-bête » et me suis installée sur le lit, adossée aux deux oreillers. J'ai tourné la page : « Coups de fil à donner, personnes à rappeler, courses à faire » et, à l'aide de mon archet – un joli stylo en argent offert jadis par un client de PlanCiel –, j'ai commencé à conjuguer à tous les temps, sur tous les tons, le verbe « voler ». Voler comme on plane. Voler comme on dérobe les vers des grands poètes pour en faire de l'opéra.

En cours de vol, au fil du vent, quelques pistes m'ont été données sur le menu du soir.

Toc toc toc.

— Maman, le couteau à huîtres, où tu l'as rangé ?

Eugène.

Boum boum boum.

— Maman, le plat à poisson, tu sais, le grand pour le saumon, on le trouve plus.

Elsa.

Les deux :

— Qu'est-ce que tu fais ? T'écris quoi ?

Autorisé à entrer sans frapper, Hugo, précédé par un doigt sanguinolent : couteau à huîtres.

— Tu n'aurais pas un désinfectant et du spara-drap dans ta pharmacie ?

Homme trop préoccupé par sa blessure pour se soucier des « gribouillages » de sa femme.

Visage mi-figue, mi-raisin, de mon aînée, apparaissant brièvement à la porte laissée ouverte par un mari peu soucieux de l'intimité de son épouse.

— Je croyais que c'était la Sainte-Adèle, voilà qu'on me refait le coup de la Saint-Zakouski. Merci pour les roses, maman.

*

À dix-sept heures pile, comme chaque jour, la lumière a jailli dans la rue, pleuvant de sa résille étoilée, montant des guirlandes à drapeaux. Trop tôt pour la musique.

À propos... vingt heures ou vingt-deux heures, qui avait gagné ? Mon garçon ou les Einstein ? « Bon courage », avais-je souhaité à Alma, « quand Eugène a quelque chose dans la tête... »

Il s'était également mis en tête de remplacer la messe de minuit, célébrée en réalité à vingt et une heures à Saint-Cléobald, notre paroisse, par celle du lendemain, sous le prétexte que la bonne marche du réveillon pâtirait d'une absence de deux heures.

Adèle n'y avait pas vu d'inconvénient : messe de minuit en famille, plan-plan. Ce qu'Eugène veut, Elsa le veut. Hugo avait émis un regret : coup de canif dans la tradition. Je n'avais rien vu venir. Une seule et unique famille sans histoire, n'est-ce pas, Mathis ?

Je n'ai rien vu venir non plus lorsque j'ai été conviée, sur le coup de dix-huit heures, à descendre admirer la table de gala dressée dans la salle à manger.

Sur la nappe en papier soyeux s'évasant en larges plis jusqu'au sol, ces assiettes, verres et couverts étin-

222

celants, en matière translucide de toutes les couleurs que l'on trouve aujourd'hui un peu partout, qui évitent tout souci d'ordre ménager à la maîtresse de maison – j'en connais qui lavent et remballent pour la prochaine fois tant c'est beau, chut ! –, serviettes assorties à la nappe, bougies dans des collerettes de houx, menu à en-tête de père Noël, dont j'ai été autorisée à prendre connaissance : foie gras, huîtres, saumon fumé, dinde en gelée, farandole de desserts. Six couverts.

J'ai recompté : toujours six. Petit souci, dans la famille sans histoire, nous n'étions que cinq. Un de plus ? Un de trop ?

— Le couvert du vagabond, a rêvé Elsa.

— Ma préférence va à « l'étranger égaré dans la forêt qui demande asile », a fantasmé Hugo.

— Encore une idée d'Eugène, évidemment, a ricané Adèle. Vagabond ou étranger égaré dans la forêt, s'il sonne, je vous préviens, ce sera sans moi.

À propos, où était l'auteur de la drôle d'idée ?

Disparu, envolé.

— Dans son grenier, maili-mailant, blogui-bloguant sur son portable, tu le connais, a remarqué Hugo sans rien voir lui non plus.

*

Et puis, il est déjà sept heures et demie. Nous sommes tous au salon pour le lancement de la Saint-Zakouski. Narguant la rue, notre sapin clignote de tous ses feux, son pied entouré de tant de paquets cadeaux que les souliers ont disparu. Joyeuse pagaille en perspective demain matin à l'ouverture.

Un réveillon, c'est un réveillon, chacun s'est mis sur son trente et un. Premier prix d'élégance, Adèle, en tailleur-pantalon noir, chaussures Repetto. Eugène, chaussures de cuir, jean ni troué ni effrangé, veste, cravate : « classe ». Elsa-Esmeralda joue les bohémiennes en longue jupe bariolée, top en velours. Hugo porte son plus beau costume, nœud pap'. Après moult hésitations, j'ai opté pour une stricte jupe noire et un haut « arlequin », cheveux pailletés libres sur les épaules. Mi-dame, mi-Chimène ?

Hugo débouche la bouteille de Dom Pérignon, remplit les coupes alignées sur la table basse. Ce soir, on fermera les yeux sur la consommation des mineurs. Avec le repas froid, aucune odeur en provenance de la cuisine. Je me fais la remarque que nous aurions pu, sans dommage pour les traiteurs, faire la parenthèse « messe de minuit ». Mais qu'a donc Eugène ? Il ne cesse de patrouiller entre couloir et salon, tentant vainement de cacher sa nervosité, suivi par l'œil inquiet d'Elsa se posant la même question que moi : attendant qui ? Quoi ?

Eurêka ! Je crois avoir trouvé lorsqu'à vingt heures pile la musique explose dans la rue. Quand Eugène a une idée dans la tête... Eh bien, voilà, mon fils, tu as gagné. Je lui tends sa coupe.

— Bravo, mon chéri ! Champagne ?

On sonne.

Il n'est pas pire aveugle que celui qui ne veut pas voir.

Il y a trois ans, nous avions dit au revoir à un ado mal dans sa peau, au visage ingrat, au regard sombre, indécis, tourmenté.

C'est un homme qui nous revient.

Grand, fin, visage net entre les cheveux blonds mi-longs, regard fier, il se tient debout près de son demi-frère à la porte du salon, comme attendant le feu vert pour entrer. Une pointe de défi dans le regard ?

Hugo s'est levé, son visage à lui stupéfait, incrédule. Elsa retient un cri de joie. Une fois n'est pas coutume, face au « vagabond », à l'étranger égaré, dont la place a été mise à notre table, Adèle reste sans voix.

— Joyeux Noël, *Merry Christmas, Feliz Navidad, Buon Natale*, s'époumonne la rue.

Eugène fait un pas en avant.

— Voilà ! Ça ne pouvait plus durer à Naples pour Alan. Son beau-père est une sale brute qui lui tape dessus. Je lui ai dit que, puisque maman était rentrée, vous seriez d'accord pour qu'il vienne vivre à la maison.

PARTIE 3

*Une affaire de pères*

## 35

Parler, se parler, communiquer, échanger, ne pas laisser s'installer le silence et après c'est « trop tard ». Parler en allant au fond des choses, au cœur du problème, en exprimant le fond de sa pensée, sans tricher, esquiver ou se dérober, quoi qu'il nous en coûte.

Parler avec celui ou celle qui partage notre vie, avec nos enfants, nos amis, comme si les SMS, les blogs, Facebook, Twitter n'existaient pas.

Parler les yeux dans les yeux sans craindre de pleurer ou de faire couler les larmes, sans hésiter à toucher l'autre, le prendre dans ses bras, accueillir sa tête sur son épaule. Joindre le geste à la parole.

Aujourd'hui, beaucoup n'y parviennent plus : pas le temps, pas franchement l'envie, et pour se dire quoi exactement ? Ça intimide, ça fait peur, oserons-nous ? Serons-nous vraiment écoutés ? Et puis, il faut être deux pour parler, n'est-ce pas ? Il faut trouver le bon moment, celui où l'autre est disponible. Et, le matin, c'est la course, la galère des transports pour aller au boulot si on a la chance d'en avoir un, pour en chercher si on n'en a pas. Le soir, rentré chez soi, on n'a qu'une envie : se poser, se reposer, mais alors pas du tout celle de se prendre la tête en discutant de grands sujets avec son copain, son compagnon ou son conjoint. Pour les enfants, passé l'âge tendre qui, entre nous, rétrécit comme peau de chagrin, ils sont soit sans prise, insaisissables, des ectoplasmes, fuyant comme des boules de mercure, soit constamment au bord de l'explosion. Essayez d'entrer dans leur foutoir, la bouche en cœur :

— Si on parlait un peu, mon chéri ?

— PAAARLER ? Maman, t'es relou, là.

Quant aux amis, qui ont exactement les mêmes problèmes, si on les voit, c'est pas pour s'y plonger, mais pour en sortir un peu.

Et le désert avance.

Parce que sans paroles pour les nourrir, les abreuver, l'âme, l'esprit, la conscience si vous préférez, meurent de soif et de faim. Et celui-là, un beau jour – façon de parler –, va se jeter sous un train. Et celle-là, dont les « proches » ont disparu, fourrera sa tête dans la gazinière. Et ce jeune homme si correct, si calme, effacé, un peu silencieux, d'accord, décroche le fusil de chasse de son père et tire sur tout ce qui bouge, eh ! oh ! ne m'effacez pas, j'existe ! Tandis que d'autres, croyant avoir trouvé le filon, s'invitent à votre table à l'heure de grande écoute et vous servent leurs misères, vident la cour et l'arrière-cour de leur vie, au diable la pudeur, ne voulant pas savoir que, d'un coup de télécommande, ils seront zappés, c'est l'heure du feuilleton, du héros récurrent, oust !

Enfin, il y a tous ces hommes et ces femmes de bonne volonté qui font ce qu'ils peuvent, remettent chaque jour l'ouvrage sur le métier, entretiennent

vaille que vaille le tendre fil, le fil barbelé du dialogue, avec des hauts qui gonflent le cœur, des bas
qui le plombent, et toutes les questions pourries :
« Est-ce que je donne assez de temps ? Suis-je un bon
époux, une bonne épouse, une bonne mère ? Pourquoi ça ne marche pas, qu'est-ce qui ne va pas avec
moi, là ? »

« Et puis, un homme est venu qui m'a tendu la
main, qui m'a appris à exprimer mes sentiments, à sortir de ma poitrine le gros poids qui m'étouffait… »
Lorsque Mathis avait prononcé ces mots à Stella
Matutina, lieu de la Parole, nous avions tous été cet
enfant-là, qui criait au secours. Nous aurions tous
voulu être cet homme-là, qui l'avait sauvé.

*

Ce vingt-quatre décembre, tandis que dans la rue
de Belair se célébrait le bonheur d'être rassemblés
dans une même attente, un même élan de fraternité, à
la Villa, notre réveillon s'est inscrit sous le signe de la
triche, de l'esquive, du faux-semblant, du faux parler.
« Voilà, ça ne pouvait plus durer à Naples pour
Alan. Son beau-père est une sale brute qui lui tape
dessus. »
Après les paroles lancées par Eugène, Hugo avait
ouvert les bras au fils retrouvé, je l'avais serré contre
ma poitrine, Elsa, en larmes, avait trouvé le courage,
pour elle inouï, de voler vers lui et de se suspendre à
son cou, tandis que dans le regard d'Adèle on avait pu
lire cette sorte de vertige qu'éprouvent ceux, au cœur
bien gardé, lorsqu'une faille s'y ouvre soudain, laissant

entrer un trop-plein de lumière. On avait rempli une coupe pour Alan, re-rempli les nôtres, trinqué à son retour, à notre bonheur et même, pendant qu'on y était, tant pis si c'était avant l'heure, à l'année qui allait s'ouvrir, lui avec nous, nous avec lui.

Et il était là, raide comme un piquet, au bord de son fauteuil, visage lointain, répondant à mi-mot, épuisé par son long voyage ? Sous le coup d'une trop grande émotion ? On ne passe pas comme ça d'une vie à l'autre, beau-père sale brute ou non, on ne dit pas adieu à sa mère sans déchirement. Dix-huit ans, la majorité d'accord, l'âge de voter, et même pour certains celui de partir à la guerre, mais tant de fragilité encore : un jeune homme.

Alors, on s'était cantonnés à du léger : « Comme tu as grandi… et toujours aussi blond… et ta guitare, tu l'as apportée, n'est-ce pas ? » On avait évité les questions sensibles qui tournaient au-dessus de nos têtes, mêlant leur sombre bourdonnement aux clignotements du sapin, nous refusant à remuer le fer dans la plaie avec des imprononçables : « Comme ça, ton beau-père te battait ? Et ta mère, elle ne te défendait pas ? Et qu'est-ce qu'ils ont dit quand tu es parti ? »

Il était parti, il était là, avec nous, au chaud, à l'abri, c'était tout ce qui comptait. Pour le reste, on avait tout le temps, on verrait ça demain, l'urgent était de lui ficher la paix.

Et demain, il arrive que ce soit trop tard, mais nous ne le savions pas.

\*

— Si tu montais te rafraîchir avant de passer à table ? a proposé Hugo.

Alan a filé avec Eugène dans le grenier où son lit devait être fait au carré, le lit d'ami, le lit du frère, et nous avons tous été soulagés.

Sans commentaires, Hugo visage crispé, Adèle mine faussement détachée, le regard interrogateur d'Elsa sur le mien : « Qu'est-ce qui se passe, maman ? », nous avons vidé le salon des offrandes à saint Zakouski, disposé les plats froids du festin dans la salle à manger, allumé les bougies dans leurs collerettes de houx. Tout était fin prêt quand les garçons, « les » garçons, il faudrait s'y habituer, sont redescendus. Alan portant une chemise propre, visage nettoyé, cheveux blonds un peu plus foncés sur le côté par l'eau de la toilette. Eugène l'a conduit à sa place, Hugo a ouvert une seconde bouteille de champagne, au diable la modération, et les agapes, du grec *agapê*, « amour », ont commencé.

Tandis que les plats défilaient, une conversation surréaliste s'est installée, des mots, des phrases mécaniques, des contrefaçons de paroles, une parodie trébuchant sur la partition d'un faux entrain.

« Et si tu nous racontais ton voyage, Alan ? » Naples-Turin, Turin-Orly, Orly-Paris, Paris-Saint-Cloud, Saint-Cloud-Belair, dis donc, quelle équipée ! Tout juste si on ne lui demandait pas les horaires d'avion, la couleur du tailleur des hôtesses de l'air. « Et dis-nous, quel temps à Naples ce matin ? » Beau ? Du soleil ? Quinze degrés ? C'est pas vrai : ici, ciel de plomb toute la journée.

Atmosphère de plomb sur le réveillon.

Et Hugo peinait à cacher son désarroi, les épaules d'Eugène rétrécissaient à vue d'œil, Elsa avait perdu son légendaire appétit, Adèle jouait les indifférentes.

Dinde en gelée, fromages, farandole de desserts. Ça te plaît, Alan ? C'est bon ? Excellent, merci. C'était un jeune homme bien élevé, qui ne mettait pas ses coudes sur la table, essuyait sa bouche avant de boire, tenait correctement sa fourchette et son couteau. C'était une fête à l'image de la nappe en papier, des assiettes en carton, des verres et des couverts en plastique : jetable.

Nous avions été soulagés de passer à table, nous l'avons été davantage de revenir au salon, on rangerait plus tard. Il y a eu comme un petit coup d'air frais quand Adèle, la fille des situations extrêmes, désignant les collines de paquets au pied du sapin, a lancé :

— Dis donc, Alan, il me semble qu'il y a un souci, là ! À mon avis, les boutiques ont baissé le rideau de fer. On fait quoi pour tes souliers ?

Comme s'il n'attendait que ce signal, Eugène s'est rué aux pieds d'Alan et, sans lui demander son avis, a délacé une de ses Converse All Star, qu'il a placée en première ligne devant l'arbre de Noël (quel Noël ?) avant d'aller chercher dans les sous-bois un beau paquet bleu roi et de l'en recouvrir.

— Sympa de nous avoir avertis, a conclu Adèle.

À minuit-chrétien, musique et chants de Noël ont explosé dans la rue. Des familles sont sorties pour y joindre leurs voix. Dans le salon, personne n'a bougé. Un peu plus tard, Adèle est montée se coucher, j'aurais préféré qu'elle reste.

Il y a eu Elsa, disparaissant un instant, revenant avec la guitare d'Alan, la lui présentant timidement. Alan la sortant de sa housse avec précaution, avec respect. Les doigts de la main gauche appuyant sur les cordes dans les cases, à la naissance de la note, tandis que la main droite, aux ongles particulièrement longs, faisait vibrer les cordes. Et lorsque sont montés les arpèges soutenant le fameux chant : « Ô douce nuit, ô sainte nuit », accompagnés par sa voix, d'abord sourde, puis s'enhardissant, comme lançant un appel :

> « Ô douce nuit, ô sainte nuit.
> Dans les cieux, l'astre luit
> Cet enfant sur la paille endormi,
> C'est l'amour infini. »

Noël a enfin été là. Pas le Noël des cadeaux et du foie gras ; celui de l'espoir qu'existe un monde meilleur, que la vie ne soit pas vaine. Le Noël de l'amour triomphant sur le désespoir.

« Paix à tous. Gloire au ciel. »

Et, sur le visage de Hugo, un appel ardent, les larmes roulant sur les joues d'Elsa, les yeux d'Eugène voilés de tristesse.

Et cet instant où le regard d'Alan a croisé le mien, plein d'une interrogation douloureuse à laquelle je n'ai pas su répondre.

## 36

Au-dessus de nos têtes, ces pas dans le grenier, ce sont ceux des garçons, « nos » garçons ?

J'ai occupé la salle de bains en premier dans l'espoir de me reprendre, de me retrouver, de retrouver un semblant de calme avant, avec mon pauvre mari, de tenter d'y voir un tout petit peu plus clair dans le faramineux échec de cette soirée supposée être une fête, une double fête avec le retour du fils égaré, alléluia ! Essayer de comprendre pourquoi, venu se réfugier dans la maison du père, il a tout fait pour ne pas y entrer vraiment, répondant à nos pitoyables efforts par une attitude distante, une froideur polie, constamment sur la défiance, la méfiance. Faudrait savoir !

Cheveux à paillettes brossés, visage démaquillé, la rassurante petite goutte d'eau de toilette « Magic Moon » derrière l'oreille – « bonne nuit, la nuit » –, je reviens dans la chambre. Me tournant le dos, debout devant la fenêtre, la rue qui pétille implacablement, nous rappelant notre déconfiture, Hugo statufié.

Je me glisse dans le lit.

— Eh ! oh ! je suis là, mon chéri !

Il se retourne lentement, m'adresse un pauvre sourire.

— Mon Dieu, quelle soirée ! Quel…

Me retenant de prononcer le mot « calvaire », je lance un ballon d'essai.

— On est quand même contents qu'il soit là, non ?

Regard sévère : maître à élève, élève nulle.

— Contents ? Si les choses pouvaient se résumer à ce mot, ce serait trop simple, Adeline. Et toi, tu as trouvé qu'il avait l'air content, Alan ? Et Eugène, content lui aussi ?

Il défait son nœud papillon, choisi avec soin lorsque nous ne savions pas encore que nous nous apprêtions à réveillonner comme tout un chacun, et l'envoie rejoindre sa veste sur sa chaise. Car nous avons chacun « notre » chaise au pied du lit, lit où chacun a « son » côté. Ça finit même par devenir crispant à la longue. Il vous vient des envies de bouger les chaises, de changer de côté du lit, rien que pour voir si le monde s'écroulera.

— J'ai mon hypothèse, reprend Hugo en déboutonnant sa chemise. Alan a filé à l'anglaise, sans rien dire à personne de peur que l'horrible beau-père le retienne de force. C'était l'idée qu'ils étaient en train de le chercher là-bas qui le plombait. Qui te dit qu'ils n'ont pas alerté la police, les *carabinieri* ?

Je proteste.

— Filer à l'anglaise ne me paraît pas être le genre de ton fils. Et puis-je te rappeler que le téléphone existe, et même les portables. Admettons qu'il soit parti en douce pour échapper au beau-père, il a très bien pu appeler sa mère, une fois en sécurité, dans le train ou ailleurs. Quant aux *carabinieri*, gendarmes ou policiers, Alan est majeur. Il est français, avec une carte d'identité pour le prouver, et, à moins qu'il n'ait commis un grave délit, genre braquage de banque ou autre, nul ne peut l'empêcher de circuler où bon lui semble.

— Braquage de banque… Tu ne pourrais pas être un peu sérieuse pour une fois ? râle Hugo en envoyant sa chemise rejoindre veste et nœud pap' sur la chaise, oubliant que les larmes sont souvent au bord du rire. Ça porte même un nom : l'humour.

— Et si c'était pour sa mère, pour Marie-Ange, qu'il se faisait du souci ? suggère-t-il.

— On se fout de Marie-Ange. Elle n'avait qu'à défendre Alan quand Maurizio le battait.

— Qui te dit qu'elle ne le défendait pas ? Qu'il ne la battait pas elle aussi ? Pour tout t'avouer, j'ai failli l'appeler.

— L'appeler sans demander à Alan s'il était d'accord ? Ça aurait été une trahison, Hugo !

— C'est bien pour ça que je ne l'ai pas fait.

Là-haut, ça continue à circuler. On perçoit des voix, l'une plus grave. Apparemment, Alan a retrouvé la sienne. Dommage que je ne sois pas femme à planquer des micros chez mes enfants. Au grenier, avec les poutres, pas de souci, même le Saint n'y aurait rien vu. Et soupçonne-t-on sa mère d'écoute clandestine ?

Nez en l'air, front barré, Hugo tente, lui aussi, d'attraper un mot qui nous éclairerait un peu. En vain ! Ces derniers temps, n'entend-il pas moins bien ? Dur d'oreille à quarante-quatre ans ? Voilà qui annonce des lendemains radieux. Il renonce et revient vers moi, accablé.

— Même s'il ne restait jamais longtemps chez nous, comment a-t-il pu nous cacher qu'il était maltraité ? Le pauvre petit ! Si j'avais soupçonné quoi que ce soit, crois bien que je n'aurais pas hésité à aller le chercher.

— Hugo, inutile de remuer le passé. Et, avec ton boulot, tu sais bien que, si les enfants battus se taisent, c'est parce qu'ils ont honte. Ils s'imaginent qu'ils ne sont pas dignes d'être aimés. Demain, tu parleras à ton fils, nous lui parlerons tous. On finira bien par trouver ce qui ne va pas.

Il hoche la tête, pas convaincu ?

— Je me fais aussi du souci pour Eugène, soupire-t-il. Tu as vu sa déception ? Pourquoi ne nous a-t-il rien dit lui non plus ?

« Maman, tu sais qu'Alan t'aimait bien… »

Il a essayé. Il était à deux doigts de se confier ce jour-là, tout heureux de la commande de ses lentilles bleu-bleu. J'aurais dû insister, faire le forcing. Nulle, j'ai été nulle !

Hugo continue à m'enfoncer.

— Et organiser tout seul la fuite de son frère, prendre une telle responsabilité, tu te rends compte du poids, Adeline ?

— Parfaitement, de nous tous, il a été le meilleur : chapeau, le Saint !

Au tour du pantalon de voltiger vers la chaise. Raté, par terre, entraînant l'ensemble. Hugo ramasse. Pas franchement sexy, un homme en caleçon et tire-chaussettes un soir de réveillon. Pas franchement festif. Et le mari, qu'est-ce qu'il attend pour me rassurer au lieu de couper les cheveux en dix-huit ? Je ne le reconnais plus.

— C'est que, vois-tu, je ne voudrais pas qu'il déchante.

Déchanter, chanter, le mot de trop. Je me tourne sur le côté, j'éteins.

## 37

À dix heures, nous étions tous au pied du sapin allumé. Contrairement aux années précédentes, personne en débraillé, tenue de nuit froissée, visage douteux. Tout le monde débarbouillé, correctement habillé, coiffé. En l'honneur du vagabond ?

Alan semblait moins tendu, front lisse, traits reposés. C'était Eugène qui avait une petite mine. Il s'est prétendu barbouillé.

— Abus de champagne ? a risqué maladroitement Hugo, s'attirant un regard ulcéré d'Elsa.

Quel manque de tact !

On n'est pas des sauvages à la Villa. Avant de saccager le beau papier de Noël, on admire, on suppute, on espère.

Sur la Converse All Star d'Alan, quatre enveloppes s'étaient ajoutées au paquet bleu. Il n'était pas difficile d'en deviner le contenu : des « bons ». Bon pour ce qu'il te plaira quand l'envie t'en prendra. Valable *ad vitam aeternam*, foi de Santa Claus.

Des enveloppes, il y en avait un peu trop à mon goût cette année, moi qui n'aime que faire et défaire des paquets. Quatre, comme pour Alan, sur les chaussures Repetto noir étincelant d'Adèle qui n'accepte que les chèques. Deux sur les sandalettes à brides d'Elsa. *Idem* pour les Nike d'Eugène, dont une renfermant un gros billet offert, de guerre lasse, par ses parents : « Papa, maman, j'ai passé l'âge des surprises. »

Apparemment, pas celui d'en faire aux autres.

Il y avait heureusement, pour rattraper le coup, tous les petits et gros paquets mal ficelés, fagotés à la diable, la plupart faits main, faits cœur.

À tout seigneur tout honneur, Alan a été engagé à donner le coup d'envoi. Sous l'œil anxieux du donateur, il a tiré du paquet bleu roi un tee-shirt de marque orné d'un aigle aux ailes d'argent, salué par un sifflement approbateur d'Adèle : notre économe s'était ruiné.

Puis la curée a commencé.

Vous avez ceux qui débutent par le cadeau principal et terminent par les petits. Ceux qui, au contraire, préfèrent garder le meilleur pour la fin. Et les autres, qui y vont dans le désordre et parfois, horreur, puisent dans la mauvaise chaussure. De toute façon, c'est le bordel, c'est Noël.

Elsa dansait en brandissant son « bon pour des leçons de piano ». Barbouillé ou non, Eugène retrouvait le sourire devant le précieux étui renfermant les lentilles de contact qui le rendraient aussi séduisant que l'homme à la combinaison de caoutchouc noir. Adèle déchirait l'enveloppe d'Emerick, arrivée hier par la poste, gardait pour elle le montant du chèque et nous faisait part d'une invitation à venir tous déjeuner chez son parrain dimanche prochain, fête des Rois, pour tirer la fève.

Alan essayait son tee-shirt, Eugène testait ses lentilles. « Surtout pas noires », avais-je souhaité. Certes, ce bleu vif, éclatant, haut en couleur, était une réussite, mais quand on aime un petit garçon à lunettes, même si ça cogne un peu quand il vous embrasse, ce regard trop net, sans fêlure, « carglass », vous le vole un peu, et j'ai regretté mon James Bond au regard voilé.

— Maman, et toi, tes souliers, ça t'intéresse pas ?

Dans mes escarpins – paquet bien ficelé, bonne boutique –, il y avait des Repetto identiques à celles de ma fille.

— Pour pas que tu me piques les miennes, a-t-elle déclaré avec humour.

Retirez les deux premières lettres du mot, remplacez-les par un « a » tout bête, et vous avez « amour », ô ma chérie, ma réservée.

Soudain, je me suis souvenue d'un iPad flambant neuf, caché sous trois vieilles planches à araignées dans l'ex-maison de gardien, et l'envie de courir le chercher et, contre toute bonne résolution, de l'offrir à ma fille m'est venue. C'est que, ces derniers temps, elle s'était vraiment montrée à la hauteur. J'ai résisté. On verrait ça pour son anniversaire.

Les jumeaux riaient de ma surprise en découvrant leur présent commun : la dernière saison des *Desperate Housewives*, la septième, douze épisodes. N'en étant qu'au premier de la première saison, intitulé « Ironie du sort », au train où allait ma vie de femme au foyer, j'avais une bonne chance de profiter de mon cadeau au septième ciel, aux côtés de feu Marie-Alice, si toutefois saint Pierre m'en accordait le loisir.

Hugo entourait mon poignet d'une chaînette en or fermée par un cadenas, avec un possessif : « Je t'ai, je

te garde ! » Et tous de s'esclaffer : me garder ? Lol !
Où était le problème ?

— Et toi, papa, t'attends quoi pour y aller ?

Il considérait d'un air perplexe la cravate au crochet
consternante, cadeau d'Elsa, feuilletait le très sérieux
agenda « homme d'affaires », dix pages d'infos pra-
tiques, services divers, cartes, fuseaux horaires, offert
par Eugène, appréciait le parfum choisi par Adèle et
mitraillait sa famille avec l'appareil photo dernier cri,
présent d'une épouse avertie d'une incapacité de son
juge à mettre les personnes souhaitées dans la boîte.

Un petit déjeuner a été improvisé à la salle à manger, sur la belle nappe en papier que je ne remettrais
pas dans son carton pour m'en servir une autre fois,
non merci ! Celui-ci terminé, alors qu'Alan, suivi
d'Eugène, se dirigeait vers l'escalier, Hugo l'a arrêté :

— On va faire un tour ?

— Avec moi ! a crié le petit garçon au regard trop
bleu.

— Si tu veux bien, tu nous laisses, vieux, a
répondu fermement Hugo. Des tours, tu auras toute
la semaine pour en faire avec ton frère. Moi, mon bel
agenda vient de me rappeler que je suis attendu au
tribunal demain.

\*

Et il y a les hommes et les femmes de bonne
volonté qui font ce qu'ils peuvent...

À la question de Hugo, les yeux dans les yeux
d'Alan : « Ta mère sait-elle que tu es ici ? », la
réponse a été oui.

— Ton beau-père ?

Non.

— Veux-tu que nous en parlions ?

— J'aime mieux pas.

— Alors, parlons de toi, tu veux bien ?

— Si tu y tiens.

Alan avait obtenu sa « *maturità* », l'équivalent du bac de terminale ici, en juillet dernier. Il ne savait pas vraiment ce qu'il voulait faire, quelle direction prendre. Il avait l'intention de chercher du travail sans tarder, il avait entendu dire que dans le bâtiment... la restauration...

Hugo s'était récrié : pas question qu'il abandonne ses études. Ils avaient jusqu'à la rentrée prochaine pour y réfléchir ensemble. Il se renseignerait. Il aiderait Alan à trouver un métier qui lui convienne, et surtout qui lui plaise. En attendant, il se faisait fort de lui dégotter un stage quelque part. Dès demain, il en parlerait autour de lui.

— Il m'écoutait, un sourire forcé aux lèvres, absent, lointain, comme s'il ne se sentait pas concerné. À un moment, je me suis demandé pourquoi il était venu. Je ne comprends pas, Adeline, quelque chose a dû se passer, mais quoi, bon Dieu, quoi ?

Mon très respecté magistrat a tourné vers moi des yeux d'enfant égaré :

— Tu ne pourrais pas essayer d'en parler à Eugène ? Il sait forcément quelque chose.

Le cœur serré, j'ai promis.

## 38

Heureusement, il y avait cette lumière, ces moments où, à l'abri de ma chambre, penchée sur mes feuilles blanches, stylo en main, je volais, m'envolais, oubliais tout.

> « Va vers toi-même,
> Cours vers l'avenir,
> Vole vers l'impossible.
> Vole vers tes rêves ? Vole vers l'utopie ?
> Et te venge. »

Mon stylo hésitait. Je revoyais une salle de café la veille de Noël, un garçon qui valsait, des paillettes comme s'il en pleuvait, un musicien qui, après m'avoir rendu mon rêve, redonné l'élan, m'embarquait vers le projet conçu au temps où je mariais les mots, ces mots qui poussent le monde et font claquer les drapeaux.

> « Et te venge. »

— Au mot « vengeance », je préfère « revanche », avait dit Mathis. N'avons-nous pas tous une revanche à prendre sur « l'horrible fatras de la vie » ?

D'accord pour le fatras !

« Va vers toi-même,
Cours vers l'avenir,
Vole vers l'impossible.
Prends ta revanche. »

Le refrain de « notre » opéra ?

*

J'ai tenu… jusqu'à l'impossible, mercredi, cinq heures, l'heure du thé chez Alma, où j'ai traversé la rue pour m'inviter. Elle m'a accueillie à bras ouverts, je ne pouvais tomber mieux, elle s'apprêtait à m'appeler.

Elle se livrait à un sondage auprès des habitants de Belair : pour ou contre libérer la rue de ses décorations dimanche prochain, premier janvier ? Certes, c'était loin d'être la date idéale, lendemain de réveillon, mais le trente et un était pire encore, chacun occupé à préparer l'entrée en beauté dans la nouvelle année, pas le jour à sortir escabeaux et vieux cartons. Et après, trop tard, la rentrée, le retour au boulot pour grands et petits.

Elle proposait de tout rassembler dans son garage en attendant l'année prochaine où – sondage annexe – nous pourrions reconduire l'opération en choisissant un autre thème, pourquoi pas l'enfance ?

J'ai voté pour. Pour la libération de la rue dimanche prochain et pour le thème « Enfance » l'année prochaine. Voté à deux mains, et maintenant si nous passions à autre chose, à un autre sujet ?

Elle faisait une croix dans la colonne « oui », refermait le dossier, remplissait nos tasses de thé, thé vert, bon pour le cœur. Elle faisait glisser sous mon nez le quatre-quarts tout juste sorti du four, encore chaud, un quart farine, un quart lait, un quart beurre, un quart œufs, tu veux que je te dise mon secret ? Tu ne le répéteras pas ? Au lieu du zeste de citron indiqué, tu le parfumes avec des écorces d'oranges confites, et tu le laisses cuire cinq bonnes minutes de moins que prescrit, bref, tu le rates un peu, à l'image de la fameuse tarte, enfournée à l'envers par les sœurs Tatin, toutes ces grandes découvertes qui se font par hasard, c'est fou ! Si je voulais, elle m'en écrirait la recette. En attendant, elle allait m'en mettre un morceau dans du papier alu pour ma famille.

À propos de famille, elle avait remarqué, bien sûr, la présence à la Villa du grand et beau jeune homme, et deviné de qui il s'agissait. Comme il avait changé depuis trois ans ! Le genre à faire des ravages ! Était-il là pour un moment ?

J'ai répondu que je l'espérais bien, sans parler du malaise qui s'épaississait chaque jour un peu plus à la maison, des sourires de façade, des mots creux, des barbouillements de cœur d'Eugène, des confidences d'Elsa au crapaud, pédale douce, de l'œil douloureusement interrogateur de Hugo, rentrant du tribunal : « Alors ? » Alors rien ! Eugène méfiant, Eugène fuyant, Eugène malheureux.

À la seconde tasse de thé, si je continuais, ce serait double nuit blanche. D'une voix fausse à souhait, légère, enjouée, je me suis décidée.

— Et Mathis, des nouvelles ?

Elle a eu un grand sourire : de bonnes, d'excellentes nouvelles ! Par Viviane évidemment. Il surmontait le choc, il avait repris le travail. Olivier, Marie-Aude et leur smala s'apprêtaient à repartir. Ils étaient allés chez le notaire pour l'ouverture du testament. Emmanuel Tardieu léguait à son « fils adoptif » l'ancien garage des Quatre Saisons devenu Musique Hall.

— Ça n'a pas fait un pli. Apparemment, les enfants étaient au courant.

La « nounou » avait eu droit, elle, à une somme rondelette. Là non plus, aucune contestation.

— Il existe encore des gens bien, s'est félicitée Alma.

Ils n'avaient pas l'intention de garder la maison. Le notaire se chargerait de la vente, ils n'étaient pas pressés, ça se ferait quand ça se ferait.

Je terminais mon thé, elle enveloppait une grosse part de gâteau dans le papier alu quand mon portable a vibré dans ma poche. Voyant s'afficher le prénom, une onde de chaleur a enflammé mes joues. Je me suis levée, j'ai bafouillé : « Un appel urgent d'Elsa. Je dois rentrer tout de suite », et j'ai filé sans dire merci, lui laissant son quatre-quarts à l'écorce d'orange sur les bras.

En trois minutes, j'avais atteint le perron. Je sentais sur moi le regard de la *happy housewife*. Cela m'aurait étonnée qu'elle m'ait crue pour l'appel urgent, vu qu'une demi-heure auparavant nous avions pu voir Elsa quitter la Villa en compagnie d'Hilaire. Ils nous avaient même adressé de gentils gestes de la main.

« Tant pire », comme disait ma grand-mère quand ça craignait.


J'ai rappelé Mathis sitôt dans ma chambre, parmi les feuilles volantes, ailes noires, ailes blanches.

— Noël s'est-il bien passé pour Chimène ? a-t-il demandé.

— Très bien !

Et, à cet instant, c'était vrai.

— Tu as travaillé un peu ?

— Tous les jours.

Un peu, beaucoup, passionnément.

— Parfait ! Alors, note sur ton cahier d'écolière : réunion extraordinaire à Musique Hall, le quatre janvier à quatorze heures. On parlera opéra. N'oublie pas de m'amener l'Elfe.

— Et deux autres candidats, si tu veux bien, l'ai-je averti.

*

Comme chacun sait, Noël se fête en famille, le Nouvel An entre copains. Contre la promesse qu'elle serait raccompagnée jusqu'à la maison par un conducteur *clean*, nous avons autorisé Adèle à réveillonner avec des amis dans une boîte de nuit à Boulogne. Adèle renâcle à promettre, mais, quand elle promet, elle tient. Eugène et Elsa étaient invités à une soirée porte ouverte chez Maxence (au bout de la rue) où Alan serait le bienvenu.

Nous avions, pour notre part, refusé les divers réveillons auxquels des amis nous avaient conviés, l'humeur n'était pas propice. Le matin du trente et un décembre, Hugo a mis genou à terre devant moi.

— Ce soir, madame est priée de revêtir ses plus beaux atours, je l'enlève.

## 39

Dix-huit années auparavant, c'était l'été, je me souviens d'une petite robe claire, j'avais fait, au bras d'un jeune et bel étudiant en magistrature, mon entrée au Sunset, restaurant très étoilé d'un hôtel près des Champs-Élysées où le père dudit étudiant avait ses habitudes.

Hugo avait commandé une bouteille de champagne et, sitôt nos coupes heurtées, il avait glissé à mon doigt le diamant des fiançailles. Je n'attendais que ça. Après le repas, certainement délicieux mais dont j'ai oublié le menu, une gourmandise chassant l'autre, il m'avait entraînée à l'étage, dans une chambre au lit *king size* où il m'aurait étonnée que son père ait ses habitudes, bien qu'avec son dragon d'épouse je ne l'eusse pas désapprouvé. Dans les draps de soie, bien obligée, je n'avais pu plus longtemps lui cacher ma tare : à vingt-trois ans, j'étais vierge ! Certes, je ne m'étais pas interdit d'embrasser moult garçons et de goûter à leurs caresses, mais, respectant une antique tradition familiale qui recommandait que l'on ne donnât le tout que bague au doigt et bien que je brûlasse… parvenue au moment crucial, halte-là !

Succédant à Marie-Ange, pour qui la tare était d'être vierge, entendant mon cri, Hugo n'avait pu cacher son enthousiasme et, avant que l'année ne soit écoulée, les cloches de l'église célébraient à toute volée une commune promesse de fidélité éternelle devant Dieu et devant les hommes.

La suite, on connaît.

Une vingtaine d'années plus tard, en octobre dernier, on parlait d'été indien, je portais la classique petite robe noire haute couture, c'était moi qui avais réservé « notre » table et, après avoir heurté ma coupe à celle de mon époux, je lui avais annoncé ma décision de m'accorder une pause dans ma vie de femme au travail pour faire de notre famille une parfaite image d'Épinal. Comme en cette lointaine journée de juin, j'étais partagée entre excitation et anxiété : comment allait-il prendre l'affaire ? Clément il se nommait, clément il était demeuré.

La suite, on a vu.

Et voilà que, pour fêter le passage à la nouvelle année, Hugo, en toute innocence, avait choisi de me ramener au lieu des décisions cruciales. Et pensant à celle que j'allais lui annoncer : renouer avec la passion de mes dix-sept ans, il me semblait être sur le point d'effectuer un vertigineux retour à la case départ.

La suite, on verrait.

*

La salle à manger est comble. Quelques guirlandes de bon aloi soulignent la fête. Le public est différent de l'habituel, plus jeune, moins hommes d'affaires de passage, couples guindés, vedettes soucieuses d'anonymat discutant derrière leur main avec leur agent. Des tablées d'amis de nationalités diverses qui ont décidé de s'offrir un réveillon très étoilé avant de voir les étoiles, au dernier coup de minuit, exploser en bouquets au ciel de la plus belle avenue du monde.

Ce soir, pas de carte. Trois menus au choix sont proposés : le « Bonne Année », le « Happy New Year » et le « Snaim Goda » (soviétique). Ce dernier le plus coûteux en raison des œufs d'esturgeon en or massif et de l'orchestre tzigane qui l'accompagne.

Sans me demander mon avis, c'est sur ce dernier que Hugo pointe le doigt. Comme par magie, deux petits verres de vodka, accompagnés d'une assiettée de blinis généreusement nappés des onctueux œufs gris translucides, apparaissent sur notre table tandis que nous entourent des musiciens aux visages hauts en couleur et en barbe, longues chemises blanches brodées au revers, pantalons sombres, bottes noires, interprétant fougueusement la célèbre chanson *Kalinka*, nom d'une petite baie enflammée comme le plaisir, chanson dédiée à Liouli, déesse de la volupté (amour et fertilité).

Ça commence fort !

« *Zdarouvié !* » Nous trinquons et vidons nos verres d'un trait.

Mais déjà les Tziganes vont honorer une autre table. Dommage, je les aurais bien gardés pour moi. Le garçon nous réapprovisionne en vodka, je me console avec les sublimes blinis, merci Hugo d'avoir choisi le menu « Snaim Goda » !

— J'ai pensé qu'un peu de dépaysement ne nous ferait pas de mal pour terminer l'année, explique-t-il avec un léger soupir. Un drôle de cru, cette année, tu avoueras. Si je peux me permettre de formuler un peu à l'avance un vœu pour celle qui vient, c'est qu'elle soit plus tranquille.

Et il ajoute avec un sourire malicieux :

— À moins que ma chère et tendre ne me réserve une autre surprise.

Patatras ! Moi qui avais prévu de prendre tout mon temps pour parler musique, y venir à pas comptés, en musardant, voilà qu'à peine sur sa chaise il me met au pied du mur ! Et alors que je me suis promis de dire désormais toute la vérité, vais-je commencer ce splendide réveillon par une esquive ? Sous le signe de la triche ?

— Si !

— Si ?

— Pour l'autre surprise, réservée par ta chère et tendre.

Et, comme il se pétrifie, je le rassure bien vite.

— Je vais écrire un opéra-rock.

Profitant d'un compréhensible moment d'hébétement, j'introduis le sujet, évoque mon vieux rêve d'être parolière – il en avait entendu parler –, lui raconte comment Viviane – il s'en souvient – m'a présenté un ami musicien qui organise des spectacles avec des jeunes de Saint-Cloud dans un lieu joliment baptisé Musique Hall. Je passe sur les détails : mécène, mort du mécène, enterrement grandiose du mécène, héritage, legs, me limitant au corps du sujet, l'artiste. Lui en ai-je dit le nom ? Mathis qui, emballé par mon idée, a décidé de la monter, de la mettre en scène, d'en faire un show : orchestre, chœurs, acteurs, tout le bataclan. Sur un livret… d'Adeline Clément.

Et je termine par la bonne nouvelle.

— J'ai décidé d'associer nos enfants à l'aventure.

C'est dit ! D'un seul coup, je me sens plus légère. Que craignais-je ? Oh oui, rien ne vaut la vérité les yeux dans les yeux !

Pour me récompenser, je fais un sort aux derniers blinis, m'autorise un troisième dé à coudre de vodka, invite le garçon à débarrasser notre table pour le plat suivant. Qu'attend Hugo pour me féliciter de mon initiative ? Évoquer sa fierté de m'avoir pour épouse ? Je sais bien que son boulot est de peser le pour et le contre, mais qui peut être contre l'opéra ?

— Associer les enfants au projet de ton ami me paraît être une bonne idée, se décide-t-il. Et tu vois ça comment ?

Je ravale mon orgueil.

— Elsa dans les chœurs, Eugène au son, Alan à la guitare.

Le visage de Hugo s'assombrit.

— À condition qu'il accepte, soupire-t-il.

Le garçon, suivi par les Tziganes, revient à point pour ramener un peu d'ambiance à notre table.

— Koulibiac de saumon, annonce-t-il solennellement en posant devant nous deux assiettes sous des cloches d'argent qu'il soulève d'un ample et crâne mouvement, comme on brandit des cymbales, tandis que les musiciens attaquent l'air du *Docteur Jivago* – coucou, Viviane à la toque de fourrure.

— C'est meilleur chaud, nous souffle le garçon nous rappelant à l'ordre.

Et voici que les voix des Tziganes s'élèvent, accompagnées par la balalaïka.

> « Un jour, le vent a tourné,
> Ton amour t'a quitté,
> Un train est parti,
> Pour le chagrin. »

Ah, ces sombres et ardents accents teintés de désespoir ! Toute l'âme slave est là. Pâte feuilletée, tendre filet de poisson, riz basmati, épinards hachés, sauce à la crème, citron, ciboulette, aneth, tous les parfums de la mer Caspienne dans le koulibiac !

Sur un ultime et déchirant accord, l'orchestre s'éloigne. Hugo relève le nez de son assiette. Je lui fais discrètement signe d'essuyer une goutte de sauce sur son menton, ces riens qui assassinent la poésie.

— Je me trompe ou, tout à l'heure, tu m'as parlé d'opéra ? D'opéra-rock ? demande-t-il. Le rock et moi, tu sais... Si tu m'en disais davantage ? Quel genre d'histoire ça racontera ?

— La plus belle des histoires d'amour : celle du Cid et de Chimène. Tirée de la pièce de Pierre Corneille.

Hugo écarquille les yeux. Et voilà que, d'un coup, il explose de rire. Généralement, il en est plutôt avare, alors quand il y va, il y va. À gorge déployée, à ventre déboutonné, à se tordre, à se pâmer, à mourir. Quand on ne supporte pas la vodka, on ne prend pas le menu « Snaim Goda ».

Et le voilà qui se met à déclamer d'une horrible voix chevrotante :

— Ô rage, ô désespoir, ô vieillesse ennemie, que n'ai-je tant vécu...

— ... que pour cette infamie, enchaîne, enchantée, la table voisine. Bonne année.

— Rodrigue, as-tu du cœur ? lance à présent Hugo d'une voix ridicule, bouffie d'emphase.

— Tout autre que mon père l'éprouverait sur l'heure, hurlent d'autres tables alentour.

*Le Cid* assassiné !

La colère me brûle devant le blasphème. J'attrape mon godet de vodka, le vide d'un trait et le jette derrière mon épaule. Croyant que j'ai perdu l'esprit, Hugo retrouve les siens.

— Pardon, ma chérie. Je ne voulais pas te blesser. Mais *Le Cid* en opéra-rock, tu avoueras... Qui peut bien avoir eu cette idée ?

J'avoue, je clame : « Moi. »

Le silence se fait aux tables voisines.

Je proclame :

— Va vers toi-même, cours vers l'avenir, vole vers l'impossible.

Les applaudissements crépitent, d'autres verres rejoignent le mien sur la moquette du célèbre restaurant.

Vengée !

*

Les verres ont été ramassés discrètement. Il me semble que le plat suivant était un goulash. Tout appétit m'avait désertée. Les musiciens sont revenus avec le dessert : « Pièce montée au pavot », cette jolie fleur d'aspect innocent dont le suc fournit l'opium qui, durant un instant d'euphorie, fait oublier aux hommes que la passion ne dure pas, que l'amour s'éteint et les rêves s'envolent.

Ils ont interprété les *Bateliers de la Volga*.

> « Hé ! ho ! hisse !
> Ô toi, Volga,
> Immense et profonde,
> Encore une fois, une dernière fois. »

Ce chant si beau et profond d'hommes enchaînés, qui nous ramène à nos petites existences, nos rêves minables, nos horizons étroits.

> « Hé ! ho ! hisse !
> Encore une fois, une dernière fois. »

Je regardais à mon poignet une chaînette d'or fermée par un cadenas, et je n'étais plus sûre d'aimer.

*

Nous ne sommes pas montés à l'étage. Sur les Champs-Élysées, passant du caviar à la sardine en boîte, au milieu d'une foule atteinte de delirium tremens, nous avons assisté au feu d'artifice célébrant les obsèques d'une année qui, côté « Paix sur Terre », et parfois dans les familles, n'avait pas été folichonne, comme on le dit parfois pour le climat. À écouter les nouvelles du monde, celle qui se pointait ne s'annonçait pas grisante, elle non plus, mais hé ! ho ! hisse ! on ne voyait pas comment l'éviter. Alors on a tous pris une petite bouffée d'opium, et on l'a saluée par des vivats.

Nous n'avions pas pensé au champagne, nos voisins – chinois – nous en ont offert dans des gobelets en carton : « *Xin nian, hao !* » Klaxons et sirènes de pompiers se donnaient la réplique. Sur ce, il s'est mis à tomber des hallebardes, et tout le monde s'est égaillé, rien à voir avec « égayé ». Le quartier étant interdit à la circulation, nous n'avions pas pris la voiture. Les taxis se planquaient par peur de préjudices sur leurs véhicules ; nous sommes donc rentrés par les transports en commun, gratuits pour la circonstance, où il nous a fallu attendre trois rames, hé ! ho ! hisse ! avant de parvenir à nous introduire dans du métal hurlant. À Saint-Cloud, le tramway avait achevé sa tournée, aussi avons-nous accompli à pied le trajet jusqu'à la Villa. Il était pratiquement trois heures lorsque, trempés comme des soupes, nous en avons poussé la porte. Nous nous sommes assurés que les enfants étaient bien rentrés, puis nous avons gagné notre chambre, nos chaises, notre côté de lit.

Comme la vie est passionnante ! Abordant ces toutes premières heures de la nouvelle année, je n'avais pas trop le moral. Il a suffi d'un petit message de rien du tout sur un banal BlackBerry pour le mettre au beau fixe. Un SMS parmi dix autres, famille, amis, tiens, Emerick, c'est gentil ! Un message comme ceux qui circulaient par milliards dans le monde entier, le seul, j'aurais pu en jurer, qui s'adressait à Chimène, héroïne du *Cid*.

Cela a été comme si Kalinka, Jivago et les bateliers de la Volga unissaient leurs voix pour me souhaiter une bonne, heureuse, magnifique année.

Et qu'enfin j'y croie.

## 40

La Villa a deux jardins : le noble, si l'on peut dire, qui va du perron au portail, arrondissant en une révérence sa robe à volants piquetée de fleurs sages en massifs ou en bosquets, et enserrant une pelouse bien tondue – du temps de Gregorio – où j'entendrai toujours le grincement ouaté de la balançoire : « Plus haut, maman, plus haut ! »

Et le jardin de derrière, moins bien exposé, sur lequel donne la porte de l'arrière-cuisine, le modeste qui accepte les poubelles du tri ménager, me prête un carré d'herbe pour y secouer mon panier à salade avec un clin d'œil à toutes celles qui, de par le monde, accomplissent le même geste en ayant l'impression d'éclabousser le ciel, les deux pommiers aux branches crochues qui n'ont plus la force que de soutenir vaillamment la lessive de la maison sur les fils tendus entre leurs troncs et, dans son coin, le saule-mammouth dont l'écorce raconte premiers baisers, premières cigarettes – n'est-ce pas, Adèle ? – et, plus récemment, l'histoire d'une tarte melba qui, dansant la java sur le tambour d'un lave-linge, s'en trouva fort dépourvue.

C'est dans ce jardin-là que nous avions prévu, lors de son achat, de replanter notre sapin de Noël, le premier janvier, lendemain du réveillon, veille de rentrée des classes, même jour que celui voté pour libérer la rue de Belair de ses décorations.

Il était temps ! Chaque matin, le triste tapis d'aiguilles s'épaississait à son pied. On n'allait pas le laisser se dessécher une semaine de plus ? De toute façon, comble pour un arbre, depuis huit jours, nous l'avions débranché.

*

Je suis descendue à neuf heures, sur la pointe des pieds, priant pour que personne n'ait la fâcheuse idée de me suivre. On peut être famille et souhaiter commencer sa journée en solo.

J'ai d'abord avalé un verre d'eau citronnée pour achever de dissiper les brouillards Volga-vodka, l'œil sur un ciel chagrin, comme gonflé par de derniers sanglots après les cataractes de la nuit, alors que l'on se devrait de débuter l'année sous un ciel bleu-bleu, « en avant marche », ou, à défaut, blanc flocon de neige, ça glisse.

J'ai fait suivre la citronnade par un café bien serré en écoutant à la radio des vœux tous azimuts qui ne m'ont fait ni chaud ni froid, puis je suis passée au salon pour commencer le boulot.

J'y avais, la veille, préparé un tas de vieux draps, des cartons de supermarché, des boîtes à chaussures, en prévision du déshabillage du roi. J'ai tendu les draps tout autour de son pot et commencé par le fragile : les fines guirlandes hérissées d'ampoules entremêlées aux branches.

— Maman, t'es là ?

Elsa, à la porte du salon, tee-shirt de nuit, cheveux dans les yeux, mine renfrognée.

— Comme tu vois, ma choupinette. Bonne année ! Alors, ce réveillon chez Maxence ?

Elle a tiré sur le bout d'une épaisse guirlande violette qui a glissé lentement à terre comme un boa fatigué de danser, entraînant une averse d'aiguilles. Je n'ai rien dit.

— Nul ! Alan a fait la gueule toute la soirée, Eugène avait encore mal au cœur, ils sont partis avant minuit sans dire au revoir à personne, même pas à moi.

Sur ce, elle s'est affalée sur la guirlande-boa, en a détaché un ourson et fait semblant de le mâchouiller, un œil de défi sur moi.

Attendre, règle d'or pour obtenir une confidence. Mission « guirlandes fragiles à ampoules » terminée, je suis passée à la cueillette des boules irisées, les détachant avec soin avant de les aligner dans une boîte à chaussures. Tiens, une toute fêlée ! J'ai décidé de la garder quand même, mère Teresa ?

— Maman, pourquoi Alan est pas content d'être ici ? Qu'est-ce qu'on a fait de pas bien ?

« Si les choses se résumaient à être contents ou pas, ce serait trop simple », avait soupiré Hugo le soir de l'arrivée de son fils. Et il avait ajouté : « Je ne voudrais pas qu'il déchante. »

J'ai laissé tomber les boules irisées, et je me suis assise sur le boa à côté de ma fille.

— On n'a rien fait de pas bien, mon cœur, au contraire ! On a tout fait pour l'accueillir au mieux. C'est dans sa tête que ça se passe. Décider de venir vivre chez nous, quitter sa mère, une veille de Noël en plus, ça n'a pas dû être facile. Il faut lui laisser le temps de s'habituer.

Sourcils froncés, museau dans le poil ras de l'ourson, elle faisait « non », non, c'est pas ça, ça ne suffit pas, il y a autre chose. Et elle avait raison.

— Eugène, il me parle presque plus, il part toute la journée avec Alan sans dire où ils vont et, quand ils reviennent, ils s'enferment dans le grenier. Eugène, lui aussi, ça va pas, maman.

Où disparaissaient-ils, tantôt à pied, tantôt à vélo, parfois sandwiches et boissons pour leur déjeuner dans leurs sacs à dos, je me l'étais moi aussi demandé.

— On a le droit de se balader, m'avait répondu sombrement Eugène lorsque je m'étais risquée à lui poser la question.

— Ils se baladent ! Saint-Cloud a pas mal changé depuis trois ans. Eugène présente à Alan son nouveau territoire.

— Arrête, maman ! Tu sais bien que c'est pas ça, c'est pas vrai.

Quand une mère répond n'importe quoi pour vous rassurer, sans y croire elle-même, l'angoisse monte encore d'un cran.

Mais où était la vérité ?

*

Hugo et les garçons sont descendus vers onze heures. Quelques « bonne année » sans conviction, assortis de bisous sans consistance, ont été échangés. Tiens, Eugène n'avait pas mis ses lentilles.

Pour l'opération « replantage », Hugo avait prêté

à Alan l'une de ses très chères tenues clodo, pull et pantalon en bout de course.

— Même taille, même carrure que mon fils, m'a-t-il fait remarquer. C'est pratique.

Et à lui :

— Je ne te donne pas une année pour me dépasser. Vous êtes une génération de géants. Tôt ou tard, tu me mangeras des petits pâtés sur la tête.

« Petits pâtés » assaisonnés d'un rire sauce-entourloupe, tellement peu naturel que personne ne s'y est joint.

Le trou avait été creusé la veille, à distance respectueuse du saule. On avait emprunté une pelle aux Sorbiers et, à trois hommes, Hugo, Alan, Eugène, avec un sol attendri par une semaine humide, l'opération n'avait pas nécessité un trop gros effort.

Restait à y transporter le « sujet », comme disent les bûcherons. Sujet de joyeuse et excitante attente, supputations, espoir. Puis de déception, de doutes, de sombres interrogations.

Le soulever dans son lourd pot de grès, inutile d'y songer, on y laisserait son dos. Seule solution, l'en soustraire. Après avoir écarté les meubles et étendu des draps supplémentaires pour limiter les dégâts sur plancher et jolis tapis, on l'a fait basculer, et chacun a tiré par ce qu'il pouvait attraper, tronc, branches, feuillage. Il résistait de toutes ses forces, s'accrochant à son minuscule lopin de terre sèche.

— Mais c'est pour ton bien ! s'est écriée Elsa.

Pour son bien, on a dû se résigner à casser le pot à coups de marteau et, draps ou non, le salon a été très vite transformé en chantier. Je m'en fichais, tout le monde s'en fichait, et même l'idée qu'il faut parfois détruire pour permettre la repousse soulageait.

— Waouh, carrément gothique ! a applaudi Adèle, faisant son apparition à la porte du salon, souriante, fringante, elle, de toute évidence, réveillon réussi. Et maintenant, suite du programme ? Qu'est-ce qui est prévu d'encore plus cool ?

## 41

Il arrive que l'on sache quelle image s'imprimera dans notre mémoire avant même que l'on puisse parler de souvenir. Je garderai de ce Noël l'image d'un sapin porté par mes trois hommes, Hugo au tronc, Eugène au centre et Alan le nez dans les racines, radicelles, artères, veines et veinules, peinant à respirer.

On l'a redressé bien droit dans le trou. Hugo y est descendu pour le tenir debout tandis que le reste de la famille, moins Adèle, au spectacle sur le rebord de la fenêtre de l'arrière-cuisine, y jetait des pelletées de terre avec un sentiment d'urgence : vis vite, vis ! Hugo en a bientôt eu jusqu'en haut des bottes.

— On enterre le père ? a lancé la spectatrice.

— Une minute, mademoiselle le bourreau, a riposté Hugo en prenant ma main pour sortir du tombeau.

On a fini de remplir, on a tassé, donné un coup d'eau, pris des photos des uns et des autres, des uns avec les autres. Le saule applaudissait avec des froissements d'éventail. Quelques serviettes et torchons sur le fil tendu entre les troncs écailleux des pommiers adressaient au nouveau venu de modestes « bon vent ! ».

— Un sapin, ça va ; deux, c'est jouable, et les suivants, on les plantera où ? a demandé Adèle en mesurant le jardin du bras.

— On n'aura qu'à déplacer la maison, a répondu Hugo pour faire un bon mot.

Il arrive que les bons mots se retournent contre vous chargés de mitraille et vous explosent à la figure. Déplacer la maison, la *casa*, la demeure, le *home*, le toit ?

« La souche », a ajouté le sapin.

« Les racines », a crié la terre.

Bref, personne n'a trouvé ça drôle.

Pour sa pénitence, j'ai laissé Hugo aller seul dégager les abords de la Villa de sa déco « Paix sur Terre » et la porter dans le garage d'Alma. Trois voyages pleins de « bonne année » assortis de vin chaud à la cannelle qu'en bon voisin il s'est senti obligé d'accepter sans grimace pour ne pas vexer.

*

Durant le délicieux déjeuner improvisé à la cuisine : « cordons bleus de poulet et galettes de pommes de terre », sortez les barquettes du congélateur, retirez les emballages plastique, laissez cinq minutes trente au micro-ondes (neuf cents watts), disposez joliment dans les assiettes, dégustez, les enfants ont daigné s'enquérir du réveillon de leurs parents :

— Et ça s'est passé où, au fait ?

J'ai laissé Hugo répondre, ce qu'il a fait volontiers en me lançant des regards repentants.

— Au Sunset. Sous le signe de « Snaim Goda », le « bonne année » russe, orchestre tzigane à l'appui.

— Caviar également à l'appui ? a demandé Adèle.

— À la presque louche. Et une grande nouvelle annoncée par votre mère.

Tous les yeux se sont tournés vers moi. J'ai laissé le pénitent aller plus loin dans la contrition.

— Figurez-vous que madame se lance dans l'opéra-rock.

Les yeux se sont emplis d'incrédulité, j'ai baissé modestement les miens.

— Une adaptation du *Cid* de Corneille, a conclu Hugo avec enthousiasme.

Là, j'ai condescendu à prendre la parole. Sorti de *La Belle de Cadix*, *La Fille du tambour-major*, *La Fille du régiment*, *Naples au baiser de feu*, pas franchement bienvenu, et *Giroflé-Girofla*, Hugo et l'opéra…

J'ai parlé de Musique Hall, de Mathis et de sa meute. Je me suis adressée à Eugène : il se souvenait, bien sûr, de la cérémonie qui avait eu lieu en l'église Stella Matutina pour les obsèques de l'homme qui avait ouvert à Mathis les portes de la musique et, partant, celles de son avenir : Emmanuel Tardieu.

Eugène a acquiescé, un peu de lumière revenue dans ses yeux : oui, il se souvenait.

À tous, même à Hugo – il y a des clous que l'on n'enfonce jamais assez –, j'ai raconté mon rêve fou d'adolescente de mettre les mots d'aujourd'hui sur ceux de Corneille, faire du *Cid* un opéra-rock, en y mêlant d'autres musiques, et aussi de la danse, du cirque pourquoi pas, jongleurs, acrobates, que sais-je. Et voilà que Mathis s'y intéressait, qu'il voulait monter le spectacle avec les jeunes dont il s'occupait. Un spectacle, une aventure auxquels je rêvais d'associer les miens, oui, toi, Eugène, toi, Alan, toi, Elsa, toi, Adèle.

Je crois bien que ma voix tremblait, aussi m'ont-ils crue. Pour terminer, je leur ai demandé si *Le Cid*, cela leur disait, leur rappelait quelque chose, et tous les doigts se sont levés : j'ai une famille formidable.

Elsa a été la première à répondre.

— Oh, maman, est-ce que je pourrai emmener Hilaire ? Tu sais qu'il est aussi acrobate ?

Dans le sillage d'Hilaire « aussi acrobate », un sourire a fait une pirouette au plafond.

— Bien sûr, toutes les bonnes volontés seront les bienvenues.

— Sans moi, a répondu plutôt gentiment Adèle. N'oubliez pas que, cette année, je passe mon bac de français, alors, Corneille en rock...

— Et vous, les garçons ? a demandé Hugo avec espoir.

Le regard implorant d'Eugène s'est tourné vers Alan.

Qui n'a pas répondu.

\*

Il est cinq heures. J'ai monté cartons et boîtes à chaussures-décos Santa Claus dans le dressing. Je les glisse comme je peux tout au bout de celui-ci, côté vêtements réservés aux grandes occasions.

« Un sapin, ça va, deux, c'est jouable... » a remarqué Adèle.

Dans un an, en planterons-nous un second dans le jardin de derrière ? Combien serons-nous à la maison autour de l'arbre de Noël ? Seras-tu là, Alan ? Où en seras-tu, Adeline ?

Je regarde le manteau doublé de fourrure, les étoles, les jupes longues, les tailleurs, les corsages de soie et, dessous, alignés sur des tringles dorées, les fins escarpins, les joyeuses sandales à brides, les élégantes bottes et bottines de cuir, talons plats, compensés ou aiguilles, mes tenues de directrice commerciale, cocktails, inaugurations, soirées, que je n'ai pas portées une seule fois depuis mon départ de PlanCiel, il y a trois mois, pour m'offrir une parenthèse dans ma vie de femme au travail, une vie en plus. Seulement trois mois ? Comme elle me paraît loin, presque étrangère, celle qui faisait coulisser ces portes-miroirs : « Voyons, que vais-je mettre aujourd'hui ? Porter ce soir ? Emporter dans ma valise, direction hôtels cinq étoiles, pour être belle et faire honneur à ma boîte, mon patron ? »

Et si la parenthèse avait été ces dix-huit années où je me suis tenue à distance de mon rêve ?

Vertige !

Je pousse vite un dernier carton sous un tailleur Saint Laurent, me redresse, me secoue. Réveille-toi, Adeline, reviens sur terre ! Demain, c'est le deux janvier, la rentrée, tout le monde reprend le collier, Adèle au lycée, Elsa à l'école primaire, Eugène au collège – pas ma semaine de ramassage, ouf ! –, Hugo au tribunal. Cinq jours de tête-à-tête avec Alan, aïe ! voilà que ça m'intimide. Et si j'en profitais pour tenter de le convaincre de nous accompagner mercredi à Musique Hall, sans engagement de sa part, seulement pour voir ?

Et puis, à la porte du dressing, une petite fille en sanglots.

— Maman, maman, s'il te plaît…

J'ouvre mes bras, elle y court, s'y réfugie. Je la serre contre moi, la prends, la reprends, là où s'imprime à jamais la place de l'enfant porté, nourri de soi.

— Ma chérie, ma choupinette, qu'est-ce qui t'arrive, dis-moi ?

Elle relève un visage dévasté :

— C'est Alan, maman. Il a dit à Eugène qu'il allait partir. Ils se sont bagarrés, ils criaient tous les deux. C'est pour ça qu'Eugène a tout le temps mal au cœur, c'est pas le champagne, c'est parce qu'Alan veut s'en aller. Et si Alan s'en va, où il ira ? Et Eugène, qu'est-ce qu'il fera ? Maman, j'ai peur, faut empêcher Alan de partir, s'il te plaît, maman, s'il te plaît.

J'écarte les cheveux collés aux joues de ma petite, je plonge mes yeux dans les siens. Tout vertige disparu.

— Est-ce qu'ils savent que tu les as entendus ?

Gros « non » de la tête.

— Alors, tu ne leur dis rien, tu ne bouges pas, je m'occupe de tout.

## 42

Il était seize heures trente, ce lundi de rentrée, et les collégiens, toutes tailles, tous gabarits, toutes couleurs, certains le visage hâlé par le soleil des sports d'hiver, jaillissaient en vagues joyeuses du solennel bâtiment de pierre, sac au dos ou tirant un cartable à roulettes, criant, piaillant leurs cadeaux, leurs petites et grandes fortunes, leurs exploits, allant vers leurs mères, leurs pères parfois, les voitures aux portières ouvertes, leurs vélos, leurs scooters, pas pressés de se quitter, heureux de s'être retrouvés – finalement, l'école, ça avait du bon.

Et parmi eux, il y en avait un, grand pour son âge mais dont l'âge dépassait à peine les dix doigts déployés de mes mains, un qui marchait seul, silencieux, accablé, le visage fermé, et celui-là était le mien.

Lorsqu'il m'a découverte près de la voiture de Sibylle Legrand, la mère de Maxence, dont c'était la semaine de ramassage et qu'avaient déjà rejointe son fils, Pia, et Sixtine, il s'est figé, flairant le piège, pas James Bond pour rien. Je lui ai fait signe, et il a accompli les derniers mètres très lentement, comme se dirigeant vers l'échafaud.

— Pourquoi t'es venue, maman ? C'était pas la peine.

— C'est toujours la peine de voir son fils un peu plus tôt. Et j'avais des courses à faire dans le coin, ai-je menti. Allez, je te ramène. Tu ne vas quand même pas me laisser rentrer toute seule ?

Pia et Sixtine ont ri. Pas Maxence, solidaire. Sibylle m'a adressé un clin d'œil complice : elle connaissait ! Femme à la maison, quatre hommes à gérer, un mari médecin plus trois garçons, qui tous avaient participé activement à la déco de Belair.

— Allez, hop, en route, j'ouvre le chemin ! a-t-elle annoncé gaiement.

Eugène a daigné me suivre jusqu'à la Chrysler, garée un peu plus loin, heurtant volontairement le bord du trottoir avec les roues de son cartable en guise de représailles. Il s'est engouffré à l'arrière, je me suis installée au volant et, portes verrouillées, j'ai démarré.

Il n'a rien manifesté quand j'ai dépassé l'avenue qui menait à notre rue et poursuivi boulevard de la République jusqu'au jardin de Tourneroche, près duquel je me suis garée. Cinq heures, nuit tombée, personne ne viendrait nous chercher là.

J'ai laissé le moteur en marche pour le chauffage, allumé le plafonnier, et j'ai rejoint mon captif dans la « Salle de conf' ». Il me regardait, méfiant, hostile, derrière ses lentilles qui mettaient un écran supplémentaire entre nous. N'est-ce pas pourtant ici que tu te calfeutres avec tes copains quand vous voulez vous parler loin des oreilles étrangères, musique déployée pour plus de sécurité ?

Il a tendu le doigt vers le lecteur de CD. Une voix de femme, lourde, chaude, sombre, est montée comme des entrailles de la terre : « *A long way from home, oh*

*Ma, a long way from home…* » Il n'y a pas de hasard, il y a des lieux, des instants qui attendent votre chagrin. J'ai sorti de mon cabas une bouteille d'Ice Tea, un paquet des gâteaux préférés de mon petit, je les ai posés devant nous sur la tablette, et j'ai déclaré :

— Nous ne sortirons d'ici que lorsque tu m'auras parlé, Eugène. S'il le faut, nous y passerons la nuit.

Il a haussé les épaules.

— De toute façon, la batterie tiendra pas.

— La batterie peut-être pas, moi, si !

Un jour où je parlais d'Adèle, qui me battait froid, à un ami médecin, il m'avait dit en riant :

— Il faut savoir embrasser ses enfants de force, quitte à se faire jeter. Dépêche-toi avant qu'il ne soit trop tard.

Je n'osais plus embrasser Adèle de force. J'ai attrapé Eugène, et je lui ai enfoncé un baiser en pleine joue, le plus profond possible pour mieux le croquer. Il s'est débattu :

— Mais arrête, maman, qu'est-ce qui te prend ?

L'amour, la rage de le voir souffrir.

Je l'ai lâché.

— Et maintenant, tu vas me dire pourquoi Alan veut retourner à Naples.

*

Maurizio Pertini, époux de Marie-Ange, l'un des responsables du retraitement des ordures de la ville, vivait comme un seigneur. Il habitait une maison pleine d'œuvres d'art, dont la plus belle pour lui était sa femme, qu'il traitait comme une reine, la couvrant de bijoux et de vêtements de prix.

Il lui était reconnaissant de lui avoir donné un fils et une fille. Il était follement amoureux de ses blondeurs. Il était jaloux comme un tigre et la faisait surveiller par le personnel de la maison. Alan assurait pourtant que sa mère était heureuse.

Je me suis souvenue des paroles de Mathis : « À chacun sa façon d'aimer. » On peut aimer pour des riens, un regard, une odeur de peau, un mot en passant. Marie-Ange aimait Maurizio pour ce après quoi elle courait depuis toujours : l'argent. Quitte à être enfermée dans le coffre-fort.

Maurizio n'avait jamais aimé Alan, qui lui rappelait qu'il n'avait pas été le premier pour sa femme (ha, ha !). Cela ne l'avait pas empêché, question d'*onore*, de confier son éducation aux meilleurs établissements de la ville, où Alan mettait, lui, son point d'honneur à se montrer brillant, comme on choisit de marcher la tête haute dans la bourrasque. Être le premier en français, la langue paternelle, était une façon de le narguer, et les cours de guitare, pris à l'école, nourrissaient son courage.

Au fil des années, son caractère s'affirmant, il avait osé résister au caïd, dont nul ne discutait les ordres, fût-ce en regard, et l'avait payé par des coups auxquels sa mère tentait en vain de s'opposer. Pour se racheter de son impuissance, elle lui avait offert sa guitare, dont il évitait de jouer quand Maurizio était présent, de peur qu'il ne la fracasse, un portable qu'il cachait au fond de sa basket gauche, côté cœur, celui-ci en ignorant l'existence et, non sans réticence, à la demande pressante d'Alan, elle avait accepté de lui ouvrir un compte à la Poste, où il versait les chèques venus de France.

274

Qui lui permettraient, sa majorité atteinte, de venir vivre chez nous.

Eugène s'est interrompu. Il a bu avidement quelques gorgées d'Ice Tea. Il a ignoré les gâteaux. Sur le CD, une voix masculine chantait à présent une chanson d'amour. Toutes les chansons, tous les opéras, les poèmes, toutes les grandes et petites histoires dans les livres et les livrets, ne parlent que d'amour.

Tous les hommes, toutes les femmes, ne vivent que pour LUI. Amour fou, tendre, blessé, désespéré, triomphant ou assassiné. Amour toujours, amour plus jamais.

Dehors, la nuit était tout à fait tombée, aucune étoile au ciel, la lumière blafarde des lampadaires sur l'avenue déserte.

— Tu sais, maman, depuis trois ans, c'est pas Alan qui avait demandé de ne plus venir chez nous, c'est Maurizio qui voulait pas pour le brimer. Et Alan pouvait pas nous le dire, il avait peur que Maurizio se venge sur sa mère.

Et puis, un après-midi, Eugène avait neuf ans, même pas les dix doigts de ma main, le téléphone avait sonné à la Villa. C'est toujours notre Saint qui court décrocher. Il faut l'entendre pavoiser : « Ici, la résidence Clément ». Il avait tout de suite reconnu la voix d'Alan, même s'il parlait tout bas : nous lui manquions, Hugo, moi, Eugène, les filles, la maison, la chaleur, les rires, les engueulades, tout. À Naples, il n'avait pas le droit de recevoir des camarades chez lui, pas le droit non plus d'aller chez eux.

Il n'avait aucun copain, il était seul, il était malheureux.

Cet appel-là, Eugène ne l'avait pas noté sur le carnet. Il avait été le premier d'une longue série de rendez-vous téléphoniques clandestins, donnés à des heures où nous étions absents et, si possible, les filles sorties.

— Papa, maman, je voudrais un portable, un pas cher, un sans mail, un qui prend pas de photos, je m'en fous, juste pour appeler et être appelé. Maxence en a un, Pia en a un, dans ma classe presque tout le monde en a un. Je peux me le payer, je paierai aussi la carte, je l'éteindrai pendant les repas, s'il vous plaît, papa, maman.

Quand Eugène a quelque chose dans la tête ! Nous avions fini par céder contre la promesse qu'il ne fréquenterait pas Facebook. Eugène est un garçon loyal, nous savions qu'il la tiendrait.

— Mais pourquoi tu ne nous as parlé de rien, mon cœur ? On t'aurait aidé. On aurait aussi aidé Alan.

— Je lui avais juré de ne rien dire. Il avait peur que papa appelle Maurizio, que Maurizio l'empêche de partir, qu'il l'enferme quelque part. Et puis, il paniquait aussi pour Marie-Ange, c'est un bandit, tu sais.

Comme ceux auxquels James Bond déclare la guerre ?

Alors se met en place le grand plan. « Onze ans et cette responsabilité ! » s'était alarmé Hugo. Chèque-majorité pour payer le voyage, fuite samedi matin pendant que Maurizio est occupé ailleurs, train, avion, RER, tramway. Accueil en fanfare rue de Belair, place mise pour le voyageur à la table du réveillon, tee-shirt aux ailes d'argent caché sous le sapin, mon petit garçon, mon poète.

Et l'immense déception ! Au lieu de la joie attendue, l'attitude inexplicable d'Alan, sa froideur, ses silences, sa méfiance, redoutant quoi ?

Moi, j'ai enfin compris. Il m'en aura fallu du temps pour accepter que Hugo avait raison : la crainte de représailles de Maurizio sur sa mère. Eugène vient de le dire lui-même : « Alan paniquait pour Marie-Ange. »

Il est dans le train lorsqu'elle l'appelle sur son portable. Elle est épouvantée : Maurizio est ivre de rage, il ne se contrôle plus, toute la maison tremble. Il la menace, il menace, qui sait, ses deux autres enfants. Il menace de les lui retirer.

— Je t'en supplie, Alan, reviens.

Et le rêve, l'espoir fou d'une vie meilleure, brisés. Alan peut-il abandonner sa mère aux foudres du bandit ? Il hésite. Doit-il faire demi-tour immédiatement ? Ou poursuivre son voyage, rester quelques jours avec nous, puis repartir ?

Nous en sommes là.

J'ai pris les épaules d'Eugène dans mes mains, et je l'ai obligé à me faire face. J'ai mis toute ma force dans mes yeux.

— Nous n'avons plus le choix, Eugène, tu ne peux plus te taire. Qu'Alan soit d'accord ou non, il faut tout dire à ton père, maintenant, dès qu'il reviendra. Aurais-tu oublié qu'il est juge aux affaires familiales ? Il saura comment agir pour protéger Marie-Ange. Au besoin, il ira là-bas. Quoi qu'il arrive, rassure-toi, ton frère restera chez nous.

Eugène a eu un immense soupir. Sur son visage, plus de révolte, une tristesse poignante.

— Mais, maman, t'as rien compris. Le problème, justement, c'est papa.

## 43

Ce sont les petits gestes de rien du tout qui, plus savamment que les grands et les grandes paroles, vous démolissent le cœur.

Mon soigneux petit garçon a sorti de sa poche un mouchoir bien propre, il l'a déplié sur la tablette vidée du paquet de biscuits intact, il y a posé son bazar à lentilles, qui incluait un miroir grossissant, il y a penché son visage et il les a retirées, l'une puis l'autre, avant de les placer délicatement dans les flaconnets pleins du liquide qui les maintiendrait propres et humides.

— Tu comprends, quand tu te frottes les yeux, tu risques de les perdre, m'a-t-il fait observer d'une voix minuscule en évitant le mot « pleurer ». C'est grand-mère qui serait pas contente !

Moi, c'était la parole que j'avais perdue devant tant de douleur et d'humour malgré tout, alors je me suis tue.

— La mère d'Alan, elle savait pas qu'il allait partir. Il lui avait rien dit à cause de Maurizio. Il avait préparé son sac en cachette, sa guitare, tout. Mais il voulait quand même lui dire au revoir. Alors il a profité que Maurizio était sorti et il est allé dans sa chambre. Elle est devenue complètement folle, elle voulait pas qu'il s'en aille, elle disait qu'il l'abandonnait. Et comme elle a vu qu'il était décidé, elle a crié…

À nouveau, Eugène s'est interrompu, et je l'ai senti trembler contre moi, trembler de tout son corps. C'est donc si difficile que ça, mon fils ?

— Elle a crié : « De toute façon, Hugo Clément n'est pas ton père ! »

*

Lorsque Marie-Ange rencontre Hugo au Salon de l'agriculture où elle travaille comme hôtesse, arrondissant ses fins de mois auprès de clients fortunés, elle vient de découvrir qu'elle est enceinte. Est-ce la première fois ? Permettez certaine d'en douter. De qui est-il ? Elle serait bien en peine de le dire. Quelle guigne ! Que faire ? S'en défaire, bien sûr. Et voilà que, entre le très sérieux futur serviteur de l'État venu goûter aux produits du pays et la fille à la cuisse légère chargée de les représenter, Éros trouve malin de déclencher la foudre. Emporté par un feu mal placé, le soir même, Hugo se retrouve dans le lit de la belle.

La fine mouche décide alors de faire d'une pierre deux coups : épouser celui qu'elle s'imagine aimer, et donner un père à l'embryon de géniteur inconnu. Rougissante, les yeux pudiquement baissés – je la vois –, elle lui annonce qu'elle attend un heureux événement. Aveuglé par ses sens, sans soupçonner un instant que l'événement pourrait ne pas être de son fait, élevé dans l'esprit de responsabilité – je le vois –, Hugo lui passe la bague au doigt.

Lorsqu'il m'avait affranchie au sujet de sa désolante première et brève union (mairie), bien sûr, l'idée d'une arnaque m'était venue. Je l'avais gardée pour moi. À quoi bon introduire le venin du doute dans l'esprit d'un homme fou de son petit, fier de son fruit, si joli, bien fait, parfaitement fini, quoique né un mois avant terme (ben voyons !) ? « Et regarde cette bouche, ce nez, cette fossette, c'est tout moi bébé. » Et de feuilleter des albums de famille aux photos jaunies pour me faire admirer, chez un poussin en tous points semblable aux autres, d'invraisemblables ressemblances. Lui faire part de mes soupçons, sans preuve aucune, ne reposant que sur une intuition que l'on m'accorde en général infaillible, eût été pure cruauté.

« Hugo Clément n'est pas ton père. »

Alors c'était ça, les fausses notes dans la voix d'Alan, sa réserve vis-à-vis de Hugo, ce refus de se livrer, le doute, le doute affreux : et si c'était vrai ? C'était ça, ses épaules soudain affaissées lorsqu'il ne se croyait pas observé, la douloureuse interrogation dans son regard sur le mien : « Si c'est vrai, m'aimeras-tu encore ? » Sans compter cette image prémonitoire s'inscrivant dans ma mémoire : Alan suffoquant, le nez dans les racines de l'arbre familial dont les paroles meurtrières d'une mère sans pitié tentaient de l'arracher.

\*

— Maman, ce qu'elle a dit, Marie-Ange, tu crois que c'est vrai ?

— Mais comment veux-tu que je le sache, mon Eugène ? ai-je bredouillé, le cœur en débandade, incapable d'ajouter à sa peine en lui faisant part d'anciens soupçons devenus quasi-certitude.

C'est bien beau, la vérité, toute la vérité les yeux dans les yeux. Il ne faudrait quand même pas oublier que toutes ne sont pas bonnes à dire, qu'il en est de détestables, meurtrières pour le cœur d'un enfant, et qu'un bon gros mensonge, un mensonge « pieux » comme disent ceux qui s'y connaissent en beaux discours, attrape-nigauds, farces et attrapes, un mensonge par charité et, dans le cas présent, tout simplement par amour, peut être largement préférable.

Je me suis éclairci la gorge.

— Si tu me disais déjà ce qu'en pense Alan ?

Un gros soupir m'a répondu.

— Alan sait pas, il est comme moi, il galère.

Eugène s'est interrompu quelques secondes. Une infime lueur est passée dans ses yeux.

— C'est quand même pas foutu-foutu, maman. On attend le résultat des kits.

— Les « kits », mon chéri ?

— Ben oui, ceux des tests ADN.

— LES TESTS ADN ?

— Du père et du fils présumés.

— Le pè-père et le fi-fils présumés ?

Eugène s'est installé plus confortablement, soulagé de m'avoir passé le témoin, James Bond de retour.

— On se les est fait envoyer – un kit pour chacun – avec les explications et les sachets pour les échantillons biologiques. On a commencé par papa, d'abord la salive. Comme on pouvait pas frotter l'intérieur de sa bouche sans qu'il se méfie, on l'a prélevée sur le bord de son verre à dents, les deux côtés de la tige. Après, tu laisses sécher à l'air libre pendant trente minutes, et c'est bon, t'as plus qu'à introduire dans le sachet. Ensuite, on s'est occupés des cheveux. Là, faut absolument avoir le bulbe. On en a trouvé des touffes sur sa brosse dans la salle de bains. Le pauvre, il les perd grave. Les ongles, dans la corbeille, fastoche. En plus, on avait le sang !

— LE SANG ?

— Celui sur la compresse, tu te rappelles pas, maman ? Quand il s'est coupé avec le couteau à huîtres ? On a récupéré la compresse dans la poubelle de la cuisine.

Le sang du père, prélevé par son propre fils, dans la poubelle, entre deux huîtres ! Ma bouche s'est desséchée.

— Pour le kit d'Alan, on a seulement pris la salive et les cheveux. Après, on a collé les étiquettes partout pour éviter les risques d'erreur, et on a tout envoyé à Madrid.

— MADRID ?

Mon studieux petit garçon a laissé échapper un soupir blasé :

— On est vraiment nuls en France ! Tu te rends compte, maman, pour les prélèvements d'ADN, t'es obligé d'aller à l'hôpital, et si c'est le fils qui veut savoir pour le père, il doit avoir l'autorisation de la mère. Et si la mère n'est pas d'accord, il fait quoi, le fils ? Heureusement, on a trouvé sur Internet un labo en Espagne qui demandait rien à propos des personnes concernées, discrétion assurée. Ils t'expédient les kits, tu fais le nécessaire, tu les renvoies accompagnés du règlement par chèque ou mandat, cent dix euros TVA et frais de transport inclus, et t'as les résultats cent pour cent fiables par courrier électronique ou ordinaire.

Cent dix euros ! L'image de mon pauvre Hugo glissant avec amour un gros billet vert dans l'enveloppe d'Eugène, moi râlant, vive les surprises ! Hugo me raisonnant :

— Que veux-tu, si c'est ce qu'il préfère. Vivons avec notre temps ! Et tu connais ton fils, on peut compter sur lui pour bien employer son cadeau.

Ouais ! Pour pratiquer un test de paternité ! J'y aurais pas pensé : le billet plus la surprise.

— Et les résultats, vous les aurez quand ?

— On a choisi le courrier ordinaire, la poste restante. Faut compter de trois à cinq jours ouvrables. Si tu retires les fêtes, samedi-dimanche, ils devraient tomber mercredi, pile-poil pas de collège. Je pourrai aller les chercher avec Alan.

Tout, tout doucement, sur la pointe de la voix, j'ai demandé :

— Et ?

Et, d'un coup, l'enfant terrifié a repris le pas sur James Bond.

— Et si c'est pas bon, si papa est pas le vrai, Alan s'en ira. Maman, je veux pas, j'ai peur.

## 44

Il était dix-huit heures quarante-cinq lorsque j'ai arrêté la « Salle de conf' » – la bien nommée – devant la Villa.

Télé en marche chez Alma, parfait ! Lumière allumée au grenier, très bien ! Elsa au piano dans la salle à manger, impeccable ! Écriteau « Ne pas déranger » à la poignée de la porte d'Adèle, je n'en demandais pas tant.

J'ai attendu que celle du grenier ait claqué pour transférer l'écriteau à la mienne, puis je suis redescendue sur la pointe des pieds, j'ai quitté la maison par la porte de derrière – sapin, saule et pommiers, donnez-moi du courage –, j'ai passé comme une ombre le portail du jardin et, sitôt hors d'atteinte des yeux inquisiteurs des Sorbiers, j'ai pris mes jambes à mon cou.

« À moins que ma chère et tendre ne me réserve une autre surprise », avait plaisanté Hugo au Sunset. Je disposais très exactement de quinze minutes pour le préparer à celle qui ferait, à son tour, basculer sa vie, le ramènerait à l'étudiant candide dont une fille sans scrupule avait abusé, en lui laissant croire qu'il était père afin d'être épousée, se riant de ses sentiments.

Un quart d'heure, pas davantage, car, à la minute

présente, Alan avait très certainement appris qu'Eugène m'avait tout dit. Eugène est un enfant droit, incapable de dissimulation, allergique au mensonge, comme son père. Peut-on être juge et mentir ? Et la réaction d'Alan ne faisait aucun doute pour moi : il devait déjà boucler son sac, remettre sa guitare dans sa housse. Il allait quitter la maison, nous quitter, cette fois pour toujours, sans même attendre le résultat des kits, après avoir balancé à Hugo, mon pauvre, pauvre Hugo, les terribles paroles de Marie-Ange, retenues à grand-peine depuis son arrivée : « Tu n'es pas mon père. »

Et d'abord, Hugo rirait. « Mais de quoi parles-tu ? Qu'est-ce que c'est que cette histoire ? » Puis, très vite, mille détails, mille indices qu'il avait refusé de voir lui reviendraient en mémoire, mille lames transperceraient son cœur. Et mon devoir d'épouse pour le meilleur et pour le pire était de le préparer au choc, de lui rappeler que j'étais là, moi, et serais toujours là, fidèle au poste, droite dans mes bottes. L'aider à refermer les albums de famille trompeurs, à regarder la vérité en face.

Après, on verrait.

*

L'une des nombreuses qualités de mon mari est l'exactitude. De la maison à son travail, sauf mouvements sociaux, une heure de trajet à pied et en transport en commun. Le soir, quittant le tribunal aux alentours de dix-huit heures, vous pouvez être certain d'entendre son pas sur le gravier à dix-neuf heures trois, suivi de la montée des marches du perron et, à dix-neuf heures quatre, ouverture de la porte de la Villa : « Coucou, c'est moi, *home sweet home*, où est ma merveilleuse famille ? Où sont ma femme, mes enfants ? Qu'est-ce qu'ils attendent pour accueillir le travailleur épuisé, lui offrir le réconfort de leurs bras et d'un verre bien frais ? »

C'est même, osons le dire, parfois crispant, cette addiction à la ponctualité, ce refus de l'imprévisible. Aujourd'hui, cela me servait.

Et c'était bien lui, débouchant dans la rue Cléobald, notre saint patron, marchant d'un bon pas, son attaché-case à la main, épaules droites, tête sortie du cou, quelle allure malgré l'âge ! Et ces cheveux argentés sur les tempes, ces yeux gris doux. Pourquoi les hommes que l'on s'apprête à faire souffrir nous paraissent-ils toujours plus beaux ?

Me découvrant au milieu de la rue, il s'est arrêté, et comme une inquiétude a traversé son regard. J'ai souri pour le rassurer. Nous nous sommes embrassés, oh, pas à pleine bouche comme à vingt ans, lorsqu'on a attendu toute la journée, l'œil sur sa montre, le retour de l'aimé – et s'il ne revenait pas ? Si une autre me l'avait pris, que je l'avais perdu ? –, embrassé sur les deux joues, un peu négligemment, baiser d'habitude, pour ne pas dire de routine, pour moi, ce soir, plus appuyé, empli de tendre commisération en pensant à la nouvelle surprise que, contrainte et forcée, j'allais devoir lui annoncer.

— Que me vaut le plaisir ? a-t-il demandé en reprenant la marche. Ajoutant, comme à chaque retrouvaille depuis l'arrivée d'Alan, avec un mélange d'inquiétude et d'espoir : Du neuf ?

287

— Oui, ai-je répondu franchement. Tu te souviens de ta crainte qu'Eugène déchante ? Eh bien, tu avais raison, il déchante.

Hugo s'est arrêté à nouveau. Ça m'arrangeait : rue de Belair en vue.

— Et qu'est-ce qui te fait penser ça ?

— Figure-toi que nous nous sommes parlé.

— Et qu'est-ce qu'il t'a dit ?

Nous y étions ! On fait la fière, on fait de l'humour, on se fait son cirque, mais vient fatalement le moment où on ne peut plus reculer. J'ai pris une grande inspiration pour libérer mon diaphragme et commencé le compte à rebours : dix, neuf, huit…

— Mais enfin, Adeline, tu te décides ? Qu'est-ce qui se passe, à la fin ?

Un « Adeline » sec, un ordre impérieux. Je me suis inclinée.

— Tu n'es pas le père d'Alan.

Puis j'ai fermé les yeux et rassemblé mes forces, prête à recevoir le chêne abattu dans mes bras. Il m'a semblé entendre un rire. Oh, certes pas le rire « *Cid*-opéra-rock », un rire à gorge nouée. J'ai rouvert les yeux. Rire confirmé.

— Et tu crois que je ne le savais pas ?

## 45

Avec une douceur ouatée, celle des non-dits, des secrets non avoués, des petits arrangements avec sa conscience, le ciel m'est tombé sur la tête. Ainsi, cet homme que je croyais connaître par cœur, que je pensais transparent, m'avait pendant dix-huit ans roulée dans la farine, disons le mot : « pigeonnée ». « Et regarde ces photos, même nez, même bouche, même fossette, moi, tout moi, bébé ! » Et, les années passant : « Même menton pointé, même froncement de sourcils quand Alan réfléchit, même désir d'apprendre, de comprendre, même rigueur dans la pensée, le jugement… » En somme, un enfant bien né ! Et, hier encore, l'admirant dans ses hardes (replantage du sapin), « même taille, même carrure que mon fils ».

« Son » fils !

Incapable de dissimulation, allergique au mensonge, Hugo ? Ouais, s'y lovant, s'y complaisant, parfaitement à l'aise, *at home*, un poisson dans l'eau.

J'ai entendu la voix de ma mère, m'encourageant à pratiquer les deux péchés véniels, gourmandise et coquetterie, indispensables à une épouse souhaitant conserver son mari, y ajoutant parfois ce joli conseil :

— Et surtout, Adeline, surtout, n'épouse jamais

un homme ennuyeux. Sache que si certaines surprises peuvent s'avérer désagréables, on peut mourir d'ennui.

J'étais servie !

J'ai bredouillé :

— Attends, Hugo, tu es certain ? Tu as fait les tests ?

— Les tests ? Quels tests ? s'est-il étonné, un rien désarçonné par ma question – chacun son tour. Pas besoin de tests, Adeline. Une gaffe de la sage-femme qui suivait Marie-Ange depuis le début de sa grossesse et se demandait si, celle-ci arrivée à son terme, il ne serait pas souhaitable de provoquer l'accouchement m'avait ouvert les yeux. Neuf mois auparavant, nous ne nous étions pas encore rencontrés.

J'ai pris sur moi et repris tendrement le bras de mon mari.

— Quel choc cela a dû être, mon pauvre amour ! Et, bien sûr, tu as mis Marie-Ange face à son forfait, sa vilenie !

— Elle ne m'en a pas laissé le temps ! Quelques heures plus tard, le bébé arrivait.

Hugo s'est interrompu. Son regard s'est éloigné à la recherche de ses souvenirs : menton pointé, sourcils froncés par la concentration, tiens, tout à fait Alan, c'est fou, les ressemblances ! Ses yeux sont revenus sur les miens.

— Nous étions convenus que j'assisterais à l'accouchement. Quand j'ai vu venir au monde ce tout-petit, cet innocent, qui criait son droit à avoir un père comme tout le monde, je lui ai fait le serment d'être celui-là.

« Le serment d'être celui-là… » (Victor Hugo).
Les beaux mots de la tragédie venant spontanément
aux lèvres des acteurs de cet « horrible fatras qu'est
la vie » (Samuel Beckett).

— Mais après, Hugo ? Après l'accouchement ?
Tu as quand même dit à Marie-Ange que tu n'étais
pas dupe ? La bonne poire ? Le dindon de la farce ?

— Surtout pas ! J'avais appris sans difficulté
quelle vie elle menait avant notre rencontre, et compris qu'elle ignorait qui était le père du pauvre petit.
Garder le silence m'a permis d'avoir ma part de
garde lorsque le divorce a été prononcé. De réclamer
quelques semaines chaque année lorsqu'elle a suivi
son Italien à Naples. Dindon ou bonne poire, crois
bien que je m'en fichais. J'aimais cet enfant, Adeline,
je l'aime.

Quel homme, quelle générosité, quel total manque
d'amour-propre ! De ma part, quel aveuglement !

— Attends, Hugo, je suis un peu paumée, là.
Serais-tu en train de me dire que Marie-Ange ne s'est
jamais doutée que tu connaissais la vérité ? Mais elle,
quand elle a épousé Maurizio, pourquoi a-t-elle continué à se taire ?

— Je suppose qu'elle ne tenait pas à ce qu'il
apprenne quelle vie elle menait avant lui. Avant nous.

Je n'ai pas follement apprécié le « nous » qui liait
mon juge à un bandit. Quoique, regardons le dossier
en face : dix-huit années de dissimulation, de feintes,
d'arnaque à la vérité, de dorage de pilule, de tricherie
vis-à-vis de sa femme, ça ne vous fait pas non plus un
casier blanc-blanc.

Il a repris tranquillement sa marche, zen, s'acceptant tel qu'il était. Nous arrivions rue de Belair, c'était allumé au grenier. Mon Dieu, Alan, Eugène, les kits, vite !

— Et maintenant qu'Alan est au courant, qu'as-tu l'intention de faire, Hugo ?

— Surtout rien ! Lui expliquer que sa mère a menti pour le garder. Lui affirmer que je suis bien son père.

— Mais qui te dit qu'Alan te croira ? Et Marie-Ange ne marchera jamais. Elle lui a révélé la vérité pour le garder, elle fera tout pour qu'il revienne.

— Oh, que si, elle marchera, a répliqué Hugo avec un nouveau rire. Et même, elle galopera. Pour l'excellente raison que je n'ai pas l'intention de lui laisser le choix. Je vais l'appeler dès ce soir et lui signifier que, si elle ne se rétracte pas, je dévoile le pot aux roses à son Maurizio, un gars plutôt jaloux d'après ce que j'ai compris. Crois-moi, ça ne fera pas un pli.

Après le mensonge, le chantage ! Un chantage en bonne et due forme, pratiqué sur l'épouse d'un mafieux. « N'épouse jamais un homme ennuyeux… » Merci, maman !

J'ai risqué un timide :

— Et moi, je fais quoi ?

— Toi, tu me suis, bien sûr. Tu corrobores, tu confirmes : je suis le père d'Alan, un point c'est tout.

À mon tour, j'ai pilé ! Maintenant ou jamais.

— Trop tard, Hugo, les kits sont en route !

— Les kits ?

— À Madrid.

Dans le regard de mon époux, j'ai cru lire le nom d'une terrible maladie qui vous fait prendre les vessies pour des lanternes. Je l'ai vite rassuré.

— Alan et Eugène ont prélevé ton ADN sur ta salive, tes cheveux, tes ongles, ton sang. Ils l'ont envoyé en même temps que celui d'Alan pour des tests de paternité à un labo en Espagne. Résultats mercredi, négatifs d'après ce que j'ai compris. Dans ce cas, Alan a prévu de partir. Eugène est désespéré. On n'a pas le choix, il faut trouver un autre plan. Et on a intérêt à se dépêcher.

## 46

Parler, se parler, communiquer, échanger, ne pas laisser s'installer le silence et c'est trop tard. Parler en allant au fond des choses, au cœur du problème. Quoi qu'il nous en coûte.

Ce soir-là, le juge aux affaires familiales nous en a donné le plus fabuleux des exemples.

À peine le pied dans la maison, son manteau jeté au bec du perroquet, sans prendre le temps de retirer sa cravate ni de se rafraîchir, Hugo s'est planté en bas de l'escalier et d'une voix que je ne lui connaissais pas, une voix de maître à bord, de capitaine dans la tempête, une voix d'empereur, il a lancé qu'il voulait tout le monde au salon, séance tenante.

Et, dans les trois minutes, il a été obéi.

— Asseyez-vous !

Quand tous ont été assis, Eugène et Alan sur l'un des canapés, Eugène suffoqué, Alan statufié ; Adèle et Elsa dans l'autre, Adèle dans sa cotte de mailles, Elsa mi-tremblote, mi-espoir, aucun portable dans les mains, une première, Hugo s'est tourné vers Alan.

— Regarde-moi !

Les yeux « bleu Marie-Ange » se sont tournés vers les yeux « gris père présumé ».

— Et maintenant, tu m'écoutes.

Il a décrit une salle blanche, une table, des étriers, une femme mettant un enfant au monde. Il s'est décrit lui-même, en blouse verte d'hôpital, chaussons de papier, ridicule charlotte sur la tête, coupant le cordon qui reliait le bébé à la mère, prenant le bébé contre sa poitrine, lui faisant le serment d'être toujours là pour lui, l'élever, l'éduquer, l'aimer, comme s'il était son fils.

Alors qu'il savait pertinemment qu'il n'en était rien.

À partir de cet instant, de ces mots, Alan et Eugène ont recommencé à respirer, Adèle et Elsa ont perdu le souffle.

— Quand ta mère m'a choisi pour être ton père, tu n'étais pas plus gros qu'un œuf de caille. Elle m'a demandé : « Le veux-tu ? » J'ai répondu : « Oui », et dès cet instant tu as été mon fils. Je t'ai voulu, souhaité, attendu avec bonheur. J'ai posé chaque jour ma main, ma joue, mes lèvres sur le ventre de celle qui te portait pour faire ta connaissance, t'encourager à croître. Quand j'ai senti sous ma main ton premier mouvement, comme un remous dans l'eau, une tempête de tendresse s'est levée en moi, j'ai pleuré en entendant pour la première fois les battements de ton cœur à l'échographie, et je me suis émerveillé en t'y voyant sucer ton pouce, mon fils, mon fils. Je peux te dire que les amis, ça les faisait doucement rigoler : qu'est-ce que ça sera quand il sera là ! Et quand tu as été là et que je suis allé te déclarer à la mairie, t'inscrire sur le livret de famille, date et heure de naissance, sous le nom que j'avais choisi, Alan ! n'est-ce pas, mademoiselle, que c'est un beau nom, celui de mon fils, Alan, Alan Clément ?

Inutile de vous rendre à Épinal, dans les Vosges, pour trouver les fameuses images bleu-crème-rose, bordées de dentelles, du bonheur sans nuages. Ces images trop belles pour certains, niaises, gnangnan, guimauve, marshmallow, auxquelles tous aspirent dans un coin de leur cœur, à commencer par ceux qui s'en moquent : couples enlacés, familles penchées sur des berceaux, maisons à porte ouverte et cheminée qui fume, rivières tranquilles.

D'Épinal, les images ? Elles vous tombent dessus où que vous soyez au moment où vous ne les attendez pas, ne les espérez plus, et vous prennent sous leur charme. « Charme : enchantement magique », affirment le dictionnaire au pissenlit ainsi que les bienheureux qui croient, à juste titre, aux bonnes fées et gentils génies.

Si vous aviez poussé la porte des Clément, à Saint-Cloud, vous seriez tombé plein pot dedans : une famille rassemblée autour de l'agnelet égaré rentré au bercail, chants d'oiseaux dans les petits bois des cœurs, visages sens dessus dessous, yeux débordants de larmes, même ceux de la fille qui trouvait plouc de manifester ses émotions, quitte à étouffer en son for intérieur le fort bien gardé où elle s'enfermait. Quant à Eugène, il avait bien fait de ne pas remettre ses lentilles.

— Un père, ce n'est pas celui qui, par inadvertance, durant quelques secondes de jouissance, plante un enfant dans le ventre de sa partenaire, a repris Hugo. C'est celui qui choisit de faire sien l'enfant, en toute connaissance de cause, et, jour après jour, le cale dans sa peau, son cœur, sa tête. On parle de

« membres de la famille ». Tu l'étais, Alan, tu l'es, et lorsque ta mère t'a emmené en Italie, j'ai été, moi, comme ces amputés qui continuent à sentir le membre coupé : il les élance, il les tourmente, plus encore quand le moral est au gris, à la pluie. Une question de « terminaisons nerveuses », disent les chirurgiens. Toi là-bas, moi ici, je ne me sentais plus tout à fait complet, complètement moi. Il fallait que tu reviennes pour que je me passe de prothèse. Et je me disais « peut-être », peut-être qu'un jour il décidera de rester.

Mon juge, qui aurait pu être avocat, prince des prétoires, s'est tourné vers Eugène, et il l'a félicité d'avoir contribué au retour de son frère. Il s'est tourné vers ses filles, et il les a remerciées de l'avoir si généreusement accueilli. Il a oublié sa femme, normal ! Il est revenu à Alan, et il l'a engueulé. Combien de temps lui faudrait-il encore pour comprendre qu'un peu de salive, trois cheveux, une rognure d'ongle, et même une goutte de sang ne suffisent pas à faire un père ? Que c'est dans l'organe situé en haut et à gauche du thorax, associé à un lobe du cerveau, siège des émotions et autres sentiments déclencheurs de secousses, de tremblements, de séismes parfois, et on a vu des continents se rejoindre, des feux surgir que l'on croyait éteints (*sic*) ? Et à propos de secousses, Hugo s'engageait à tout faire, si besoin était, pour prêter main-forte à celle restée à Naples. Alan, acceptes-tu de me prendre pour père, adoption pleine et entière, de m'associer à ton avenir, de vivre désormais dans cette maison, d'y partager rires et engueulades, d'être présenté à mes amis, voici mon

fils, voyez comme il est beau, fier, doué, courageux ?
Et pour commencer, si on allait mercredi chercher
ensemble tes foutus kits à la poste, qu'on regarde les
résultats une bonne fois pour toutes et qu'on n'en
parle plus ?

Sans laisser à personne le temps de respirer,
l'inconnu qui partageait ma vie depuis dix-huit ans
pour le meilleur et pour le pire, devant Dieu et
devant les hommes, m'a désignée : les miracles exis-
tent !

— Et après, n'oublie pas que, grâce à la magnifique personne que voilà, tu es attendu au royaume
de la musique avec ta guitare, pour participer à une
belle et grande histoire, une histoire banale comme
toutes celles qui parlent de sentiments éternels, où il
est question de père et de fils, d'amour et de guerre,
et même, s'il m'en souvient, de « voix du sang ».

Et ce qui a été dit a été fait.

PARTIE 4

*La vérité vraie*

## 47

Cette nuit, le vent s'est levé. Je l'entendais frapper la maison de gifles violentes. Je le voyais prenant le saule aux cheveux, agenouillant le sapin, menaçant les pommiers de mort. Hugo n'a pas bougé, souffle profond, régulier, visage apaisé. Sommeil du juste ?

Juste, injuste, « c'est pas juste », le sentiment qu'éprouvent très tôt les enfants. Ils pensent jouer en envoyant leur balle par-dessus les barreaux colorés de leur parc pour qu'on la leur rapporte, et on les menace : « C'est la dernière fois ! » Ils pleurent dans le noir, au creux de leur berceau, leur « lit-cage », pour réclamer un bisou de plus qui éloignera le grand méchant loup dont on vient de leur raconter la terrifiante histoire, et on ne leur accorde qu'un rai de lumière par la porte entrebâillée et un lapidaire : « Maintenant, tu dors ! » Et n'est-on pas moins sévère, plus indulgent, avec leur frère ou leur sœur ? Alors germe en eux le sentiment qui poussera les uns en avant, preux chevaliers, redresseurs de torts, tandis que d'autres, voyant l'injustice partout, se recroquevilleront sur leur rancœur, leur défiance, et deviendront infréquentables.

Aux mains d'un beau-père qui lui reprochait d'exister et d'une mère qui, sans doute, lui préférait les enfants de l'Italien, eux sources d'une vie princière et sans soucis, Alan avait grandi dans les eaux glauques du « c'est pas juste » et, ce mercredi trois janvier, à l'aube d'une nouvelle année, une nouvelle vie si courageusement gagnée, le regardant traverser le jardin entre ceux qui l'avaient choisi, voulu, reconnu, pour fils, pour frère, direction le bureau de poste, je ne me sentais pas peu fière. Eh oui, j'avais apporté mon caillou blanc à ce moment mémorable.

Et elle pouvait bien sangloter, Marie-Ange, hier au téléphone, lorsque Alan, Hugo derrière son épaule, l'avait appelée pour lui faire connaître sa décision de rester chez nous, elle ne l'avait pas volé. Si j'avais été à sa place, prince des ordures ou non, son Maurizio, il aurait vu ce qu'il aurait vu !

Il paraît qu'il avait fini par se calmer, boire sa honte, sa défaite, sous les mâles « bon débarras, au diable l'ingrat, *chiusa la porta, finito, terminato* ». Pour calmer la mère éplorée, Hugo avait succédé à Alan au téléphone. Peu désireuse de l'entendre papoter avec son ex, j'avais quitté le bureau. Saurais-je jamais ce qu'ils s'étaient dit ? J'ose seulement espérer n'avoir pas à rajouter un jour à notre table le couvert d'une vagabonde repentie.

\*

En attendant, mon trio masculin vient de disparaître au coin de la rue de Belair. À la porte de son garage, tout en effectuant son tri quotidien déchets

alimentaires-lombrics – on s'occupe comme on peut –,
Alma les a accompagnés des yeux, visiblement attendrie par le joli spectacle d'un père entouré de ses
fils, partant mains dans les poches en balade, s'étonnant sans doute de voir Hugo en congé de Palais de
Justice.

Et là, reconnaissons-le, c'est moi qui me suis montrée injuste. Mari trop prévisible, sans surprise, addict
aux horaires ? Trouvez-m'en un autre, juge aux
affaires familiales, séchant le tribunal pour aller retirer à la poste des kits ADN pratiqués sur sa propre
personne par son fils ? Il faut le faire, quand même !

Je laisse retomber le rideau de la cuisine et reviens
m'attabler en face d'Elsa, maussade, qui mâchouille
ses céréales chocolatées.

— Pourquoi ils ont pas voulu m'emmener ? C'est
pas juste !

Juste, pas juste, nous y revoilà !

— Figure-toi que je n'ai pas été invitée non plus.
(J'aurais refusé.)

— Et quand ils vont rentrer ?

— Pas la moindre idée. La poste n'est pas tout
près, il y a toujours une queue pas possible. Et qui
sait s'ils ne prendront pas un pot après ?

… Après la lecture des résultats confirmant noir
sur blanc, dissimulation, mensonge et double dupli-
cité, Marie-Ange envers Hugo, Hugo envers moi.

Elsa délaisse ses céréales pour un bouquet de
boucles châtaines qu'elle suçote en me fixant d'un
regard noir. Retour à l'enfance, petite peur qui passe
par là, je la connais, ma choupinette !

— Et cette fois, tu crois que c'est vraiment vrai ?
Alan va rester ?

— Mais bien sûr ! Comment peux-tu en douter ?

— Son vrai papa, pas papa, pas Maurizio, il va peut-être vouloir le retrouver.

Patatras ! Nous voilà repartis dans la ronde infernale des « vrais ». Et vous pouvez faire confiance aux enfants pour aller dénicher, sous la pile de draps bien blancs, à chiffres brodés aux initiales de la famille, le secret qu'on y a planqué. Si Hugo, dans son vibrant discours, a évité de parler de celui qui – pour reprendre ses propres mots – a, par inadvertance, planté Alan dans le ventre de Marie-Ange, c'est que la foule des clients de la donzelle était telle que le meilleur limier du monde aurait été bien en peine de le retrouver. Sans compter les dix-huit années écoulées depuis les « quelques secondes de jouissance » si poétiquement évoquées par l'orateur.

— Attends, Elsa, c'est grave, ce que tu me dis là ! C'est Alan qui t'en a parlé ? Ou Eugène, peut-être ?

— Mais non, maman. C'est moi qui y ai pensé.

Je fais les plus gros yeux de mon répertoire de mère.

— Alors, tu oublies. Et surtout, tu ne dis rien à personne.

— Mais pourquoi ?

Ai-je le choix ? Mensonge pieux de rigueur.

— Il est mort !

— MORT ? Le vrai papa d'Alan ?

— Ouais ! Très loin, en Amérique du Sud. On ignore dans quel pays exactement. On n'a pas retrouvé son corps. Quant à son vrai nom, le vrai de vrai, nul ne l'a jamais connu : un espion.

Elsa en oublie ses boucles. Malgré l'horreur de la nouvelle, je la soupçonne d'être soulagée : *exit* le vrai de vrai papa d'Alan. Il restera chez nous.

Je conclus :

— C'est pourquoi il vaut mieux éviter le sujet. Si tu es d'accord, ça restera un secret entre nous.

Épuisée par les débordements de mon imagination, je me ressers un café. Elsa cogite.

— C'est pour ça aussi qu'il vaut mieux éviter le sujet avec grand-père et grand-mère ? Bon papa et bonne maman ?

Aucun des grands-parents n'ayant jamais douté un seul instant qu'Alan soit bien son petit-fils, décision a été prise de maintenir le *statu quo*.

— Non ! Eux, c'est pour éviter les embrouilles.

Afin de mettre ma fine mouche sur la piste d'une certaine « bonne » maman, la mal nommée, un peu trop friande de salades sauce ragots, qui m'a, il y a peu, pollué un repas « cordonbleu.com », je fronce les sourcils, me pince le nez, avance une bouche en cul de poule :

— Vous ne trouvez pas que ça sent bizarre, Adeline ?

Elsa rit : message reçu, sujet clos.

*

Tandis que je récupère quelques forces dans un bain moussant, je songe à tous les chefs-d'œuvre nés d'affrontements père-fils. Père-fille également : voyez Ophélie qui, apprenant que Hamlet, son bien-aimé, a occis son père, Polonius, homme peu reluisant à la vérité, perd la raison et se jette dans la première rivière venue. Et la délicieuse Ondine, qui, pour avoir osé aimer un Terrien, est condamné par son père, le roi des Ondes, au plus affreux des supplices : l'oubli.

Passons sur Roméo et Juliette : combien de morts ? Oserai-je citer Celui qui, du haut des cieux, nous envoya son Fils unique pour nous sauver du péché originel ? Assisté par le Saint-Esprit, mais bon ! Et, plus près de nous, Paul, héros de *Desperate Housewives*, père de Zac (Zacharie), qui, pour le garder, se voit obligé d'estourbir sa menaçante voisine, Martha Huber, et, si l'on m'a bien renseignée, la couper en morceaux, en remplir le coffre à jouets de son fils et faire disparaître le tout au fond d'un fleuve voisin.

Enfin, bien sûr, Rodrigue et Don Diègue, « cette belle et grande histoire, banale comme toutes celles qui parlent de sentiments éternels » (Hugo), à laquelle, dans quelques heures, nous allons nous attaquer pour en faire un chef-d'œuvre rock. Sacrée journée, quand même !

Est-ce déjà dix heures qui sonnent au clocher de Saint-Cléobald ? Je sors en vitesse de ma baignoire, fonce dans le dressing. Choix cornélien : quelle tenue mettre pour être à la hauteur du grand rendez-vous ?

\*

Il était près de onze heures lorsqu'ils sont rentrés. Dans la main de Hugo, une épaisse enveloppe en papier kraft dont j'ai cru deviner qu'elle venait d'Espagne. Ils sont allés directement dans le jardin de derrière, où nous avons pu, Elsa et moi, les observer par la fenêtre de l'arrière-cuisine.

Alan a creusé un petit trou au pied du sapin, Hugo y a déposé l'enveloppe, et c'est Eugène qui l'a enflammée. Lorsqu'elle a été consumée, tous trois l'ont recouverte de terre, puis, après avoir observé une minute de silence religieux, ils sont passés à la cuisine où ils ont dévoré un sandwich « thon-tomate-mayonnaise », accompagné de Coca pour les garçons et d'un café pour Hugo qui avait audience à quatorze heures trente au tribunal.

Tandis qu'il se changeait dans notre chambre, je me suis risquée à demander :

— Alors ?

Avec un calme sourire, il s'est tourné vers moi, assise sur le lit.

— T'est-il arrivé, ma chérie, de lire un compte-rendu d'analyses ADN ?

J'ai avoué que non.

— Eh bien, tu n'as rien perdu ! Des pages et des pages d'un jargon incompréhensible. Écoute-moi ça : « épithélium buccal, polynucléaires neu-trophiles, éosinophiles, basophiles… » Je passe sur les rognures d'ongles et le bulbe des cheveux. Nous nous sommes contentés de parcourir les pre-mières lignes avant d'abandonner. C'est Alan qui a eu la jolie idée d'incinérer l'enveloppe au pied du sapin.

— SANS LIRE LES RÉSULTATS ?

— Ne les connaissions-nous pas déjà ?

Et si ?

Si Marie-Ange, pour retenir son fils, n'avait pas fait un mensonge de plus ?

Si Hugo s'était trompé sur les dates indiquées par la sage-femme ? Pourquoi croyez-vous qu'Eugène lui ait offert un agenda pour Noël ? Si son père met un point d'honneur à être toujours à l'heure, c'est pour compenser une brouille maladive avec les dates.

Kits en cendres ? Ainsi garderais-je toujours ce petit doute qui, aux dires de certains, pimente les relations d'un couple.

Piment pour piment, cendres pour cendres, j'ai fait part à mon mari de la conversation que j'avais eue avec Elsa concernant le vrai de vrai père d'Alan. Si, par malheur, venait à ce dernier l'idée d'entreprendre des recherches sur son père inconnu, je comptais sur lui pour me suivre.

## 48

Il est treize heures. Tout le monde s'est fait beau pour le grand rendez-vous avec la musique. Alan porte le tee-shirt à l'aigle aux ailes d'argent offert par Eugène pour Noël. On voit encore les plis du repassage sur la chemise couleur muraille du Saint. Deux barrettes à petites pierres brillantes, en forme d'ailes, retiennent en arrière la tignasse lavée de frais d'Elsa. En ce qui me concerne, j'ai finalement opté pour un tailleur-pantalon et un pull clair à col roulé en beau et chaud cachemire, qui m'ont évité de m'encombrer d'un manteau, et pour des bottines de cuir. Quant à Hilaire, qui piaffait devant la Villa – mais pourquoi tu n'es pas entré, voyons ? –, il est carrément en costume-cravate.

Plutôt que de prendre la voiture et de s'ennuyer à chercher une place, nous avons décidé de nous rendre à pied à Musique Hall : une petite vingtaine de minutes en marchant d'un bon pas. On ne prend plus le temps de se rendre à la fête, de libérer sa tête trop encombrée, d'imaginer, d'extrapoler, de se réjouir. Et voici que le ciel s'éclaire, un rayon de soleil pointe le nez entre deux nuageons qui avancent à petit train. Oublié le vent furieux de cette nuit : il a rendu les armes, fait amende honorable.

Je crois entendre le soupir de Hugo : « Quelles armes ? Quelle amende, Adeline ? Toi et les mots ! » Confirmé ! Moi et les mots dans tous leurs états, tout leur éclat. Vers lesquels nous nous dirigeons…

Eugène marche en tête, sûr de lui. Il ne m'étonnerait pas qu'il soit allé en repérage. Elsa et Hilaire suivent, papoti-papota. Guitare à la main, Alan va plus lentement. Et voici qu'il s'arrête, attend que je le rejoigne.

— Tu te souviens ? demande-t-il à mi-voix.

— Très bien !

De quoi ? Où ? Quand ? Ce n'est pas le problème : le sourire hésitant d'Alan me dit qu'il a besoin, là, tout de suite, de partager un souvenir heureux. Et, kits réduits en cendres ou non, pour l'enfant au passé douloureux, les souvenirs ne seront pas faciles à gérer, entre les quelques bons à garder, les mauvais à ne pas enterrer au risque de s'empoisonner et les nouveaux à construire.

— « Adeline », c'était trop difficile à prononcer, alors je t'appelais Adine.

— J'adorais ! On recommence ?

Le sourire s'élargit : sourire d'enfant, qu'est-ce que je disais !

— Tu sais, Adine, le chant, à Noël, *Oh douce nuit*, je me souvenais que tu l'aimais bien, alors c'est pour toi que je l'avais appris à Naples.

Et je me souviens, moi, de ce regard qui m'avait percé le cœur lorsqu'il l'avait joué sur sa guitare le soir du réveillon, cet appel que je n'avais pas su déchiffrer, dont il vient de me donner l'explication.

Mais, avant que j'aie pu le remercier, il rejoint Eugène. Point trop ne faut exprimer d'émotion à la fois, ça finit par vous étouffer.

— Maman ?

Elsa, cette fois.

— Oui, ma chérie ?

— Mathis… Tu crois qu'il voudra bien de moi ?

Là, je m'arrête carrément.

— Aurais-tu oublié qu'il t'a réclamée ?

— Un peu…

— Et je ne t'ai pas tout dit. Tu sais comment il t'appelle ? « L'elfe ». Il trouve que ça va avec ton prénom. C'est joli, non ?

Le front se rembrunit.

— Moyen.

Et moi, je n'ai jamais su tourner ma langue dans ma bouche avant de parler ! Un elfe, c'est léger, un souffle le fait s'envoler. Une elfe, ça a des cheveux blonds très fins et une robe de gaze bleutée, rien à voir avec la ronde petite fille qui marche pesamment à mes côtés, plombée par les hautes baskets sombres, même si elle a tenté de rattraper le coup avec les barrettes-ailes dans ses cheveux.

Avant que j'aie pu trouver comment me rattraper, elle fonce se réfugier auprès de son jumeau.

— Madame Adeline ?

Au tour d'Hilaire. Me prendrait-on pour un confessionnal ?

— Mon papa m'a dit de vous dire que vous étiez tous invités chez ma grand-mère à Ziguinchor.

En Casamance, au Sénégal, d'où le père d'Hilaire est originaire. Nous entretenons les meilleurs rapports. Début décembre dernier, venu me présenter ses vœux de bonne année au nom de l'équipe préposée aux ordures ménagères de la ville, il m'a remerciée de recevoir son fils chez nous. C'est un honneur, a-t-il dit. C'est un bonheur, ai-je répondu.

— Ma grand-mère vous fera une queue de cochon, ajoute Hilaire fièrement.

— Ah ! ah !

— Avec de l'huile de palme, des haricots rouges et du piment.

— Eh bien, tu peux dire à ton papa que je me régale d'avance. Et les cochons de ta grand-mère, ils ont intérêt à soigner leur queue !

Je ne pourrais en jurer, vu la couleur d'origine de mon interlocuteur, mais il me semble qu'il rougit. Aujourd'hui, vous ne pouvez plus prononcer un mot sans qu'il soit interprété de travers.

Mais voici la rue de l'Avre. Nous touchons au but. Je rejoins l'ensemble de la troupe.

— Ça va, mon Eugène ?

Le seul qui ne soit pas passé au confessionnal.

Son regard me parcourt, monte de mes fines bottines à mon élégant tailleur, s'attarde sur mes cheveux « Elizabeth Taylor », s'arrête sur mon visage, soigneusement maquillé.

— On dirait que tu t'es faite belle, maman ? interroge-t-il, les sourcils froncés.

Et il me semble que c'est moi qui suis sommée de passer aux aveux.

Belle ? Trop belle ?

Pour qui ?

## 49

Une haie impressionnante de vélos, scooters, divers
« gros cubes », casques enchaînés aux roues ou aux
guidons, tapissait les murs de l'impasse où le lierre
dénudé enfonçait ses crampons de plante sans pré-
tention, mal aimée, humble, tenace, avec l'énergie du
désespoir.

Au fond de cette impasse, deux mois auparavant,
un jour de novembre balayé par le vent, mon premier
jour de *happy housewife*, premier jour de femme
libre, pensais-je naïvement, libre de son temps, de ses
envies, de ses choix, j'avais découvert sur ce mur
blanchi à la chaux les lettres de couleur de Musique
Hall. J'en avais poussé la porte sans me douter qu'un
ancien désespoir m'y attendait, sur une estrade, près
d'un long piano noir, auprès d'un musicien : un
rêve d'adolescence assassiné qui portait le nom de
Chimène.

En décembre dernier, le musicien venait de perdre
son père, et j'avais, pour la seconde fois, longé
cette allée. À nouveau, Mathis m'avait menée sur
l'estrade et il avait annoncé que, pour rendre hommage à Emmanuel Tardieu, nous allions monter un
opéra célébrant son héroïne préférée.

Et voici que, pour la troisième fois, je me retrouvais là. Et, alors que depuis des jours je n'attendais que ce moment, arrivée au pied du mur aux lettres dansantes derrière lequel montait un bourdonnement fiévreux percé de notes de musique, le doute revenait me paralyser : rêve d'adolescence… rêve de femme… Chimène-chimère ?

Eugène a poussé la porte. Nous nous sommes figés.

Combien étaient-ils dans le vaste espace éclairé par des projecteurs ? Combien de jeunes, filles et garçons de tous âges, de toutes couleurs, vêtus uniformément de jeans, de baskets, de blousons ou de sweats rabattus sur les épaules, visages découverts, animés, éclairés, ici pas besoin d'avancer masqué, ici chez eux, dans leur maison ? LA maison ? Une petite foule, une tribu, une peuplade tendue vers un même but porté par celui qui se tenait sur l'estrade, seul, près du piano, le corps argenté d'un micro à la main.

La porte a claqué derrière nous. La main d'Elsa a agrippé mon pantalon.

Mathis a porté le micro à ses lèvres.

— Le silence, s'il vous plaît !

Le bourdonnement s'est tu.

— Voici celle qui a eu l'idée de notre prochain spectacle et qui en sera la parolière, voici Adeline ! Je vous demande de la saluer.

Une marée de visages s'est tournée vers nous, vers moi, des bras se sont levés, cris et sifflets ont retenti, un coup monté, un complot, un guet-apens. La tempête n'avait jamais cessé de souffler. Elle m'attendait ici.

*

Tous connaissaient l'histoire de Chimène et de Rodrigue. Quelques-uns l'avaient étudiée à l'école, certains l'avaient lue, Mathis l'avait racontée aux autres. L'histoire classique, banale, éternelle, d'un garçon et d'une fille qui s'aiment et que l'on veut séparer. Deux clans, deux territoires, deux mondes habités de traditions, de coutumes, de religions différentes, deux familles adverses, intolérance, yeux bandés, rigidité, fanatisme, Chimène dans l'une, Rodrigue dans l'autre. Nous allions en faire un opéra, avec chœur et orchestre, de la musique, du chant, mais aussi de la danse et, pourquoi pas, des acrobates, des clowns, des jongleurs, toutes les idées seront les bienvenues, tous les talents requis, préparez-vous à travailler comme jamais, je veux vous voir ici tous les mercredis, les fins de semaine, si possible les vacances. Et pas question pour autant de sécher l'école pour ceux qui y vont, ni le boulot pour ceux qui ont la chance d'en avoir un, il y aura des cours du soir.

Mathis s'est interrompu. Son regard a parcouru la salle, son domaine, son univers, son glorieux trophée. Il a dit que la première du *Cid opéra-rock* aurait lieu le dimanche sept juin, jour de la fête des Pères, la fête d'Emmanuel Tardieu. Il s'est tourné vers moi, et j'ai eu peur qu'il me demande de parler, mais son regard m'a souri : il savait, il savait toujours pour les tourments.

— Adeline en a trouvé le titre, qui sera aussi le refrain de notre spectacle : *Va, cours, vole.*

Il a pris ma main et l'a levée dans la sienne, haut, très haut. Sa voix a tonné :

— C'est d'accord ? C'est parti ?

Et à nouveau les cris, les sifflets, les bras agités, vers nous, vers moi. Moi rock-star ? Pas plus difficile que ça !

\*

Et ils n'en reviennent pas, mes enfants ! Abasourdis, bluffés, eux sans voix. Ils ne s'attendaient pas à ça, à cette ardeur, à cette fièvre, à cette folie. Si sages, mes enfants, finalement ! Ils ne s'attendaient pas à moi, leur mère, « t'es où, maman, tu fais quoi ? on mange quoi ? », accueillie en vedette, traitée en partenaire.

Dans la salle, les groupes se reforment, les fronts se rapprochent, le bourdonnement reprend, ça trompette, ça feule, ça stridule, les cigales et les cigalons. Il fait chaud, soif, émotion. Cannettes et bouteilles sortent, eau, Coca, jus de fruits, pas d'alcool ici. Pas de cigarettes non plus, les addicts sont priés de disparaître dans l'impasse.

— Tu fais les présentations, demande Mathis qui m'a rejointe en bas de l'estrade.

Je n'y vais pas dans le détail : Alan et Eugène, mes fils. Elsa, ma fille, et Hilaire son ami de cœur, le nôtre aussi. Et là, je suis certaine qu'il rougit.

Mathis désigne le piano.

— On y va ?

Les garçons le suivent d'un pas décidé, je pousse Elsa devant moi.

— Lequel veut commencer ?

Et c'est à cet instant que Viviane apparaît. Viviane ? Je l'avais complètement oubliée ! Effacée ?

316

Tenue « épouse de bijoutier », visage d'orage, elle nous rejoint à grandes enjambées sur ses immenses talons.

— J'ai tout raté, c'est ça ?

— Tu n'as rien raté du tout puisque tu étais au courant de tout, la calme Mathis en entourant ses épaules de son bras.

Elle daigne s'apercevoir de ma présence, ses lèvres effleurent mes joues.

— Pardon, Adeline... Un déjeuner d'affaires, tu as connu ça ! J'ai cru qu'il ne finirait jamais, je devenais folle.

— Tu arrives pile au bon moment, je m'apprêtais à auditionner mes nouvelles recrues, annonce Mathis qui se tourne vers Elsa dont les joues s'empourprent : « S'il te plaît, ne parle pas d'elfe... » Toi, c'est le piano, je crois, le chant ?

— Surtout le chant, répond une voix minuscule.

— Tu veux nous montrer ça ?

« Non » affolé de la tête.

— Faire partie du chœur, ça te dirait ?

Vigoureux « oui » des boucles châtaines.

— Alors, je te fais confiance.

« Confiance... » Alan sourit. Eugène fait un pas en avant. J'ai parlé à Mathis de notre Saint et de son rôle particulier dans la famille.

— Toi aussi le chant, Eugène ?

Les yeux bleu-bleu – beau temps – se plantent dans les yeux brun profond.

— Moi, éclairage et sono.

Mathis hoche la tête, sérieux.

— Un synthétiseur, ça te dit quelque chose ?

— Aussi.

(Fréquentation du cyberspace local interdit aux moins de quatorze ans ?)

— C'est bien, j'aurai besoin d'un assistant.

Temps radieux dans le bleu-bleu.

Près de moi, dans son beau costume, le long fruit de Casamance fait des pointes pour qu'on ne l'oublie pas.

— Toi, la danse ? s'amuse Mathis.

Hilaire recule, mesure le terrain des yeux, s'élance, exécute une roue parfaite. C'est encore plus joli avec la cravate : Broadway ! Viviane applaudit, suivie par quelques sifflets admiratifs, Hilaire s'incline modestement.

— Je sais aussi faire des claquettes, mais j'ai oublié de les apporter, regrette-t-il, à peine essoufflé.

— Eh bien, tâche d'y penser la prochaine fois !

Reste Alan.

Il se tient un peu à l'écart, visage tendu, à nouveau méfiant ? Sur la défensive ? Révélerai-je un jour à Mathis qu'il a eu une enfance semblable à la sienne, lui, sans sauveur portant deux fois Dieu dans son nom pour lui ouvrir les portes de la musique ? Ces portes, il les a ouvertes, il les ouvre seul.

Mathis se dirige vers lui.

— Je vois que tu as apporté ton instrument. Veux-tu nous jouer quelque chose ?

Cet instrument, Mathis ignore que c'est Eugène qui l'a mis de force dans les mains d'Alan avant que nous quittions la Villa, ces mains qui venaient de creuser la terre pour y enterrer un peu de lui-même, une partie de sa jeune vie. Et Alan hésite. C'est trop tôt, le petit feu au pied du sapin rougeoie encore. Il va refuser comme il sait si bien le faire, dire « une autre fois », promettre « plus tard », et il arrive que « plus tard » ce soit trop tard, et je sens derrière moi la supplication muette d'Eugène, le chagrin d'Elsa. Je force son regard : tout à l'heure, Alan, tu m'as dit : « Le chant de Noël, c'était pour toi. » Vas-y, mon chéri, joue. Joue POUR TOI.

*

Alors, il a sorti sa guitare de l'étui. Il s'est assis sur le tabouret du piano, un genou surélevé, et lentement, longuement, comme on cherche la note juste de son âme, il l'a accordée, main droite au chevalet, l'oreille tendue vers les harmoniques, main gauche effleurant les cordes, allant des clés au corps vibrant de l'instrument fait de bois mêlés, table claire de l'épicéa, manche de brillant acajou, touches d'ébène noir.

Puis il s'est redressé et, les épaules droites, le menton fier, il a commencé à jouer.

Lorsque sont montés les accords du *Premier Prélude* d'Heitor Villa-Lobos, le fameux compositeur brésilien, les conversations se sont interrompues dans la vaste salle et, les uns après les autres, apprivoisés, les petits fauves sont venus se masser au pied de l'estrade.

Par moments, on aurait dit du Bach, un chant calme, paisible, limpide, la même note répétée encore et encore, tendrement martelée. Et soudain, le rythme initial se rompt, explose en une sorte de frénésie : une fête ? De la danse ? Ou plutôt de la souffrance qui se cache sous un chant brisé. Pour revenir au calme, la mélancolie, l'espoir malgré tout.

Il disait, ce prélude, ce commencement toujours recommencé, la douleur et le bonheur de vivre. Il disait la beauté qui, depuis la nuit des temps, transforme en lumière le désespoir des hommes. Il nous disait.

Les derniers accords, ultime prière à un paradis perdu, ont résonné dans toutes les poitrines, les consciences. Le silence est tombé. Pas d'applaudissements, surtout pas !

— Où as-tu appris à jouer comme ça ? a demandé Mathis.

— En Italie, à Naples, a répondu Alan.

— Eh bien, si tu es d'accord, nous allons avoir besoin de toi ici.

Alors Alan a souri. Et me sont revenus les quelques mots prononcés par Faust dans un opéra tiré de l'œuvre de Goethe.

« Arrête-toi un instant, tu es si beau. »

Si beau, sur le visage de l'artiste, cet instant de bonheur, en équilibre sur le temps.

## 50

Dimanche huit janvier, fête de l'Épiphanie, des Rois mages, Melchior blanc, Gaspard jaune, Balthazar noir, venus, guidés par une étoile, se prosterner devant un nouveau-né couché dans la paille d'une étable à Bethléem, nous nous sommes rendus à Neuilly, dans le bel hôtel particulier des Le Cordelier, Emerick, mon ex-patron et parrain d'Adèle, et la belle Gersande, pour y déguster la fameuse galette et tirer les rois. L'occasion de leur présenter Alan, dont ils connaissaient l'existence sans l'avoir encore jamais rencontré.

Lorsque Hugo, tout fier de son garçon, leur a expliqué que celui-ci, mon fils, mon fils, élevé par sa mère en Italie, avait décidé de venir vivre en France avec nous, j'ai vu s'assombrir le visage de nos amis, dont les deux enfants, eux-mêmes parents d'une tripotée de bambins, s'étaient établis à l'étranger, condamnant au silence, la presque totalité de l'année, leur vaste demeure, privant de joyeuses bousculades, de rires et de cris les nombreuses chambres, l'escalier de marbre rose, la salle de jeux, les odorantes cachettes de la cuisine. Sans compter le jardin, où le portique, grande sauterelle privée de ses accessoires, faisait la gueule au milieu de la pelouse.

J'ai pensé que, avec notre maison pleine, nous avions de la chance.

Jusqu'à quand ?

Il y a des « quand » menaçants qui planent sur toutes les familles.

*

Un repas, fait maison, précédait la galette : aériennes gougères, volaille rôtie à point, purée de pommes de terre moulinée à la main. Festin servi par un personnel lui aussi maison, soubrette à tablier de dentelle pour passer les plats, maître d'hôtel à nœud papillon blanc pour remplir les verres : champagne, vin et eau claire, le Coca n'étant pas admis à la table des Le Cordelier. On ne peut pas tout avoir, le raffinement d'autrefois et le n'importe quoi d'aujourd'hui, même si le « n'importe quoi » s'amuse parfois à sécréter des perles rares.

J'étais assise à la place d'honneur, à droite du maître de maison, sa filleule à sa gauche. Gersande était entourée de Hugo et d'Alan. Les jumeaux se faisaient face au centre.

Emerick a attaqué très vite. Il a tourné vers Alan son solide visage de pêcheur breton.

— Alors, mon garçon, dans quoi as-tu l'intention de te lancer ?

Cette manie qu'ont les adultes de demander aux enfants ce qu'ils feront plus tard alors que la plupart n'en ont aucune idée et que, pour les encourager, on ne parle autour d'eux que de chômage et de retraite à la trappe !

— Je ne sais pas encore, a répondu Alan avec

sagesse. Pour l'instant, je vais travailler à perfectionner mon français.

— Mais il est parfait, ton français ! s'est écriée Gersande. Et surtout, ne va pas perdre ce petit accent qui le rend si charmant.

Tout le monde a ri, Alan le premier, et aussi Hugo, les jumeaux, Emerick, la soubrette, le maître d'hôtel et moi. Tout le monde sauf Adèle.

Adèle étrangement silencieuse alors que d'habitude, chez son parrain, toute au bonheur d'être invitée dans le bel hôtel particulier, elle s'efforce de briller, de se montrer à son avantage, de mériter l'honneur d'être sa filleule. Adèle soucieuse ? Préoccupée ? Ah non, s'il vous plaît, une petite pause dans les problèmes, on en sort tout juste, là !

Hugo a expliqué qu'Alan venait d'obtenir son bac littéraire. Il n'avait que dix-huit ans, l'urgent était de ne pas se presser, afin de se réserver le choix le plus large possible pour son futur métier. Dans ce but, et avec son accord, il avait l'intention de l'inscrire dans une boîte où il préparerait le concours d'entrée à Sciences Po. Début des cours en septembre prochain. En attendant, ils allaient chercher un stage qui permettrait à Alan de gagner quelques sous.

Avec sa générosité habituelle, Emerick a proposé de le prendre à PlanCiel, et je ne sais pas pourquoi, ça m'a pincé le cœur. Hugo a remercié. Il avait une piste chez un architecte : ami d'ami d'un collègue.

— Et toi, mon Adèle, une idée ? a interrogé le parrain avec affection.

Les assiettes avaient été changées, nous en étions à la volaille, puits de sauce dans les purées.

— Moi, je n'en suis qu'au bac de français. Tout ce que je sais, c'est que je travaillerai !

Le ton de défi pouvait laisser imaginer une attaque contre celle qui – quelle drôle d'idée – avait décidé d'arrêter pour rester à la maison, et il y a eu un moment de gêne que je me suis empressée de dissiper.

— Et tu as bien raison, ma chérie. Femme au foyer, c'est la galère. Pas une minute à soi, et en plus on n'est pas payée !

À nouveau, tout le monde a ri, sauf l'intéressée, qui m'a lancé un regard noir.

— Moi, je serai artiste, a soudain annoncé Elsa, le visage rouge cerise, en adressant à Alan un regard un peu trop brûlant à mon goût.

Autres turbulences sentimentales en vue ? Passe ton chemin, Cupidon !

Chacun a bien senti que rire aurait été la blesser, aussi tout le monde s'est abstenu, même Emerick, obéissant au doigt de Gersande posé sur ses lèvres : chut !

Eugène attendait impatiemment son tour. Sa vocation, tous ici la connaissaient : détective comme Simon Templar, *alias* le Saint – suivez mon regard –, le fameux personnage de l'écrivain anglais Leslie Charteris, le séduisant limier au pas de velours qui traquait les criminels dans le monde entier. Là, Eugène nous réservait un scoop. À la vente de son œuvre au cinéma (Roger Moore) et à la télévision, l'auteur avait mis trois conditions : il était interdit à son héros de se marier et de fonder une famille, d'avoir un quelconque handicap physique, enfin, clause inscrite noir sur blanc dans le contrat, il ne

devait en aucun cas contracter une maladie véné-
rienne.

Ainsi est-ce dans l'hilarité générale que le moment
de la galette est venu.

Il arrive que, en voulant faire trop bien, on fasse
nul. Gersande avait demandé à sa cuisinière de glisser dans chaque part, prédécoupée, une fève. Pas
d'enfant caché sous la table, nommant les personnes
présentes tandis qu'un compère désigne les parts, pas
de souffles suspendus, tous rois et reines, insipide,
assommant, retirant tout son goût à la fête. Comme
si ce n'était pas dans le privilège, osons le dire, l'iné-
galité, accordée par le doigt de la chance qui, durant
un instant magique, vous hisse sur le trône, que se
trouve le plaisir ?

Et on avait l'air fin, tous couronnés d'or ou d'argent,
nous applaudissant mutuellement ! Il suffisait de voir
les sourires apitoyés, échangés derrière leurs mains
par le maître d'hôtel et la soubrette, pour avoir le
mot de la fin : ridicules.

## 51

Puis c'est l'heure du café, pris au salon. Adèle a demandé l'autorisation de téléphoner, et elle s'est éclipsée dans le jardin par l'une des portes-fenêtres. Parlons plutôt de « parc », avec ses allées bordées de bosquets tondus comme des chiens de race, ses pelouses manucurées, un rond de lampadaires, raides comme des laquais, entourant la table de pierre où, aux beaux jours, les repas sont servis, le tout gardé par une haute frondaison d'arbres nobles protégeant les lieux du commun des mortels. Chez les Le Cordelier, tout est noble : pas de jardin de derrière. Dommage, ce sont eux qui nous parlent le mieux.

Au fond de la vaste pièce aux murs tapissés de portraits d'aïeux – Gersande –, sur une table marquetée, une partie de jacquet bat son plein entre les jumeaux et Alan. Tout en buvant mon café, faussement attentive à Emerick qui vante à Hugo le succès croissant de son entreprise, j'observe ma fille qui arpente nerveusement les allées du parc, son mobile à l'oreille.

Adèle est amoureuse ! Son attitude durant le repas n'a fait que confirmer ce que sa conduite à la maison nous laissait pressentir, maison devenue hôtel qu'elle fréquente en étrangère, l'écriteau « Ne pas déranger » suspendu à son cœur. Sombres silences, humeur en zigzag, changement précipité de coiffure ou de rouge à lèvres. Nous avons même pu dater la rencontre : le réveillon du trente et un décembre, d'où elle est revenue radieuse, indulgente, planante. Elle subit aujourd'hui la torture commune à tous les amoureux, celle du portable. Pourquoi il n'appelle pas ? Même pas un SMS, trois secondes, trois lettres : J'T'M', pas la mer à boire ! Adèle se noie dans la mer des « et si ». Et s'il ne m'aimait plus, s'il en avait rencontré une autre, si c'était fini ?

— Crois-tu qu'elle a sauté le pas ? m'a demandé Hugo récemment.

Mon instinct de mère me dit que c'est fait.

— Penses-tu qu'elle nous en parlera ? J'espère qu'elle se protégera, a ajouté le père inquiet.

Telle que je connais ma fille, je doute qu'elle nous en parle. Se protégera-t-elle ? Faute d'avoir eu l'idée de planquer des micros dans le grenier d'Eugène, oserai-je m'introduire dans la chambre d'Adèle en son absence pour fouiller le tiroir du bas à gauche de son bureau, afin de m'assurer que préservatifs ou plaquette de pilules tiennent désormais compagnie aux paquets de cigarettes clandestins ?

Le café terminé, liqueurs et eaux-de-vie sont servies. « Eau-de-vie », j'aime bien, même si, dans certains cas tragiques, elle se transforme en « eau-de-mort ». Non merci pour la conductrice ! Les joueurs de jacquet nous ont rejoints. Eugène, le lauréat, réclame pour trophée un sucre trempé dans la Williamine de son père. Les autres suivent, évoquant un prix de consolation.

— Et toi, Adeline, tu t'amuses bien avec ton iPad, j'espère ! s'enquiert Emerick.

Sous la torpille, je reste sans voix.

— Un iPad ? Quel iPad ? s'étonne Hugo sans me laisser le temps de trouver un mensonge.

— Celui que PlanCiel a offert à ton épouse après qu'elle nous a lâchement abandonnés pour se consacrer aux joies du foyer, répond Emerick qui, sous l'emprise des champagne, vin et cognac, fils de pêcheur ou non, ne capte pas mes signaux de détresse.

Six paires d'yeux se braquent sur moi. Les miens volent vers Adèle qui s'en revient doucettement dans notre direction. Vite, la vérité !

— Je venais d'en refuser un à ta filleule pour ses seize ans, elle l'avait plutôt mal pris. J'ai eu peur que ton cadeau ne lui apparaisse comme une provoc', alors je l'ai planqué.

Refus pris par Adèle avec tant de hargne, de défi – « Bientôt, je ferai ce que je voudrai. » Quoi, mon Dieu ? – qu'il m'avait confortée dans ma décision de rester pour quelque temps à la maison : je ne connaissais pas ma fille !

— Planqué, ouais… Sous les planches pourries de la maison du gardien, s'indigne Eugène. Maman, est-ce que tu te rends compte que c'est plein d'humidité là-dessous ? Il aurait pas passé l'hiver, ton iPad. On l'a récupéré.

Quoi ? Notre loyal détective s'est emparé de mon cadeau de prix sans m'en avertir ? Depuis quand ? Qu'en a-t-il fait ? Vendu, troqué, mis aux enchères ? Qui se cache réellement sous le surnom du Saint ?

— T'en fais pas, maman. Il est en sécurité dans le bureau de papa. Quand tu le veux, tu le dis ! me rassure Elsa, image de la sérénité.

Ma cadette demeure un mystère pour moi.

Et elle ajoute en direction de son père :

— Dans ta cachette secrète.

— Oh ! Où ? avoue Hugo.

Mon mari, une cachette secrète ?

J'attrape son verre et avale une gorgée d'alcool de poire. Qui est la poire dans cette famille ?

Et c'est le moment qu'Adèle choisit pour rentrer. Légère, tout sourire, elle l'a eu ! Il l'a rassurée. Il l'aime. Elle tombe élégamment dans les bras d'un fauteuil Renaissance, vise mon verre.

— Waouh, maman, on se lance ? J'y ai droit, moi aussi ?

Qui est ce IL qui fait de ma fière, mon arrogante, une marionnette dansant au gré des coups de fil capricieux d'un portable ? Le saurai-je jamais ?

Elle lève le verre qu'a rempli un parrain inconscient.

— Tchin ! À propos, vous parliez de quoi ?

Le Saint reprend son visage de saint, Elsa s'empourpre, Hugo sourit faux, le sourire d'Alan m'appelle « Adine », Emerick ouvre la bouche pour répondre. Au secours !

— Mais de toi, bien sûr, ma chérie, le devance la reine Gersande, la seule finalement à avoir mérité la couronne : celle du tact. De qui veux-tu que nous parlions ici, sinon de la plus belle ?

## 52

Il m'avait dit :

— Je veux des mots simples, des mots de tous les jours, qui iront droit au cœur des gens, que tous pourront comprendre, s'approprier : oui, c'est nous, nous aurions pu les écrire, écrire cette chanson.

Il m'avait dit aussi :

— La musique, je m'en charge. Toi, tu utiliseras l'instrument dont tu joues à la perfection : l'émotion.

J'ai commencé à écrire les couplets de notre opéra.

> « Elle s'appelle Chimène,
> Il s'appelle Rodrigue
> Ils ont des problèmes
> De cœur.
> Des problèmes de pères,
> Des questions d'honneur,
> Des revanches à prendre,
> Sur la vie. »

Sur la souffrance ? L'ignorance ? Le rejet ?

Les mots dansent sur mes feuilles volantes, ailes noires, ailes blanches. Ils me défient, parfois m'échappent, tombent à plat, sonnent dans le vide. La partie ne sera pas facile.

Pour m'encourager, à l'heure où autrefois se déroulait la cérémonie brioche-dictée, récompensée par *L'Égorgeur*, le crapaud se déchaîne dans la salle à manger où Elsa utilise le « bon pour des leçons de piano », trouvé à Noël dans ses sandalettes à brides. Et qui les lui donne, ces leçons ? Qui a-t-elle choisi comme répétiteur ? Alan, bien sûr ! Sans être virtuose, il s'y connaît assez pour l'aider à jouer ses airs favoris, qu'elle accompagne d'une voix qui chaque jour s'affermit. Ma fille ne sera jamais concertiste – ce n'est pas le but – ni chanteuse d'opéra – même pas en rêve –, mais, après l'audition à laquelle je n'ai pas été conviée, elle a été engagée comme choriste par le grand maître Mathis de Bourlan-Tardieu, à Musique Hall.

> « Elle s'appelle Chimène,
> Il s'appelle Rodrigue... »

Un jour, ce seront mes paroles qu'elle chantera.

En attendant, entre chenille et papillon, apparaît la chrysalide, pointent deux petites ailes d'elfe sous des tee-shirts plus légers. Elsa fréquente moins l'étagère à friandises, s'affine, se peint de beaux cils recourbés.

Perplexe, un peu dépossédé, Hugo observe la métamorphose.

— Onze ans et demi, bientôt douze ans, crois-tu que...

Je rassure le père tourneboulé. C'est l'âge, et tout est prêt dans le tiroir du milieu de la commode rose de la petite fille pour le jour où elle deviendra feeeemme. Du côté de la grande, je ne me suis pas permis d'aller fouiller dans le tiroir du bas de son bureau pour m'assurer qu'elle se protège. L'humeur est meilleure, et je suis très occupée.

*

Le scénario de *Va, cours, vole* est terminé, je vole ! Au cours d'une nouvelle réunion extraordinaire, Mathis nous en a dévoilé les grandes lignes. Le spectacle n'excédera pas trois quarts d'heure, sans entracte. Quarante-cinq minutes d'enthousiasme, d'intensité, allant croissant jusqu'à l'explosion finale, l'apothéose.

Trois quarts d'heure, trois actes : la rencontre entre Chimène et Rodrigue, l'affrontement entre les deux camps, la conciliation, la réconciliation, la paix.

Pas d'épées brandies, monsieur Corneille. Pas de couteaux, de barres de fer ni de projectiles divers, messieurs les bandits. La musique pour seule arme : musique classique dans le camp de Chimène, piano, violons, alto, violoncelle, trompette ; musique électronique dans celui de Rodrigue, guitares, synthétiseur, saxophone, batterie.

Les pères n'apparaîtront pas, on entendra leur voix dans les chœurs : rigidité, préjugés, intolérance. Il n'y aura pas les « bons » et les « méchants ». Dans chaque camp, des jeunes qui luttent pour exister, pour compter, qu'on les regarde, les accepte. Les admire, serait encore mieux. À l'honneur, les mots « honneur, respect, fierté ». Et, comme dans la célèbre tragédie, l'amour finira par triompher.

Là, quelques protestations se sont élevées : pas de castagne, pas de sang, pas de morts ? Ni vainqueurs ni vaincus ? Un spectacle de patronage, aimez-vous les uns les autres ! Pourquoi pas « tendez l'autre joue » ?

Mathis a ri.

— La plus belle des victoires est celle que l'on remporte sur soi-même, en domptant sa peur de l'autre, en acceptant sa différence, en osant lui tendre la main.

Dans un monde où l'on s'entrégorge pour un territoire, le pouvoir ou les gros sous, souvent au nom d'un dieu cruel dont on falsifie la parole, nous ferons passer un vent de paix, un souffle de liberté, nous redonnerons un sens au mot « frère ». Dans un univers de magouilles, tous achetés, tous pourris, nous apporterons un moment de loyauté, de probité, de générosité. Nous allons casser la barraque des grincheux, des hypocrites, des bien-pensants, en mettre plein la vue, la gueule, à ceux pour qui le mot « jeunes » est synonyme de bons à rien, de sauvages, de racaille, de vermine à écraser sous le talon du mépris.

— L'honneur, la fierté, le respect seront de notre côté.

Et là, un peu partout, de farouches V de la victoire se sont dressés.


Puis Mathis a appelé sur l'estrade les deux principaux acteurs de notre futur brûlot.

Elle s'appelle Mona, elle a quinze ans, des racines tunisiennes, un visage ardent auréolé de boucles de la même couleur que ses yeux de miel sombre, un corps ravissant de femme-enfant, une voix chaude, sensuelle, au timbre légèrement rauque : contralto. Elle sera Chimène.

Il se prénomme Théo, il a dix-huit ans, et il est né à Saint-Cloud. Grand, cheveux blonds, regard bleu : ténor léger. Il sera Rodrigue.

« Elle vient des rivages de la Méditerranée
Et porte haut les couleurs du soleil.
Il a grandi en Île-de-France,
La Seine a bercé son enfance.
Ils vivent sur un même sol.
Ils appartiennent à un même pays.
Le nôtre, le vôtre, le leur. »

Enfin, les rôles ont été distribués. En ce qui concerne notre tribu, comme promis, Eugène s'occupera du synthétiseur. Elsa participera au chœur-Chimène, Alan jouera de la guitare dans le camp de Rodrigue, Hilaire – acrobaties et claquettes – passera de l'un à l'autre.

Et, organisant le combat, menant les vagues d'assaut « musique classique, musique rock », le maître des lieux, le maître tout court, notre chef d'orchestre, Mathis.

« Va vers toi-même,
Cours vers tes rêves,
Vole vers l'utopie. »

Le refrain sera d'abord chanté en sourdine. Il gagnera en intensité au fur et à mesure de l'action, pour, anciens et modernes réconciliés, se terminer en apothéose, toutes musiques, toutes voix mêlées.

Mathis veut le public debout pour applaudir.

## 53

— Est-ce qu'on a le droit de parler des vacances ? attaque Adèle.

Dîner classique de dimanche à la salle à manger. Au centre de la table, un rond bouquet de roses à la robe chamarrée, des « Chrysler Imperial », offertes par Hugo à la propriétaire d'une voiture impériale qui en porte le nom. Dans les assiettes, des pâtes, bien sûr, dont Alan a, très heureusement, renouvelé la gamme en y ajoutant une émouvante histoire.

Lorsqu'à Naples il était condamné à l'eau et au pain sec par l'abominable roi des ordures, il trouvait refuge à la cuisine, où une certaine Josephina, que nous vénérons tous sans la connaître, lui gardait au chaud la *pasta* du jour, accommodée à l'une ou l'autre sauce, dont elle lui contait la recette comme on rassure un petit sur la vie : rondes tomates tendrement mûries par le soleil, fières aubergines en robe de cardinal – je te bénis, mon enfant –, joyeuse farandole de courgettes, olives transformées en huile, lait en crème, par un coup de baguette magique, fromage princier venu du duché de Parme. Certaines sauces au goût si savoureux qu'y ajouter du ketchup vous prenait des allures de sacrilège : miracle !

Ce soir, tagliatelles *alla carbonara*, lardons grillés, crème fraîche, parmesan.

— Les vacances, déjà ? Mais on en sort !

— Puis-je te rappeler, maman, qu'on est le vingt-neuf janvier et qu'elles commencent dans un peu moins de trois semaines ? Elles ont même un nom, figure-toi : « vacances d'hiver ».

Justement, c'est là le hic ! On ne peut plus se les figurer depuis qu'on en a débaptisé la moitié. Vacances de Mardi gras, de Pâques, grandes vacances, ça vous avait une autre gueule, une autre résonance que vacances d'« hiver », de « printemps » ou d'« été ». Ça sentait la crêpe envoyée au plafond, les œufs en chocolat déversés par les cloches, les tartes aux fruits cueillis chauds sur l'arbre. Ça se référait au Ciel avec un grand C.

— Je te rappellerai également que, quand tu as décidé d'arrêter de travailler, tu nous a promis qu'on pourrait quand même partir aux sports d'hiver, insiste Adèle.

J'assume :

— Mais bien sûr, ma chérie.

— Eh bien, je suis invitée pour les vacances d'hiver à Val-d'Isère, dans un chalet au pied du téléphérique. Pas de souci pour le budget, ça vous coûtera presque rien, on ira en voiture, essence, péages et bouffe partagés, il y a des milliers de paires de skis dans le chalet, qu'est-ce qui reste ? Le forfait pour les remontées. Ça va ? C'est bon ? C'est oui ?

La tirade a été débitée *schuss*. Un ange passe à skis, éclaboussant de neige les tagliatelles *alla carbonara*. Dans les regards de mes jumeaux, attendant ma réponse, il me semble lire comme une inquiétude, une idée derrière les têtes ? Alan n'en a pas fini de s'étonner de sa drôle de famille. Impérial comme ses roses, Hugo se tait.

— Attends, Adèle ! Tu me permets de respirer un peu, là ? Ce chalet, on peut savoir à qui il appartient ?

— Aux parents d'un ami.

C'est LUI ! Le léger dérapage dans la voix de ma fille l'a dénoncé. LUI dont elle attendait désespérément l'appel chez son parrain le jour de la galette ratée. LUI qui la fait passer en quelques secondes du soleil à l'averse, du sourire radieux aux crocs sortis. Enfin, un début de piste ! LUI a des parents qui possèdent un chalet à Val-d'Isère au pied du téléphérique.

Poussons notre avantage.

— Et les parents de ton ami seront avec vous ?

— Maman, tu rêves ! Évidemment non, ça gâcherait tout. En plus, il y a juste le nombre de chambres, on a fait le calcul.

— Pourrions-nous savoir qui est « on », ma chérie ? se décide Hugo.

— Mais les autres, bien sûr ! On sera dix en tout.

« Juste le nombre de chambres… » Même si le chalet est vaste, dix chambres à coucher, ça fait beaucoup. Combien de lits par chambre ? Lits doubles, simples, superposés, en dortoir ? Dans quelle chambre, quelle couche, atterrira notre fille de seize printemps ?

L'ange repasse, vêtu d'un drap, sur les fourchettes suspendues. J'adresse un regard d'appel au juge aux affaires familiales : enfant mineure, parole au spécialiste. Il s'éclaircit la voix : droit au but ?

— Nous accorderais-tu le nom des heureux propriétaires du chalet en question ? se lance-t-il hardiment.

— Pas de problème, papa. Aymar et Irène de Montauzan, excellente famille, Légion d'honneur et tout. Ils vous plairaient beaucoup. Ah, ils habitent Boulogne.

Je le savais ! Là où elle a fêté le Nouvel An, la seule pour qui la fête a semblé réussie. Usons d'audace.

— Le nom de leur fils ?

Bref silence, ange masqué.

— Jean-Guy, finit par lâcher Adèle. Ça te va, maman ? L'interrogatoire est terminé ? J'ai le droit de partir faire du ski pendant MES vacances sans vous coûter un radis ?

Hugo a un geste d'apaisement vers sa fille.

— Reconnais que tu nous prends un peu de court ! Nous allons réfléchir avec ta mère, mais en principe considère que c'est oui, démissionne-t-il.

— Oh, merci, papa !

Adèle se lève d'un bond, rassemble fourchette, couteau et verre sur son assiette à peine entamée :

— Puis-je sortir de table, s'il vous plaît ?

Demandé si poliment ! Silence vaut acquiescement : elle quitte la salle à manger. Bruit de vaisselle à la cuisine – chacun met son couvert dans la machine : règlement. Craquement de marches dans l'escalier, fermeture de porte sans la claquer, bon point ! Elle tombe sur son lit, sort son portable de sa poche, ses doigts pianotent, elle triomphe :

— Allô, Jean-Guy ? C'est gagné.

— Maman ? Papa ?

Le regard de Hugo redescend sur Eugène.

— Oui, vieux ?

Alan réprime un sourire : les « vieux » de Hugo au Saint l'enchantent.

— Elsa et moi, on peut aussi vous parler des vacances ?

— Bien sûr. Nous t'écoutons.

Je me détends. Pas de problème de ce côté-là : le ski est au programme pour nos jumeaux. Durant les vacances de Pâques – pardon, de « printemps » – à Megève chez mes beaux-parents. En ce qui concerne les vacances de Mardi gras, funestement appelées d'« hiver », ils sont attendus dans la résidence secondaire de mes parents, en Normandie.

— Est-ce que nous, on a le droit de ne pas partir ? De rester à la maison ? demande Eugène. Mathis a dit qu'on allait profiter des vacances pour mettre le turbo, et le synthétiseur, c'est pas évident.

— Et moi, c'est pas évident pour ma voix, s'inquiète Elsa. Faut aussi que je mette le turbo avec Alan, surtout qu'il commencera bientôt son stage chez l'architecte de papa.

— Il n'en est pas question !

Ma réponse sans appel cloue l'assemblée, même Alan dont le regard s'étonne : ça ne va pas, Adine ?

— Avez-vous seulement pensé à vos grands-parents ? Vous avez peut-être oublié qu'ils vous attendent à Villers ? Et avec qui ton grand-père ira-t-il pêcher la coque, Eugène ? Et ta grand-mère, Elsa, elle a besoin de toi pour ses caramels mous (lait, beurre salé, miel, cacao dont elle garde secrète la provenance, les plus succulents de Normandie).

— Je te rassure tout de suite, maman, déclare doctement Eugène. De ce côté, c'est arrangé, ça roule !

— Ça roule ? Comment ça, ça roule ?

— On ira une semaine à Pâques pour remplacer. Grand-père a dit que, pour les coques, la marée serait encore meilleure.

— Et avec grand-mère, on mettra les caramels mous dans les œufs en chocolat des cloches, salive déjà Elsa.

— Vous voulez dire qu'ils sont d'accord ?

— Grand-père a appelé l'autre jour. T'étais pas là, alors on lui a raconté pour *Le Cid*. Il connaît. Il nous a même récité des morceaux par cœur.

Eugène déploie ses épaules, lance au ciel un regard de défi :

— « J'ai fait ce que j'ai dû, je fais ce que je dois… » C'est fort, quand même !

— Et quand Chimène, elle dit : « Éclate, mon amour, tu n'as plus rien à craindre », c'est trop ! se liquéfie Elsa, sans oser regarder Alan.

— Ils ont promis de venir tous les deux le sept juin pour nous applaudir, en termine Eugène. À propos, maman, faut que tu penses à rappeler grand-père.

*

— Tu as des enfants magnifiques, a applaudi papa. Tu en connais beaucoup, toi, qui sacrifieraient leurs vacances pour Corneille ?

Maman et lui se feraient une raison pour Mardi gras sans leurs jumeaux. Ils se rattraperaient à Pâques.

« Se faire une raison », j'aime pas trop. Ça sent le « tant pis », le « à quoi bon », les bras baissés.

Pas question de baisser les bras pour Adèle.

C'est curieux, les noms, c'est comme les gens, on accroche ou pas ! Jean-Guy, ça sonnait faux à mon oreille, comme si Jean était brouillé avec Guy, qu'ils se tournaient le dos, que Jean-Guy n'était pas en accord avec lui-même. Rien de plus déstabilisant. Déstabilisée, Adèle l'était ! Jean qui rit ? Guy qui râle ? Au fond de moi, comme une alarme a retenti : urgence !

Je me suis promis d'avoir une explication avec ma fille avant son départ pour Val-d'Isère. Bravant l'écriteau « Ne pas déranger », je forcerais sa porte, donnerais un tour de clé, mettrais la clé dans ma poche, m'installerais confortablement sur son lit :

— Je ne sortirai d'ici que lorsque tu m'auras tout dit.

Cela ne m'avait pas si mal réussi, dernièrement, avec Eugène dans la « Salle de conf' ».

Et puis, une autre alarme sonne, survient une autre urgence, et on oublie.

## 54

Lundi, dix-huit heures vingt. Gammes et vocalises à la salle à manger : Elsa-Alan. François-René de Chateaubriand : « Levez-vous, orages désirés », bac de français, dans la chambre d'Adèle. Géométrie, algèbre, règle de trois au grenier : pauvre Eugène ! Chimène et moi au lit, allant, courant, volant vers le triomphe, quand mon BlackBerry rompt le charme au creux de mon édredon : Alma !

— Peux-tu venir tout de suite, Adeline ? Je t'attends près de ta voiture, dépêche-toi.

Voix grave et excitée, y a du complot dans l'air ! Je rassemble mes feuilles volantes, les boucle dans le tiroir du bas de la commode, « mon » tiroir : mouchoirs, petit linge, secrets, récupère mon sac, quitte ma chambre sur la pointe des pieds, m'applique à ne pas faire grincer les marches de l'escalier, arrache le premier caban venu au perroquet, traverse au petit trot le jardin mangé par la nuit – ils en mettent, du temps, les jours à rallonger, allez, un peu de nerf, s'il vous plaît, oust l'hiver !

Alma piaffe près de la « Salle de conf' ». Je déclenche l'ouverture générale. Elle s'y engouffre. Et alors que je m'efforce de fermer ma portière en douceur, elle claque allègrement la sienne. Gagné ! Le visage du Saint apparaît à la lucarne de sa tour de guet. On voit qu'Alma ignore ce que représente d'abriter un espion au cœur inquiet sous son toit. Je démarre en vitesse.

— On va où ?

— On passe d'abord chercher Adrienne, après on file à Musique Hall.

Je ne peux retenir un cri.

— Il est arrivé quelque chose à Mathis !

Je le savais, c'était fatal, il y a des limites à la résistance ! Entre son travail de DJ dans sa boîte parisienne quatre nuits par semaine et ses journées consacrées à notre futur spectacle, week-end inclus, quand prend-il le temps de se reposer ? Sans compter tous ceux qui entrent et sortent de chez lui comme dans un moulin, moulin à musique, moulin à bonheur. Il a fini par craquer.

Agrippée au tableau de bord, Alma proteste.

— Mais non, qu'est-ce que tu vas imaginer ? Tout va bien. Viviane m'a seulement appelée pour me dire qu'il voulait nous voir. Est-ce que tu peux ralentir, s'il te plaît ? J'ai peur. Ouille ! Tu viens de brûler un feu rouge.

Mon pied retrouve le chemin du frein, mon cœur aussi. N'empêche que c'est un peu précipité comme rendez-vous. Ça m'étonnerait que ce soit juste pour se faire un petit coucou. Clic-clac dans ma poche : un SMS. Pas difficile d'en deviner l'auteur. Plus tard, Eugène, pas de portable au volant !

Nous descendons cahin-caha le boulevard de la République, comme toujours saturé. Adrienne vit avec son furet, Adrien près du parc de Saint-Cloud, appart' avec vue sur les arbres dans un immeuble ancien pro-

343

tégé, où elle donne ses cours « pannes diverses à la maison » aux épouses méritantes. Je ne dois pas l'être : jusque-là, je les ai séchés. Pas mon truc, de déboucher les éviers et de réparer les olives défaillantes.

— Si ça peut te rassurer, Viviane m'a promis qu'on serait rentrées pour dîner, reprend Alma. D'ailleurs, j'ai mis mon gratin dauphinois au four. Mariette gère.

Si le gratin est au four et que Mariette gère, tout baigne.

— Sans ail, ajoute la cuisinière en réprimant un soupir. Évidemment, ça manque, mais en semaine Albert ne veut pas en entendre parler. Il est très sourcilleux sur son haleine au labo.

Gratin sans ail ? Mauvais : vampires en liberté !

Nous y sommes. Devant la porte de bois, la petite instit' aux cheveux blancs fait des moulinets avec ses bras. Je stoppe, hop ! elle saute à l'arrière.

— Salut, les filles, ça boume ?

Et même, d'un coup, ça surboume ! J'ignorais qu'elle m'avait tant manqué. La dernière fois que nous nous sommes vues, c'était le premier janvier : juchée sur un escabeau, elle désenguirlandait Noël, rue de Belair. « Bonne année, les Clément », nous avait-elle lancé joyeusement. Et, finalement, l'année, elle n'avait pas si mal commencé !

Je la regarde dans le rétro tandis qu'elle donne à Alma des nouvelles des uns et des autres, Adrien, lombrics-mine d'or de M. Georges, ses élèves… Et vous, ça va ? Tout roule ? C'est bien sûr, ce mensonge-là ? Adrienne, brave troupier de l'amitié, toujours prête à voler à notre secours. Eh oui, elle m'a manqué, l'instit'. C'est qu'avec elle on a l'impression que

344

rien n'est jamais perdu. Elle va prendre vos soucis au collet, les mettre en rangs deux par deux et en avant, on marche droit, sans rouspéter, jusqu'à la solution.

La preuve ? Ça roule mieux, tous les feux verdissent allègrement à notre passage, nous arrivons déjà.

Pas de limousine avec chauffeur dans l'impasse. Germain viendra chercher madame au coup de sifflet. Avant de quitter la « Salle de conf' », je prends connaissance du SMS : « Où tu vas, maman ? »

Je réponds par un bref : « Je serai rentrée pour dîner (gratin), bisous. » Et j'éteins. À Musique Hall, la musiquette des portables n'est pas la bienvenue.

## 55

Dans la grande salle obscure, autour du piano noir, des cuivres échangeaient de scintillants secrets. Debout à la porte de la cuisine brillamment éclairée, Viviane à ses côtés, Mathis nous a fait signe. Mathis bien vivant, avec peut-être un air de lassitude sur le visage, et ce pli de chagrin au coin des lèvres qui donnait envie de le prendre dans ses bras, de le réconforter : n'aie pas peur, je suis là.

Tout le monde s'est embrassé. Je déteste que tout le monde s'embrasse, mécaniquement, comme on se serre la main : salut, bonjour, ça va ? Sans attendre vraiment la réponse. Je déteste que tout le monde se tutoie, parfois sans même se connaître, tous pareils, égaux, logés à la même enseigne d'amitiés de pacotille.

Nous avons pris place autour de la table : café, jus de fruits, vin blanc. Pour le vin blanc, Viviane ne nous avait pas attendues. La pendule a sonné sept heures.

— Vous étiez là, à Stella Matutina, quand j'ai fait la promesse à Emmanuel de continuer ici, de continuer pour lui, a commencé Mathis. La promesse de lui dédier notre prochain spectacle. En quelque sorte, vous avez été mes témoins. C'est pourquoi j'ai tenu à ce que vous soyez les premières averties : nous avons un problème !

Son regard est allé à la fenêtre. Il est monté vers la demeure aux volets clos, à la porte de laquelle la loupiote était éteinte, et que seule éclairait désormais la lumière glauque des lampadaires sur l'avenue.

— J'ai vu le notaire cet après-midi.

Alma a eu un cri.

— Les enfants se sont ravisés ? Ils contestent l'héritage, c'est ça ?

— Bien sûr que non, tu les connais ! a répondu Mathis. Mais il s'agit bel et bien d'une question de gros sous.

Il s'est interrompu. Je ne lui avais jamais vu ce regard désemparé, j'ai su que c'était grave.

— Vas-y, mon grand ! l'a encouragé Adrienne.

Avec la même intonation que Hugo lorsqu'il disait « vieux » à Eugène, lui manifestant sa confiance. Mathis y est allé.

Un piège était caché sous la générosité d'Emmanuel Tardieu. Si Mathis acceptait l'héritage, n'étant pas descendant direct, il devrait verser au fisc soixante pour cent de la valeur marchande du legs : dix pour cent à la signature, le reste six mois plus tard. Cela s'appelait : « la règle des six mois ».

Alma m'a lancé un regard incrédule : Mathis avait-il bien dit : « Si j'accepte l'héritage » ? Envisageait-il de le refuser, de perdre Musique Hall ?

— Comme vous le savez, Saint-Cloud est bien coté, a-t-il poursuivi, ce quartier en particulier. Le mètre carré des Quatre Saisons a été estimé à six mille euros, celui de sa dépendance – ici – à quatre mille.

— Quelle superficie ? s'est renseignée Adrienne posément.

— Environ deux cents mètres carrés.

Un lourd silence s'est abattu : deux cents mètres carrés, quatre mille euros le mètre, même pour les nuls, le calcul était enfantin, le résultat considérable.

Viviane a fait claquer son verre sur la table. Œil trop brillant, voix trop enflammée.

— Attends, Mathis ! « Dépendance », ça veut dire quoi ? C'était pas un garage ici, avant ?

— Une remise, a-t-il précisé. Voitures, tracteur, petit matériel agricole. Les travaux que j'y ai accomplis, avec l'aide d'Emmanuel, l'ont fait changer de statut : la remise est devenue habitation, ça change tout.

J'ai détesté le fisc, cette machine aveugle qui s'abat sur le paysan ou le petit propriétaire dont la ferme, la maison, le champ, le terrain, ont vu leur valeur exploser après le débarquement du dieu Tourisme. Ces braves gens devenus riches malgré eux et qui, faute de pouvoir payer la dîme, sont parfois contraints de vendre leur bien, édifié par leurs aïeux, nourri de leurs efforts, de leur sueur, de leurs bonheurs.

Mathis avait consolidé le toit de la remise, il avait ouvert des fenêtres, il avait posé du plancher. Au nom de la musique, de l'art, de la beauté, il avait fait d'un endroit quelconque, qui ne servait qu'à entreposer des engins à deux ou quatre roues, des outils, du matériel, un lieu d'accueil, de partage, pour des jeunes parfois en déshérence, des errants dans le désert d'une société sans repères ni valeurs, et la « valeur marchande » s'en était trouvée décuplée, alors pan ! À la caisse !

Et la nounou ? Pas descendante directe, elle non plus, de celui qu'elle avait accompagné jusqu'à son dernier jour après avoir servi de mère à ses enfants, à la caisse elle aussi ? Soixante pour cent de la somme qui lui avait été léguée ?

— S'il te plaît…

Adrienne a tendu sa tasse à Mathis afin qu'il la resserve. Elle a bu une gorgée de café, puis elle a sorti de l'une de ses poches un carnet à spirale auquel était attaché un crayon, et elle l'a ouvert sur la table.

— Voyons ça !

Tous les yeux étaient fixés sur ses doigts tandis qu'elle écrivait, en haut de la page vierge, en belles lettres majuscules : « Musique Hall ». Elle l'a souligné de deux traits.

— Deux cents mètres carrés, à quatre mille euros le mètre, soit huit cent mille, a-t-elle énoncé en traçant les chiffres. Soixante pour cent, soit : quatre cent quatre-vingt mille. Dix pour cent à la signature : quarante-huit mille, le reste dans six mois : quatre cent trente mille.

Elle a souligné la somme totale et entouré les dix pour cent.

— Des sous de côté, mon grand ?

— Trois-quatre. Je les réservais à la déco et aux costumes de notre spectacle, a répondu piteusement Mathis.

— Si tu veux, s'est précipitée Viviane, je peux demander à…

— Pas question ! a tranché Mathis. Tu oublies.

Quand on emprunte la femme d'un autre, la moindre des choses est de ne pas plumer le mari.

Mon « trésor de guerre » amassé à PlanCiel m'est apparu, intact. J'avais l'intention de l'écorner un peu pour les vacances d'Adèle à Val-d'Isère.

— Moi, je peux…

— Toi non plus, Adeline.

Normal ! Entre Mathis et moi, surtout pas de question de gros sous : création, inspiration, passion. De l'éternel !

Le crayon d'Adrienne courait sur le papier, hiéroglyphes savants, compréhensibles d'elle seule, ponctués de points d'interrogation.

Elle a posé son crayon.

— J'ai peut-être une idée !

Nous avons retenu nos souffles : une idée à combien ? Elle a refermé le carnet.

— Avant de vous en parler, il me faut d'abord contacter un certain nombre de personnes.

Elle s'est tournée vers Mathis.

— Toi, quoi qu'il en soit, puisqu'il paraît que nous sommes tes témoins, tu vas nous faire une promesse.

— À votre disposition, madame l'instit', a répondu celui-ci, mi-méfiance, mi-malice.

— Tu acceptes l'héritage. Tu signes cette foutue « règle des six mois ».

Le regard du musicien est monté à nouveau vers les Quatre Saisons.

— Et lui, là-haut, qu'est-ce que vous croyez qu'il m'ordonne ?

\*

Il était plus de neuf heures lorsque j'ai poussé la porte de la Villa. C'était bien ce que je craignais, les Renseignements généraux m'attendaient à la cuisine où s'achevait le repas.

Sans leur laisser le temps de me soumettre à la question, j'ai lancé :

— Assemblée extraordinaire des *happy housewives* à Musique Hall, secret-défense.

Même pas un mensonge ! Mathis nous avait demandé de rester discrètes sur le problème au cas où viendrait à l'un de ses bandits l'idée de représailles contre le racketteur qui en était à l'origine. Cette idée ne m'avait-elle pas effleurée moi aussi ?

Je devais avoir une tête de circonstance, car nul n'a insisté. Alan m'a présenté ma chaise, Elsa a sorti du congélateur mon potage préféré : « Saint Germain : pois, poireaux, salade, jaune d'œuf ». Le temps que le micro-ondes ait fait son boulot, croûtons et crème fraîche entouraient le bol marqué à mon nom. Hugo m'a tendrement rassurée : Adèle était rentrée, elle avait dîné avant de monter dans sa chambre. Tandis que je me restaurais, chacun s'est appliqué à sauver l'ambiance en parlant de tout et de rien, c'est-à-dire de rien du tout. C'était reposant.

En revanche, on pouvait observer une certaine agitation dans la cuisine des Sorbiers, dont les deux fenêtres étaient grandes ouvertes, comme lorsqu'il s'agit de dissiper une odeur de raté. À mon avis, Mariette gérant ou non, le gratin dauphinois avait brûlé. Et, pour une fois, c'était dans le camp d'en face, si je puis me permettre, que ça se « fritait ».

Pourtant, n'est-ce pas dans ce petit goût de roussi gratté au bord du plat que se trouve la saveur la plus intéressante, comme interdite ? Et ne dit-on pas joliment de certains, notamment des artistes, qu'ils « brûlent leur vie » ? Après tout, cela ne vaut-il pas mieux que de vivoter à petit feu ? Pourquoi pas au bain-marie sous un couvercle ?

— Tu penses à quoi, maman, t'as l'air bizarre ? s'est risquée Elsa.

— À rien, ma chérie, je rêvais.

Plus tard, c'est l'air gêné que Hugo m'a appris que sa mère avait appelé. Elle voulait me parler des vacances de printemps où elle devait recevoir les jumeaux à Megève. Elle avait eu vent de leurs nouveaux projets et n'était pas contente du tout.

— Si ça ne t'ennuie pas trop, pourras-tu la rappeler demain ? À tête reposée ? a suggéré mon mari.

Et curieusement, cette chère Marie-Laure m'a ramenée au gratin dauphinois, en semaine sans ail à la demande d'Einstein.

Savait-il, le chercheur, qu'en Égypte, berceau des vampires, cette humble plante potagère, qui possédait le pouvoir d'éloigner les affreux suceurs de sang, était considérée comme le bien le plus précieux ? Que les bâtisseurs de pyramides n'hésitaient pas à recourir à la grève si on en diminuait leur ration quotidienne ? En tout cas, l'époux d'Alma, qui se passionnait pour la médecine naturelle, ne pouvait ignorer que le grand naturaliste Pline l'Ancien affirmait que l'ail, en plus de guérir de la peste, de la lèpre, de la rage, éloignait les animaux à venin : serpents, scorpions, araignées… ainsi que les belles-mères.

## 56

« Il y a deux camps dans la cité,
Deux clans.
Deux territoires, ô ma terre, mon sol,
Mon pays, mon oriflamme.
Flammes de la haine,
T'approches, t'es mort.
Il y a deux camps dans la cité,
Rodrigue dans l'un, Chimène dans l'autre.
Ils s'aiment. »

— On ne se voit plus, constate tristement Hugo. Quand je te parle, j'ai l'impression que tu n'es pas vraiment là. J'ai retrouvé un fils, et voilà que c'est ma femme qui m'échappe.

— Attends, Hugo ! Et où je suis, là, maintenant ? Pas avec toi, peut-être ?

Enfermée dans le sombre bureau ce samedi après-midi de douceur, au parfum insolite, insolent de printemps, à le regarder chiffonner du papier, pointer ses relevés de compte alors que je pourrais être à Musique Hall avec mon trio. Musique Hall où le travail se poursuit malgré l'épée du fisc-tyran suspendue sur *Le Cid*. Pas avec lui alors que je suis restée pour qu'il ne se sente pas seul-abandonné un jour de congé ?

— D'accord, tu es là… Mais comme une gamine en retenue, piaffant d'impatience, ne rêvant qu'à retrouver les copains.

— Merci pour la « gamine », tu me rajeunis !

Je referme mon cahier d'écolière, replie mes oriflammes, souffle la flamme dansante de l'inspiration. Pendant qu'il y était, pourquoi Hugo n'a-t-il pas parlé de « gribouillages » ?

— Je comprends que ton projet te tienne à cœur, poursuit-il. Mais de là à ne penser qu'à lui, à n'avoir que lui en tête !

Derrière le « lui », c'est un prénom que j'ai entendu au bord des lèvres de mon mari : Mathis. Hugo jaloux ? Une première. Lorsque je travaillais à PlanCiel, je pouvais partir en voyage toute une semaine avec de séduisants collaborateurs, partager journées, soirées et même hôtels, sans qu'il en prenne ombrage : « Tout s'est bien passé ? Vous êtes contents ? Contrats signés ? »

J'ai signé avec Mathis un contrat où il n'est question que de création, de passion, d'enthousiasme ! Cela peut en effet lui paraître plus inquiétant.

— Les enfants eux aussi sont passionnés, il n'y a pas que moi ! Tu as entendu Eugène ? Si on ne met pas le turbo, si on ne s'investit pas tous à fond dans ce projet, on n'y arrivera jamais. D'autant que Mathis a des soucis.

— Ah bon ?

Hugo lâche son stylo, tout ouïe. Rassuré ? Mon musicien a des soucis, il se concrétise, redescend sur terre, un homme semblable aux autres… Et moi, qu'est-ce qui m'a pris d'en parler alors que je m'étais

promis de me taire ? Les mots m'ont échappé, bouclier brandi pour me protéger. De quoi ? De qui ?

Trop tard pour reculer.

Après avoir demandé à Hugo de garder le silence
afin de ne pas inquiéter les enfants, je lui raconte
l'héritage, la somme exorbitante réclamée par le fisc,
l'impossibilité pour Mathis de s'en acquitter. Bien
sûr, il connaît la « règle des six mois ». Je m'entends
proposer une rencontre, Hugo pourrait le conseiller,
et si tu nous accompagnais à Musique Hall ? Tiens,
pourquoi pas demain ? Tu verras la beauté des lieux,
ceux que Mathis appelle ses « petits fauves », tu com-
prendras l'enjeu. Sans compter Viviane... Viviane, tu
t'en souviens, bien sûr ? La fée des décos de Noël.
Eh bien, elle aussi travaille à notre opéra : scripte.

Je parle trop vite, trop fiévreusement, comme on
fuit, comme on se fuit. Pourquoi ? Qu'ai-je à me
reprocher ? Si je voulais attiser les soupçons injusti-
fiés de mon mari, je n'agirais pas autrement.

Je ralentis le débit, souris, conclus :

— Bref, c'est quand tu veux.

Hugo prend quelques secondes pour répondre,
son regard gris, amusé ? sur moi. J'ai un peu honte,
l'impression que mon flot de paroles était inutile.
Depuis le temps, il lit en moi à livre ouvert. Il aurait
suffi d'un souriant : « Ne me dis pas que tu es
jaloux », et l'affaire était close. Quelle affaire ?

— Merci de m'avoir mis dans la confidence
pour ton Mathis, se décide-t-il. Je saurai la garder.
Merci également de me proposer de vous accompagner à Musique Hall, mais quelque chose me dit
que je ne m'y sentirai pas trop à mon aise, chacun
son domaine.

Si clément, mon Clément ! Une bouffée d'amour me vient.

— Je me sens bien dans le tien, mon chéri.

Ce lieu qui fleure bon la boiserie ancienne, la reliure, le papier, la lecture. Peu d'œuvres modernes dans les rayonnages : austères livres de droit, grands auteurs classiques. Avec Stendhal, Alexandre Dumas, Tolstoï, les mots sont en uniforme, épée au côté, tachés de gloire et de sang. Avec Hugo, Zola, Balzac, ils portent redingote, costume trois-pièces, faux col, lavallière, cravate. À moins qu'ils ne se traînent en guenilles, la main tendue, le regard vide. La musique qui les accompagne est celle des grandes orgues, harpe, instruments à cordes, instruments à vent d'autrefois. Mettez-leur du rock, ils tourneront de l'œil.

Dans le domaine de Hugo, contrairement au mien – ma modeste chambre –, on a le droit d'entrer sans frapper. Que son père y soit présent ou non, Eugène s'y installe en maître. Elsa s'y faufile parfois pour tenir compagnie au « pauvre papa qui est tout seul ». Alan semble s'y plaire. Adèle évite, de peur de voir l'endroit se transformer en confessionnal.

À propos…

— Pourquoi souris-tu ? demande Hugo.

— C'est drôle, quand même…

— Qu'est-ce qui est drôle ?

— Mon iPad… que les enfants ont caché ici. Tu sais où il est ? Tu l'as trouvé ?

— Je ne l'ai pas cherché. En revanche…

Il se lève. En bas de la bibliothèque, parmi divers bottins qu'Internet a relégués du côté des antiquités mais qu'il conserve en souvenir d'une grand-mère qui, pendant la guerre, les « privations », découpait leurs fines feuilles en carrés, y forait un trou, y glissait un bout de ficelle et les suspendait à l'endroit où le roi n'allait jamais seul, mais entouré de courtisans, ravis d'assister à l'auguste opération, contrairement à l'expression en vigueur, il tire celui à élégante couverture cartonnée, le *Bottin mondain*, vient s'asseoir près de moi, et l'ouvre sur mes genoux à la page marquée d'un signet rouge et vert telle une décoration.

— Permets-moi de te présenter les Montauzan, futurs hôtes de ta fille à Val-d'Isère. Reconnais qu'Adèle aurait pu plus mal tomber. Aymar, le père, est conseiller à la Cour des comptes, la mère, Irène, psychiatre, trois enfants dont notre fameux Jean-Guy, vingt ans. Les adresses et les numéros de téléphone, tant à Boulogne qu'à Val-d'Isère, sont indiqués (pas de liste rouge dans le *Bottin mondain*, réservé à des gens délicats). Je peux te demander un petit service, ma chérie ?

— Appeler cette chère Irène afin d'être pleinement rassurés sur le sort de notre fille, c'est ça ?

— Tu pourras prétendre que tu veux la remercier de recevoir Adèle. Qui sait si elle ne te proposera pas une rencontre ? Avec un peu de chance, nous en apprendrons davantage sur son fils.

— Et avec beaucoup, quelle chambre Adèle occupera dans le chalet ?

*

Appeler la mère de Jean-Guy sans avertir ma fille ? Pas question ! Et ne tenais-je pas là l'occasion d'avoir avec elle la grande explication, les yeux dans les yeux, que je m'étais promise ?

Comme tous les samedis, elle était partie lécher les vitrines à Paris avec des amis.

Vers dix-neuf heures, une voiture pleine de cris, de rires, de mains agitées par les portières l'a déposée devant la Villa, chargée de sacs et de paquets.

Elle n'avait pas fait que lécher les vitrines, elle les avait dévalisées. Elle est montée directement dans sa chambre.

J'ai attendu un temps raisonnable, puis j'ai frappé à sa porte et je suis entrée sans attendre la réponse.

— MAMAN !

Elle essayait une flamboyante combinaison de ski devant son armoire à glace. Bonnet, lunettes, gants et autres accessoires étaient éparpillés sur le lit. Je m'y suis fait une petite place.

— Il semblerait que tu aies toujours l'intention de partir dans un certain chalet à Val-d'Isère, ai-je constaté d'une voix enjouée à faire pleurer le plus nul des comédiens.

— Parce que c'est plus d'accord ? a aboyé Adèle.

— Je n'ai pas dit ça.

— Alors ? le problème ?

— M'autorises-tu à appeler la mère de ton ami pour la remercier de te recevoir ?

J'ai tendu le dos, prête à me faire jeter, préparant bravement mon « je ne sortirai d'ici que lorsque tu m'auras tout dit ».

Elle s'est retournée vers la glace, a arrangé le col de sa combinaison.

— Mais bien sûr, maman, vas-y ! Tu as son numéro ou tu veux que je te le donne ? T'auras peut-être un peu de mal à la joindre, elle travaille, tu sais. C'est même une grrrrande psy, à ce qu'il paraît. Si ça peut t'avancer, je te signale que, entre Jean-Guy et moi, ça y est. Si ça peut vous rassurer, papa et toi, on fait le nécessaire pour se protéger.

## 57

Alors, ça y était ! Notre Adèle avait sauté le pas. Elle avait fait l'amour pour la première fois, cette première fois dont on garde toujours le souvenir, quelle que soit l'histoire qui s'écrira ensuite, en lettres majuscules ou minuscules, un ou plusieurs chapitres, avec ou sans ce « point de ravissement » que j'avais inventé enfant et dont je parsemais ma prose.

Adèle avait connu ces quelques secondes qui changent la vie des filles, la défloration qui ouvre la voie à de futures floraisons, ce moment que toutes attendent avec un mélange de fièvre et de peur, d'envie et de crainte : « Est-ce que ça fera mal ? Le plaisir sera-t-il là, que laissaient présager les baisers, les caresses, cette chaleur intense qui se transforme en rivière et fait un peu honte lorsqu'on n'en connaît pas la source ? »

— Si ça peut t'avancer, avec Jean-Guy, ça y est ! Si ça peut vous rassurer, papa et toi, on fait le nécessaire pour se protéger.

Un grand peintre appelé Camille Pissaro, un impressionniste qui cherchait à saisir la lumière secrète de paysages familiers, écrivait à son fils : « La seule chose qui compte, c'est la sensation. »

Lorsque ma fille, devant la glace, avait prononcé ces mots d'une voix d'où tout enthousiasme, toute chaleur, étaient absents, un frisson m'avait parcourue comme devant un paysage désolé et, à nouveau, l'alarme avait retenti : vite !

« Je ne sortirai d'ici que lorsque tu m'auras tout dit. »

Je m'étais tue. Pouvais-je aller plus loin ? Forcer son intimité ? Pourquoi pas exiger des détails ? Alors, comment ça s'est passé ? Jean-Guy s'est-il montré patient, attentif, tendre ? A-t-il eu conscience du cadeau que tu lui accordais en faisant de lui ton premier ? T'a-t-il dit qu'il t'aimait ?

Et, sans rien savoir, de quelle façon la rassurer ? Tu sais, ma discrète, ma réservée, ce n'est pas toujours dès la première fois que le plaisir vient. Il faut savoir patienter, mon impatiente. S'abandonner, se laisser aller, mon orgueilleuse, pour livrer passage à une vague qui se replie lorsqu'on l'attend trop et vous fait chavirer quand on ne l'espère plus.

Je m'étais levée, j'avais été à elle, elle avait remonté le col de la combinaison flamboyante.

— C'est bon, maman, y a pas mort d'homme.

J'étais sortie.

*

Ce soir-là, nous dînions chez des amis ; ils nous présenteraient l'architecte qui, généreusement, se proposait de prendre Alan en stage avant qu'il intègre, à la rentrée prochaine, la boîte privée où il préparerait le concours d'entrée à Sciences Po. Hugo s'en réjouissait. Voir son fils inactif le préoccupait. Il redoutait le retour d'idées noires. Après tout, cela ne faisait que quelques semaines qu'Alan avait quitté sa mère. Et si lui venait l'envie de faire un saut à Naples… ?

Tandis que nous nous changions dans notre chambre – Adèle était repartie dans la voiture pleine de cris et de rires –, tout en attachant le nœud pap' « dîner en ville », mon mari m'a demandé :

— Quand as-tu l'intention d'appeler cette chère Irène ?

— Tranquillement demain matin.

— Bien, a-t-il approuvé. Nous ne sommes pas à deux jours près.

Allais-je gâcher sa soirée en lui racontant ma conversation avec Adèle ? Nous n'étions pas à deux jours près.

*

« Bonjour ! Ici Irène de Montauzan, absente momentanément. Merci de me laisser un message, je vous rappellerai dès que possible. »

La voix était claire, nette, plutôt agréable. Prise de court, j'ai raccroché.

— Ne raccrochez jamais, nous recommandait Emerick. Restez de bonne humeur et revenez à la charge autant de fois que nécessaire : le plus têtu finit par l'emporter.

J'ai regardé le téléphone fixe sur mon lit. Mauvais réflexe ! C'est que je n'étais pas prête à laisser sur un répondeur la belle phrase que j'avais préparée pour remercier « cette chère Irène » de l'invitation à Val-d'Isère et, dans la foulée, demander à la rencontrer très vite, pourquoi pas demain ? afin de m'entretenir avec elle de nos enfants. « Mort d'homme ? Mort de femme ? » L'alarme ne cessait plus de sonner.

Dimanche, dix heures, avais-je appelé trop tôt ou trop tard ? Et si les Montauzan étaient partis en week-end ? Aucun numéro de portable indiqué dans le *Bottin mondain*, il est rare qu'ils y figurent, ceux qui y résident ne tenant pas à être dérangés à n'importe quelle heure, parfois pour n'importe quoi. Pas le genre à raconter leur vie au téléphone, si possible en en faisant profiter les autres.

À son conseil, Emerick ajoutait volontiers :

— N'oubliez jamais que vous travaillez pour la bonne cause.

Pour la bonne cause, j'ai composé à nouveau le numéro et, cette fois, j'ai laissé un message :

— Bonjour, je suis Adeline Clément, la mère d'Adèle, que votre fils a invitée à Val-d'Isère pour les prochaines vacances. Je voulais vous en remercier. Je serais heureuse de vous rencontrer.

J'ai laissé mon numéro de portable.

*

Hugo m'attendait pour aller au marché acheter de quoi régaler gourmands et gourmets lors du sacro-saint déjeuner dominical.

Il était en pleine forme, ravi d'avoir pu annoncer la bonne nouvelle à Alan : l'architecte, un jeune de vingt-huit ans qui faisait surtout de la déco intérieure – bâtiment en crise –, lui proposait un mi-temps dans le cabinet qu'il partageait avec deux collègues à Paris. Alan accompagnerait tantôt l'un tantôt l'autre chez leurs clients, il apprendrait comment établir un devis, il aiderait à coordonner les différents corps de métier et, pourquoi pas, donnerait son avis : Hugo avait parlé d'un fils artiste, mon fils, mon fils... S'il était partant, il commencerait début mars : stage modestement payé, les temps étaient durs.

Bien sûr, Alan était partant, Eugène enthousiaste, Elsa partagée :

— C'est longtemps, un mi-temps ?

Nous avons démarré vers onze heures. Saint-Cloud claquait des dents sous le vent mordant de l'hiver, gare aux rues en pente verglacées, le cauchemar des Clodoaldiens. Boucher, traiteur, pâtissier, fleuriste pour la plus belle femme de la ville et alentour : il était treize heures lorsque nous sommes rentrés. Mon portable ne s'était pas manifesté.

Ils étaient interdits à table, où tous se sont régalés : côte de bœuf grillée, vraie purée de chez le traiteur, ketchup hélas !, fondant au chocolat de Chez Laurent. On a parlé décoration bien sûr, musique bien entendu, Eugène a fait des claquettes avec ses couverts, j'ai raconté la spécialité de la grand-mère casamancienne d'Hilaire : « queue de cochon à l'huile de palme ». Adèle faisait des efforts louables pour participer, évitant de me regarder, regrettant sa confidence ? Se demandant si j'avais mis son père au courant ?

Tout le monde a déguerpi sitôt la dernière bouchée avalée, notre aînée direction Boulogne, les autres à Musique Hall.

« Vous avez un appel en absence. »

364

Irène de Montauzan avait cherché à me joindre à quatorze heures quinze (fondant au chocolat), la vraie partie de cache-cache, à mourir de rire !

Elle avait trouvé mon message en interrogeant son répondeur de Genève où elle venait d'arriver pour participer à un congrès de psychiatrie. Elle était heureuse d'apprendre que ma charmante Adèle profiterait du chalet et certaine que tout se passerait bien, merci d'avoir appelé !

« Votre charmante Adèle. »

Elle connaissait ma fille.

« Je suis heureuse d'apprendre. »

Elle ignorait que son fils l'avait invitée à Val-d'Isère.

Les congrès, j'étais passée par là : conférences, exposés, tables rondes, pas une minute à soi, aucun temps libre, aucune soirée. Sûr que la grrrrande psy serait ravie si je la rappelais en Suisse – j'avais maintenant son numéro inscrit sur mon portable – pour lui faire part de mes inquiétudes concernant nos enfants, Adèle seulement seize ans, Jean-Guy son premier, ce sentiment que quelque chose clochait, je la trouve préoccupée, déstabilisée, mal dans sa peau. En résumé, ou votre fils s'y est pris comme un manche, ou il y a un lézard dans leur relation amoureuse.

Sûr qu'elle m'écouterait avec bienveillance, compatirait, me rassurerait.

J'ai fait part à Hugo du congrès à Genève.

— Il dure combien de temps ?

— Elle ne me l'a pas dit.

— Il me semble que le mieux est d'attendre qu'elle te rappelle une fois rentrée.

— Et si elle ne rappelle pas ?

Il s'est gratté la tête, frotté le menton, un peu ailleurs, un peu côté cabinet d'architecte, mon fils, mon fils...

— Bon, bien, la mère est au courant pour l'invitation, apparemment, elle connaît notre fille, nous avons le numéro de téléphone du chalet, c'est l'essentiel, non ? Laisse tomber.

L'essentiel ? C'était le moment de révéler à Hugo le clou noir de l'histoire, le « ça y est » d'Adèle, gâcher son bonheur tout neuf, blesser le mari : « Pourquoi tu ne m'en as pas parlé avant ? » Fendre le cœur du père : « Alors, ma fille, ça y est ? Vraiment ? Tu es sûre ? »

— Hugo, écoute...

Il a levé le doigt : eurêka !

— Attends. Je viens d'avoir une idée. On met une condition à notre accord : qu'Adèle nous amène le lascar avant le départ.

Je me suis tue. Et si cela s'appelait la lâcheté ?

## 58

Mathis a signé chez le notaire le neuf février : il acceptait l'héritage et s'engageait à verser, quatre semaines plus tard, dix pour cent de la somme totale demandée par le fisc, conformément aux calculs établis par Adrienne.

Quelques jours auparavant, celle-ci nous avait fait part d'une bonne nouvelle : l'idée qui lui était venue pour permettre au musicien d'affronter le premier règlement avait été agréée par la mairie de Saint-Cloud, préalable indispensable à sa réalisation. Une idée toute bête – il suffisait d'y penser – et totalement utopique, fluide magique dans lequel tous baignaient à Musique Hall : la preuve, nous y avions souscrit.

L'instit' est venue l'exposer en personne le samedi dix février – Notre-Dame de Lourdes ! – en début d'après-midi, avant la répétition, devant la troupe au grand complet. Nous avions fait le chemin à pied depuis la maison, le ciel était plombé, un méchant crachin noyait le paysage. Soudain, j'en avais eu assez de l'hiver, du jour qui renâcle à se lever, de la nuit qui vous tombe dessus comme une punition, envie de faire un pas de géant qui nous mènerait droit au printemps, naissance, renaissance, un peu de lumière qui dure. Envie de remplacer les menaçants points d'interrogation par de resplendissants points de ravissement. On ne se change pas.

Mathis a d'abord annoncé qu'il allait avoir besoin de tous, nous tous, pour que ce lieu reste le nôtre. Sans citer de chiffres, il a expliqué qu'il lui fallait des sous, beaucoup de sous, pour se mettre en règle avec les impôts. C'était toujours comme ça quand on héritait, il fallait passer à la caisse, mais, pas de souci, il y arriverait.

Ton calme, voix assurée, aucun petit fauve n'a songé à sortir les crocs ; au contraire, toutes les pattes se sont agitées à l'idée de lui apporter de l'aide, mais comment ?

L'héritier avait tenu à ce que ses témoins soient avec lui sur l'estrade : Adrienne, Viviane, Alma et moi nous tenions discrètement en retrait près du piano.

— Adrienne ! a-t-il appelé.

Rares parmi les jeunes étaient ceux qui connaissaient l'instit'. Lorsqu'elle s'est avancée, haute comme trois pommes, pas pommes de l'année, toute ridée, davantage à faire de la compote qu'à être croquée sous l'arbre, vêtue de sa tenue de combat : treillis, parka, rangers haut lacées – ne manquait que le béret de para –, l'enthousiasme a fait place à l'incrédulité : c'était qui, le clown ?

Elle a empoigné le micro et annoncé l'opération. Avec l'aide de ses réseaux – d'autres auraient préféré le mot « association » –, nombreux à Saint-Cloud, elle avait obtenu le feu vert de la mairie pour organiser un vide-grenier le dimanche quatre mars, fête des Grands-Mères, où Musique Hall aurait un stand. Circulation et nettoyage assurés par la ville, le reste à notre charge. Nous avions un peu plus d'un mois pour tout mettre sur pied, trouver participants et marchandise.

Partout dans la salle, sifflets et ricanements ont fusé. C'était tout ce qu'elle avait à proposer ? Dans un vide-grenier, on ne vend que du nul, du pourri à deux ou trois euros. Si elle croyait que c'était comme ça qu'ils pourraient aider Mathis !

— Taisez-vous, les ignorants ! a tonné l'instit', et Mathis a souri.

Dans un vide-grenier, chacun vend ce qu'il veut, a-t-elle repris. Notre stand ne proposerait que du top. Et là se tenait le pari, le défi : trouver l'objet oublié au fond d'une malle, d'un panier, d'un coffre, d'un bahut désarticulé, l'assiette en porcelaine, la pendule aux aiguilles arrêtées, le tableau que l'on pensait sans valeur et qui se révèle précieux. Voilà ce que nous allions dénicher. Nous allions partir à la chasse au trésor, et ceux qui n'y croyaient pas, elle se demandait vraiment ce qu'ils faisaient ici où le rêve était roi. Et ce serait bien du rêve que l'on vendrait à notre stand, du rêve sans prix, du rêve hors de prix.

— Vous voulez un exemple ?

L'instit' a fouillé les poches de son treillis et, lorsqu'elle en a sorti deux ravissants petits vases roses en porcelaine, tout ronds, ornés de fleurs, rehaussés de doré, montés sur des pieds délicatement ouvragés, on a compris pourquoi elle avançait à pas de tortue.

— Ça s'appelle des « potiches », et on évite de rire, s'il vous plaît ! Les parents de vos grands-parents n'étaient pas nés quand M. Émile Gallé les a mises à cuire au four dans son atelier, des pièces rares recherchées dans le monde entier, a-t-elle annoncé avec l'autorité d'un commissaire-priseur. Et qu'est-ce que j'en ai à faire chez moi, de potiches qui valent leur pesant d'or, sinon à trembler à l'idée que mon compagnon (Adrien le furet) ne me les massacre en gambadant sur les étagères de la cuisine ? Elles seront mises en vente sur le stand de Musique Hall le quatre mars prochain, et croyez-moi, les amateurs ne manqueront pas.

Gallé, Émile Gallé, le nom du célèbre faïencier, ne devait rien dire à ceux qui se trouvaient là, mais la conviction dans la voix d'Adrienne, son ardeur, sa hargne, auxquelles se sont ajoutés les applaudissements de Mathis et de ses témoins, ont eu raison des ricaneurs. Et puis lequel d'entre nous, quel que soit son âge, ne vibre-t-il pas aux mots « chasse au trésor » ? Chasse au rêve caché sous les numéros du loto, le galop d'un cheval de course, le sol de son jardin, le sable d'une plage ?

L'enthousiasme est revenu aussi vite qu'il était tombé. Du côté des miens, auxquels s'était joint Hilaire, tous les yeux brillaient, tous sur le sentier de la guerre, à la recherche de l'objet séquestré dans l'obscurité d'un grenier ou l'humidité d'une cave.

Adrienne a réclamé le silence et distribué les tâches. Avec Mathis, Alma, Viviane et moi, elle prendrait en charge l'organisation. Eux, les musiciens, les artistes, les comédiens, se chargeraient de la pub. Affichettes et flyers étaient en cours de fabrication, flyers à glisser dans les boîtes aux lettres et à distribuer au marché, affichettes à proposer aux commerçants, à coller sur les murs autorisés et au tronc des arbres. Et si le vent les emporte, on remet ça. Qu'ils ne se gênent pas non plus pour trouver des amateurs sur Twitter ou Facebook. À propos, la manifestation se tiendrait rue Gounod, non loin de la mairie.

Charles Gounod, né à Saint-Cloud en 1848, auteur d'opéras dont *Roméo et Juliette*, deux bandes, deux clans, deux familles ennemies, Roméo dans l'une, Juliette dans l'autre, des histoires de pères, de haine, de territoires.

Pas un signe du Ciel, ça ? Ajouté à Notre-Dame de Lourdes, ça ne pourrait être que la tuerie.

— Et maintenant, au travail ! a conclu l'instit'. Je n'ai pas encore eu l'honneur d'assister aux répétitions. Prouvez-moi que vous méritez mes potiches.

## 59

— Viens voir, ordonne Mathis, et il s'empare de ma main.

Il est dix-huit heures, la répétition terminée, il a mis tout le monde à la porte, tout le monde sauf « sa » parolière, avec laquelle il a déclaré avoir impérativement besoin de travailler avant de se rendre dans sa boîte de DJ à Paris. L'œil noir de Viviane ne m'a pas échappé, ni celui, inquiet ? d'Eugène, quittant les lieux à reculons avec Alan et Elsa.

Je m'en souviendrai !

Il m'entraîne côté coulisses. Je n'avais encore jamais franchi le rideau ouvrant sur sa chambre. Chambre ou cellule ? Un lit étroit, une caisse renversée en guise de table de nuit, murs tapissés de livres et de partitions, vue sur les Quatre Saisons. Il pleut toujours, mais je m'en fous.

— Regarde !

Il désigne, sur une étagère, une figurine représentant une danseuse à jupe rouge évasée, mains sur les hanches, bustier clair, bas et chaussons de satin blanc, ravissant visage encadré de bandeaux noirs. Une merveille qui ne doit pas dépasser les vingt centimètres.

— C'est une toupie. Elle vient de Malaisie. Là-bas, on les utilise lors de la récolte de riz pour qu'elle soit meilleure. Je l'ai héritée de mon grand-père maternel, grand voyageur. Tu veux la voir danser ?

Il la prend délicatement entre deux doigts, et nous retournons sur l'estrade. Il la pose sur le piano, donne l'impulsion. Et la voilà qui volte et virevolte tandis que s'égrènent quelques notes rouillées.

— Que dirais-tu de la mettre en vente pour assurer l'héritage d'Emmanuel ?

Il pointe le doigt là-haut, très haut :

— Il est d'accord !

— Ton grand-père voyageur est d'accord lui aussi ?

— Il sera soulagé ! Avec tous les bandits qui circulent ici, il craint de la voir s'envoler, comme ça, par jeu ; aucun n'en connaît la valeur.

La musique s'est tue, la ballerine immobilisée sur ses pointes. Mathis soulève le couvercle du piano.

— Et maintenant, on y va, Chimène ?

\*

Nous avons commencé par le refrain. Je l'avais conjugué à tous les temps, Mathis l'avait mis sur tous les tons.

> « Va vers toi-même.
> Cours vers l'avenir.
> Vole vers l'utopie. »

Et aussi :

> « Il va vers elle.
> Elle court vers lui.
> Ils volent vers leur amour. »

Et encore :

> « Allez, courez, volez,
> Vers vous-mêmes, les autres,
> Les vôtres, l'avenir. »

Mathis avait dit :

— Tu te charges des mots, je m'occupe de la musique.

Ses doigts couraient sur les touches blanches et noires, sa voix chantait mes paroles, et je me disais : « C'est ça ! » C'était ça que j'entendais depuis toujours dans ma tête, ce qui gonflait de bonheur la poitrine de la petite fille, faisait exploser le cœur de l'adolescente. Mathis chantait et, derrière sa voix, j'entendais les chœurs, les cœurs : le cœur de Chimène aux yeux ardents, le cœur de Rodrigue au regard clair. Rodrigue et Chimène chantaient, et même si je ne pouvais en nommer tous les instruments, l'orchestre était là qui les accompagnait.

Et je me disais : « Enfin ».

Et Mathis a dit :

— Tu vois, nous allons y arriver !

Puis nous sommes passés aux couplets, mes premiers essais, mes tentatives timides.

> « Deux camps, deux clans.
> Deux territoires, ô ma terre, mon sol,
> Mon pays, mon oriflamme.
> Flammes de la haine.
> T'approches, t'es mort ! »

Et aussi :

> « Rodrigue, as-tu du cœur ?
> Ce cœur qui bat pour quoi, pour qui ?
> Pour elle. »

Et encore :

> « Les uns parlent d'honneur,
> Les autres de vengeance.
> Tous veulent venger l'offense.
> Quelle offense ? Quelle vengeance ? »

Et pourquoi pas ?

> « Rendre les armes.
> Transformer la défaite en victoire.
> Se rendre à l'amour. »

— C'est bien, un bon début ! m'a encouragée Mathis. N'oublie pas le déroulement. Acte un : la rencontre. Acte deux : la guerre. Acte trois : la réconciliation. Parle du poids des pères : ignorance, outrecuidance, mépris, connerie. N'aie pas peur des mots pour que le dénouement soit plus beau, portée plus haut l'oriflamme de la concorde dans ce monde désaccordé.

Il a rabattu le couvercle sur le clavier et il s'est levé.

— On parle un peu de tes enfants ?

Côté synthétiseur, Eugène s'en tirait plutôt bien :

— Il apprend vite, ton garçon !

La voix d'Elsa gagnait en ampleur, son comportement en assurance, l'elfe ouvrait ses ailes. Un mot d'Hilaire qui ferait partie des « acteurs des rues », claquettes et acrobaties.

Restait Alan !

Le ton de Mathis s'est fait grave, son regard aussi. L'interprétation, si juste, du *Premier Prélude* de Villa-Lobos l'avait bouleversé, ce cri, cette plainte, cet appel. Alan lui avait un peu parlé de Naples, il avait deviné le reste… entre orphelins ! Mathis souhaitait le voir interpréter quelques mesures, quelques phrases de ce prélude tout au long de notre opéra. Alan était d'accord.

Problème.

Il est difficile à une guitare classique de se faire entendre dans l'éclatante exubérance, parfois la cacophonie, de la musique électronique. Certes, on peut en amplifier le volume avec micro ou haut-parleur, mais c'est tricher, retirer à l'interprétation de sa pureté.

Il avait eu une idée.

Il a montré la scène :

— Regarde, Adeline, écoute, imagine.

Et tandis qu'il s'expliquait, j'ai vu, j'ai entendu.

Le spectacle bat son plein, animé par des projecteurs dirigés tour à tour vers l'un ou l'autre camp, le mettant en lumière, lui donnant vie. Orchestres et chœurs se déchaînent, danseurs et acrobates apportent leur note de légèreté, d'humour, le public en a plein la vue, les oreilles, la tête, le corps.

Et soudain, les instruments se taisent, les projecteurs s'éteignent, tombe le silence. Désarçonnés, les spectateurs s'interrogent : que se passe-t-il ? Avant que ne monte, dans l'obscurité, seule, la voix de la guitare, le chant brisé, désaccordé, plainte, complainte, se terminant en prière : quelques notes obstinément répétées, celles de l'espoir qui se refuse à mourir, notre voix, notre espoir à tous.

Avant que ne se déchaîne à nouveau la fureur de vivre.

La main de Mathis est venue sur mon épaule. Ses yeux ont cherché les miens.

— Crois-moi, tous seront touchés, nul ne sera épargné. Parce que cette douleur, cette force, cet appel, ton garçon les porte en lui. Parce que, tout simplement, il est VRAI !

## 60

Étais-je vraie ?

Sur le chemin de la maison, nuit tombée, pluie suspendue, les mots de Mathis se retournaient contre moi, ils me talonnaient, me défiaient : et toi ?

Vraie ou tricheuse, me mentant à moi-même, pactisant avec mes sentiments, tergiversant avec mes états d'âme.

Cette débauche de mots, mots-excuses, mots-remparts, lorsque Hugo m'avait parlé de « MON Mathis », pourquoi ? Coupable de quoi ? Ces remous gris dans ma conscience, cet après-midi même, face au regard inquiet d'Eugène alors que Mathis déclarait vouloir garder « SA » parolière, dus à quoi, j'avais fait quoi de mal ?

« Mon » Mathis… « Sa » parolière…

Allons, Adeline, la vérité vraie : Hugo avait-il des raisons d'être jaloux, Eugène inquiet ? Quels étaient mes sentiments pour mon musicien ? Comment l'aimais-je ?

La toupie-danseuse virevolte sur le piano, actionnée par les longs doigts fins de l'artiste. S'égrènent les notes rouillées du passé. Mais bien sûr, c'est ça, j'y suis : le passé, la blessure du passé !

J'aime Mathis comme celui qui a effacé la honte

subie par la jeune fille près d'un piano semblable à celui où dansait la poupée, le magicien qui a déverrouillé, dérouillé ma voix, m'a rendu mon honneur et s'apprête à faire d'un rêve fou une réalité. Je l'aime comme l'homme qui m'a ramenée au meilleur de moi-même, m'a rendu mes horizons.

Attends, Adeline ! Le meilleur de toi-même, tes horizons, ne sont-ils pas aussi ton mari ? Tes enfants ?

Qui a prétendu le contraire ?

Courage, on continue ! Question suivante, qui va avec la première : suis-je attirée par Mathis ? Allez, ose le mot, toi qui prétends vivre avec et par les mots : le désires-tu ?

Je me suis arrêtée : nuit noire, triste chanson de branches sans feuillage, de haies sans fleurs, s'égouttant, des pleurs partout ! Évidemment, je m'étais posé la question ! Pour la rejeter aussitôt : moi, désirer Mathis ? Impossible, impensable, ridicule.

J'ai fermé les yeux, sa main est venue sur mon épaule, son regard a commandé au mien : « Viens ! » J'ai entendu sa voix : « Vas-y, tu peux, tu dois. » Son doigt a désigné la scène : « Regarde, écoute, imagine. » Comment n'être pas émue ? Troublée ? De l'émoi, du trouble, toujours liés à la musique, d'ailleurs nous ne parlions que de ça, nous ne nous rencontrions que pour ça, répéter, travailler, préparer « notre » opéra.

Et lorsqu'il m'embrasse, une joue pour Adeline, une joue pour Chimène, et que je sens monter du coin secret derrière l'oreille, là où la peau est nue, ce tiède parfum qui n'appartient qu'à lui, en moi ce soudain abandon, ce don… Trouble aussi ? Émoi ? J'ai toujours été hyper-sensible aux odeurs, j'en donnais même aux notes comme certains leur donnent des couleurs. *Do*, odeur de lait, *ré*, de réglisse, *mi*, de mandarine.

« Ton » Mathis…

J'ai repris la marche. Et lui, comment m'aimait-il ? Qui étais-je pour lui ? La bourgeoise à paillettes ? La mère de trois enfants ? La mère de la grande idée qui allait lui permettre de rendre hommage à son bienfaiteur ? « Sa » parolière ? Sans doute un peu de tout cela à la fois, rien de plus. Lui, aucun trouble, jamais dans ses paroles, ses regards, ses gestes, la moindre équivoque : ardeur, enthousiasme, confiance. Une relation de partenaire à partenaire, pas davantage.

Et n'oublions pas la différence d'âge, lui trente-cinq, moi quarante. Enfin, lui presque trente-six, moi pas tout à fait quarante…

Sans compter Viviane. Même si la musique et elle…

Oh, ce regard noir qu'elle m'avait lancé lorsqu'il avait déclaré : « Je ne veux garder que "ma" parolière ! » Viviane jalouse elle aussi ? Pourquoi cela me chatouillait-il agréablement le cœur ?

Rue de Belair, enfin ! Là-bas, la maison, le port d'attache, le havre, chez nous, chez moi.

Franchement, pas facile d'être au clair avec soi-même ! Demandez à Bree, à Gabrielle, à Susan, à Lynette, toutes carrément en pétard avec leur conscience, doubles, triples, ne s'y retrouvant plus, plein de cadavres au propre comme au figuré dans leurs placards.

Sans compter Chimène, l'héroïne admirée du monde entier pour sa belle âme ! Reconnaissons qu'elle n'arrête pas de tergiverser. Écoutez-la :

« Je sens couler des pleurs que je veux retenir.
Le passé me tourmente, et je crains l'avenir. […]
Mon esprit ne peut qu'être ou honteux ou confus.

Bref, tout moi !

*

Vraie, j'ai décidé de l'être avec Hugo, de partager sans plus tarder, ce soir même, la confidence qu'Adèle m'avait faite depuis pratiquement une semaine. Une semaine déjà ? Était-ce possible ? Quant à la « confidence », ma fille serait restée la première comme deux ronds de flan en apprenant que je n'en avais pas fait part à son père : « Si ça peut vous rassurer, papa et toi… » Ne m'y avait-elle pas engagée ?

Ils étaient tous repartis, Alan et les jumeaux à l'« espace-jeunes », tout près des fameux Trois-Pierrots où ils ne manqueraient pas d'aller faire un tour. Adèle direction Boulogne, permission de minuit, obligation d'être raccompagnée jusqu'à la porte de la maison, bravo, bien vu, confiée à celui qui lui avait chapardé sa vertu.

Hugo avait allumé une flambée dans la cheminée du salon. Il regardait distraitement les nouvelles à la télévision. Je l'ai rejoint sur le canapé. Il a éteint le poste.

— Pardonne-moi de rentrer si tard, mon chéri.

— Les enfants m'ont raconté : le vide-grenier, la chasse au trésor, ils étaient emballés.

— Et après, Mathis m'a gardée pour travailler. Tu as dîné ?

— J'attendais ma femme.

Il m'a regardée d'un peu plus près :

— Qui m'a tout l'air d'être transformée en glaçon ! Un petit remontant ?

— Volontiers.

Inutile de dire lequel, la vie de couple a ses avantages. Il a quitté le salon pour le préparer. Prends ton temps, Hugo, je suis bien, je suis rentrée, musique et danse sont celles des flammes du foyer, même si c'est bête à dire, image d'Épinal. Vive Épinal !

Il est revenu, portant religieusement un plateau qu'il a posé devant moi. Le scotch noyé dans l'eau gazeuse pour la noyée, le sec sur glaçons pour le capitaine, serviettes en papier, coupelle d'olives vertes, les petites pointues amères, agrippées à leur noyau, immangeables, auxquelles, contrairement à lui, je préfère les bonnes grosses noires, onctueuses, fourrées à l'amande ou à l'anchois, du soleil pur – tant pis, il arrive que le meilleur des maris confonde ses préférences avec celles de sa chère et tendre.

J'ai pris mon élan.

— Hugo, il faut que je te parle d'Adèle. Elle et Jean-Guy…

— Je sais, m'a-t-il arrêtée. Elle est venue me voir dans mon bureau cet après-midi quand vous étiez tous partis. Elle était sûre que tu m'avais mis au courant.

— Pardonne-moi de ne pas l'avoir fait.

Rien à dire pour ma défense. Sinon les larmes qui coulaient, la femme-glaçon liquéfiée par le remords.

Hugo s'en doutait, mais il avait fermé les yeux, refusé l'évidence. Tu comprends, Adeline, ça n'est jamais agréable pour un père d'imaginer sa fille… Et seize ans, même si aujourd'hui beaucoup le font plus tôt, c'est bien jeune. Il avait été soulagé de savoir qu'elle prenait la pilule, qu'il employait un préservatif. Il m'a appris que Jean-Guy faisait des études de droit à la faculté d'Assas, troisième année. Lui aussi s'inquiétait du manque d'enthousiasme d'Adèle, lui aussi se sentait un peu perdu et carrément nul.

Il parlait sans tricher, sans biaiser avec ses sentiments : du vrai, du sérieux. Je sirotais mon remontant et mangeais les olives vertes pour lui faire plaisir. Oui, lui le capitaine, moi le moussaillon qui se grisait de vent en haut du mât pendant que sa fille buvait la tasse.

— J'ai réfléchi. Lui interdire ce séjour ne servirait qu'à la braquer contre nous, a-t-il conclu. Il me semble que l'important est de tout faire pour établir une relation de confiance afin de pouvoir l'aider, si besoin est, durant cette expérience, être là au cas où. Elle s'est engagée à nous amener le gaillard samedi prochain. Espérons que cela nous permettra de le connaître un peu mieux. Rassurée, ma douce ?

Oui, mon doux, réconfortée, au chaud. Je t'aime, Hugo. Mon horizon, c'est toi.

## 61

Le « gaillard » – gaillard d'avant, gaillard d'arrière, décidément, on restait dans la marine – a débarqué chez nous le samedi dix-sept, premier jour des vacances d'hiver, aux environs de dix-huit heures, accompagné par tous ceux qui appareilleraient bientôt pour Val-d'Isère-chalet-au-pied-des-pistes.

Adèle nous avait avertis : pas question de nous l'amener seul, corde au cou, pour un interrogatoire, une mise sur la sellette, pourquoi pas : « Quelles sont vos intentions, jeune homme ? » Elle aurait l'air de quoi ? Il tomberait des nues. Nous tenions à voir sa tête ? OK, elle s'inclinait, point barre. Et surtout, oubliez le champagne.

À la réflexion, elle n'avait pas tort. Jean-Guy de Montauzan ne venait pas nous voir en prétendant à quoi que ce soit, ni bague de fiançailles ni anneau de mariage à l'horizon. Il était seulement le petit ami d'Adèle, son tout récent petit ami, rien à officialiser.

Avertis qu'il y aurait apéritif-ski à la maison, les jumeaux et Alan, qui, de toute évidence, avaient, eux, compris la situation depuis belle lurette, avaient tenu à partager la fête. Nous étions donc seize et, pour la présentation dans l'intimité, appelée de nos vœux, c'était plutôt raté.

Jean-Guy était beau, grand, large d'épaules, cheveux blonds coupés court, regard bleu, séduisant, séducteur. S'il était le premier pour Adèle, il était clair que la réciproque n'était pas le cas, mais bon, à vingt ans, certains auraient trouvé inquiétant qu'il en soit autrement.

Ses amis, dont plusieurs faisaient, comme lui, leurs études de droit à Assas, étaient très bien élevés, distingués, habillés classe. Certains m'ont baisé la main sous l'œil approbateur du Saint. Adèle était certainement la plus jeune. D'ailleurs l'un d'eux l'a appelée « bébé », ce qui lui a valu d'être fusillé du regard sur-le-champ.

Le réfrigérateur de secours (arrière-cuisine) avait été délesté de ses boissons, les étagères du buffet libérées de leurs zakouskis. À défaut de champagne, gin et vodka étaient proposés pour agrémenter sodas ou jus de fruits. Nous n'avions pas prévu de cendriers.

Étant donné le nombre de personnes présentes dans le salon, tout le monde est resté debout, comme dans ces cocktails où nul ne se parle vraiment, chacun regardant par-dessus l'épaule de son interlocuteur pour repérer le suivant qu'il n'a pas encore salué.

Nous allions de l'un à l'autre, nous efforçant de ne pas regarder trop ouvertement le seul qui nous intéressait. On a parlé un peu « études », hautes études, grandes écoles, et beaucoup de sports divers, sports d'hiver. Ainsi avons-nous appris que le départ pour la Savoie était prévu mercredi prochain, vingt février, date de retour non encore fixée : l'avantage de posséder un chalet plutôt que de descendre à l'hôtel ou louer, condamné à partager la transhumance des troupeaux de vacanciers, mortels embouteillages et bruyantes aires de repos.

Mais il était déjà huit heures, grand temps d'aller poursuivre la soirée en musique chez l'un ou l'autre, puis en boîte de nuit. Avant que la joyeuse bande, dont Adèle, ne repasse la porte, Hugo a entraîné Jean-Guy à l'écart. J'ai suivi résolument.

— Nous vous confions notre fille. Nous comptons sur vous pour en prendre soin, lui a-t-il dit, les yeux dans ses yeux, d'une voix grave de père.

Jean-Guy a montré ses amis.

— Nous ferons tout pour vous la rendre entière. J'aurais préféré qu'il dise « je ».

\*

— Il fume ! J'ai repéré son paquet de cigarettes dans la poche droite de sa veste. Il arrêtait pas de le toucher, ça lui manquait ! nous a signalé le Saint, sourcils froncés, après le départ.

— Crime ou délit ? s'est efforcé de plaisanter Hugo.

— Est-ce que… peut-être… ils vont se marier ? a demandé Elsa, posant d'une voix incertaine la question que se posent chaque seconde sur notre bonne vieille planète des millions de parents incertains quant à l'avenir de la chair de leur chair et la propagation de l'espèce.

— Pourquoi pas : « Est-ce qu'ils auront beaucoup d'enfants ? » a blagué Alan d'une voix pas si blagueuse que ça.

Le mot « amour » n'a pas été prononcé.

386

*

— Alors, qu'en pense la mère ? demande Hugo en prenant place dans le lit conjugal (côté droit).

Onze heures trente. Par le rideau entrouvert, je regarde notre rue endormie. Juste une petite lumière là-haut, dans le grenier d'Alma : Einstein junior.

— Il y avait dans la bande un petit brun tout gentil, tout simple, tout gai, qui me plaisait bien.

— Mais voilà, c'est le grand blond qu'Adèle a choisi, alors nous allons devoir faire avec, remarque Hugo.

Faire avec, renoncer, baisser les bras, se plier à l'inévitable, démissionner ? Pas question.

Hugo éteint sa lampe.

— SOS, père dépossédé réclame d'urgence l'assistance de son épouse.

En face, la lumière vient, elle aussi, de s'éteindre. Comme ils sont sages, raisonnables, en paix avec eux-mêmes, ceux des Sorbiers ! Quel ennui ! Ne reste que l'éclairage des lampadaires de la rue de Belair. Je laisse retomber le rideau, ménageant une petite ouverture « falot dans la tempête », et rejoins mon mari. Il me prend tendrement dans ses bras, la tendresse nous mène plus loin. Depuis le temps, il connaît mes bons coins, je n'ignore rien des siens, nous faisons l'amour par cœur, pour lui totalement abouti, petite triche de ma part pour lui cacher qu'il m'a laissée sur la berge.

Berge, port d'attache, *home*, maison…

Hugo avait vingt-six ans, moi vingt-deux, Adèle quatre, lorsqu'un jour de printemps, cerisiers roses et pommiers blancs, nous promenant dans Saint-Cloud, nous avions découvert, au fond du jardin brousse, sous le toit d'ardoises roussâtres, la maison aux murs mangés de vigne vierge. J'avais tout de suite su que ce serait elle. J'avais pris entre mes mains les barreaux de la grille qui nous séparait, elle m'avait donné son accord en y laissant un peu de rouille. Mon Clément avait dit oui.

Adèle était une petite fille joyeuse, autoritaire, sujette à de brèves colères qui nous faisaient rire. « Au moins, elle a du caractère », se félicitait Hugo. Nous l'appelions Adelita, Adelouchka, Adelkaïa, je portais mes jumeaux, je ne jouais plus avec les mots mais avec les chiffres, et tous saluaient ma réussite.

Depuis combien d'années n'ai-je pas osé donner à mon aînée ces petits noms qui vous ramènent aux tendres jardins de l'enfance ? N'est-ce pas, Adine ?

Le souffle régulier de Hugo va et vient sur ma joue. Je ferme les yeux, quelque part tremble la chaleur de ce jour de rencontre avec toi, la maison. Comme nous étions jeunes, légers, insouciants.

Inconscients ?

Tout simplement, heureux.

## 62

Elles sont partout, aux vitrines des boutiques de cadeaux, dans les rubans joliment noués autour des bouquets chez les fleuristes, en nougatine, chocolat blanc ou noir, sur l'écusson ornant les gâteaux des pâtissiers. Et bien sûr dans les mémoires et dans les cœurs.

Les « mamies » à chignon blanc, fines lunettes cerclées de noir, épaules recouvertes d'un châle à franges, chaussons de laine, brodant ou tricotant au coin de l'âtre, à moins qu'elles ne portent sabots, cassées en deux, dans leur bout de potager. Les « bonnes mamans » à ruban de gros grain autour du cou, longue robe à plis tombant sur des bottines lacées. Des grands-mères comme on n'en fait plus et n'en fera plus jamais, le passé dans leurs yeux tendrement délavés, le présent entre leurs bras enserrant un enfant.

Aujourd'hui, dimanche quatre mars, leur fête.

Et grand jour de vide-grenier.

*

Les réseaux d'Adrienne ont fonctionné, la chasse au trésor a porté ses fruits. Ils ont été entreposés dans le garage d'Alma, normal ! Près des cartons décos-de-Noël, c'est bien ! Porcelaine, verrerie, céramiques, médaillons, pendules et pendulettes, grands et petits tableaux. Alma a apporté sa contribution avec un robot guerrier en état de marche, dans son costume de métal, datant du fameux film de Fritz Lang, *Metropolis*. Il devrait atteindre un bon prix. Viviane est en tractation avec son bijoutier de mari : elle nous a promis une merveille, nous n'en doutons pas.

— Et toi, maman, tu ne donnes rien ? s'est inquiétée Elsa.

Ne possédant dans le grenier de la Villa d'autres trésors qu'Eugène et Alan, j'aurais bien proposé la paire de candélabres Napoléon III, six bras, ornés de feuilles d'acanthe et de laurier, qui monopolise la cheminée du salon, mais ils me viennent de ma belle-mère, et même si Hugo lève les yeux au ciel à chaque fois qu'elle nous rappelle l'inestimable cadeau qu'elle nous a fait, je ne me sens pas le droit de l'en débarrasser.

Maman m'a sauvée en me suppliant d'accepter le tableau, hérité d'un oncle féru de peinture moderne, qu'elle gardait sous un drap dans sa cave, à Paris, tant elle le trouvait laid et qu'il lui faisait peur. Une toile signée d'un certain Wifredo Lam, peintre cubain du siècle dernier, dont la cote était, paraît-il, élevée, un gros plan d'une créature – par ailleurs nom du tableau – mi-homme, mi-bête, qui vous fixait de ses yeux sans paupières, exorbités, vous menaçant : « Un jour, je t'aurai ! », qu'il fallait être suicidaire pour vouloir chez soi. Cote élevée ou non, aurions-

nous un amateur ? J'en doutais. Un tableau pour la
« salle des horreurs » d'un musée.

Les trente-deux participants au spectacle – ils se
sont comptés, – musiciens, chanteurs, acteurs des
rues, tous partant pour le rêve, s'étaient également
mis en chasse. C'est ainsi qu'au fil des jours nous
avions vu arriver dans le garage d'Alma ce que
nous nous étions promis d'écarter, des objets à trois
sous, dont, rouges de fierté, main sur le cœur, les
chasseurs nous assuraient qu'ils avaient une valeur
cachée, foi de leurs grands-parents, généreux voisins
ou voisines. Ainsi, Hilaire, fier comme Artaban
(héros d'un roman de La Calprenède ! ), nous avait
apporté, cadeau de sa grand-mère casamancienne
(queue de cochon à l'huile de palme), un hippopotame en bois d'ébène, l'air débonnaire, qui, s'il se
vendait au poids – les tableaux se vendent bien au
mètre –, ferait la fortune de Mathis.

Ouverture du vide-grenier au public à huit heures
trente, le branle-bas de combat a sonné dès six
heures à la maison. On est comme ça, chez les Clément, le dimanche, debout à l'aube ou à midi, pas de
moyenne ! Et la fortune ne sourit-elle pas à ceux qui
se lèvent tôt ?

Après un petit déjeuner n'importe quoi, mes
hommes, aidés par ceux des Sorbiers, ont chargé la
marchandise dans la « Salle de conf' ». Pour vider le
garage de tous ses trésors, deux voyages ont été
nécessaires. Le troisième a conduit vendeurs et ven-
deuses sur les lieux. Temps frisquet, ciel limpide, ni

pluie ni giboulées à l'horizon, Dieu est avec les grands-mères.

Hugo a promis de venir faire un tour après être allé chez sa mère avec un gros bouquet de la part de ses petits-enfants. Espérons qu'elle leur pardonnera de lui préférer une « fripe », au profit de leur « musique de sauvage ». Décidément, tout faux, Marie-Laure !

\*

Huit heures viennent de sonner au clocher de Stella Matutina. Le long de la rue Gounod, les propriétaires de stand mettent fiévreusement la dernière main à leur étalage. Des tentes avaient été prévues en cas d'intempéries, la plupart ont été repliées.

Pas la nôtre.

En longue jupe, corsage soie et dentelle, manches gigot, étole, mitaines, bottines, Adrienne non plus pas de moyenne, la para ou la gravure de mode, nous présente les lieux. Elle a conçu notre stand comme un décor de théâtre. Au fond de la scène, sur des étagères, nos pièces les plus précieuses, les fameuses potiches roses de Gallé, une drôle de lampe sur un long pied, coiffée d'un abat-jour champignon orange et bleu, signé Daum, offerte par un membre de ses réseaux qui a souhaité garder l'anonymat et dont le prix peut varier, paraît-il, entre trois cents et trois mille euros ! Enfin, don de la généreuse Gersande à laquelle j'ai envoyé une invitation très intéressée, deux plats en faïence d'un bleu exquis, représentant des hérons, dus à un certain Théodore Deck, même période que Daum et Gallé.

Une étagère est dédiée à l'argenterie. Nous mettons beaucoup d'espoir dans une chocolatière finement ciselée, au joli manche de bois tourné, flanquée de son crémier et de son sucrier. Un peu plus loin, la toupie-danseuse de Malaisie voisine avec le robot guerrier *Metropolis*. Les battants d'un cartel scandent le temps, un chronomètre le mesure, un oignon l'enferme entre deux pelures d'argent.

Au premier plan, exposés sur une table recouverte d'un joli tissu indien, la foule des objets glanés par les trente-deux soldats de Mathis, veillés par l'hippopotame d'Hilaire. Et, bien sûr, la *Créature* de Wifredo Lam, sur un chevalet, tournée vers la rue, l'œil plus menaçant que jamais. Espérons qu'elle ne fera pas fuir le client.

Contrairement aux autres stands, où chaque objet est étiqueté, aucun prix n'est affiché chez nous. Ne serait-ce pas prendre le risque d'humilier les chasseurs ? On verra au coup par coup.

Notre Mathis, blouson chocolat, col roulé clair, chaussures de cuir, barbe bien taillée, ne cesse de tournicoter dans nos pattes, un reste d'enfance dans son sourire émerveillé. À son arrivée, il nous a fait faire un petit tour de valse à chacune, merci les filles, merci pour moi, pour nous, pour tout, pour la musique. Eh oui, Emmanuel, tous ces trésors cachés pour sauver le trésor de votre générosité.

La belle a fait une entrée théâtrale dix minutes avant l'ouverture : fourrure, toque, cuissardes. De son sac, serré contre sa poitrine, elle a sorti un écrin, et lorsqu'elle l'a ouvert, on a tous plané en découvrant, sur le velours bleu roi, un royal clip en or représentant un trèfle à quatre feuilles, serti d'émeraudes, au cœur duquel brillait un diamant. Une splendeur signée Lalique, le grand, l'immense Lalique.

Les sourcils d'Adrienne se sont froncés.

— On ne prend qu'avec l'accord de ton mari.

— Vous croyez peut-être qu'il a eu le choix ? C'était lui ou moi, si vous voyez ce que je veux dire, a répondu Viviane en éclatant de rire.

On ne voyait que trop bien ! Triomphante, elle s'est tournée vers Mathis… qui regardait ailleurs. Pas volé, trop c'est trop !

L'écrin ouvert a été exposé sur la plus haute étagère, placé sous surveillance permanente : Eugène s'est proposé. Adrienne a distribué les tâches : Mathis à l'accueil, elle à la négociation des pièces rares, Alma, Viviane et moi à la vente des plus abordables, Mariette, Alan et Elsa préposés aux sourires engageants vers la clientèle.

Sera-t-elle nombreuse ? Les visiteurs ne nous préféreront-ils pas les stands plus typiques, accessibles à toutes les bourses ? Aurons-nous rassemblé ce soir la somme nécessaire à Mathis pour régler les dix pour cent réclamés par le fisc ? Nos trente-deux affirment avoir eu de nombreuses touches sur Twitter et Facebook.

Organiser un vide-grenier un dimanche, veille de rentrée, fin des vacances scolaires, le pire des jours, ont prédit les oiseaux de malheur, les dépités de n'avoir pu obtenir de stand, les demandes ayant largement dépassé les places disponibles.

À propos de vacances, elles semblent s'être correctement passées pour Adèle. Nous en avons reçu des appels réguliers : soleil, neige OK, bonne ambiance, pas de souci.

Peu après son départ, entrant dans sa chambre pour épousseter, j'ai trouvé, oublié sur son bureau, le carnet de correspondance du lycée. Jusqu'à Noël, elle nous l'accordait du bout des doigts pour signature, et il ne contenait que des louanges.

Depuis janvier, le mot « attention » était écrit partout : attention à l'inattention, aux retards trop fréquents, au relâchement, aux devoirs bâclés, au possible redoublement. Et, comme par hasard, l'intéressée avait oublié de nous le faire signer.

Normalement, elle sera de retour ce soir à la maison.

## 63

Et sitôt les barrières ouvertes, c'est la ruée.

— Mon Dieu, s'exclame Mathis, aux armes, citoyennes !

Parmi la foule qui envahit la rue Gounod, nous reconnaissons quelques « petits fauves » venus voir si leur pub a fonctionné. Trop tôt pour le savoir. Découvrant, au premier plan sur la table, le produit de leur chasse, ils s'esclaffent de bonheur :

— Ça, c'est moi !

— Ça va pas ? C'est moi, toi, c'est ça…

— Si vous disiez « tout ça, c'est nous », ça vous épargnerait de la salive, les reprend Mathis.

Et il les prie de s'éloigner pour laisser aux visiteurs une petite chance de venir admirer leur récolte.

Parmi ceux-ci, un homme replet, la soixantaine, revêtu d'une houppelande, coiffé d'un chapeau melon, armé d'une canne à pommeau d'argent, se fraie autoritairement un chemin jusqu'à nous. Parvenu au but, son regard fait le tour du stand, s'arrête sur la *Créature* qui le défie du haut de son chevalet, s'exclame, incrédule :

— Bigre, un Lam !

— Lui-même, confirme Adrienne. Peinture sur huile, la grande période de Wifredo, celle où il a commis son fameux *Ogoun Ferraille*.

— On peut regarder de plus près ? demande l'amateur en faisant un pas en avant.

L'instit' déploie ses manches gigot.

— Puis-je d'abord savoir à qui j'ai l'honneur ?

Le chapeau melon sort une carte de sa houppelande et la lui présente.

— Gonzague de Chermont, antiquaire dans notre bonne ville.

— Adrienne Louvois, Louvois comme le ministre, répond notre amie du tac au tac en tendant une mitaine.

Présentations faites, elle s'écarte pour livrer passage à l'antiquaire, nous adressant un clin d'œil : antiquaires et brocanteurs, nul ne l'ignore, font toujours un petit tour à l'ouverture des vide-greniers au cas où ils y découvriraient la perle rare. Le nôtre s'arrête d'abord devant le Lam, examine la créature sous toutes ses coutures, l'autopsie du bout de son nez, la renifle, et, lorsqu'il plonge ses yeux dans les yeux exhorbités, il est clair que le « je t'aurai » a changé de camp.

Puis il passe aux étagères « objets précieux », au fond de la tente, reste un siècle devant la Sainte-Trinité, Daum, Gallé, Beck, en émettant un chapelet d'autres « bigre » que nous recevons avec ravissement. Apparemment, ce n'est pas la perle rare qu'il a trouvée mais tout le collier ! Et comme son regard monte et découvre, sur le velours bleu, le trèfle à quatre feuilles émeraudes-diamant Lalique, il pousse une sorte de râle et plonge la main dans sa poche.

Eugène fait un pas en avant, prêt à intervenir, mais c'est un mouchoir blanc que notre antiquaire déploie, déposant les armes devant la beauté ? Il s'éponge le visage, la nuque, retire et remet ses lunettes, en nettoie les verres. N'est-il pas en train de rêver ? Si ! Un autre siècle s'écoule avant qu'il revienne à Adrienne.

— Je prends une option sur le tout !

L'entourage frémit de bonheur : combien ? L'instit' reste de marbre.

— Nous venons seulement d'ouvrir, cher monsieur. Une option, comme vous le savez, engage le vendeur autant que l'acquéreur, et je ne nous vois pas fermer boutique alors que la journée ne fait que commencer.

Elle montre la rue encombrée :

— Nous attendons d'autres membres de votre belle profession, dont l'un venant tout exprès de Paris, ment-elle avec aplomb.

Et devant la mine déconfite de l'homme à la canne au pommeau d'argent :

— Cependant, rien ne s'oppose à ce que nous parlions de cette option.


Chacun a sorti son carnet, et ils ont fait le tour du stand en commençant par les trésors : le Lalique et le Lam (même page sur le dictionnaire). Puis les Daum, Gallé, Deck et compagnie, Gonzague glissant des chiffres à l'oreille d'Adrienne, Adrienne notant, Mathis et ses témoins dévorés par la curiosité, en proie au plus vilain mot du dictionnaire, la « concupiscence », et du plus beau, l'« espoir », tentant en vain de lire les chiffres et de compter les zéros. Sans pour autant négliger les clients lambda qui se pressaient devant la table au tissu indien, s'étonnant de ne voir aucun prix indiqué, demandant celui de l'objet convoité.

— Le passé n'a pas de prix, planait Mathis. À combien l'estimez-vous ?

Impressionnés par le poète, les acheteurs n'osaient sortir la menue monnaie qu'ils avaient préparée, la remplaçaient par un billet. Nous nous arrangions pour conclure l'affaire à l'abri du regard des chasseurs. Plusieurs pièces ont ainsi trouvé preneur.

Un petit groupe de benêts ricanaient stupidement au nez de la *Créature*, ignorant qu'elle était l'œuvre du célèbre peintre cubain Wifredo Lam, auteur du fameux *Ogoun Ferraille*.

Enfin, Adrienne a refermé son carnet, et elle a reconduit l'antiquaire à la sortie du stand.

— Puis-je compter sur vous, madame, pour ne rien laisser partir sans m'en avertir ? a demandé humblement celui-ci.

— Vous avez ma parole. Et sachez qu'ayant été le premier à nous rendre visite, à proposition équivalente, vous serez prioritaire.

Gonzague de Chermont a soulevé son melon, et il s'est éloigné. Adrienne est rentrée sous la tente et s'est écroulée sur un tabouret.

— Un café, vite !

Nous avons sorti le Thermos, rempli une tasse, l'avons glissée entre les mitaines. Elle a bu à petites gorgées, les yeux dans le vague, les yeux dans le rêve, puis elle a montré sa robe.

— Qu'est-ce qui m'a pris de mettre ça ?

Pointé ses bottines.

— En plus, elles me font mal aux pieds.

Rouvert son carnet.

— La somme que nous nous étions fixée est d'ores et déjà largement dépassée.

Notre cri de joie a fait trembler la rue. Des gens se sont arrêtés.

— Et s'il ne revenait pas ? s'est inquiétée Alma.

— Il reviendra, crois-moi, je connais la musique, a répondu la femme de commerçant.

Pour la musique... Viviane...

— On ne cite aucun chiffre, ça ferait des jaloux, a ordonné Adrienne.

Elle a sauté sur ses bottines, défroissé sa jupe, rajusté son corsage.

— À la guerre comme à la guerre, au boulot pour faire monter les enchères !

## 64

Je me suis isolée pour appeler maman, rentrée la veille de ses vacances normandes, vacances sans jumeaux, retenus à Saint-Cloud pour la bonne cause.

— Tu détestes toujours autant ton tableau ?

— Ça fait soixante ans que ça dure, je ne vois pas pourquoi je changerais d'avis aujourd'hui.

— Tu l'offres toujours à Musique Hall ?

— Bien entendu.

— Tu en as parlé à papa ? Il est d'accord ?

— Ton père s'en fout.

— Il s'en fichera peut-être moins lorsqu'il apprendra qu'un antiquaire vient de nous en proposer vingt-cinq mille euros.

Un silence est tombé dans l'appart' parisien. Attention, maman, donner c'est donner, reprendre c'est voler !

— J'arrive ! Je veux pouvoir le détester une dernière fois.


Plusieurs autres antiquaires sont passés, merci Twitter, merci Facebook, chapeau à nos brillants attachés de presse ! Adrienne ressortait son carnet, notait les propositions, fixait rendez-vous en fin de journée. Le chapeau melon faisait des rondes autour de notre stand, son portable à l'oreille, contactant de futurs amateurs ?

Un certain nombre d'objets-nappe indienne sont partis à prix top secret.

Il était midi quand mes parents sont arrivés, maman accueillie par les « bonne fête » de ses petits-enfants, bisous et bouquets. Mon généreux papa avait apporté du champagne pour saluer en fanfare le départ de la créature en or massif honnie par sa femme.

Honnie ?

Sous les regards perplexes, maman est allée se planter devant le tableau et l'a désigné aux curieux… toujours aussi nombreux, au temps pour mon légendaire instinct !

— Voyez-vous, il ne faut jamais juger sur l'apparence, a-t-elle philosophé. Apprenez qu'un bon génie peut se cacher derrière les traits d'un monstre. Nous venons d'en avoir la preuve aujourd'hui avec cette œuvre si intrigante.

Et comme elle approchait, pour un dernier adieu, ses yeux de ceux de la créature, il m'a semblé y lire une demande de pardon.

Puis elle a proposé aux enfants de les emmener faire une pause au McDo voisin. Bien sûr, Elsa, Hilaire peut venir. Fête des Grands-Mères oblige, c'était mon père qui régalait.

*

Hugo est passé vers quinze heures. Nous avions pique-niqué sur place et vidé la bouteille de champagne, ça tanguait un peu.

— Tiens, voilà le beau juge-chasse gardée, m'a averti Viviane.

Il y en a qui ont de la suite dans les idées !

J'ai présenté mon mari à Mathis.

— Heureux de rencontrer celui qui fait chanter toute ma famille, a-t-il dit avec élégance.

— Grâce à Chimène, a répondu mon musicien.

Nous n'avons pas vu passer l'après-midi. C'est ça, un rêve fou qui se réalise : le temps s'emballe tout en marquant au fer rouge dans notre mémoire des images impérissables qui, durant tout le reste de notre existence, nous chuchoteront que, tout compte fait – châteaux en Espagne et maisons en ruine, septièmes ciels et nuits noires, joies éclatantes et éphémères bonheurs –, celle-ci vaut la peine d'être vécue. Et un écrivain dont j'ai oublié le nom a dit qu'une vie réussie était un rêve d'enfant réalisé. C'était le cas pour Mathis, et ce serait bientôt le mien.

Quelques personnes sont passées, qui souhaitaient acquérir l'un ou l'autre « joli petit objet » exposé là-bas, sur l'étagère, vous voyez ? Ce vase, cette lampe-champignon, ces drôles d'assiettes à hérons, combien ? Elles sortaient déjà leur porte-monnaie. Désolé, monsieur, désolé, madame, ils sont vendus.

Le maire s'est arrêté à notre stand. Il a serré la main d'Adrienne et l'a félicitée de son heureuse initiative, oui, un franc succès ! Elle y est allée franchement pour lui en expliquer la finalité : sauver Musique Hall.

Comment ? Le cadeau fait à son fils adoptif par le très regretté docteur Tardieu, bienfaiteur de la ville, risquait d'être vendu ? Qu'est-ce que c'était que cette histoire ? Pourquoi ne l'en avait-on pas averti ?

Sa stupeur, son indignation était comme un vin doux qui coulait dans nos veines. Décidément grisante, cette journée !

— Nous en reparlerons, a-t-il promis.

Il est reparti avec l'hippopotame, sa femme en faisant collection, tiens donc ! Il n'avait pas voulu en savoir le prix et, lorsque Adrienne, découvrant le montant du chèque glissé dans sa mitaine, n'a eu qu'un cri : « Bigre ! », j'ai entendu, moi, comme un air d'opéra. Confirmé par Hilaire qui, tandis que s'éloignait l'employeur de son père (voirie), le présent de sa grand-mère casamancienne amoureusement serré entre ses mains, a offert à la rue un joli spectacle de claquettes.

Devenir femme d'argent pour la bonne cause ne dispense pas de rester femme de cœur. Aussi, lorsqu'un jeune homme chétif qui ne porterait jamais chapeau melon, houppelande et canne à pommeau d'argent a pointé un doigt timide vers le guerrier *Metropolis* pour en connaître la valeur, la maternelle Alma lui a demandé avec tout le tact requis ce qu'il pouvait y mettre. Il a sorti d'un portefeuille élimé deux billets soigneusement pliés : adjugé-vendu ! Il nous a appris qu'il faisait collection de robots, en tchèque *robota*, qui veut dire « travaux forcés ». Il était pion au collège Gounod, un peu plus haut, et nous avons compris que c'était sans doute ce qu'il vivait en surveillant ces classes que l'on appelle aujourd'hui « difficiles ».

Il s'en est allé comblé. Nous l'étions tout autant.

— Combien ? a demandé plus tard une cliente, elle au porte-monnaie visiblement bien garni, en désignant la toupie-danseuse, séparée de son guerrier.

— Elle est vendue, ai-je répondu.

Il y a des regards qui ne trompent pas, des finaudes qui lisent dans les faiblesses du cœur. Le sourire d'Adrienne m'a appris qu'elle en connaissait l'acquéreur ; pas de féminin à ce mot-là.

*

La réunion d'experts a eu lieu à dix-huit heures au fond de la tente. C'est Gonzague de Chermont qui a été l'heureux élu, bien que l'option proposée par lui le matin ait pratiquement doublé : une somme considérable. Les vide-greniers n'étant pas pratiqués par des commerçants, le fisc n'aurait pas à y mettre le nez, et nous n'avions fait commerce que de rêve, article inconnu de ses sombres registres.

Alors que la précieuse marchandise était acheminée vers une longue voiture noire aux vitres teintées, puis chargée avec l'aide d'un chauffeur aux manières de James Bond, auquel notre Saint, toujours préposé à la surveillance, s'est vivement intéressé, j'ai demandé à l'antiquaire de bien vouloir estimer pour moi la poupée de Malaisie.

Il a soulevé courtoisement son chapeau melon.

— C'est un objet charmant, m'a-t-il accordé. J'ai d'ailleurs hésité à l'acheter, mais je ne voyais pas très bien où placer une toupie dans mon magasin. Parmi des objets, euh… plutôt sérieux, elle risquait d'en prendre ombrage.

J'ai rédigé le chèque sur mon compte « trésor de guerre PlanCiel », ce qui, ma foi, convenait parfaitement à une demoiselle qui dansait pour obtenir du ciel le juste dosage de soleil et de pluie afin que la récolte soit bonne. Son peu de sérieux devant être contagieux, nous avons fait, elle contre mon cœur, un petit tour de valse sous le regard plein de joyeuse gratitude de Mathis et celui, meurtrier, de Viviane. À mon avis, elles devaient se connaître. D'un lit à une table de nuit… Désormais, ce serait pour moi qu'elle danserait.

*

À dix-neuf heures, girophares et bennes rugissantes ont pris la place des marchands de rêve. Ceux-ci ont remballé quelques moulinettes qui ne moulineraient plus que le souvenir, des fers à repasser pesant leur poids de passé, des bésicles qui ne pinceraient plus aucun nez, des boîtes à senteurs fanées. Dans l'ensemble, ils se sont dits ravis de leur journée.

Nous avons décidé de garder à Musique Hall, en souvenir, les quelques trésors qui nous restaient. Musique Hall où guerriers et guerrières de Mathis sont allés clôturer la fête avec les moyens du bord : chips, sodas et chansons.

# PARTIE 5

## *Va, cours, vole*

## 65

La sagesse populaire affirme qu'un bonheur ne vient jamais seul. La sagesse a raison. Contrairement à la joie, avec laquelle certains le confondent, qui sautille en tintantes et passagères ribambelles, le bonheur est trop envahissant, un souffle si puissant que tout naturellement il déborde, en entraînant un autre.

Pour « jamais deux sans trois », à voir !

Le philosophe Alain, de son vrai nom Émile-Auguste Chartier, a dit que le bonheur était une récompense venant à ceux qui ne l'avaient pas cherchée. Dieu sait que nous l'avions cherchée, cette récompense, et fait ce qu'il fallait pour qu'elle nous vienne ! Il arrive que les grands penseurs se plantent. À la décharge d'Alain-Émile, reconnaissons que le bonheur, souvent lié à la beauté, est, comme dans certains tableaux, fait d'ombre et de lumière, et qu'il nous transporte en de si lointaines contrées qu'il est vain de s'obstiner à le définir.

*

Le surlendemain du vide-grenier, en fin d'après-midi, Mathis a reçu un appel de l'hôtel de ville. L'adjoint à la culture souhaitait le recevoir d'urgence ; rendez-vous a été pris mardi, dès neuf heures.

La première image qui lui est venue à l'esprit en raccrochant, nous a-t-il raconté plus tard, était celle d'un hippopotame en noir ébène s'en allant entre les mains du maire. Image prémonitoire.

Le maire se trouvait bien dans la grande salle où une jeune femme l'a introduit, entouré de différents adjoints : pôle culture, pôle éducation et jeunesse, pôle financier et juridique. Présentations faites, il a appris à Mathis que décision avait été prise de l'aider à conserver le bien légué à lui par le docteur Tardieu. À cet effet, le pôle juridique et financier rencontrerait dès cet après-midi le percepteur. Tout serait fait dans les règles. Il ne devrait pas y avoir de problème.

« Le bonheur est une chose terrible à supporter », a dit un autre Alain, auteur du *Grand Meaulnes*. Avant que Mathis ne se soit remis du premier, le second l'assommait.

En contrepartie de l'effort consenti par la mairie, il lui serait demandé de donner, dans la grande salle de théâtre des Trois-Pierrots (quatre cent trente places), dépendant des pôles culture, éducation et jeunesse ici présents, autant de représentations qu'il y aurait d'amateurs, du spectacle qu'il préparait à Musique Hall, la recette contribuant au règlement de la dette. Spectacle dont nul, ici, ne doutait de la qualité, tous ayant assisté à de nombreuses manifestations données par Mathis et sa troupe, dont la dernière, s'ils pouvaient se permettre, avait été l'émouvant hommage rendu au docteur Tardieu, à Stella Matutina, lors de ses funérailles, le magnifique *Deep River*, qui en avait fait pleurer plus d'un.

Enfin, l'agenda du fameux théâtre étant déjà bien rempli, serait-il possible aux personnes ici présentes d'assister rapidement à une répétition dudit spectacle, tiré du *Cid* de Corneille, à ce qu'elles avaient entendu dire, afin de l'inscrire au programme de l'été ?

— Pourquoi pas samedi prochain ? a répondu Mathis.

\*

Son premier mouvement, après avoir quitté l'hôtel de ville, tête haute et pied ferme, a été de se précipiter au café le plus proche, salle du fond, où il s'est écroulé sur une banquette et a commandé un double café, à l'image d'Adrienne dimanche après la visite du bon Gonzague de Chermont, en voyant ses efforts récompensés et son pari gagné.

Il faut un peu de temps pour accepter de croire au bonheur. N'est-on pas la proie d'un rêve ? N'est-ce pas un leurre ? Une mauvaise blague du destin ? Musique Hall était-il vraiment sauvé, Mathis certain de pouvoir le conserver ?

Car, s'il crânait devant sa troupe : « Pas de problème, on y arrivera ! », s'il nous assurait de sa confiance, combien de nuits s'était-il réveillé en sursaut, couvert de sueur à l'idée de voir partir entre des mains étrangères l'œuvre édifiée avec son père adoptif, et de laisser dans la nature ses petits fauves apprivoisés ?

Bonheur accepté, le second mouvement de Mathis a été de nous appeler, pour nous remercier et partager la fabuleuse nouvelle avec ses témoins.

J'ignore comment il l'a exprimée aux autres. À moi, d'une voix pleine de la lumière du rêve d'enfant réalisé, il a dit :

— Tu te souviens, Adeline, de ce café en face des Trois-Pierrots, la veille de Noël, du garçon qui dansait, de la femme à paillettes qui doutait ? Eh bien, ma Chimène, les Trois-Pierrots vont accueillir notre spectacle. On y entendra tes paroles, on y jouera ma musique. Qui a eu la belle idée de cet opéra, dis-moi ? Qui a eu raison de t'encourager, rappelle-moi ?

Et le bonheur m'a foudroyée à son tour.

Puis il est rentré à Musique Hall, et il a sonné le branle-bas de combat, nommé des estafettes chargées de battre le rappel. Il lui fallait ses trente-deux, sans exception, samedi prochain, pour une grande répétition devant les plus hauts représentants de la ville, en vue de se produire, cet été, au théâtre des Trois-Pierrots. Et, en attendant samedi, il les voulait demain, mercredi, pour s'y préparer. Et pour ceux qui ne pourraient se libérer, il donnerait des cours du soir jusqu'au grand jour.

*Go !*

Enfin, il a enfourché sa moto, traversé le pont de Saint-Cloud en chantant à tue-tête, emprunté sans façon ses berges à la Seine, salué bas la tour Eiffel, s'est incliné devant l'obélisque, a lancé : « À nous deux ! » à l'Opéra Garnier, et terminé sa course rue La Fayette – La Fayette, me voilà ! –, où il s'est engouffré dans un antique immeuble dont il a escaladé les quatre étages d'un trait avant de tambouriner à la porte de Charles Poznam.

Pour Poznam, ancien client et ami du docteur Tardieu, le mot « spectacle » n'avait plus de secret. Metteur en scène, il avait goûté à tout : théâtre, cinéma, télévision, un peu de cirque en passant. Bien entendu, il connaissait Mathis, il avait suivi sa carrière et, le jour des funérailles de son ami, il était au premier rang à l'église Stella Matutina. Ce jour-là, non sans imprudence, il avait fait promettre au « petit » de s'adresser à lui s'il avait des soucis. Pour l'heure, âgé de soixante-neuf ans, il avait pris sa retraite de réalisateur et écrivait ses mémoires, commandés par une importante maison d'édition.

Mathis lui a annoncé que l'éditeur attendrait. Il allait enrichir ses mémoires d'une nouvelle expérience, celle de metteur en scène, directeur artistique, éclairagiste, décorateur, costumier, d'un opéra-rock tiré du *Cid*.

Le sexagénaire a froncé les sourcils et agité sa crinière blanche.

— Salaire à hauteur de l'ambition, je suppose ?

— Versé par la gloire, a répondu le « petit » avec feu.

Quelques minutes plus tard, rue La Fayette, il coiffait le casque prévu pour lui par Mathis et prenait place sur le siège passager de la moto.

La gloire n'attend pas.

## 66

Ils sont tous là, derrière le rideau rafistolé à la hâte, les trente-deux soldats de Mathis ; depuis trois jours, pas un n'a manqué à l'appel.

En attendant le décor, une banderole a été tendue au fond de la scène, portant le titre du spectacle :

« VA, COURS, VOLE. »

En attendant les costumes, Charles a prié la troupe de porter des tee-shirts clairs pour les uns, sombres pour les autres, afin de différencier les deux camps.

Les instrumentistes sont en place : synthétiseur, guitare électrique, guitare basse, saxophone et, plus loin, la batterie, pour le groupe rock. Violons, alto, violoncelle et trompette, pour l'ensemble classique.

Au clavier du piano noir, poussé sur le côté, Mathilda, dix-huit ans, peau sombre, robe blanche, adepte de Musique Hall depuis ses dix ans ; depuis peu, élève au conservatoire de musique de la ville. L'aurait-elle été sans Mathis ?

Devant les instrumentistes, en arc de cercle, les chœurs se font face : chœur Chimène, musique classique, six filles ; chœur Rodrigue, musique rock, six garçons. Dans les coulisses, prêts à intervenir, les saltimbanques, menés par Hilaire.

Et même si tous, depuis mardi, n'ont cessé de crâner, de bomber le torse, d'annoncer à la terre entière qu'ils allaient devenir des stars, ils n'en mènent pas large, les « petits fauves ». Tremblotent les épaules, s'emballent les cœurs, perce la peur sous les rires trop forts.

La délégation de l'hôtel de ville, conduite par M. le maire, est arrivée à quinze heures précises, une douzaine de personnes représentant les différents pôles concernés, toutes en veste, cravate et souliers cirés.

Mathis leur a présenté Charles, en habit s'il vous plaît, œil ardent, cheveux argentés sur les épaules. Beaucoup connaissaient l'ami du docteur Tardieu et se sont déclarés ravis et honorés qu'il participe à l'aventure.

Nos mécènes ont été installés au premier rang, sur les sièges les moins inconfortables que nous ayons trouvés. Les « témoins » sont restés sur le côté afin de ne rien perdre de leurs réactions. Avant de rejoindre Charles de l'autre côté du rideau, Mathis, finalement pas plus rassuré que ses soldats, a tenu à rappeler à ses invités qu'il ne s'agissait que d'une répétition préparée au pied levé. Le maire lui a renouvelé sa confiance.

Les battants de la porte d'entrée ont été refermés, les chauffeurs de ces messieurs chargés de veiller à ce que nul ne vienne troubler le spectacle.

Le coup d'envoi est donné, et, comme la lumière générale s'éteint, que le rideau s'ouvre – bonheur ombre et lumière –, j'ai peine à respirer.

S'élève de l'orchestre une musique feutrée à laquelle se joignent, chantant le refrain comme en confidence, voix féminines et masculines, touches noires et blanches.

> « Va vers toi-même,
> Cours vers l'avenir,
> Vole vers tes rêves. »

Éclairés par un projecteur, très lentement, comme au ralenti, Chimène se détache du chœur féminin, Rodrigue du masculin. Les boucles brunes de la jeune fille tombent en lourdes vagues sur le corsage blanc. La blondeur des longs cheveux du jeune homme tranche sur le tee-shirt noir.

Et chantent les chœurs en sourdine tandis qu'ils avancent l'un vers l'autre.

> « Elle s'appelle Chimène.
> Il s'appelle Rodrigue.
> Elle vient des rives de la Méditerranée
> Et porte haut les couleurs du soleil.
> Il a grandi en Île-de-France,
> La Seine a bercé son enfance. »

Soudain, ils s'immobilisent, comme arrêtés net par un mur invisible. En vain, la main de Rodrigue se tend vers celle, offerte, de Chimène, tandis que retentit, comme le battement sourd d'un cœur, la batterie, grosse caisse, caisse claire.

Et là, surprise, alors que d'ordinaire le batteur est un garçon, souvent un « cogneur », qui rend inaudible le son des autres instruments, c'est une fillette haute comme trois pommes, vif-argent, montée sur ressorts, qui, plutôt que des coups, cherche de fines et subtiles sonorités, laissant à l'orchestre et aux chœurs la possibilité de faire entendre leurs voix.

416

« Ils ont des problèmes,
De cœur.
Des problèmes de pères,
Des questions d'honneur,
Des revanches à prendre. »

Jeunesse, fierté, ardeur. Comment définir la beauté, en décrire la lumière ? Elle est là, sur ce plateau fait de bric et de broc, et il me semble en voir le reflet sur le visage de nos invités, y lire une émotion semblable à la mienne.

Émotion qu'Hilaire, en tenue bariolée, transforme en joyeuse comédie en se livrant à de multiples acrobaties sous le nez des amants statufiés, tandis que deux clowns au nez rouge esquissent de maladroits pas de danse.

Dans la salle, quelques rires libérateurs.

Avant que, brusquement, la musique se taise, la lumière s'éteigne, que, dans le silence et l'obscurité, s'élève la voix d'une guitare et qu'éclairé par le faisceau d'un projecteur apparaisse Alan entre deux musiciens, ramenant avec le *Prélude en mi mineur* d'Heitor Villa-Lobos, entre deux sanglots-désaccords, le chant têtu de l'espoir qui se refuse à mourir.

*

Le rideau s'est baissé sur le premier acte. Il ne s'agissait que d'une répétition, avait rappelé Mathis, inquiet, à nos invités. J'ai partagé avec mes amies un sourire soulagé : il n'était qu'à voir leurs visages radieux pour comprendre que la partie était d'ores et déjà gagnée.

Durant le deuxième acte, si le refrain reste commun, musique et acteurs s'affrontent ouvertement.

« Deux camps, deux clans.
Deux territoires.
Mon pays, mon oriflamme,
Flammes de la haine. »

La musique se déchaîne, le ton monte entre les guérilleros armés de leurs seuls instruments, leurs voix, leurs regards, leurs paroles.

Chimène : « J'étais aimée, je ne le suis plus. »
Rodrigue : « Me battre pour ton regard. Mourir pour
Les pères : « Ils parlent de souillure,          [toi. »
Ils prononcent le mot affront,
Ils réclament vengeance. »

Assis sur le sol, jambes écartées, perruque de travers, un clown pleure.

Jusqu'au moment fondamental, crucial, que tous attendaient déjà sans le savoir, où tout s'arrête pour laisser place à la voix de la guitare, affirmant encore et encore, malgré les croix, au-delà des croyances et des sanglantes croisades, la douleur et le bonheur de vivre.

*

Le troisième acte, conciliation, réconciliation, paix, Charles l'avait voulu montant en puissance jusqu'au cri d'allégresse final, l'apothéose, tous instruments, toutes musiques, toutes voix mêlés.

Bien sûr, les trois quarts d'heure initialement prévus par Mathis seraient largement dépassés, et j'avais été priée par le metteur en scène d'ajouter des couplets :

— Laisse-toi aller, petite, lâche-toi, on fera le tri après.

> « Quelqu'un t'a dit :
> Tu ne pourras jamais.
> Tu as répondu :
> C'est ce que vous verrez.
> Plutôt que la guerre,
> La paix. »

Rodrigue enlace Chimène, les saltimbanques forment une ronde autour d'eux.

> « Ni vainqueurs ni vaincus,
> La plus belle des victoires,
> Sur nous-mêmes.
> Sur la haine. »

Et pour finir, chanté par tous, le refrain : paroles et musique à vous faire exploser le cœur... de bonheur.

> « Allez, courez, volez,
> Vers les uns, les autres, les vôtres.
> La vie. »

— Je veux le public debout, avait dit Mathis.

Debout, ceux de la mairie, oubliés les costumes, les cravates et les souliers cirés, applaudissant à tout rompre. Pour un peu, on aurait dit qu'ils allaient chanter !

Un bonheur ne vient jamais seul.

Point de ravissement.

## 67

Comme je l'avais souhaité, voulu, attendu, le printemps ! Parfois, il m'avait semblé qu'il ne viendrait jamais. Et enfin, il était là, en lettres majuscules sur mon agenda, et, avec le changement d'heure, voici que le jour pointait son nez dès six heures trente et ne s'évanouissait, en douceur, qu'à vingt et une heures. Du temps de lumière et de soleil en plus volé au sommeil, pas beau, ça ? Apprenez, les ronchons, que l'on dort la moitié de sa vie. On ne va quand même pas se gâcher l'autre en râlant et bâillant ?

*

Pour moi, il court, il vole, le temps ! Les journées ne sont pas assez longues pour tout ce que j'ai à y mettre. À ce propos, j'ai failli me brouiller avec Eugène.

Je mijotais mon coup au salon, à l'abri des oreillettes d'un « bien-aimé », mon portable à la main, ma phrase toute prête au bord des lèvres, lorsqu'il est tombé dans le « bien-aimé » voisin.

— Maman, NON !

J'ai joué les étonnées, bien qu'avec le Saint il ne faille jamais s'étonner de rien.

— « Non » pour quoi, mon cœur ?

— Si tu crois que j'ai pas entendu quand tu as demandé à Maxence si sa mère serait là à six heures ! Non, pour que tu lui dises que tu arrêtes le ramassage.

Six heures trois au cartel : Eugène, pas le temps de perdre son temps !

— J'avais seulement l'intention de lui demander si, par hasard, elle ne connaîtrait pas quelqu'un pour me remplacer.

— C'est JUSTE UNE SEMAINE par mois, maman !

— Peut-être. Mais la semaine, ça fait CINQ journées où, entre les trajets, il est impossible de se poser, de s'attaquer sérieusement à quoi que ce soit. Et je te rappelle que, avec Alma, on a promis à Charles de s'occuper du rideau de scène, et que coudre un rideau d'une centaine de mètres, ça ne se fait pas en trois aiguillées.

Voix minuscule, gros soupir.

— Mais maman, c'est TOI et la « Salle de conf' » que tout le monde préfère !

Bref, moi, la rock-star du transport en commun ?

Allez, Chimène, un peu de patience ! J'ai décidé de temporiser. En somme, mettre un licol au bonheur.

*

Sous la baguette du printemps, le jardin donne de la voix : chuchotis dans les bosquets, pétarades dans les parterres, égosillements dans les feuillages où grives musiciennes, mésanges et alouettes édifient leurs nids. Sous la caresse de la brise, le saule a des soupirs de vieux beau et, dans le jardin de derrière, voilà que nos pommiers arthritiques se mêlent de sortir de pitoyables bourgeons mort-nés dans une ultime supplique à la vie, tandis que, un peu plus loin, le sapin de Noël se pare d'un insolent toupet vert tendre et que, sur le carré de terre recelant le mystère des origines d'Alan, un bouquet de primevères exhibe sans façon trois fleurs mauves demi-deuil.

Voilà déjà un mois qu'Alan a commencé son stage dans le cabinet d'architectes à Paris : quatre après-midi par semaine, ce qui lui laisse le temps de travailler sa guitare. L'entendant pour la première fois, Charles avait froncé les sourcils, bon signe !

— Tiens, j'ignorais que Villa-Lobos pouvait nous faire chialer.

C'est lui qui a voulu qu'Alan reste caché derrière les musiciens et n'apparaisse qu'au moment de faire entendre la voix de l'apaisement et de l'espoir. Lui qui a choisi une batteuse fluette plutôt qu'un « cogneur », qui a augmenté le nombre de saltimbanques – nom qu'il préfère à « acteurs des rues » –, ajouté des danseurs – manquait le ballet à son répertoire –, et nommé Hilaire prince des claquettes.

Sous sa férule, les petits fauves ont rentré leurs griffes. Mathis était le grand frère ; ne dirait-on pas qu'avec Charles ils ont trouvé un grand-père qu'ils admirent autant qu'ils le respectent. Comment avons-nous pu songer à nous passer de lui ? Il est vrai que, au départ, les Trois-Pierrots n'étaient pas prévus au programme.

Notre directeur artistique a déserté la rue La Fayette pour s'installer dans le lit du « petit », qui, n'ayant plus à se soucier que de la musique et des musiciens, dort désormais d'un sommeil apaisé sur un matelas gonflable.

J'avance dans mes couplets, que j'autorise Elsa à lire par-dessus mon épaule.

— Maman, c'est trop top ! Comment t'as trouvé ça ?

Si je le savais ! Cela vient de si loin. Parfois, il me suffit de fermer les yeux, comme si tout était déjà là, inscrit en moi.

Elsa-l'elfe qui ouvre ses ailes : trois centimètres de plus à la toise, trois kilos de moins sur la bascule. Il va falloir songer à renouveler la garde-robe de mademoiselle.

Et cet après-midi…

— Maman, ça y est !

À la porte de ma chambre, ouverte sans frapper, ma cadette, mi-joie mi-confusion, qui ajoute en se pliant en deux :

— N'empêche que t'aurais pu me dire que ça faisait un mal de chien !

J'abandonne Chimène pour venir prendre ma fille, devenue femme, dans mes bras, et la conduis au lit.

— Étends-toi, je m'occupe de tout !

Tandis qu'elle prend place sous la couette, je file dans la salle de bains, remplis d'eau chaude la bonne vieille bouillotte des familles – caoutchouc lisse d'un côté, rugueux de l'autre, bouchon aussi impossible à ouvrir qu'à fermer –, m'en mets plein partout et reviens la glisser contre le ventre douloureux d'Elsa, sous le tee-shirt « aigle aux ailes d'argent », cadeau de Noël d'Eugène à Alan, qu'elle s'est approprié sans scrupule. Elle s'y enroule façon fœtus.

Personne à la cuisine, bien ! J'emplis deux *mugs* de boisson chocolatée, les confie au micro-ondes, prépare un joli plateau, remonte, me fais une place près de l'aiglonne que la bonne odeur semble ravigoter. Elle se redresse. Nous trinquons à la feeeeeemme.

Sourire, soupir, problème ?

— Est-ce qu'on va le dire aux autres ?

— Mais, bien sûr, on va le leur dire ! C'est une grande nouvelle, non ?

— Les garçons vont trouver ça dégoûtant.

— Ils feront semblant parce que les histoires de filles, ça les intimide.

— Hilaire dit que, quand ça arrive en Casamance, tout le monde danse.

Tiens, Hilaire, le premier averti ?

— C'est parce que Casamance, ça rime avec danse.

Elle rit. Gagné !

Et ce soir, il y aura apéritif-surprise au salon : Champomy, ronde de zakouskis au centre desquels brille une bougie dans sa collerette. Finalement, nulle, l'idée ! Même le Saint n'avait rien flairé, et il me faudra mettre les points sur les i tandis qu'Elsa tentera en vain de rentrer sous terre. Les garçons s'abstiendront de ricaner, le père réprimera un soupir, Adèle haussera les épaules. On videra quand même le nectar à bulles de fête.

\*

— Si ça peut t'avancer, maman, ça y est.

M'avancer ? Depuis le retour d'Adèle du ski, j'ai plutôt l'impression de reculer dans mes relations avec ma fille, retranchée derrière une muraille de silence. Plus aucun dialogue, au mieux des sourires fabriqués, une légèreté qui ne trompe personne. Comment se passent, au lycée, les TPE, « travaux personnels enca-drés », qui lui permettront peut-être d'obtenir des points d'avance pour le bac de terminale ? Je n'ose le lui demander. Pas plus que je n'ai osé lui avouer que j'avais lu le carnet de correspondance, oublié sur son bureau et qu'elle ne m'a pas présenté à signer.

Je me suis contentée d'un « attention » de plus, hypocrite à souhait : « Attention, ma chérie, bientôt le bac de français ! » Auquel elle n'a pas daigné répondre.

« Ce qu'il faut, c'est garder le contact », avait sou-haité Hugo. Le contact est rompu. Il n'y a plus d'abonné au numéro que vous avez demandé. Aucune nouvelle des Montauzan. Devrais-je appeler ?

*

Et puis, c'est la veille du week-end de Pâques, méga-embouteillages prévus sur les routes, vendredi rouge, Hugo est rentré plus tôt de son travail : maux de gorge, maux de tête, courbatures. La grippe ?

Je l'oblige à prendre sa température : 38,8. La bouillotte des familles reprend du service. Le docteur de famille est sur répondeur. J'appelle SOS Médecins.

Il a la soixantaine, des cheveux blancs, un visage las : beaucoup d'appels, trop peu de praticiens. Mon diagnostic est confirmé : une bonne grippe.

« Bonne » ? Pourquoi pas « excellente » ? S'agis-sant d'un virus, pas d'antibiotiques. Des analgésiques, beaucoup d'eau, et « plein de chouchoutage », ajoute le médecin à mon intention tandis que Hugo prend des airs mourants. Il devrait être sur pied en fin de semaine prochaine.

— Sur pied, sur pied, râle-t-il, après que j'ai raccompagné le médecin.

Et les œufs de Pâques que nous devions aller choisir ensemble ? Et le film en 3D, prévu sur les Champs, avant une halte dans notre restaurant fétiche ? Je le réconforte : pour le film, ce n'est que partie remise. Pour les œufs de Pâques, je n'oublierai pas de prendre, « Chez Laurent », son préféré : au chocolat blanc.

— Sans friture… précise-t-il faiblement.

Je propose une infusion, du thé, pourquoi pas un bouillon ? Recalée ! Il accepte d'avaler, avec le grand verre d'eau, les cachets laissés par le médecin. Je m'installe à son chevet, lui prends la main (chouchoutage), patiente jusqu'à ce qu'il s'endorme. Déjà neuf heures ?

Et alors que je descends l'escalier, Eugène me barre le chemin. Tiens, je les croyais tous partis. Il est blême, il tremble. Malade lui aussi ?

— Maman, je t'en supplie, écoute-moi. Est-ce que tu sais ce que c'est qu'une *skins party* ?

## 68

*Skin* veut dire « peau ».

*Party* veut dire « fête ».

*Skins parties*, « fêtes des peaux ».

Elles s'organisent *via* Internet, et l'adresse est tenue secrète jusqu'au dernier moment afin d'éviter une éventuelle interdiction comme cela arrive pour les *rave*. On peut y être introduit par des amis, un mot de passe est souvent demandé.

« Bataille d'oreillers » était le mot de passe de la *skins party* qui avait lieu cette nuit dans une boîte de nuit à Paris baptisée « Aphrodite », déesse du désir, fête annoncée depuis le début de la semaine. Eugène venait de découvrir qu'Adèle y participait ainsi que Jean-Guy de Montauzan.

— Maman, il faut aller la chercher, vite, c'est grave !

Mais, toute seule, même avec le mot de passe, jamais on ne me laisserait entrer, j'étais trop vieille. Et voilà qu'en plus son père était malade...

Alors, j'ai traversé la rue et j'ai demandé à Alma de m'aider. Alma a retiré son tablier, elle a appelé Adrienne, Adrienne a joint Viviane – si on ne l'avertissait pas, elle ne nous le pardonnerait jamais, pas le moment de se brouiller, et n'oublie pas le Lalique.

Je me foutais du Lalique.

Alors que j'allais démarrer, Alan a couru vers la voiture. Pouvait-il nous accompagner ? J'ai refusé. Ça irait. Je lui ai confié la maisonnée, Eugène, Elsa, et si Hugo se réveille, surtout vous ne lui dites rien, inutile de l'affoler alors qu'il est cloué au lit, à très vite, mon chéri.

Nous sommes passées prendre Adrienne et, durant le trajet vers la capitale, j'ai parlé d'Adèle à mes amies. Jusque-là, je m'étais abstenue. N'avions-nous pas assez à faire avec Musique Hall sans y ajouter nos histoires personnelles ? Et tandis que je leur racontais tout, ma gorge se serrait comme celle d'une coupable.

« Maman, je t'en supplie, écoute-moi... »

Fallait-il que les miens me supplient pour que je daigne les écouter ?

*

L'Aphrodite se trouvait dans une petite rue d'un beau quartier près de l'Étoile. Viviane nous y attendait. Aucune place pour se garer. Elle a pris les clés de la « Salle de conf' » et les a remises à Germain pour qu'il s'en charge.

Au numéro dix-neuf, une lampe grillagée éclairait une lourde porte ornée de barres de fer et de clous bombés, comme celle d'un cachot.

— Laissez-moi faire, a ordonné Adrienne.

Elle a appuyé sur le bouton de l'interphone et prononcé le mot de passe. La porte s'est ouverte et, avant que l'armoire à glace coiffée d'une casquette en soit revenue, elle avait investi la place, nous à sa suite.

— Mais... a-t-il protesté.

— Mais rien, mon grand, a répondu calmement la petite instit' aux cheveux blancs. Tout va bien ! Nous sommes seulement venues chercher quelqu'un. Nous n'en aurons pas pour longtemps.

Et comme il sortait son portable, elle a ajouté :

— C'est ça, appelle ton patron. Avertis-le que le quelqu'un est une quelqu'une, qu'elle est mineure et se trouve ici contre son gré. Alors, c'est bien simple, c'est nous ou la police.

Guidées par la musique, nous avons emprunté un étroit escalier de pierre qui menait à un long couloir au bout duquel un rideau de velours grenat était tendu. Nous l'avons poussé.

Dans l'immense cave éclairée par des lampes à ultraviolets, dans le déchaînement de la musique électronique, presque toutes les peaux étaient nues jusqu'à la taille. Elles se mêlaient, se frottaient les unes aux autres, dans des danses lascives. Sur le torse des garçons, les seins des filles, peints grossiè-rement, des messages incitaient au sexe. Mini-shorts ou pantalons de cuir, bas résille ou bottes, masques, lunettes, et, sur les chevelures de toutes les couleurs, chapeaux, casques ou casquettes militaires complé-taient la triste mascarade. Et partout, voletant, cou-vrant le sol, le duvet d'oreillers éventrés, dont certains danseurs se servaient pour cacher leur sexe.

« Bataille d'oreillers », fête de l'innocence assassi-née dans la musique barbare, les vapeurs de l'alcool, les fumées de la drogue.

Celui-ci, si jeune, quel âge ? dansait seul en bran-dissant un verre plein. Celle-là, si menue, une enfant, regard perdu, gorge naissante, ouvrait grand une bouche « doudou », sur un cri muet, un hurlement ?

La nausée m'a pliée en deux. La main ferme d'Adrienne m'a redressée.

— Pas le moment ! On la cherche !

*

Nous l'avons trouvée, effondrée sur l'un des sofas disposés autour de la cave, cheveux dans les yeux, khôl dégoulinant sur les joues, bouche écarlate, ses seins si jolis, tout ronds, tout neufs, nus, bariolés de rouge à lèvres.

Mon premier mouvement a été de retirer ma veste et de l'en couvrir. Comme elle la rejetait avec des gestes désordonnés, riant, grognant, grondant, Alma m'a aidée à la lui enfiler. Je l'ai boutonnée aussi haut que j'ai pu.

Était-elle ivre ? Droguée ? Me reconnaissait-elle ? J'ai prononcé plusieurs fois son nom, Adèle, Adèle. Viviane a voulu intervenir, Adrienne l'a arrêtée : à la mère, la responsable, d'agir !

Elle s'est mise à faire des moulinets avec ses bras, comme si elle voulait accompagner la musique, et le plus déchirant, l'insupportable, était, à son poignet, parmi les bracelets de tissu ou de cordelette que les jeunes aiment à superposer, le minuscule ourson aux yeux vert phosphorescent, trouvé à Noël dans ses souliers, catégorie « petits cadeaux en plus », qui dansait lui aussi.

Et puis, sur le sofa voisin, tout près, veste militaire ouverte sur son torse nu, je l'ai vu ! Le beau, le grand étudiant en droit, une fille sur les genoux, seulement

430

vêtue d'un porte-jarretelles tirant des bas blancs de communiante.

J'ai repoussé la fille, qui est tombée, j'ai montré Adèle à Jean-Guy et, mon visage contre celui du salaud, j'ai hurlé, à briser mon « filet de voix ».

— Qu'est-ce que vous lui avez donné ? Qu'est-ce qu'elle a pris ?

Il a eu un rire pâteux.

— Si vous le demandiez à la mijaurée ?

Ma main est partie à toute volée sur sa joue. La stupeur passée, il s'est levé lourdement, le regard haineux. Tant mieux, j'avais envie de le massacrer.

D'un bond, Adrienne s'est placée entre nous.

— Laisse, a-t-elle ordonné. On s'occupera de cette ordure plus tard. Pour l'instant, on sort ta fille de là.

L'ennui, c'est que ma fille n'avait aucune envie de « sortir de là ». Elle se débattait, riait, râlait. Nous avons dû toutes nous y mettre pour la tirer du sofa. Jean-Guy était retombé sur le sien. Des jeunes commençaient à s'attrouper autour de nous, s'amusant du spectacle, applaudissant. Un homme a surgi, la cinquantaine, lui bien coiffé, bien habillé, ni peinture ni duvet, le propriétaire de la boîte ? L'organisateur de la soirée ?

Adrienne l'a toisé.

— Pouvez-vous nous dégager le passage, s'il vous plaît ?

Il y a des « s'il vous plaît » qui sont des ultimatums, des revolvers pointés sur la tempe. L'homme a levé la main, la musique s'est interrompue, et les acteurs du sinistre carnaval se sont écartés. Il nous a suivies. Lorsque, arrivé en bas de l'escalier, il a voulu nous aider à monter, je l'ai repoussé :

— Pas touche, connard !

Il m'arrive d'être très mal élevée.

Le portier ne s'est pas fait prier pour nous ouvrir grand la porte. Le connard avait disparu, en bas la musique avait repris : simple incident !

Le gentil Germain nous a aidées à hisser Adèle à l'arrière de la « Salle de conf' ».

— Si on vous suivait au cas où ? a proposé Viviane.

— Ça ira, a répondu Adrienne, merci. On te tient au courant.

Elle s'est installée au volant, Alma et moi entourant Adèle à l'arrière.

— Hôpital ? a demandé l'instit'.

— À la maison, SOS Médecins.

Et j'ai ajouté avec un rire :

— Après tout, ça ne fera que la seconde fois de la journée.

Ça doit s'appeler « crâner » : tout sauf pleurer.

Nous n'avons pas prononcé un mot durant le trajet. Par lequel commencer ? Ma princesse ronflait.

## 69

Il était minuit passé, il était demain, quand Adrienne a arrêté la voiture devant la Villa. Lumière éteinte dans notre chambre, Hugo dormait. Les enfants, eux, nous attendaient. Ils ont couru à notre rencontre. Nous avons porté Adèle au salon et l'avons étendue sur l'un des canapés jumeaux, son préféré, le plus près de la porte, la sortie. Elle avait cessé de dormir et s'agitait en prononçant des mots confus. Je prenais garde à ce que ma veste, cachant ses seins, reste boutonnée jusqu'à son cou.

— Veux-tu que nous restions avec toi ? a proposé Alma.

— Ça va aller, merci ! Comme tu vois, je suis bien entourée.

— Tu nous tiens au courant, a ordonné Adrienne.

Il avait été prévu qu'Albert la raccompagnerait chez elle. Je les ai vues partir avec soulagement.

— Ton père ? ai-je demandé à Eugène.

— Il s'est réveillé une fois. Il a demandé où tu étais, j'ai répondu que tu regardais un film, et il s'est rendormi.

Film noir ? Gothique ?

Il a montré Adèle ; il faisait d'énormes efforts pour me cacher son angoisse, me ménager ?

— Qu'est-ce qu'elle a, maman ?

— On va le savoir très vite : j'appelle un médecin.

J'ai ajouté :

— Merci de m'avoir avertie.

Et les larmes ont refait une tentative.

À lui et à Alan, j'ai demandé d'aller chercher des couvertures et une serviette de toilette, à Elsa de monter sans faire de bruit dans la chambre de sa sœur et de me rapporter une chemise de nuit. Adèle collectionne les chemises de nuit de grands-mères, en coton blanc et dentelle. Elle affirme qu'elles sont plus sexy que la plus suggestive des tenues de nuit : c'est comme lorsque tu portes un maillot de bain une pièce sur la plage alors que toutes sont seins nus, c'est toi qu'on regarde…

Après que tous eurent quitté le salon, j'ai formé à nouveau le numéro de SOS Médecins. J'ai expliqué que ma fille avait bu et pris de la drogue. Laquelle ? Je l'ignorais. Mon interlocutrice avait une voix douce et apitoyée. Cette fois, les larmes ont bien failli passer la digue.

— Tenez bon, madame, a-t-elle dit avant de raccrocher.


Ses larmes, Elsa n'a pas cherché à les retenir lorsque, m'aidant à enfiler sa chemise de nuit à Adèle, elle a découvert les dessins au rouge à lèvres. J'ai pensé qu'elle avait de la chance : il y a des moments où « tenir bon », ça fait vraiment trop mal ! Pudiques, les garçons regardaient ailleurs. J'espère qu'ils n'ont rien vu.

Le médecin est arrivé très vite. Alan guettait près du portail pour que la sonnerie ne réveille pas Hugo.

J'avais autorisé les enfants à rester à condition qu'ils se tiennent à l'écart et n'interviennent pas. Je me méfie toujours un peu de mon futur détective.

Le docteur Chéhab avait la trentaine, une courte barbe, des lunettes, un sourire comme on n'en trouve que dans les pays de grand soleil, qui faisait penser à un fruit. « Un sourire comme un fruit... toi et les mots », aurait pu dire Hugo.

Avant qu'il examine Adèle, je lui ai raconté où et dans quel état je l'avais trouvée. Lorsqu'il m'a demandé son âge, j'ai eu honte en répondant seize ans. Il a également voulu connaître son nom.

Elle dormait d'un sommeil agité, entrecoupé de gestes brusques, comme des appels à l'aide. Il s'est assis sur le bord du canapé, et il a dit :

— Adèle, Adèle, ça va aller.

Il a tâté son front, soulevé ses paupières, respiré son haleine, pris sa tension. Puis, après avoir repoussé la couverture, il a relevé les manches de la chemise de nuit grand-mère et examiné longuement ses poignets de petite fille, la saignée du bras, y cherchant des traces de piqûres, tandis que l'ourson aux yeux verts se remettait à danser.

Il n'y avait pas de traces de piqûre. Si tel avait été le cas, je les aurais découvertes en même temps que le docteur Chéhab.

Ensuite, il s'est relevé, il a rangé ses instruments dans sa sacoche, s'est nettoyé les mains à l'aide d'un produit désinfectant, m'a remerciée pour la serviette, puis il a fait signe aux enfants d'approcher. Alan serrait Elsa contre lui, Eugène ne portait plus ses lentilles bleu-bleu. Il s'est adressé à tout le monde, et j'ai trouvé ça bien.

Adèle avait absorbé pas mal d'alcool et pris des amphétamines, peut-être de l'ecstasy, substances qui vous gardent éveillé et vous mettent dans un état d'euphorie passager.

— Je suppose que vous en avez entendu parler ? leur a-t-il demandé.

Et tous ont répondu « oui », même Elsa.

Leur sœur avait, a-t-il poursuivi, évité le pire : la surdose qui peut mener au coma. Il ne faudrait pas la laisser seule jusqu'à son réveil complet, d'ici six à huit heures, afin d'éviter qu'elle fasse une bêtise – il n'a pas dit laquelle. Son réveil serait brouillardeux, la mémoire lui reviendrait peu à peu, elle devrait avoir totalement récupéré au cours de l'après-midi.

Il parlait un français soigné, dont on sentait qu'il lui était précieux, une langue qui avait dû jouer un rôle important dans sa vie, ses buts. J'aurais bien voulu savoir d'où il venait.

Je lui ai demandé s'il y avait un médicament à donner à Adèle pour l'aider. Il a souri.

— Le meilleur remède sera de lui parler, de l'écouter. Si possible, évitez de lui faire des reproches.

Lorsqu'il m'a laissé quelques numéros de téléphone à appeler au cas où je sentirais le besoin d'être aidée, mes enfants ont baissé les yeux.

Plus tard, comme je le raccompagnais jusqu'au portail, son regard a parcouru notre jardin éclairé. Il s'est tourné vers notre belle maison.

— Aujourd'hui où les deux parents travaillent, même avec la meilleure volonté du monde, ils manquent parfois de temps pour savoir ce qui se passe dans la tête de leurs adolescents, a-t-il remarqué. Bon courage, madame !

Et, là encore, les larmes n'ont pas réussi à passer l'étau brûlant qui serrait ma gorge, je me serais tuée !

Mes trois enfants voulaient veiller leur sœur avec moi. J'ai refusé. Toi, Elsa, tu montes te coucher en laissant ta porte ouverte, au cas où ton père appellerait. Vous, Alan et Eugène, vous essayez de dormir un peu, la journée ne fait que commencer. Promis, si j'ai besoin de vous, j'appelle.

Je les ai embrassés comme jamais, jamais encore, jamais plus j'espère, avec autant de désespoir que d'amour, et ils ont accepté de quitter le salon. Puis j'ai aligné trois coussins au pied du canapé d'Adèle et partagé sa couverture en attendant le jour.

*

Il existe sur le Net un site appelé « Vigie-love » où veillent en permanence des bénévoles qui cherchent à protéger les jeunes des nombreux pièges tendus sur Facebook ou ailleurs par des prédateurs qui promettent amour ou amitié en aiguisant leurs couteaux. De généreux inconnus qui suppléent à la défection de parents aux agendas trop chargés pour y inscrire le temps nécessaire à l'écoute de leurs enfants, enfants eux-mêmes « surbookés » en fin de semaine.

Alors ils ne font que se croiser, oubliant qu'à la fameuse « qualité de temps », vantée par la presse spécialisée, il est parfois indispensable d'ajouter la quantité.

Quitte à se faire jeter.

Il paraît que quarante pour cent des jeunes ont leur première relation sexuelle alors qu'ils sont en état d'ivresse, incapables de savoir vraiment ce qu'ils font, bâclant les préliminaires, brûlant les étapes, oubliant caresses, baisers et tendres paroles pour se livrer à un coït brutal, animal, qui laissera planer à jamais sur cette première fois un voile glauque, et dans les cœurs la méfiance plutôt que la joie.

— T'en fais pas, maman, y a pas mort d'homme. Mort de femme ?

J'avais failli à mon rôle de vigie, ignoré les signaux de détresse, fermé mes oreilles aux cornes de brume, cédé à la musique des sirènes, abandonné ma fille.

Ce n'est que l'aube venue, saluée par tant de naissances, de renaissances, tant de vaillance, que mes larmes ont enfin réussi à couler, comme l'amorce d'un pardon.

## 70

— Vite, maman ! Papa te demande.

À sept heures, Elsa est descendue me chercher. Elle a pris ma place auprès de sa sœur, qui, mis à part quelques brusques tressaillements, une main soudain tendue dans le vide, vers qui ? quoi ? sa main que j'avais enfermée dans les miennes en murmurant des mots d'amour, ne m'avait pas causé de frayeur, et je suis montée.

Me voyant tout habillée, le regard de Hugo s'est inquiété.

— Qu'est-ce qui se passe ? Tu n'as pas dormi ici ?

— J'ai dormi dans le salon, près d'Adèle.

Terminés les silences, les tricheries et petits acco- modements avec la vérité. Je me suis assise près de mon mari, et je lui ai tout dit : le sos d'Eugène, la *skins party*, l'état dans lequel j'avais trouvé notre fille et l'attitude de Jean-Guy. J'ai terminé par le diagnos- tic du médecin. Et, tout en parlant, je voyais se balan- cer, au poignet de notre fille, l'ourson aux yeux verts, cadeau de Noël, tandis que le médecin y cherchait des traces de piqûre, et je savais que ce serait cette image-là, d'un ourson et d'une seringue, qui me ramènerait en mémoire l'horreur d'une fête « bataille d'oreillers ».

Après que j'eus terminé, les larmes coulaient sur le visage de Hugo. Et malgré les rides creusées par l'âge, les cheveux et la barbe poivre et sel, mon juge, écouté, estimé de tous, n'était plus qu'un petit garçon blessé, et il a bien fallu que je le prenne dans mes bras, le rassure, le berce, parce que les femmes sont aussi faites pour ça : ravaler leurs larmes pour mieux sécher celles des hommes.

— Je veux la voir, a-t-il décidé en tentant vainement de sortir du lit.

— Elle dort. Je t'avertirai dès qu'elle sera réveillée, promis.

J'ai ouvert les rideaux : samedi de Pâques, temps radieux. Il devait y en avoir, des familles sur les routes, parents et enfants impatients de récolter demain dans les jardins les œufs en chocolat déversés par les cloches : « On arrive bientôt, maman ? »

Puis je suis revenue près de Hugo.

« Beaucoup de chouchoutage », avait préconisé le médecin. Là, on pouvait dire qu'il avait été gâté !

— Qu'est-ce qui te ferait plaisir, mon cœur ?

— Toi, ma chérie. Heureusement que je t'ai !

J'ai cédé côté thermomètre, allergie commune à de nombreux hommes, et tenu bon pour les cachets, qu'il a avalés avec un grand verre d'eau. J'ai bu, moi aussi. Ma bouche était en carton, comme cela arrive lors de trop grandes émotions, par exemple avant de faire l'amour pour la première fois.

*

Adèle a soulevé ses paupières, très lentement, avec effort, vers neuf heures. Découvrant où elle se trouvait, me découvrant, elle les a vite refermées et serrées très fort, comme on dit « non », comme on espère que « c'est pas vrai ».

Mes trois enfants étaient là. Je leur ai fait signe de sortir, et ils ont obtempéré sans protester, soulagés, qui sait, de ne pas assister au difficile retour sur terre de leur sœur.

J'ai pris sa main et attendu que le brouillard s'estompe, que les souvenirs lui reviennent. J'ai compris que ça y était quand elle a repoussé ma main et soulevé la couverture pour voir ses seins. Je les avais nettoyés comme j'avais pu, mais il restait un peu de rouge.

« Évitez de lui faire des reproches », m'avait conseillé le médecin. Sans reproches ni colère, sans même parler d'une boîte de nuit appelée « Aphrodite », j'ai dit à ma fille que je ne laisserais plus jamais approcher d'elle un salaud nommé Jean-Guy, plus jamais, mon Adèle, c'est clair ? Tu entends ? Si tu n'es pas d'accord, je te boucle. Si tu essaies de t'enfuir, je t'envoie en pension. Si ça ne suffit pas, je viens m'installer près de toi, tu n'as pas le choix.

L'heure n'étant pas aux subtiles allusions ni aux sous-entendus, je lui ai carrément dit que je l'aimais.

Dans ses yeux, à présent grands ouverts, j'avais vu monter le vertige, la douleur, la révolte. Et après que j'eus fini, les reproches, c'est elle qui me les a faits, martelant mon cœur de ses poings de petite fille.

Elle n'en pouvait plus de cette baraque où il n'y en avait que pour Eugène, Eugène le génie, et pour cette pauvre petite Elsa. Et quand ce n'était pas Eugène et Elsa, c'était Alan, Alan par-ci, Alan par-là. Et quand ce n'était pas Alan, c'était ce foutu

Musique Hall, et on chante, et on danse, et on écrit des paroles d'opéra.

Et moi, et moi, et moi ?

Je lui ai demandé pardon : elle avait raison, j'avais été nulle. J'ai ouvert mes bras au cas où… Et lorsqu'elle y est venue, là je n'avais plus qu'une frousse, que quelqu'un entre et casse cet instant, ce bref répit, où disparaissaient tous les oursons aux yeux verts et toutes les seringues du monde, occis par la tendresse.

Son rire mêlé de larmes a clos la séquence mélo. Si je m'imaginais qu'elle avait l'intention de revoir le partouzard qui roulait au sexe, à la drogue et à l'alcool, qui vous disait « je t'aime » en en caressant une autre, se jouait de vous, de tout, beau parleur et parfait dégueulasse, je me trompais. Parce que hier il était allé un tout petit peu trop loin en l'offrant à un inconnu, un taré : « Vas-y, prends-la, cadeau, elle est bonne, tu verras. » Et comme le taré n'avait rien vu, qu'elle l'avait envoyé au diable, il s'était attaqué pour la punir, sous ses yeux, là, à une pute en porte-jarretelles, alors tu vois, maman, cette fois, ça y est, c'est terminé, et si par hasard ça me reprenait, on ne sait jamais, si tu me vois prête à craquer, OK, aide-moi, emmène-moi, sauve-moi.

Nous avions rejoint les autres à la cuisine, après une petite séance de débarbouillage dans les « commodités », au bout de l'entrée, sous l'œil du perroquet plus pleureur que jamais :

— Ça va mieux, les filles ?

— Beaucoup mieux, mon vieux.

Nous nous dopions au café, au chocolat, au Coca, en parlant pluie et beau temps, surtout beau temps, pour ne pas parler du reste, quand Hugo, chemise, pantalon, pas de cravate quand même, est apparu, fumant de colère, à la porte.

— Je croyais qu'on devait m'avertir quand ma fille serait réveillée ? a-t-il vainement tenté (grippe) de crier.

Sans nous laisser le temps de répondre, pas vraiment conseillé pour un juge, il a tapé du poing sur la table, pas son genre, et nous a priés de foutre le camp, pas son langage, et de le laisser avec Adèle.

On a filé comme des malpropres.


Ce qu'ils se sont dit, je ne le saurai jamais vraiment malgré mes efforts : une histoire père-fille. Certains psys soutiennent que ce sont les mères les mieux placées pour parler sexe à leurs filles, les pères étant horriblement gênés. D'autres affirment au contraire que les pères sont plus indiqués, car ils savent mieux ce qui se passe dans le corps et la tête des garçons. Allez vous y retrouver ! La plupart s'accordent sur un point : le père est le premier amour de sa fille. Et s'il y en a une qui peut en témoigner, c'est moi, qui, à l'âge dit « tendre », projetais d'épouser le mien sans bien savoir ce que nous ferions de maman.

Quoi qu'il en soit, au bout d'une petite heure-siècle, père et fille sont ressortis de la cuisine apparemment satisfaits l'un de l'autre, avec, en commun, des lunettes noires pour dissimuler des yeux de la même couleur qu'un week-end à juste titre classé « rouge ».

Hugo-grippe, Adèle-amphètes, le reste de la famille barbouillé, il n'y a pas eu de déjeuner commun. Chacun s'est débrouillé avec le réfrigérateur, prière de mettre son couvert dans la machine après usage.

Aux Sorbiers, ils avaient dressé la table dans le jardin. Ça sentait la viande grillée au barbecue et les frites maison. Chaque fois que j'avais le malheur de mettre le nez dehors, j'étais bonne pour de grands « coucous » et autres manifestations de solidarité d'Alma, elle est comme ça, vous ne la changerez pas. Et on ne pouvait pas dire que, toutes autant qu'elles étaient, mes *happy housewives*, ne s'étaient pas montrées à la hauteur cette nuit.

## 71

Le lendemain, lundi de Pâques, en début d'après-midi, heure raisonnable pour appeler sans déranger, mon BlackBerry a sonné. Le nom d'Irène de Montauzan s'est affiché. Hugo et moi lisions à l'ombre du saule, non loin d'Adèle qui prenait le soleil sur la pelouse. Notre trio s'était envolé à Musique Hall.

Le cœur battant, j'ai transmis l'appareil à Hugo qui a répondu après avoir branché le haut-parleur. Irène et son mari souhaitaient nous rencontrer. Pouvaient-ils venir ? Notre heure serait la leur.

— Maintenant ! Nous vous attendons, a répondu sèchement Hugo, et il a raccroché.

Adèle n'avait bougé ni poil ni plume. Il s'est tourné vers elle.

— Je suppose que tu as entendu. Veux-tu assister à la rencontre ? D'après ce que j'ai compris, ce sera sans « lui ».

Elle a ouvert un œil.

— Attends… Les Montauzan, c'est qui, déjà, ces cons ?

Sa réponse nous a énormément plu, à moi particulièrement (telle mère, telle fille). Elle s'est levée sans hâte, nous a adressé un petit sourire encourageant, puis, telle la princesse qu'elle était redevenue, elle s'est retirée dans ses appartements.

*

La grrrrande psy était belle, fine, distinguée. Le conseiller à la Cour des comptes, raide et gris comme une colonne de chiffres. Nous les avons reçus au salon et nous sommes montrés très mal élevés en ne leur proposant pas à boire.

Assis à côté de sa femme, sur le canapé où, la veille, délirait Adèle, c'est Aymar qui a parlé, et les mots qu'il employait collaient avec son prénom.

Il avait été navré d'apprendre que son fils avait entraîné notre fille dans un lieu mal famé, en un mot « décadent », comme hélas ! il en fleurissait partout aujourd'hui. Il avait également appris que la soirée s'était mal terminée. Il était venu nous présenter ses excuses, ainsi que celles de son épouse ici présente et de Jean-Guy.

Hugo a balayé les excuses d'un revers de main. D'une voix glacée, il a déclaré que, si le dénommé Jean-Guy avait le malheur de chercher à revoir Adèle, s'il remettait les pieds dans notre rue, s'approchait de la maison, tentait de l'appeler, il porterait plainte pour détournement de mineure, incitation à la débauche et à la consommation de drogue. Lorsqu'il a ajouté que les témoins ne lui manqueraient pas, j'ai entendu Adrienne : « On s'occupera de cette ordure plus tard. » Nul doute qu'elle se ferait un plaisir de venir à la barre.

Non sans cruauté – on ne connaît pas ses plus proches, rien de pire qu'un mari ennuyeux, merci maman –, Hugo a ajouté que la Légion d'honneur, au revers de la veste d'Aymar de Montauzan, n'empêcherait pas son fils de goûter à une jolie petite garde à vue pour avoir attenté à l'honneur de notre fille. Il y veillerait personnellement.

Et tandis qu'il menaçait, la tempête dans la voix, je regrettais qu'Adèle ait choisi de ne pas assister à la rencontre. Elle n'aurait entendu, dans la bouche de son père, que : « ma fille, ma fille, ma fille ».

Sur le visage du conseiller à la Cour des comptes se lisait un réel désarroi. Planté, largué, hors du coup, hors du temps. Le souci, quand on a des enfants, est qu'il faut essayer de vivre un peu à la même époque qu'eux pour pouvoir, éventuellement, leur donner un coup de main. Mais là, moi qui vivais au siècle de Corneille, je n'avais pas de leçon à lui donner.

Quant à Irène, elle écoutait de loin, l'air élégamment lassée. Peut-être ignorait-elle l'existence des *skins parties*, mais soit elle était aveugle, soit complètement conne, comme l'avait suggéré Adèle, pour n'avoir pas vu que, sous la parure, les jolis mots et les sourires hypocrites, le fiston trouvait son plaisir à démolir les autres, ce qui, si je ne me trompe, madame la psy, porte le nom de « perversité ».

J'ai laissé à mon regard le soin de lui signifier mon plus profond mépris. Elle a détourné le sien.

Nous ne les avons pas raccompagnés. Ils ont traversé le jardin côte à côte, lui un peu tassé, elle col relevé, silencieux comme deux étrangers.

## 72

Un jour de printemps – je devais avoir quel âge :
cinq, six ans ? –, j'avais trouvé dans le jardin de notre
maison à Villers un oisillon tombé du nid, une petite
grive tout juste sortie de l'œuf, encore gluante, un
peu dégoûtante.

J'avais couru à la cuisine supplier maman de la
sauver, je sentais son cœur battre follement entre mes
doigts.

— Il faut vite retrouver son nid, sinon elle ne sur-
vivra pas, m'avait-elle avertie.

Tout près de l'endroit où j'avais ramassé l'oisillon,
au creux d'un buisson, nous l'avions découvert, vide,
un peu de duvet au fond, quelques plumes accro-
chées aux branchettes mêlées de ronces. Maman
m'avait soulevée dans ses bras pour me permettre d'y
remettre la grivette, mais elle n'avait pas survécu.

— Il arrive que la maman oiseau déserte le nid,
m'avait-elle expliqué.

Et, d'une certaine façon, mon univers s'était écroulé.

*

Comme promis à leurs grands-parents, Eugène et
Elsa passent en Normandie cette première semaine

de vacances de printemps. Hugo est descendu dans le Midi pour installer Adèle chez sa mère, où il restera quelques jours avec elle. Normalement, c'était Megève qui était prévu. Il a prétexté une vilaine grippe – on a de l'imagination ou pas – dont notre fille souhaitait se remettre près de la mer, et Marie-Laure a accepté de bouleverser son programme, donnant tort à Pline l'Ancien : il arrive que les belles-mères sachent ravaler leur venin et même se montrer utiles.

Me voici donc, pour quelques jours, seule à Saint-Cloud avec Alan qui poursuit son stage. Et ce soir, fort de son premier salaire, il a décidé de m'inviter au restaurant. Il a dû mijoter son coup avec Eugène, car il a choisi « Chez Giuseppe », notre chère auberge italienne.

Je me suis faite belle pour honorer mon *escort boy* : tailleur de lin, sandalettes à talons, coiffure et maquillage des grands soirs, collier de perles. Bien sûr, cela fait partie du plaisir, nous nous y rendons à pied dans les derniers murmures, les ultimes senteurs du soir.

Durant le trajet, je donne à Alan les toutes dernières nouvelles d'Adèle, fournies par Hugo qui m'a appelée juste avant que nous quittions la maison (troisième fois de la journée, il a peur de quoi ?). Soleil, mer, sable fin et beaucoup de lecture pour rattraper le retard-bac de français. La convalescence se passe bien.

— Tu sais, Adine, ce n'est pas par hasard qu'Adèle avait laissé son carnet de correspondance sur son bureau quand elle est partie à Val-d'Isère.

C'était pour que tu le lises, remarque Alan : « Attention, ça ne va pas ! »

Un soupçon me vient.

— Parce que…

— On l'avait lu, bien sûr ! Tu connais Eugène.

Eugène qui s'inquiétait déjà pour sa sœur ?

— Des SOS comme ça, reprend Alan, j'en ai envoyé un paquet à ma mère pour qu'elle comprenne que j'en bavais avec Maurizio, l'avertir que si ça continuait je me barrerais ; elle n'a rien entendu.

Rien « voulu » entendre ?

Je demande, sur la pointe de la voix :

— À propos, as-tu des nouvelles de Marie-Ange ?

— On s'appelle. Je lui ai proposé de lui offrir le voyage pour venir assister à notre spectacle ; après tout, c'est elle qui m'a offert ma guitare !

— Et ?

— Et jamais Maurizio ne la laissera partir. Papa m'a raconté comment elle vivait avant leur rencontre, je comprends mieux pourquoi il la boucle.

Ouf ! Plus de recherche de père inconnu à craindre, merci, Hugo ! Et plus à redouter de voir une mère repentie s'installer à notre table, à la place de la vagabonde.

Nous arrivons. Derrière les rideaux à carreaux des fenêtres danse joliment la lumière des bougies sur les tables. La dernière fois que je suis venue ici, c'était pour fêter la Saint-Clément. Je venais d'annoncer aux enfants qu'ils allaient avoir une mère à plein temps. Ils l'avaient pris couci-couça. « Normal, m'avait rassurée Hugo. Ils ont l'habitude d'une certaine liberté. » Comme si j'avais l'intention de les en priver.

— *La bella signora !* s'exclame Giuseppe en m'ouvrant ses bras.

Nous nous embrassons, puis il se tourne vers Alan, et quand il dit, le plus sérieusement du monde en lui tendant la main : « *Il figlio del signor Clément* », je comprends qu'Eugène a balisé le terrain pour m'éviter d'improbables présentations.

« Notre » table, sur le jardin, nous attend. Giuseppe s'éclipse déjà. Nous nous installons. Et le revoilà, deux coupes de pétillantes bulles dorées sur un plateau, tandis que la patronne nous salue du comptoir.

— De la part de la maison : *pace e salute.*

« Paix et santé », ainsi trinque-t-on joliment en italien. Avant que j'aie pu le remercier, notre hôte est reparti accueillir d'autres clients. Discrétion !

Je lève ma coupe.

— À mon guitariste préféré.

— Au succès de Chimène.

— Au triomphe de notre opéra.

Nous confions le joli programme à une première gorgée de champagne.

Puis Alan repose sa coupe, et lorsqu'il se penche vers moi, je reconnais ce regard, le même qu'à Noël, lorsque, accompagné de sa guitare, il avait chanté des paroles apprises par cœur pour moi : un regard d'appel. Du mien, je l'encourage. Mais, avant qu'il ait pu s'exprimer, revoilà Giuseppe, cette fois avec le menu.

— Comme d'habitude, *signora Clément* ?

J'acquiesce :

— Comme d'habitude.

Giuseppe se tourne vers Alan.

— *Per lei ?*

451

— *Una sorpresa… la stessa cosa che per la bellissima signora, prego*, répond celui-ci avec un accent si parfait que le patron en reste bouche bée : le comble pour un cuisinier.

*

Tout en dégustant les *antipasti*, j'ai interrogé Alan sur son stage. Il m'a appris fièrement que les architectes lui demandaient parfois son avis sur leurs réalisations… et en tenaient compte.

— Un métier d'artiste, de création. Ça te plairait ? ai-je demandé.

— Quand j'étais petit, je rêvais d'être juge comme papa, tu te souviens ? Je l'avais même tanné jusqu'à ce qu'il mette sa robe pour moi. Il m'avait expliqué qu'il ne la portait presque jamais. Moi, je me jurais de la porter tous les jours… juge pour enfants.

Et, à nouveau, ce regard d'appel, ces mots qui hésitent au bord des lèvres, trop brûlants pour les franchir ?

Alors que nous nous attaquions aux *scampi fritti*, Giuseppe s'est assis un moment à notre table. Avec Alan, ils ont discuté de la savoureuse sauce qui les accompagnait, Giuseppe s'étonnant de sa science, ignorant que celle-ci lui venait d'une certaine Josephina qui le nourrissait en douce les soirs de régime à l'eau et au pain sec. Comme ils parlaient italien, je ne suis pas sûre d'avoir tout bien compris. En résumé, vous faites une mayonnaise, vous y ajoutez câpres et cerfeuil, et le tour est joué. C'est dans le contraste que se trouve la saveur : sur la carapace chaude du crustacé, l'onctueuse fraîcheur de la sauce, le doux, le dur, dans une même bouchée. Un vrai poème, un condensé de la vie ? M'est venue une idée. C'est du quotidien que surgissent les plus belles : celles qui nous effleurent tous et dont parfois on pense qu'elles sont idiotes.

Alan a attendu d'être sur le chemin du retour – « ô douce nuit, ô tendre nuit… » – pour se confier enfin.

Il a commencé par une question qui m'a étonnée.

— Tu es contente, Adine, d'être restée à la maison ?

— Comment peux-tu en douter, mon chéri ?

— Parce que, tu sais, c'est pour ça que j'ai décidé de quitter Naples et de venir vivre ici. Grâce à Eugène.

— Eugène ?

— À chaque fois qu'on s'appelait, c'était la même chanson : « Maman va rester à la maison, viens, elle s'occupera de toi. »

Eugène qui avait fini par convaincre Alan. Sauver Alan ?

Il s'est tu un instant, et ce que je redoutais est venu.

— Tu sais, Adine, Eugène, il a l'air fort comme ça, mais faut pas s'y fier. Au fond, il est hypersensible. Et en ce moment, même si ça se passe bien à l'école et qu'il est ultra-content de faire partie de la troupe, j'ai l'impression que ça ne va pas trop fort pour lui. Tu comprends ?

Sept sur sept ! Sous les hyper et les ultra, il y avait un nom, Mathis, un peu trop souvent associé au mien.

Et, à son tour, Alan me lançait un SOS.

Attention au cœur fragile des petits garçons !

## 73

« En mai, fais ce qu'il te plaît. » Depuis trois jours, la pluie ne cesse de tomber, et un vent mauvais malmène le jardin. Les fleurs nouvelles courbent la nuque, pétales et branchettes parsèment pelouses et allée. Suprême insulte à la beauté, le bronzage des vacances de Pâques a fait long feu.

— C'est pas juste ! s'indigne Elsa en regardant bras et jambes redevenus couleur « lavabo ».

— De toute façon, « prendre le soleil », ça ne veut rien dire, remarque Eugène, digne fils de sa mère. Et si on le prend trop, il vous tue.

— Imaginez une seconde qu'on puisse commander au ciel, quel ennui ! observe Alan.

— Comme la même phrase d'un livre répétée tout le temps, remarque joliment Adèle-bac de français.

Des vacances méditerranéenes, reste – momentanément – sur la cheminée un voilier enfermé dans une bouteille, cadeau de ma belle-mère : si c'est comme ça qu'elle voit la vie ! Et, des normandes, sur la table de la cuisine, un bocal renfermant les meilleurs caramels mous du monde : pas plus de deux par personne et par jour pour faire durer.

Dans un mois, première du *Cid* opéra-rock.

Les couturières ont bien travaillé : rideau de scène et costumes sont terminés. À Musique Hall, le décor se met en place. La lumière faisant partie du spectacle, des projecteurs supplémentaires ont été fixés là où en a décidé le metteur en scène. Les répétitions se succèdent. Pour mes couplets, c'est bon ; j'ai rendu ma copie.

Côté « copies », les miens ont un peu trop tendance à négliger celles à rendre à l'école, leur préférant le grand oral de musique. Je veille.

Message de Mathis sur mon BlackBerry : « Pourquoi on ne te voit plus ? »

C'est chez Adrienne, pour changer, que nous nous sommes attelées aux invitations : casse-tête et crève-cœur. En serrant au maximum les chaises pliantes, prêtées par l'hôtel de ville, nous disposons d'une centaine de places, pas davantage, question sécurité. Si l'on retire celles réservées par la mairie et les Trois-Pierrots, ainsi que quelques-unes destinées à la presse, ne reste à distribuer aux témoins et acteurs qu'un peu plus d'une invitation par personne ! Immense déception pour ceux qui avaient rêvé de convier la terre entière à leur triomphe. Charles s'est engagé à rattraper le coup lors des futures représentations aux Trois-Pierrots, où de nombreuses places leur seront attribuées d'office. Et quand Charles s'engage…

Pour ma part, j'ai dû renoncer à inviter Emerick et Gersande, par Eugène alléchés.

Message de Mathis sur mon BlackBerry : « Chimène me manque. »

« Manque : absence de ce qui est nécessaire », dit le dictionnaire au pissenlit.

« Nécessaire : se dit d'un être ou d'une chose dont on ne peut se passer », confirme, plus loin, le même dictionnaire.

Nécessaire, indispensable, vital…

Comme le rêve.

Si vous privez les gens de sommeil, de nombreuses expériences ont démontré que ce n'était pas la fatigue qui les rendait fous, mais l'impossibilité de rêver.

*

Complotis-complotas, la fête des Mères, début juin, se mijote à la maison.

La pancarte « Ne pas entrer » est passée sur le bouton de la porte d'Elsa, la peinture sur ses doigts annonce un importable collier de coquillages, chapardés à la mer durant les dernières vacances. J'ai surpris les garçons dans mon dressing, vérifiant la taille de mes pulls, trop mignon ! Adèle s'est enquise, d'une voix suprêmement détachée, de ce que je pensais de ces légères écharpes couleur pastel que l'on jette sur ses épaules les soirs d'été.

Hugo empile sous son bureau des catalogues d'agences de voyages.

C'est dans trois semaines !

Les acteurs sont fin prêts, trop prêts ? On est prié de se détendre.

Charles et Mathis élaborent le programme qui sera offert à nos invités. Adrienne se chargera de l'impression.

Sur la couverture, en papier glacé, un portrait du docteur Tardieu, pris à l'époque de sa rencontre avec Mathis : visage chaleureux, respirant l'enthousiasme et la générosité. Cliché ? Tant pis !

Première page : hommage rendu à Pierre Corneille, ainsi qu'un bref résumé du *Cid*, histoire éternelle et tout et tout.

Page suivante : remerciements nombreux et variés dont les « témoins » feront partie.

Passons au sérieux !

Musique : Mathis de Bourlan-Tardieu.

Paroles : Adeline Clément.

Mise en scène : Charles Poznam.

Enfin, le nom des trente-deux, accompagné d'une photo, sera cité par ordre alphabétique – pas de jaloux. Certains ont regretté que n'y soit pas ajouté leur numéro de portable afin que les producteurs éblouis puissent les joindre personnellement pour leur proposer de signer de mirifiques contrats.


Message de Mathis sur mon BlackBerry : « Pourquoi tu me fuis ? »


Appel de Viviane à la maison, tristesse et colère dans la voix.

— Ça t'amuse de le faire souffrir ? Tu vas jouer longtemps à ce petit jeu ? Tu n'as donc rien compris ?

« Manque : absence de ce qui est nécessaire. »

« Nécessaire : se dit d'un être dont on ne peut se passer. »

## 74

Il était près de onze heures, ce premier jour de juin, soleil flamboyant, grosse chaleur. « L'été avant l'été », trompettaient les météorologues ; « nappes phréatiques », pleuraient les Verts ; « ça se paiera », croassaient les oiseaux de malheur.

Légère et court vêtue, robe, espadrilles, jambes et bras nus, panier au bras, je revenais de quelques emplettes en ville, où partout, dans les vitrines des commerçants, aux étalages, au marché couvert et découvert, la fête des Mères était annoncée, impossible d'y échapper, décidément ça n'arrêtait pas : grands-mères, mères, bientôt les pères, à quand les grands-pères ? quand une main s'est posée sur mon épaule.

— Viens !

Je suis venue ! Et je peux jurer qu'un trop grand bonheur, trop soudain, peut vous donner l'impression de mourir et que c'est merveilleux.

— Les Quatre Saisons ont trouvé preneurs, des Anglais. La promesse de vente a été signée hier, j'ai besoin d'y aller une dernière fois. Avec toi…

Sous la pression des doigts de Mathis, j'ai rebroussé chemin. M'avait-il suivie, attendue, guettée ? Comment avais-je pu espérer lui échapper ? Nous avons rejoint la rue de l'Avre où se trouvait l'entrée principale du domaine d'Emmanuel Tardieu : une large grille ouvrant sur le jardin-parc. Lorsqu'il l'a refermée derrière nous, il m'a semblé entendre un coup de gong sonné par le temps.

Mathis a pris ma main, et nous avons longé sans hâte l'allée bien ratissée que bordaient des massifs de hautes marguerites autour desquels s'affairaient des papillons. J'ai reconnu un « amiral » à ses ailes brunes tachetées de blanc. Sur les pelouses, des trèfles roses formaient de modestes et délicieux tapis.

— Une entreprise se charge de l'entretien du jardin, m'a appris Mathis.

Il a désigné, en bas de celui-ci, le long bâtiment clair, et m'a souri :

— Depuis que la musique y a remplacé les tracteurs, les jardiniers viennent avec leur matériel.

La dernière fois que j'avais vu les Quatre Saisons, c'était de la chambre de Mathis, trois mois auparavant – trois mois déjà ? Il m'y avait menée pour me faire admirer une toupie-danseuse venant de Malaisie. Et voilà qu'aujourd'hui, entre les volets clos, une pancarte affichait : « VENDUE ».

Arrivé en bas du perron, Mathis s'est arrêté.

— L'acquéreur a la trentaine, il est banquier et vient d'être nommé à Paris. Sa femme travaille dans la com', ils ont deux gamins et tenaient absolument à avoir un jardin. Il paraît qu'ils sont tombés amoureux de Saint-Cloud.

J'en connaissais une autre !

— La musique en bas du jardin ne fait pas peur à tes Anglais ? ai-je demandé.

— Nous respecterons les heures « ouvrables », a répondu Mathis. Je leur ai parlé des jeunes que je recevais à Musique Hall, et je leur ai assuré qu'ils n'auraient rien à craindre. De toute façon, ils ont prévu de construire un mur entre les propriétés, chacun chez soi.

Il y avait de la tristesse dans sa voix : après le deuil du père, celui de la « maison » ?

Nous avons gravi les marches du perron. La seule et unique fois que j'étais venue là, c'était avec mes amies, le jour de la mort du père. À la porte, Nanny nous attendait : une forte femme à chignon gris et ample poitrine qui portait bien son nom.

— Voici Adeline, m'avait présentée Mathis.

— On m'a beaucoup parlé de vous, avait-elle remarqué en enfermant ma main dans les siennes, et malgré ma peine j'en avais éprouvé du bonheur.


Après la chaleur du soleil, la fraîcheur du hall surprenait. Et ce grand silence. Sur les murs, ces pages plus claires évoquaient les tableaux qui les avaient égayés : de la peinture moderne pour la plupart. Emmanuel Tardieu vivait avec son temps. Ce n'est pas lui qui aurait considéré *Le Cid opéra-rock* comme blasphématoire.

Les portes des pièces de réception, salon, bureau, salle à manger, étaient largement ouvertes, plus aucun meuble sur les planchers cirés. Mathis a pris mon panier, et il l'a posé sur le sol.

— Viens !

Je suis venue.

Nous avons monté l'imposant escalier. Là, c'était le tapis que l'on avait retiré et, sur le marbre nu, nos pas faisaient un bruit sec, tap, tap, tap, comme les « balais » caressant la caisse claire d'une batterie.

Dans les chambres du premier étage restaient quelques meubles, lits, chaises, tables de nuit, objets sans valeur qui, sans doute, dépanneraient les nouveaux occupants avant qu'ils installent leur propre mobilier.

De cette vaste chambre-là, deux fenêtres, moulures au plafond, je me souvenais.

— Je lui ai mis son beau costume, avait dit Nanny à voix basse avant de nous y laisser entrer.

Il n'y avait plus de lit, plus de bougies allumées, plus de photos de famille sur la table de nuit. Pourtant, l'homme qui avait occupé cette pièce était toujours là. N'est-ce pas à cela que sert une famille ? Et tant que l'un ou l'autre se souviendrait de lui, il y demeurerait.

La nounou avait dit aussi :

— Tu verras, il a l'air de dormir.

Mathis a refermé tout doucement la porte pour ne pas le réveiller.

Au bout d'un couloir se trouvait sa chambre, celle qu'il avait occupée après avoir quitté l'appartement du père militaire à Paris, avant de s'installer à Musique Hall. Lorsque l'état d'Emmanuel Tardieu s'était aggravé, il était remonté afin de l'entendre s'il appelait la nuit.

— Il fallait bien que Nanny se repose !

— Il est parti heureux, avait également dit celle-ci.

La main dans celle du fils ?

Dans la chambre de Mathis se trouvaient encore un lit, une couverture soigneusement pliée, un oreiller sans taie. Lorsqu'il a ouvert la fenêtre, une vague brûlante de lumière peuplée de cris a déferlé : la première des *Quatre Saisons* d'Antonio Vivaldi ?

Penchée sur la balustrade, je me suis laissé emporter par la fête, vie-manège : tournait ma tête, s'abolissait le temps, et quand les bras de Mathis m'ont entourée, qu'il m'a serrée contre lui, j'ai su que j'attendais ce moment depuis « toujours », comme on dit des grandes espérances. Depuis qu'en lisière d'une plage normande, dans une baraque appelée Musique Hall, découvrant le mariage des mots et de la musique, j'avais décidé d'en faire ma vie.

Et imaginez que j'étais tombée amoureuse du pianiste et que, dans l'espoir de l'éblouir l'été suivant, j'avais obtenu de maman des leçons de piano sur le crapaud.

Contre ma robe légère, le désir de Mathis s'affirmait, le mien y répondait, et lorsqu'il a dit : « Toi, ô toi, enfin ! », j'ai entendu que lui aussi m'avait attendue, depuis le jour où, à peu près au même âge que moi, la musique lui avait été révélée dans le cabinet du docteur Tardieu.

Nous sommes restés longtemps ainsi, ne faisant qu'un seul et même être, une seule et même âme, une seule et même chair, avant qu'il me tourne vers lui, qu'il prenne mon visage entre ses mains et prononce les mots que je rêvais d'entendre. Et sa bouche prend la mienne, ses lèvres ouvrent mes lèvres, nos langues se mêlent et je peux jurer que l'on peut faire l'amour rien qu'en s'embrassant, et même bien davantage que l'amour, un peu d'éternité, suspendue à ce qui ne peut être et ne sera jamais.

Puis, ses yeux à nouveau dans les miens, tandis que je mourais, il a promis avec colère, avec défi : « Toujours ! », avant de m'écarter de lui.

Je suis redescendue, j'ai repris mon panier, traversé le jardin sans me retourner, refermé la grille. Et sur le chemin de la maison me faisaient escorte toutes les chansons et chansonnettes, tous les opéras et opérettes, qui disaient la splendeur et le désespoir des amours interdites.

## 75

Comme s'écartent majestueusement les pans du rideau, la musique s'élève : un grondement, un bourdonnement, qui se répand telle une sombre confidence.

Et vous saute au regard, occupant tout le fond de la scène, la barre d'une HLM, murs sans toit, sans couleurs, fenêtres identiques tendant leurs tristes paraboles, portes béantes tels des cris muets.

La photo, mille fois agrandie, a été prise à la tombée du jour. Certaines fenêtres sont éclairées ; d'autres ont déjà leurs volets fermés ; à celle-là, un drap sèche ; n'est-ce pas un visage d'enfant que l'on aperçoit, collé à la vitre de celle-ci ?

Au pied de la barre, les instrumentistes, batterie et piano à l'écart. Devant, en arcs de cercle, arcs tendus, voix en guise de flèches, les chœurs se font face, chœur Chimène, chœur Rodrigue, tous portant sur un tee-shirt noir une large étoile en perles de strass, or pour les filles, argent pour les garçons.

Ils chantent le refrain en sourdine.

> « Va vers toi-même,
> Cours vers l'avenir,
> Vole vers tes rêves. »

Suivis par la lumière d'un projecteur, accompagnés par la voix grave d'un violoncelle. Rodrigue et Chimène se détachent des autres chanteurs. Les longs cheveux blonds de l'un font ressortir l'épaisse chevelure brune de l'autre, scintillent les étoiles sur leurs poitrines.

> « Elle s'appelle Chimène.
> Elle vient des rives de la Méditerranée
> Et porte haut les couleurs du soleil.
> Il s'appelle Rodrigue.
> Il a grandi en Île-de-France,
> La Seine a bercé son enfance.
> Ils sont d'ici. »

À l'instant où ils vont se rejoindre, le bref éclatement d'une cymbale les immobilise, dressant entre eux une invisible paroi de verre. Le chant d'un violon, auquel se mêlent les arpèges de la guitare électrique, accompagne les voix.

> « Ils ont des problèmes de cœur,
> Des problèmes de pères,
> Des questions d'honneur,
> Des revanches à prendre. »

Leurs mains se tendent l'une vers l'autre sans parvenir à se joindre.

Chœur Rodrigue :

> « Rodrigue, as-tu du cœur ?
> Ce cœur qui bat pour quoi, pour qui ?
> Pour elle. »

Chœur Chimène :

> « L'amour déchire mon âme.
> Il l'attrape, il la presse,
> Tantôt fort, tantôt faible
> Et tantôt triomphant. »

Tandis qu'ils chantent, des faisceaux de lumière se croisent et s'entrecroisent sur les fenêtres de la barre d'où les paraboles lancent de tragiques appels à d'autres couleurs, d'autres mondes, d'autres vies, tandis que la grosse caisse, ainsi que les frottements des balais sur la caisse claire, évoquent les sourdes pulsations du sang coulant dans les artères.

> « Nés de la même mère,
> Mer Méditerranée.
> Bercés par un même flot,
> Un même mouvement, un même chant.
> Mer mélancolie. »

La mer qui dit la vie et aussi les naufrages. Du synthétiseur montent des bruits de vagues qu'accompagnent les accents douloureux de la guitare basse, mugit le vent, se couvre le ciel de nuages...

... brusquement dissipés par le son joyeux d'une trompette, les gaies et légères résonances de la caisse claire, alors que surgissent les saltimbanques en tenues bariolées.

> « Il va vers lui-même.
> Elle court vers lui.
> Ils volent vers l'amour. »

S'enchaînent les roues, crépitent les claquettes, jongle un garçon, dansent maladroitement, devant les amants statufiés deux clowns au visage enfariné de blanc, lèvres violettes, yeux écarquillés, dont on ne saurait dire s'ils pleurent ou s'ils rient.

Avant que brusquement tous s'immobilisent, que la lumière s'éteigne, tombe le silence. Et, s'élevant dans la nuit, la voix d'une guitare tandis qu'apparaît entre deux instrumentistes, éclairé par le doux faisceau d'un projecteur, un long jeune homme blond, tendrement penché sur son instrument, qui répète encore et encore le chant têtu de l'espoir.

*

L'attaque explosive de la cymbale ramène la lumière, s'enflamment les fenêtres de la barre tandis que se déchaîne la musique électronique.

Chimène et Rodrigue ont rejoint leurs chœurs.

> « Deux camps, deux clans,
> Deux territoires.
> Mon pays, mon oriflamme,
> Flammes de la haine. »

Chimène :

> « L'amour est un tyran qui n'épargne personne.
> J'étais aimée, je ne le suis plus.
> Coulent des larmes que je ne peux retenir. »

Rodrigue :

> « Me battre pour ton regard.
> Mourir pour toi. »

Voix sombres des pères :

> « Ils parlent de souillure,
> Ils réclament vengeance,
> Ils exigent réparation. »

Devant les fenêtres de la barre s'agitent des ombres. N'entend-on pas des cris ? Des appels à l'aide ?

« Mépris, indifférence,
Ignorance, outrecuidance. »

Musique rock et musique classique se mêlent. Aux tendres arpèges du piano répond le bruit sec des baguettes de la batterie ; au *lamento* d'un violon, le rire strident d'un saxophone. Guitare basse et guitare électrique rivalisent. Sur scène, les saltimbanques se contorsionnent, se livrent à de ridicules combats en brandissant des épées de carton.

« Défense d'aimer.
Interdit de rêver.
Inutile d'espérer.
T'approches, t'es mort. »

Assis sur le sol, jambes écartées, perruque de travers, un clown pleure.

Avant que les flammes s'éteignent, que se taisent les clameurs et que, dans le silence et la nuit, monte à nouveau la voix de la guitare, répétant encore et encore l'obligation de vivre et d'aimer malgré tout.

« Si père, ça veut dire ça.
Si père, ça veut dire non.
Non au soleil, non aux étoiles.
ALORS NON MERCI ! »

À nouveau réunis, Rodrigue et Chimène se regardent. Tous les musiciens les accompagnent tandis qu'ils se tournent vers la barre où, de fenêtres jusque-là restées obscures, monte la lumière comme un doux chant. On dirait que c'est l'aube. On dirait que le soleil va se lever. Ne dirait-on pas un chant d'oiseau ?

Revient le refrain en sourdine :

> « Va vers toi-même,
> Cours vers l'avenir,
> Vole vers tes rêves. »

Sur une calme musique d'orgue, la main de Chimène se joint à celle, tendue, de Rodrigue, et pleure un violon, s'enthousiasme une guitare, explose de bonheur un saxophone, tandis que virevoltent les saltimbanques autour des amants enlacés.

> « Ni vainqueurs ni vaincus,
> La plus belle des victoires,
> Sur soi-même.
> Sur la haine. »

Toutes les voix, tous les instruments, toutes les lumières mêlés.

> « Sans peur, sans reproche, avance.
> Sans colère, avec ardeur, cours.
> Pour l'amour, pour l'honneur, vole. »

En une joyeuse farandole, les saltimbanques sont descendus dans la salle. Tandis qu'ils remontaient les allées, les spectateurs se sont levés, et c'est bientôt tout le public qui a chanté.

> « Allez vers vous-mêmes,
> Courez vers les autres,
> Volez vers vos rêves, l'amour, la vie, l'utopie. »

C'était carrément pagailleux, détonnant, cacophonique. C'était magnifique !

\*

Il y avait un dernier couplet, et celui-là, je ne l'avais pas écrit.

Rodrigue et Chimène l'ont chanté ensemble, accompagnés par tous les participants au spectacle.

« Elle s'appelle Chimène,
Il s'appelle Rodrigue.
Ils sont vous.
Ils sont nous.
Brûlés par le désir,
Tendus vers l'espoir.
Au cœur, le mot "toujours". »

Lorsque les applaudissements se sont tus, Charles a prononcé mon nom, et j'ai rejoint la troupe sur l'estrade.

Mathis a pris le micro.

— Ce spectacle est dédié, ainsi que tous ceux qui suivront, au docteur Emmanuel Tardieu. Sans sa générosité, son enthousiasme, sa jeunesse, aucun d'entre nous ne serait ici ce soir.

— Quoi ? Qu'entends-je ? Qu'ouïs-je ? s'est écrié un clown en ratant sa roue.

Des rires ont fusé : du Charles tout craché !

Mathis l'a désigné.

— La mise en scène a été assurée par Charles Poznam, dont tous connaissent le talent et l'humour, a-t-il lancé.

Puis il a pris ma main, et il l'a levée.

— Adeline Clément a été notre parolière.

— La musique est du génial Mathis Tardieu, a enchaîné Charles sans s'embarrasser de « Bourlan ».

Puis ils ont nommé tour à tour les trente-deux qui, à l'appel de leur prénom, ont fait un pas en avant et salué. Et plus fiers, plus émus, plus heureux « petits fauves » n'existaient pas.

Cette fois, les bravos ont été clamés debout par le public, si longtemps qu'on avait l'impression qu'ils ne cesseraient jamais, comme ces subites et drues pluies d'été, dont on savoure les bienfaits tout en souhaitant qu'elles fassent à nouveau place à un tranquille soleil.

Et, entre mes larmes, je revoyais une petite fille jonglant avec les mots sur une plage, une jeune fille timide au piano, une femme au filet de voix faux. Et j'entendais, comme un serment, lancé à la face du monde par celui qui m'avait redonné mon rêve, le mot « toujours ».

## 76

*Le Cid* opéra-rock a été salué par de nombreux articles parus dans la presse locale. Grâce aux relations de Charles et aux réseaux d'Adrienne, nous avons également eu droit à plusieurs « papiers » dans la presse dite « nationale », et mis à part quelques grincheux qui parlaient d'assassinat, l'ensemble était si élogieux que, très vite, les demandes de réservations ont afflué au théâtre des Trois-Pierrots.

*Va, cours, vole* y sera donné chaque soir, du samedi sept juillet au quatorze, fête nationale. Comme promis aux interprètes, des places leur seront réservées afin qu'ils puissent y convier leur famille.

Familles dont le succès de notre spectacle a sérieusement bousculé les projets de vacances et qui ont dû faire « contre mauvaise fortune bon cœur ». Ne vous fiez pas aux dictons et autres proverbes : ici, la fortune ne rejoignait-elle pas le cœur ?

Une bonne nouvelle ne venant jamais seule, le très fameux festival « Rock en Seine », qui a lieu fin août à Saint-Cloud : trois jours et trois nuits de folie, quatre scènes somptueuses, des milliers de spectateurs, a demandé à Mathis d'y produire son œuvre. Nous voilà partis pour la gloire ! Quoi d'étonnant si l'on se souvient du plus beau vers du refrain : « Vole vers l'utopie… » Seule l'utopie permet aux chimères de se réaliser, j'en suis le témoin.

Autre dicton, lui complètement nul : « Dormir sur ses lauriers. » Essayez donc ! Si éblouissants qu'ils soient, les lauriers ont tôt fait de se faner s'ils ne sont pas suivis par de fraîchement cueillis.

Aussi songeons-nous à un autre spectacle, pour l'instant top secret. Les mémoires de Charles Poznam attendront.

*

Côté famille, belle réussite d'Adèle aux épreuves anticipées du bac de français, un joli petit paquet de points d'avance qui lui permettront de viser une mention à celui de terminale, l'an prochain. Après ? Elle songe à la mode, famille d'artistes oblige.

Pour son anniversaire, le trois juillet, je lui ai offert l'iPad PlanCiel.

Montrer sa joie étant considéré comme vulgaire par ma fille, elle a préféré râler.

— Je croyais « pas avant la majorité » ?

— Fallait faire vite avant qu'il se démode, a observé Eugène. On en sort un nouveau tous les six mois.

— La grand-mère d'Hilaire dit que « le nouveau, c'est vieux comme le monde », a philosophé Elsa.

Tiens, j'aurais cru que c'était Jean Cocteau !

— La musique aussi, a remarqué Alan, une guitare dans les yeux.

Le gâteau arrivé sur la table : fondant au chocolat, de Chez Laurent – tradition oblige –, l'héroïne de la fête a soufflé d'un coup ses dix-sept bougies.

Nul ne s'est risqué à parler « mariage dans l'année ».

Eugène est passé sans problème en cinquième à son collège, où le rejoindront, à la rentrée, Elsa et Hilaire. Avec trois passagers sur quatre m'appartenant dans la « Salle de conf' », je risque d'être de ramassage plus souvent qu'à mon tour. Adrienne m'a promis de me trouver une remplaçante dans ses réseaux. Et quand Adrienne promet !

Alan a terminé son stage dans son cabinet d'architectes. Comme prévu, il intégrera en septembre la boîte privée qui le préparera au concours d'entrée à Sciences Po.

« Comme prévu » ? Un de ces jours, j'en ferai une chanson, pourquoi pas un spectacle ? Le prévu est aussi imprévisible à prévoir que la couleur du ciel. Pour vous donner un exemple banal : un matin de femme au foyer, vous partez avec une amie nourrir des lombrics, et sur votre chemin, que croisez-vous ? Un piano noir. Entre lombrics et musique – rime approximative –, vous hésiteriez, vous ? Et voilà toutes vos prévisions de nouvelle vie à l'eau.

Les travaux ont démarré aux Quatre Saisons. Comme pas prévu, aucun mur ne sera édifié entre les deux propriétés, l'épouse de l'Anglais banquier, qui, souvenez-vous, travaille dans la com', se passionnant pour l'opéra ! Le hasard n'existe pas. Gladys s'est mis en tête de promouvoir l'œuvre de Mathis et descend un peu trop souvent lui prodiguer ses conseils au gré de Viviane. Même si les larmes sont souvent au bord du rire, mieux vaut en rire qu'en pleurer.

En août, mon mari a décidé de m'enlever : cadeau de fête des Mères. Huit jours de croisière en Grèce, patrie du philosophe Aristote qui définissait ainsi la tragédie : « lutte entre devoir et passion », ajoutant que c'était en sacrifiant la passion au devoir que l'on atteignait au sublime.

« Sublime : ce qu'il y a de plus élevé dans les sentiments », dit le dictionnaire au pissenlit.

Si vous voulez mon avis, sentiments élevés ou non, Pierre Corneille en prend à son aise avec *Le Cid* en nous offrant la totale : devoir, passion, et sublime en prime.

Il m'arrive d'y songer en faisant danser une toupie de Malaisie qui chante pour moi seule, d'une voix rouillée, une chanson qui s'appelle « Toujours » et qui a une fâcheuse tendance à me transformer en fontaine.

N'empêche...

À une époque où tout le monde s'envoie en l'air, où l'on recrute ses partenaires par petites annonces ou sur le Net – simple instant de plaisir, sentiments exclus –, trouvez-m'en une autre qui ait attendu l'âge de vingt-trois ans pour sauter le pas avec son premier amour et qui, à trente-neuf ans, est restée fidèle à la parole donnée devant Dieu et devant les hommes.

Il me semble que je pourrais postuler pour le livre des records : catégorie « sublime », t'en penses quoi, Aristote ?

*

Il paraît que la série des *Desperate Housewives* va s'arrêter avec la huitième saison. Adieu Gabrielle, Bree, Lynette et Susan. Même si je n'ai pas dépassé le premier épisode de la première saison, je vous aimais bien. Qui sait si un jour, « quand je serai bien vieille au soir à la chandelle… » ?

Comme je parlais à Alma de la célèbre série, à ma grande surprise, elle a haussé les épaules :

— Si tu crois que j'ai le temps de regarder ça !

« ÇA » ?

Elle en a profité pour me demander, avec un peu d'inquiétude, si j'avais l'intention de reprendre prochainement mon travail. Je l'ai rassurée :

— Si tu crois que j'ai le temps de penser à ça !

Nous avons ri comme des bossues.

À propos, de quoi rient les bossus ?

Un jour, il me faudra bien reprendre le collier, n'ayant pas tous les points nécessaires pour avoir droit à la retraite – quel vilain mot ! J'ai entendu dire que les artistes, parmi lesquels figurent les parolières de chansons, appartiennent au même régime que les artisans, régime qui leur permet de travailler jusqu'à cent ans.

Je pense à y faire carrière. À nous deux, chimères !

Parfois, il m'arrive de m'imaginer en *happy housewife*, but prévu en démissionnant de PlanCiel.

Programme : je me réveille le matin, m'étire, ouvre les volets. Il fait beau ? Chouette ! Il pleut ? Extra pour la terre et les lombrics. À la cuisine, dans un joli déshabillé, je souhaite une bonne journée à mon mari. Travaillez bien, les enfants ! Qu'y aura-t-il de bon pour dîner ? Surprise ! Je regarde mon feuilleton, je rends visite à mes voisines – très sympas, les voisines –, je m'occupe de mon jardin, j'écoute des chansons à la radio. Il m'arrive même de me rendre au théâtre ou à l'opéra, j'aime bien.

Seulement, voyez-vous, le souci avec les rêves d'enfant, c'est que, réalisés ou non, ils ne vous lâchent jamais. Comme trois notes de guitare ramenant sans fin à l'espoir.

# Table

Le Livre de Poche s'engage pour
l'environnement en réduisant
l'empreinte carbone de ses livres.
Celle de cet exemplaire est de :
550 g éq. $CO_2$
Rendez-vous sur
www.livredepoche-durable.fr

PAPIER À BASE DE
FIBRES CERTIFIÉES

Composition réalisée par NORD COMPO

Achevé d'imprimer en juin 2014 en France par
CPI BRODARD ET TAUPIN
La Flèche (Sarthe)
N° d'impression : 3006076
Dépôt légal 1re publication : juin 2013
Édition 04 – juin 2014
LIBRAIRIE GÉNÉRALE FRANÇAISE
31, rue de Fleurus – 75278 Paris Cedex 06

31/6936/4